一世茶缘

李琳筠 著

上海文艺出版社
Shanghai Literature & Art Publishing House

图书在版编目（CIP）数据

一世茶缘 / 李琳筠著 . -- 上海：上海文艺出版社，2023
ISBN 978-7-5321-8369-2

Ⅰ.①— ‧‧‧ Ⅱ.①李‧‧‧ Ⅲ.①长篇小说—中国—当代
Ⅳ.① I247.5

中国版本图书馆 CIP 数据核字 (2022) 第 197513 号

发 行 人：毕　胜
策 划 人：杨　婷
责任编辑：李　平　程方洁
封面设计：悟阅文化
图文制作：悟阅文化

书　　名：一世茶缘
作　　者：李琳筠
出　　版：上海世纪出版集团　上海文艺出版社
地　　址：上海市闵行区号景路 159 弄 A 座 2 楼
发　　行：上海文艺出版社发行中心发行
　　　　　上海市闵行区号景路 159 弄 A 座 2 楼 206 室　201101　www.ewen.co
印　　刷：成都市兴雅致印务有限责任公司
开　　本：787×1092　1/16
印　　张：15.5
字　　数：254 千
印　　次：2023 年 1 月第 1 版　2023 年 1 月第 1 次印刷
I S B N：978-7-5321-8369-2
定　　价：89.00 元

告读者：如发现本书有质量问题请与印刷厂质量科联系　T：028-83181689

目　录

一世茶缘

第一回　结缘酉岩山

溪州惟数鼓瘴小，风物不殊琐瘴蛮；
古来莽葭解愁眉，一世茶缘识宇垣。

话说酉水河支流罗江上游鼓瘴坪，除了再向上游汇集数十条大小溪涧，河床平缓，鼓瘴河进出外，四围皆山，地宽田肥，倒也适合人家生息繁衍。于是，迁徙的人们便停下脚步，在这静谧、祥和的河沿两边，几弯几拐之处密匝匝地竖起一些房子，临河保坎接上吊脚楼，方便热天纳凉和编织。又建宗立祠，于春之岁首，大宴亲族于宽坪，请出铜鼓结社，踏月跳鼓，椎牛吃牯脏，相与奏鼓驰驱，祭祀祈佑神祇和祖宗庇护。延至吉庆之时，宾朋集会，歌舞于此。于是那里便成了一个热闹的廊场，人们叫它铜鼓坪。后来，先民苦于每岁孟春草发，仲秋叶凋，瘴气恣溢袭人，偶触之则有生命之虑，窃喜山多茶树，撷叶煮梗，祛除瘴疠。人们沿袭旧例，宗族咸聚祭宗结社之坪，煮茶唱歌，跳鼓酬神，驱瘴祛疠，便喊着鼓瘴坪了。

渐渐地，鼓瘴坪人繁村旺，村烟袅袅，氤氲瘴气不足为惧了。祭祀后，吸引老人和小伢们兴趣的程序，是煮吃三牲的牯脏，所以那个活动廊场，伴随当地人成长，记忆中特别深刻，成了歌会鼓会娱乐场所。每祭祖祈禳，巫觋祭神驱瘴，老人们围着喝茶炽火扯闲，未婚男女打鼓歌舞，向对方释放爱意，小伢儿们等着吃牯脏。鼓，成为人们与环境抗争敬重的圣物；瘴，成为要驱逐的妖魔鬼怪。流传下来，鼓瘴坪人辞旧迎新除夕之夜，保持煮茶水洗澡习俗，也就有了种茶的传统。

这个千山万壑，山高水长，瘴蛮云烟的地方，真正有地方行政机关，是改土归流之后，为了安排捐官们的就业，增设了一个督捕同知治。于是始比齐民，分疆划境，区划六保。

苦于当地人争斗打杀，为一点鸡毛蒜皮和本无关联之事，言不及理，就

擂鼓赌咒，请村邻作证，动辄棍刀相向。驻地流官怕打，整日夸大其词，说是苗疆要地，民风如何如何彪悍得可以。于是，丈田均地，相平土而设厅城，湖广总督忍痛拿出点银子，委令修筑石堡防备，围了八十多丈长的封闭式岩头夹土夯高墙，搞成一个在鼓瘴坪人眼中很有点威严的督捕衙署。可是经过几番风雨洗涮，加上地方强群冲撞，至多成了个自我安慰的屏障。为了流官们的小命要紧，官老爷们又劝人捐工捐料捐钱米，进行垒岩浆砌加固，还扩大占地，南边设迎勋门，北边砌台平门，西方建瑞金门。东边五里坡，坡长坎陡，一旦战事，上边放礌石滚木抛灰瓶，衙署尽在打击范围，为了巩固防卫功能见，便改建垒石炮楼。据说那个设计样式，是按照当时军事和传统五行八卦建造成的。于是乎，鼓瘴坪就有了一个粗糙而又坚实模样的岩头城了。

鼓瘴坪真正得到发展，是在清朝道光二年，那年湖广总督陈若霖过路。据说陈总督在衙署逮了餐饭，菜是黄豆籽炖鸡公，饭菜很是适合陈大人胃口，特别是辣子香辣得可以，饭后衙署又殷勤地泡了一大碗茶。陈总督吃得舒坦，认为鼓瘴坪已经成为周边交通的一个枢纽，当地人们在那儿以物易物，互通有无，渐成一哄之市，算得上苗疆边境村寨斛换锅巴盐和桐油布市铁器的一个廊场。陈大人回去后，递折上请朝廷，请设鼓瘴坪散厅，免去督捕同知，升格为抚民同知，属辰沅永靖道溪州府管辖。

风水轮流，隶属谁管也好，反正设立了行政机构，不再是代管，地方的政治、经济、文化得到彰显，甚至这个地名也就一下光芒起来。乱世出英杰，传统尚武好勇强悍的习俗，得到长足展示的平台和空间。可不，数十年光阴，随着大清外忧内患，连年的争战，鼓瘴坪散厅区区五万多人的溪蛮旮旯，好武从正道，涌出四百多位积军功，擢升把总，从九品以上的角色。其中三位狠人官至提督。

一位是正一品官和威武将军、安徽寿州镇总兵加提督衔任祖文。任祖文总镇皖南时，曾祖父曾祖母、祖父祖母、父亲娘亲，皆得一品官和一品夫人恩赐，调至广州韶州时，携家眷族亲赴任，殁于任上，任家后人便在那里定居，鲜有迁回，于是，任氏光芒的史事，少刀笔吏役撰留竹帛了。另一位是贵州提督马承宗，马大人出生外功全保坨坪，他深知官场险恶，不求千古留名，四十五岁时，一朝得富贵，学晋人张翰思恋故土，急流勇退辞官回乡，清廷重召他回贵州继任提督，执意不肯上任。还有一位是正一品官，甘肃提督杨占鳌。

如此说来，每一个从茅草屋出发，头包布帕，脚穿草鞋，怀揣炒苞谷籽籽当口粮，从罗江沿酉水进沅江出洞庭，棱角峥嵘的茶乡土家苗汉儿郎，不论衣锦还乡，还是中途折戟沉沙，都有一番让人折服可撷可取的精彩故事。若一一道来，不免絮繁，不如单一著述杨占鳌杨大人，功成名就回乡，和家人及亲族种植茶叶，发扬光大茶乡茶文化，印证一下将相本无门，茅屋出公卿。正是：

月伢杲阳疾若驰，百年光阴尚依稀。
将军叱咤千秋梦，归来乡园煮清茗。

卿卿淑女几愁素，韶华洗尽一茗知。
陌上春来景色秀，桃花灼灼人不识。

话说鼓瘴坪老八姓中的杨姓，最初住鼓瘴河上头老鱼塘，其中一支杨世俊携家人从宝庆府辗转迁徙生衍。字派排到"本"字辈时，南门外住了户杨本哲，娶了下河李家闺女为媳，夫妻俩守着门前三丘水田，外加汪家坪和半坡两块桐茶地，男耕女织，相依比肩，日子过得甚是甜蜜。男欢女爱，光阴荏苒，成家数年，李氏先开花后结果，生下一女三子，女儿名叫杨大姐，儿子依次唤作杨大同、杨二同、杨三同，当地俗话"同"通"筒"，粗壮意，称儿子一筒一筒的，谓之结实健康，预长大光耀楣门意。然四个儿女四张嘴，小的要吃的，大的要衣穿，李氏忙碌家务，田里地里帮不了杨本哲多少忙，日子一下一下地拮据起来。虽然春天里，李氏让大同守牛兼捡柴割草，自个背笼里背着三同，领着大姐和二同，到了南门半坡茶叶地，让二同领小弟，李氏和大姐采些茶叶，炒制后卖给商贩，补贴家里小用，可是终究不大活泛。

杨本哲划算着年轻体力好，一年中，等到栽秧上岸，桐茶进屋，便伙同隔壁邻家三五哥兄老弟，结伴到鄂地背脚，背锅巴盐回鼓瘴坪，或者是兑换成桐油、茶叶，下辰州易铁器讨生活。虽是来回六百多里，路途辛苦，一年三五次，倒还攒得几串汗水钱。

杨本哲为人本分诚朴，背脚几年中，路上打尖憩脚处人都认得他。特别

是河边铺伙头冬天开铁匠铺的谢铁匠，两人投机，还认了老庚。

一八四二年的初夏，看着又到了麦李子和枇杷熟的季节，杨本哲背着李氏备制的防雨牛皮口袋，邀约村邻几个出门背脚。

一日风和日煦，大姐放牛，大同捡柴去了，李氏领着小儿，二同帮助搬锄头，到屋后菜圃种地。伊挖地平垄，栽苗浇粪。杨二同帮助挖了阵地，到底才十岁多点，又好玩，跑到树荫下逗小弟玩耍。后来三同要枇杷吃，二同猴子般爬到树上摘枇杷。枇杷树韧性好，二同爬到小枝上，选团颗熟透的枇杷摘。

三娘母正吃得欢，隔壁本家杨本友，背着背笼，捏着长把畲刀翻过篱笆，因为有点矮，加上五十岁的人了，腰驼。踉跄得险些让地上横着的锄头绊倒。

李氏剥了颗枇杷吃，看着头冒热气的杨本友，笑问他什么事那么慌张。

杨本友坐在地头摘下头帕，抹汗："才将有背脚的捎信，讲本哲老弟路上淋生雨病到酉岩山庙里了。铺伙头的谢铁匠在庙里做工，帮忙服侍着。捎话让弟妹快去看下子。"

家中本就贫困，日子过得捉襟见肘的，当家人出了点事，如何是好。

李氏听了不啻是晴天响雷：孩子们小，有鸡有猪有牛要伺候，怎么走得开。

不过杨本友听说只是路上淋着生雨。"想必冷着塞了汗，养几天就没事了。"

李氏被杨本友安慰得一惊一乍的，到了晚上，大半夜了还没有睡意。到底不放心，最后决定：让大姐、大同引三同守屋，伊领二同去看视。二同机灵，到了那儿，协助伊照看病人。

第二天清早，李氏叮嘱大姐和大同：好生守牛喂猪和鸡鸭，照顾好三同。领着二同火急出发，心里一发想着快点赶到丈夫身边，看到病情才好放心。步行十多里，过了八处过河跳岩，到了酉水河边，搭船下行，倒也顺风，下午申时到了铺伙头。谁知铺伙头距酉岩山庙还有三里多路。

看到是老庚家的，杨二同口乖，叫得伯娘长伯娘短，谢铁匠老婆罗大妹嘘寒问暖，忙办饭菜送娘俩吃。吃过饭，罗大妹让女儿谢映姐领路。谢映姐比杨二同大一岁半，长得俏眉蛮腰，穿一件月白色上衣，梳两个细长发辫，启齿说话，两颊露出两个浅酒窝，有股山里女孩的灵犀和狡黠。杨二同一下就与伊熟上了，一路上叽喳讲话，差点把娘晾在一边了。

酉水至西来，岩峭突兀，山在虚无缥缈间，故称酉岩山。谢映姐领着李氏杨二同母子俩，经过两边蓄长老树的一段麻石甬道至几级石阶，树梢间斜阳照着，叶底黄鹂叫得李氏没个好心情。火急到了灵官殿，向上走十多级石阶，尽头岩垒山门门楣勒匾"酉岩山庙"。院内老树三株，虽是老树，还是耐烦地滋滋润润生长，树枝掩映至大雄正殿门楣，殿堂大柱上有一对木雕虬龙盘绕，并有一副楹联："木鱼敲敲敲敲敲起山头月色；晨钟撞撞撞撞撞开岭外云霞。"

谢映姐领着母子俩到殿堂，向扫地的沙弥揖首，说明来意。谢映姐一年三节不时到庙上过香，庙里和尚自然认得伊。对方还礼说："杨施主在五官堂后的侧室静养。"

李氏拉着杨二同连忙跪于蒲团上，给堂上供着的大小数十尊菩萨磕头，奉上五文香火钱。礼毕，沙弥指了路径。

三人进到房间，见杨本哲蜷缩在稻草铺上，脸色蜡黄，气息不匀地呻吟。见了李氏和杨二同，仿若服了味对症良药，精神振奋，撑起坐着。杨二同放下包袱，懂事地给老子捶背抹胸。李氏看着当家人难受的样子，眼泪就出来了。杨本哲拉着伊说："好了，儿子和谢家姑娘看着哩。"

说着示意杨二同打开枕头下的布包袱，取出个纸包，里边原是几块红薯糖，让李氏给两个孩子一人一块，留下的包好，说是留给杨大姐大同和三同。看了病情，李氏暂且宽心，让杨二同和谢映姐协助，就着屋檐下土灶生火烧水。水烧开了，李氏给病人洗漱，搓洗替换衣裳，一边和病人说话。没小孩子什么事了，谢映姐邀杨二同到庙里玩耍去了。

杨本哲几个人结伴，背着用牛皮口袋装的盐，过酉水河，上得坡来，太阳黄黄的，大伙在岭坳柏树下歇息，个个坐在岩板路边，脱下上衣吹凉风，不期茅笼窜出五六个人来。前边一人头发蓬乱，上身赤膊，腰间扎裹个灰麻长口袋，脚上穿双水麻草鞋，手上拿着长把畬刀，说是岩板路上行人过，要留铺路钱。背脚佬们面面相觑：分明遇上拦路蓥贼了。

杨本哲替大伙说好歹："哪有钱，都是一帮背盐苦寒之人，家中还指望卖力气得点汗水钱救饥。"

"这个人长得匀称，会耍嘴巴皮，不见点红，是不肯出白货的。"蓬头发后边跳出个红脸白鼻角色，头上胡乱搭块粗布帕子，那人当胸一拳，杨本哲

退让不急，被打塞了气。

那人还不放手，又来一脚，杨本哲"哇"地吐出一口血来，四肢便不听使唤地抽搐，同伴个个吓得筛糠簸米般发怵，任由那些人抢了盘缠。杨本哲事先多了个心眼，把钱放在盐口袋里面，包袱里除了两件换洗衣服，只几文小钱。

正危急时，酉岩山庙一提师傅化斋路过。这个一提是从辰州来的游脚僧，挂单酉岩山庙，协助当地人守护庙宇，几年后香火旺盛，化善塑造菩萨，当了庙住持。一提师傅不知从哪里学得个好手段，几路强人到庙里挑事，初时忍让，后来闹得不像话了，打得地痞无赖满地打抖。这伙蟊贼领教过一提师傅的罗汉功夫，没戏，趁早溜之。正是：

酉水悠悠汇沅江，百里负盐路愁肠。

他年摊揽不平事，自有佛祖渡善良。

杨二同和谢映姐走到庙西墙边，其时太阳有些斜山了，地面和墙面以及墙头隐现淡淡的绛红。坪场放着些木料，谢铁匠和一帮木工在那儿做活。谢铁匠力气大，不但会打铁，木匠活也不赖，打铁抡锤准，所以给木柱啄榫眼，是把出名的好手。庙里建寮房，一提师傅特地请谢铁匠来啄柱榫眼。

谢映姐甜甜地叫："爹爹，我领二同和他娘看他爹来了。"喜欢着跑过去给谢铁匠倒水喝。

杨二同愣愣跟过去打招呼："老庚伯伯好。"

做工的师傅们，正枯燥无有新鲜趣味可言，见之眼睛一亮，羡慕不失调侃，个中有个木匠喝着谢映姐倒给的茶水，不怀好意地说："我说谢哥子，这个男伢与大姐一般大。金童玉女的，不会是……"

"莫说到一边去了。他是着打生病杨老庚家的儿子。没有的事。"谢铁匠赶紧抢了话头，一边睨眼打量杨二同。

谢映姐听他话不对劲，抢了水碗："大叔你好坏，不给水喝。渴死你。"

放工后，谢铁匠前边走，谢映姐和二同帮助拿啄榫斧提水罐，回到五官堂后边侧室。一提师傅正在看视病人，把了脉相，对李氏和谢铁匠说不碍事，再吃两服药，静养一二天，便可以走路了。"只是受了内伤，内腑还有点淤血，回到家中只要好生调养，不会留下大的症痕。"一提师傅最后说。

因为有李氏照料病人，谢铁匠放心了，和李氏说了阵话，便领着谢映姐回家去了。

谢映姐唱着歌，跟着她爹走在瑟瑟晚霞中。杨二同失落了好一阵。

次日早上，谢铁匠从家中拿了些菜蔬，一小口袋大米。李氏一再感谢，说是这些日子多得铁匠老庚照料。谢铁匠笑着说："弟妹不要多虑，因为庙里不许吃荤，所以不曾捉只鸡鸭。"说着从口袋中掏出颗熟鸡蛋，塞到二同口袋里："到庙外去剥吃，千万莫让庙里和尚看见。"

谢铁匠陪杨本哲讲了会话，便去工地了。

一提师傅给杨本哲把脉就诊，看了眼清瘦的杨二同。杨二同也如山中的豹子看着他。一提师傅眉目间分明惊奇了一下，示意让他靠近自己，拿着二同的小手，两眼微闭，像有点瞌睡的样子，只那嘴唇白黑相杂的胡须颤巍巍的，在二同看来，如同是岩坎上的树藤摇曳。

一提师傅又随便问了下杨本哲和李氏，二同多大了，哪月哪天出生的。良久，一提师傅持手，说声"阿弥陀佛。菩提种善果，杨施主夫妻行善，此子骨相清爽，身隐紫微之气，他日定是栋梁之材"。原来一提师傅会摸骨相面。

李氏忙说："敢情大师说笑了。贫寒之家，只要贱子长大成家立业，衣食无忧，就是祖坟冒青烟了。"

有了李氏精心调养，二同又在身边承欢，住了两日，杨本哲就能下床走动了。这次出门背盐，本钱是把河边五运谷田连同青苗作押，写了放谷钱契，押送了南门边屠户宋三佬。虽然钱藏匿在盐口袋中没被抢走，但也没赚到钱，还挨了伤，差点就玩完了。杨本哲想着日后生计，一发担心家中仨儿女，便要回家去。

李氏领着杨二同，向一提师傅告辞，怯怯地拿出三十文钱，说就剩这点了，算是兑这些天的食宿费用。恩情只有他日再来报答。

一提师傅持手说："如今少了本钱，杨施主体力不如前时，背盐这份苦役是做不了了。即便回家，如何过日呢？"

看着李氏忧郁不语，一提师傅又说："上天有好生之德，不如退回施主这点布施，留下小施主在庙中束发三五年，跟着老衲早晚功课识些字，为他日后前程谋些功德。"

言意之下，说白了是要二同在庙中干几年活，看来佛门也是不做亏本买

卖的。没有办法，命是人家救的，夫妻俩考虑再三，叮嘱二同，好好伺候师傅，学些本事，他日也好谋生活。

儿是娘的心头肉，李氏担心二同的衣食自理能力。又想：人家一提师傅说二同有志向，为娘的只管信其有，一切权当是真，岂肯耽搁……

在杨本哲的劝慰下，李氏整理了一下二同的上衣，拿掉粘在肩膀上的一颗羊屎草粒，含着泪走了。

杨二同怔怔地送走爹娘，就这样，木木地在庙中开始了全新的生活。抬起头，梁上紫燕在叽喳叨泥筑巢。

杨二同在庙中住了半个月，供香客借宿的寮房建成。一提大师沐浴焚香，让庙里另外四个和尚，与他一起盘坐于正殿菩萨前蒲团上，两个沙弥敲钟敲木鱼和端盘上香。杨二同拜师，成为庙中的一名俗家弟子。

喝了敬师茶，一提大师告诉杨二同：虽是束发弟子，然则早上不能睡懒觉，晚上不能到处玩，亦要遵守庙规，外出要禀报。

晚上，杨二同跟着一提大师懵懵懂懂地上香，添灯油，打坐念经，念过后照着原文抄写。二同跨过一年学堂门，抄写经文，手握笔头不算生硬。每晚抄写一页汀贡纸，写完一提大师就教，会读了自个熟记，第二天早课要背诵。

白天，早课后跟一提师傅练功，从站桩开始，师徒面对面，一脚独立，站在木桩上一炷香。师傅双手合目，如打瞌睡，杨二同看着好笑，不过稍一偷懒，师傅眼皮并不张开地说："二同不可怠慢。"

练完功，杨二同跟着两个沙弥师兄扫地，从大雄正殿扫到山门。下午做杂事，或服侍香火，或种菜捡柴。下雨天，只扫室内和走廊，不要种菜，也不要捡柴，多半是在室内抄读经文，也可以自由活动。

杨二同小小年纪，晓得眼前这个一提师傅是他爹爹的救命恩人，要不是他出手，自个爹就没了。尽管日子枯燥乏味，他还是愿意留在庙里，庙里有白米饭吃，有时还有香客给他斋粑甜橘。空闲了，二同就坐在大雄正殿前的门槛上，殿门前有两个铁铸化钱炉，他看着山门和山门上的雉瓦，雉瓦上停着个叽喳唤伴的雀儿，心里一发想着爹娘、姐姐、哥哥和弟弟，还有家里面的小黑狗，后来连花猫也想了一次。再没有想的，就想屋后菜地边的枇杷树，门前的柿子树，当脸着风吹得有点皲裂，柿树叶落了，一个个柿子，像红灯笼一样挂在树梢，吃起来那才叫一个甜。

后来又想起老庚伯伯，老庚伯伯每次来庙里做工，总给他捎点好吃的，比如鸡蛋，鸡腿，或者熟肉，让他跑到庙外去吃，不让师傅们知道。寮房建成了，老庚伯伯就不来做工了。不过，隔上那么十天半月，谢映姐顺路从庙前经过，来看他，那是杨二同最开心的时候。谢映姐给杨二同洗衣服，捉衣襟上的虱子。

再没有想的，杨二同就数案几上的大小菩萨，中间三个大菩萨，一边二十尊小菩萨，一边十八个和尚菩萨。壁板上还彩绘有菩萨像，大者两尺多高，小的不过几寸许，形状各异，各有姿态和表情，隐显云端。案上放着鼎罐大的木鱼，敲起来的时候，木鱼前的线香烟一缕一缕地抖动飘飞，一直升高到菩萨头顶才不见。

正殿左侧为藏殿，里面摆满尺多高的菩萨。许是地方财力所限，或者是为了满足香客拜佛求神所需，除了佛殿，边上还建有伏波宫，土地堂，灵官殿，观音娘娘庙，蚕神娘娘庙，送子娘娘庙，黑神庙，药王庙，五官堂。先前，也曾进行过两次戒坛法会，远近沙弥来到庙中受戒，进行烧艾仪式。

另有僧寮三间，斋厨一栋，茅厕两处。

可恼的是两个沙弥师兄，大的叫悟性，小的叫悟道，十二三岁，没受戒，额头不曾烧艾。两个人小鬼大，趁一提师傅不在时，时时欺负杨二同。因为杨二同虽然是庙中束发弟子，但师傅不给他取法名，照旧唤二同。悟性和悟道指责二同坐在正殿门槛上，犯了戒律，要去一提师傅那儿告发。

杨二同只好求两位师兄包庇。两个沙弥师兄好说话，只要肯替他们挑满那个大水缸的水。有了杨二同替他们挑水，两个家伙秃着头，嘻嘻哈哈跑到河边捉鱼烧吃。

只有烧火师叔对杨二同好，他时常去斋堂帮厨。烧火师叔法名酉通，善舞烧火棍，说是打火上阵棍。杨二同不但得到香锅巴吃，还学会八招打火上阵棍。酉通说："这八招棍法，领会通了，可是济世罚恶的好手段。"

杨二同很自信地答应："师叔，二同记住您说的话了。"

酉通摸下杨二同的后脑窠："光记住话没用，主要是要会运用，在实际中摸索透。懂吗？"

"师叔，什么才是'在实际中摸索透'呢？"

酉通摇头笑了笑，想说什么又没有说出来。

第二回　拜师三年半

　　酉岩山庙中，杨二同的另外三个师叔，一个法名渡空，善飞檐走壁，据说进入富户作案，看见房中女眷，强逼好之，后来媾通事发，差点让富户捉住砍脑窠，相好拼死相救才得逃脱，可眼睁睁地看着富户把相好沉塘，可怜有两个月身孕了，家回不了了，对着家磕了三个头，抹掉眼泪，便出了家。一个法名酉灵，原是落地秀才，因科考落榜，他人强占其妻，心下好不凄凉，万念皆空出了家。另一个师叔法名酉缘，少年家贫，被亲人弃于庙前山门外路上，无有依靠，由一提大师收养，年长，自愿剃发出家。

　　在一提大师的安排下，酉灵师叔督促杨二同习字，酉缘师叔领杨二同到邻近村寨做法事。酉缘师叔心地善良，遇到施斋和赈济，总是尽其所能地帮助穷苦，特别是谦谦为邻做法事，很少索取财物，他告诫杨二同众生平等，济人之困，自得快乐。年少的杨二同，从酉缘师叔那里学得不少的为人谦卑。只是渡空师叔不屑，说酉缘唯唯诺诺，是夹着卵泡做人，什么空即是色，色即是空，一切皆虚幻，何不空色兼营，快活侍佛。

　　杨二同曾跟着渡空到辰州，路过一个村落，因只六家人居住，称作六家，除了种田种地，家家栽棕树，冬天剥棕搓索制蓑衣卖为生计，村尾一户女主人卅多岁，姓陈，死了老公，守着几丘水田和两个小伢过日子。渡空和那陈婶娘在灶房里面叽叽咕咕的，杨二同虽小，还是从两人的眼色中发现些蹊跷。明是出门走了，渡空师叔又折回去，推搡着给伊一两碎银。

　　一提师傅外出时，就让渡空督促杨二同武功。渡空装两包土，系口袋的索子搭在横木上，让杨二同一手捏一根索子，来回拉，口袋不能落地，说是练膂力。于是，两口袋土在杨二同汗珠中一上一下运动。

　　渡空靠在粗大的歪树干上看天，天上飘动的云，一会去了山那边。杨二同练了一会，发现师叔在闭目发笑，许是想那陈婶娘，就想趁此溜走，找悟性悟道师兄捉蚂蚱玩去，脚还没跨出院门，就不敢动了。因为渡空师叔不知什么时候站在院门前了。杨二同急中生智说："渡空师叔，我是要去拉屎。"

看到渡空严肃神情，杨二同才知上茅厕不要出院门，凑上前讨好："看您教我功夫辛苦，想去斋堂，求酉通师叔泡碗茶，孝敬师叔您老人家。"

渡空放缓了脸色，杨二同知道师叔肯放他走了。

杨二同不但求酉通师叔泡了碗茶，还把没舍得吃，谢映姐赶场给他买的细面包子，也拿出来孝敬了。渡空咬了一口，迟疑一下，继续咀嚼。

杨二同壮着胆子说："啊呀，忘了告师叔是肉包子。阿弥陀佛！阿弥陀佛！师叔破戒了。如何是好？"

"不就是个肉包子，大惊小怪什么。天色不早了，今天就练到这儿，要玩去就去吧。"正是：

> 心中有佛，不惧酒肉。
>
> 有佛无佛，牺牲酒肉。

杨二同快活地跑出山门，敞着上衣，屁颠着如鹰飞一样，小跑到酉水河边，去找谢映姐。一闪眼，杨二同在庙中待得三年半了，摸透了师傅和师叔们的性情。杨二同是束发修行，一提说他骨相清奇，前程宏远，庙里管束并不是严厉。三年来，好多个有斜阳的午后，或者有飞鸟伴动的黄昏，杨二同总是喜欢那个样子，敞衣如鹰起翅地跑过山坡，越过溪桥，到铺伙头找谢映姐玩耍。

谢映姐在家晒谷子，一边打竹缆。时常有拖纤的纤工从铺伙头经过，天热歇荫，雨天躲雨，兼吃饭喝茶，排草鞋耳子，或买些竹缆备用。如果手边活泛，或者背脚的，卖纤的，船老板和伙计，各自备有菜蔬，便在铁匠铺打尖炊饮。久之，谢铁匠的老婆罗大妹兼开伙铺，卖饭卖草鞋卖竹缆，冬天，谢铁匠支起铁炉，替团近村寨和过往船家打铁。杨二同溜出庙来，多半日子到铺伙头陪谢映姐做些手上活，天冷时围着火坑炽火，帮助剥苞谷籽，或者择茶籽，剥桐油籽。还可以看到老庚伯伯打铁，火星子从锤子下迸出，铁块在铁砧上经过那么锤打成形，放到水中淬火，再埋到火堆里煨养。特别是那叮当锤打声，听起来有味。有时还能碰到村里背脚的叔伯从那里经过，从他们那里晓得家里的情况。

打了招呼，杨二同帮助伊破篾。这个活儿，杨二同八岁时就会做了，跟

着村里人放牛，在楠竹坳学破篾，织过保护提水葫芦的篓子，摘茶叶的竹篓。当然，手也让刀划了几个大小不深不浅的血口子。不过织的竹篓，得到娘亲李氏夸赞。李氏提着到半坡摘茶叶，和村里人打照面，伊说竹篓出自杨二同之手，惹得对方笑着揶揄："看不出，二同织出这么乖的篓篓。"

杨二同破完篾，接替谢映姐织缆索，缆索分大小两种，大的拖纤，要五匹匀称点的篾，这样织出来的缆索粗细一样，结实经用。小的缆索，只要三匹篾，用着捆绑木材和杂货，或者拖顺水小船出港湾用。船上捆绑小件货物多用棕索，只是泡着水肯潮断，不经用。

谢映姐把织好的缆索圈成团，捆扎后放在屋檐下，顺手用棕叶扫帚扫干净地上的竹碎片屑，便到屋后菜园摘黄瓜，送与杨二同吃。谢映姐看杨二同衣服汗了，裤子磨豸了口，便让他脱下来洗。没有替换衣裳，杨二同裸泡在酉水河湾潭中藏羞。

太阳黄黄的悬在天际，酉水河流水汩汩，岸边的树木、房舍、高山、全都倒映在绿滟滟的水中。杨二同坐在大甄里做诱饵，还找了些草叶伪装，诱鱼虾上当。

等到衣裤晒干，谢映姐就在岸上替杨二同缝补。

谢铁匠夫妇干活回来，看着鸡吃饱晒簟里的谷子，还扒掉些谷子到地上。仓中就这点谷子，翻晒一下，要接济到七月出新谷。罗大妹撅着嘴巴："喊你扯猪草都不肯去，原来是赖在家里等二同。那么勤快，怎么没给我补衣服？"

谢铁匠爱怜地看着女儿："二同来了，你办好吃的没有，让爹也沾点光。"

杨二同穿了衣服，口乖搭讪："伯伯伯娘，我和姐姐早就给你们煮熟饭了。看，我还捉到条鳖鱼，正商量是清炖还是红烧呢。"

"就你精，难怪映姐喜欢和你玩耍。"罗大妹看着竹篓，里面不但有条王八，还有半篓的螃蟹和鱼虾，对挨骂准备找理由唱反调的女儿说："还不挪柴炒菜，想饿死老娘啊。"

吃了饭，杨二同求罗大妹："伯娘，一提师傅让我采园圃里的茶，明天让姐姐帮帮我好吗？"

一提师傅坐禅久了，总是要喝碗茶，所以庙前坎边蓄种了些茶叶树。岩坎边的那株茶叶树，树干有杨二同的脚肚子粗。一提师傅一般只让两个沙弥和年轻的香客协助采茶，他说茶有灵性，乱采会损耗茶的原味。现在采些茶，以备秋冬短缺。

一提师傅喝的茶叶，多半是庙里自制的，很少到市面求购，他说茶无优劣，一味地寻求所谓的好茶是玩物丧志。看得出，一提师傅是有定力的高僧。

杨二同曾问一提师傅为什么爱喝茶。一提语重心长地告诉他：茶乃天地精华，茶水为水中至清至纯之味，与禅家淡泊自然，远离执着平常心境相契。"喝茶能去污秽，清浊尘，所以茶能通神。你晓得么？"一提喝了口茶，舒坦不失平和地说。

杨二同说："晓得了，师傅讲的'茶能通神'，与娘老子讲的'有钱能让鬼推磨'是一个理儿。"

"羊口白嘴的，师傅给你讲真的，你总是搞到一边。"

杨二同不知师傅骂他"羊口白嘴"何意。因为他姓杨，师傅骂他时，脸上的皱纹明显比平日里的深刻。知道师傅是真生气了。

次日，天晴气朗，谢映姐如约来了，穿着件浅淡花格衣，还提了个装茶叶的小巧竹篓。一提师傅窃喜，茶为天地之物，让金童玉女采摘，应阴阳生长调和之意，那样采撷的茶才算是香茶。当下，一提领着杨二同和谢映姐，以及两个沙弥到菜圃坎边，指导他们如何采摘：不求快，不要多，只采一芽一叶。他对四人说："唐时《茶经》说：茶者，南方之嘉木也。其地，上者生烂石，中者生栎壤。所以这些茶是世间的妙品。"又指着老茶树讲，"老树上的茶叶孕育久于嫩茶树，采天地日月精气充盈，又是同地茶中的上品。"

悟性忍不住说："就这么个茶叶，经过师傅一说，还有这么多道道儿。炒成后敬菩萨，说不定佛祖喝茶留下佛性，我们师徒再喝，就成佛了。"

一提笑答："阿弥陀佛。成佛成魔自在一念之间，佛祖赐我等成佛固然求之不得，不过茶炒好后当是先供茶神的了。大家开始采茶吧。"

坎边的老茶树长得高，悟性沙弥搬架木梯，一提师傅让体轻的杨二同上去采，谢映姐和他扶梯。

在一提师傅的主持下，四个少年分工洗锅，生火，摊青，助揉。

茶叶出锅了，放在簸箕中的茶叶根根条索紧细圆直，白毫披露，色泽翠绿，清香馥郁。冲泡时，芽叶沉底，芽尖向上挺立，没有什么颜色，可过一会就变绿豆色了，飘浮的水汽中漾着淡香，喝起来感觉凉透到心肺了。正

是：

　　　　　　茶叶本自嘉树叶，一芽一叶蕴奇葩。

　　　　　　他年驻留佛门后，香烟袅袅贿菩萨。

　　一提师傅和酉通、渡空、酉灵、酉缘，煮茶参禅。杨二同听师傅和师叔们品茶参禅有趣，不觉中喝完一碗茶，又注水冲泡着喝。酉缘告杨二同："小伢体质好，不要喝茶。新茶浓烈，喝多醉茶，晚上会睡不着的。"

　　真的，白天采茶做茶虽然累，杨二同躺在床上就是没有瞌睡。到了下半夜，山下人家鸡叫了，还是没睡着。杨二同想：谢映姐不会也没睡着吧。

　　早上，杨二同让悟道师兄粗暴地从睡梦中推醒，惺忪着眼想嗔嚷师兄：梦中，谢映姐正在给他办好吃的。师兄说："外边来了几个找麻烦的无赖光棍。"

　　杨二同慌忙穿衣，随师兄赶到大殿阶檐，看见坪场上聚着七八人，个个手上提着刀剑凶器，其中一人持刀一人捏索，围着渡空师叔动手。只见刀闪着锐光，索舞得霸气，不过两下让渡空打退回去了。一提师傅持佛珠念声："阿弥陀佛。"喝问，"施主切莫要动手，请先说出原委。"

　　一麻脸汉子刀尖指着渡空，对站在中间四十多岁的汉子说："大寨主，就是那秃脑窠害死二当家的。"杨二同方才看出那四十多岁的大寨主：头裹青纱帕，身穿对襟浅祆短衣，腰挂一双蓝玉佩，外加一个绛色荷包，下着深黑灯芯绒裤，脚套软布鞋。脸上横纹分明，左边徒添一道疤迹，右额角大颗黑麻，上长两根粗黄毛，手杆粗如茶罐，摊掌可捂钵口。如此看来，定是哪个绿林山头草莽。那大寨主喝问一提师傅："前几天，庙中有个秃脑窠，在六家替人强出头。"

　　酉灵双手合十告诉一提："师兄，我想起来了。那日，陈施主家两伢儿，和村邻小孩在阶檐打陀螺，一鞭子抽着一施主，小孩被倒提扔到水缸里。陈施主言语护之，那伙施主恼羞，其中一人迁怒调戏陈施主。渡空师兄出手制止，并不曾伤他性命。当时还有一些拖纤和背脚施主见证。"

　　这伙角色，原来是下河岩石山上强人，他们不知道，其实酉灵也不知道，陈寡妇和渡空是相好。渡空教训的是二当家。二当家没伤着筋骨，只是丢脸让拖纤和背脚人看了笑话。二当家心情不振，萎萎蔫蔫回寨，夜色茫茫，看见河边停靠着艘落单的货船，在同伙怂恿下，想抢劫挣回先前的面子。抢上船时，二当家一脚踩空掉进河里，被船工一桨打死。货船遁走。于是，大寨主认为酉岩山庙好欺，专一来找庙里的晦气。

一提师傅说："众生皆有佛性。既然二施主丢下臭皮囊，被超渡西方极乐，夫复何求？"

那寨主说："今天不赔礼赎罪。只怕我这口刀不肯，定要砍得这破庙成瓜棚架，让你们都去西天取经。"

话已挑明，个中有个善使铁解的，趁着大家不留神，张弓载丸，一铅铁丸打出，一提师傅"啊呀"，手捂颈项倒下。和尚们惊骇，没想歹人如此歹毒，酉灵扶着师兄，见一股血水从颈脖流出。酉通赶快背之，酉灵、酉缘扶着，趋回禅房。酉缘从柜中取了止血膏药，上药，止血。一提师傅不能说话，拿手比画，要渡空不可杀生，酉通点头会意。

酉通跑到大殿前，渡空正与四人恶打。酉通招呼渡空，转告一提不许他杀生犯戒之意。一恶徒以为酉通是来帮忙的，急急一刀砍下，酉通听得脑后生风，叫声"拐了"，赶快让开，顺手只那么推一下，那人把持不住，倒栽蒜跌在阶檐下阳沟中。

杨二同说："师叔，你杀生了。"

酉通说："罪过，罪过，没有杀生，出着气哩，你莫乱讲。"

见同伙伤了，边上一歹人持棍便打，酉通连忙让开，棍子打在地面，断为两截，震得那人手腕发麻。杨二同学酉通师叔手法，趁势把那人推给酉通。酉通急接推回，那人一头撞到柱子上，跌倒了。杨二同说："师叔，这下你真杀生了。"

酉通说："不会吧？我没怎么用力，怪就怪你把他推送我。还不去帮你渡空师叔。"

那寨主不曾出手，又忌铁弹伤人，所以悟性、悟道和杨二同站在一边，一直提防着。现在有了酉通掠阵。杨二同和悟性、悟道放心了，从阶檐上齐齐跳到坪场。

渡空功夫了得，但那四人是江湖亡命浪子，两手能敌八拳，无奈刀剑鞭索挥舞得张弛默契，三五个来回，腿脚上挨了一索，肩后着了一棍，眼看只有招架了，若再无人帮助，就麻烦了。谁知那寨主呵退四人，说今天只是小惩罚："秃脑窠们听着，准备一百两银子，限五天交讫，到时再来好生计

较。"

寨主把庙里当成大户人家了。再说并没有打出结果，凭什么要庙里出钱。

一提住持和渡空受伤，杨二同随酉缘师叔，赶到辰州请妙龙寺渡过和尚。渡过通医理，善针灸。杨二同没忘记跑到集市上买块蓝花布，这是路过铺伙头时，谢映姐交代的。

渡过把了脉，倒出竹筒子中的银针，给一提和渡空走针，开了药方。渡过捏着一提的手说："师兄没事的。多吃点东西，体质恢复得快，休养几天就好了。"

一提见到师弟，暂且宽心。精神支柱是治病的一剂良药，精神好，百病奈何。晚饭时，一提吃了碗酉通熬的小米稀饭。能进流食，身体亦无大碍。

为了尽快痊愈，渡过让杨二同，悟性和悟道撒尿时，蓄留中间部分的尿，说是童子尿化解体内淤血，内伤愈合才不留后症。渡空第二天不肯喝童子尿了，说是闻到尿腥味恶心，自个坐于床上运功调循。杨二同就协助酉缘替渡空打火罐，又用热帕子敷之。

一提师傅五旬有余，身体健朗，加之又是练武之人，到了第三天，就吃硬饭了。行走皆可自理，自个跏趺坐于蒲团运功调息。只颈项还在肿痛，咽口水困难。

再说下河岩石山寨主，领着七个喽啰，其中两个脑袋搞得血糊糊的，由同伴扶着。他们不回寨，径直沿河边芭茅草掩映的路上行，到拖纤滩去搬人，替他们出恶气。

那寨主担心庙里和尚们的功夫，虽然打伤了一提住持，没想到渡空能力战四人，酉通只那么顺手几下，就打趴两个。若是庙里其他和尚一齐扑过来，寨主盘算不但捞不到便宜，还怕走不脱。他突然想到酉岩山庙西边四十里外的拖纤滩，有伙蛰伏在岩坎下的蟊贼，与庙里有隙，若能撺掇，把握就大些。所以那寨主临时改变主意，悻悻说五日后再结怨仇。

拖纤滩河窄坎高，树木稀疏，山显崔鬼，河流顺势成了个大拐弯，滩上水流湍急，上行船一年四季都要雇纤工拖，所以称作拖纤滩。河坎坡上，有个十多栋低矮草房的村落，村里人世代靠卖纤为生，唤作卖纤村，白天拖纤，晚上破篾织竹缆，搓索打草鞋。俚间有云：

养女莫嫁卖纤村，田少地远难谋生，

一年四季拖纤苦，白天踩水夜搓绳。

拖纤卖苦力，一年四季，天干下雨，风里水里走，钱不好拿，弄不好水冲船退，会把纤工反拖打落下水。有时船大水急，人手不够，为了安全，添个蛤蟆四只脚，妇女抱着哺乳的孩子，长白胡子的老人拄着拐杖，都得加入拖纤队伍。有道是：拖纤滩，滩连滩，拖纤不好玩，命就锁在索边边。

几年前，从下河来了几个恶人，为首的姓黄，喽啰们称其黄老大。黄老大额角长着个鲜艳的紫疤。据说是伙不做好事的烂人，守不住寂寞，欺侮斯文，抢了科考落第人家老婆，那婆娘初时不从，大吵发泼，两手乱抓，黄寨主额角就种下那么个长紫疤。一日，那伙人欺侮六家陈寡妇，让渡空撞上了，打得那伙人恨娘老子给少生了两只脚，沿河向上飞跑六十多里，到拖纤滩躲灾。从那以后，陈寡妇对渡空心生情愫，两人就那么好上了。

那帮人住在岩坎下洞边边，兔子不吃窝边草，初时只讨吃的，并不打扰村邻，两下相安无事。黄老大看中那儿地形进可攻，退可守，是落草的好地方，虽说势力小，时不时拦路，让过往背脚的和船家交过路费，倒也落个快活逍遥。

后来，蟊贼们窜到一个小庙打劫，庙主是个年老满脸皱纹和尚，一个劲念阿弥陀佛。一个喽啰不耐烦，一棍打伤老和尚，不想一提从庙外进来，见到情形念喏："天大地大，佛家容纳。结佛随缘，难容贼家。"念毕噼里啪啦，把那动粗喽啰点了穴道，痛得地上讨饶。一提教训他佛前忏悔，扶持香火一月，否则穴道不解，成为废人。黄老大还想逞强，结果和喽啰们一起，让一提一顿好揍。恼的是附近村户得知，当成笑料传开，为江湖同道所不耻。黄老大记恨着，咬牙发誓，迟早要让酉岩山庙和尚哭着过日子。

岩石山寨主一到，两人一拍即合。接下来谋划如何攻打酉岩山庙，为防实力不够，又到卖纤村物色五个体健力壮的中年人。村里人听说是搞坏事去，明里不好得罪强人，暗地里约定出工不出力。

过了两日，各怀鬼胎的两个寨主，招呼众喽啰，在岩坎下祭祀蟊贼祖宗混世魔王程咬金。程咬金对拦路的毛三勾四说过，他是干那行人的爷爷，传到民间，认为程咬金福大命大，是做拦路买卖做得最雄的人，还成了鲁国公。世间的蟊贼，便推崇他是行业的祖宗了。

大伙吃饱喝足，岩石山寨主酒酣耳热，操刀显威。也就是把和砍柴的刀

017

没有两样的柴刀，刀身一尺又一寸，刀把一尺又一拃，到了寨主手上，就有点那么邪门了，何况还捆扎根索子，方便远距离攻击对方，扔出去收得回来。黄老大腰间别着根小指粗的神鞭，据说神鞭最初功用是为了捉熊娘嘎婆。熊娘嘎婆吃人，特别是防御能力差的小伢儿，但目力差劲，认为捉住的竹筒是人的两只胳膊，高兴得眯着眼睛笑，人们趁此把手从竹筒中抽出来，用绳捆缚杀之，后来演化成了神鞭。神鞭造价小，只要勤加练习，一般人可以甩直二庹长的鞭索。

其他十个喽啰，伙同卖纤村喊来的，各持撑手家伙，无非是些刀矛棍叉，跟在寨主屁股后头，牛皮哄哄地嚷着沿河出发。去酉岩山庙做买卖。

天色晴和，酉岩山庙门洞开，阳光从树梢间透过，院落里温温的疏落出光斑，几个细嘴雀地上跳走着啄食，三五个香客跪在大殿蒲团上诵经。两伙强人冲进山门，让撒扫尘除的悟性悟道拦了下来。悟道警觉地左手捏扫帚，右手持佛珠："阿弥陀佛，各位施主，佛门清静地，不能恃强擅闯。罪过，罪过。"

岩石山寨主说："罪你娘的麻花头，我们是结梁子来的，快去喊老秃脑窠把百两银子送来，说不定饶你们不死。"那个使铁解人，张弓载丸，对着悟道就是一铅铁丸。有了上次的教训，悟道侧身闪开，铁丸打空，飞向三丈多远的大殿，打中跪着给菩萨磕头的女香客屁股，威力自然不足伤人。伊惊得跳起，转身揉屁股，正要出口骂人，眼睛所见噤了言语，慌不择路，跑到后院胡乱敲起钟来。

那人见没打中，恼羞着看了眼寨主，复装丸拉弦。悟性忍不住，突地一扫帚挑掉铁解，说："菩萨面前不打妄语。我们师傅说了不见你们。放下屠刀，自得快乐，你们走吧。"

岩石山寨主说："耶嗨，这小秃脑窠长本事了。"扬起柴刀就要砍人。

第三回　沅江识黄氏

　　话说岩石山寨主，扬起柴刀正要施暴。猛可里听背后一声喝骂："好个强盗抢犯，莫要认为和尚好欺。"

　　原是听了钟响，杨二同从外边跑回来，强人没注意到，他一脚踢倒个挡路的强人，从容走到寨主前边，一字一句地说："和尚不杀生，我不是和尚，可以杀生。庙里钟响，不出一泡尿时辰，团近村里人赶过来，就怕你们绝种。"

　　此时，一提领着渡空、酉灵、酉缘和酉通，从后院急急赶到。那阵式，看得黄老大有些怯了。卖纤村的五个人自然缩到后边。

　　一提住持声带被打坏了，虽治疗无碍，然说不得话了。

　　"打死这拨狗日的。"山门外一下聚集三四十个村汉，一些人赤脚提着锄头，有的拿着镰刀，他们是听到钟声赶来的。庙是团近村族推举首士，集资修建的，是他们精神寄托的空间场所，通过祭祀向神祇表达心声之所在，绝不能让人欺侮和损毁。一旦乱钟响起，群起趋往护之。

　　渡过替一提代言，说："阿弥陀佛，善因结善果，恶因结恶果。施主打伤一提师弟，今日又来作恶，就怕佛祖也不能宽恕。既然来了，不如让渡空师弟替佛祖开导一下。"

　　那寨主也不客气，对着渡空挥刀就砍，两人好一场打斗。寨主不是浪得的虚名，加上心又黑，招招是置人死地的腥招，俗话打手怕哈手，只要手毒，就有赢的机会。渡空自然是用心对付了，否则对不住在场人的眼睛，还有一提师兄的伤颈埂。只见齐眉棍舞得风起，一棍贴地铲草，一棍棍打飞鸡。寨主初时还雄风刀猛，舞到后来，后悔没算计周全，寻找机会倏地跳出圈去想脱身，早让村汉们用锄头钉耙打退回来，渡空一棍打中那厮后腰杆。寨主实战经验丰富，跟跄倒地还顺势抛出柴刀。渡空旧伤没有痊愈，到底让得慢了，用棍挡了刀柄，左肋被砍中了，寨主收刀时刀尖勾通肉皮，衣裳被

扯破。渡空兴起，反手一棍，打中寨主拉刀索的手，骨头分明是断了，可怜脚踝又让旁边气愤的村汉敲中一锄头。

酉灵双手合十，伤感不失平静地对黄老大说："他日你抢我妻，拆我家，毁我前程。世道不平恶人吃饱饭，我都栖身庙中事佛了，你还不满足，难道说佛祖就能睁眼任你胡作非为。是死是活，今日了结。还望大家行个方便，不要插手的好。"

边上村汉鼓噪："打死那抢人婆娘的害人精。"

箭在弦上，黄老大只得硬着头皮，跳上去和酉灵单打独斗。

酉灵读书出身，出家后胡乱练些功夫打发日子，不想今天用上报夺妻之羞了。黄老大原是混混，神鞭舞得好，只是撑面子好玩，杀人越货，凭的是手毒，今天仇人相见，占人之妻理屈，众人当面就显得狼狈猥琐了。三两个来回，黄老大让酉灵一棍打折了右手。

酉灵心生邪恶，想再给黄老大脑窠上一棍子，突地一人跪下抱着他的腿求饶。酉灵低头看出是前妻，心下五味杂陈。那婆娘被抢走后，女流之辈，有什么办法，只好跟着黄老大过日子，现在求前夫手下留情，也是尽为妻之道了。

酉灵仰天，伊不容易，认了，不枉曾经夫妻一场。谁知黄老大耍无赖，趁酉灵不注意霍地跳起，左手挥鞭取酉灵。渡空看得清楚，一棍绞了神鞭，复一棍，打得那只手也是折了。这下可好，黄老大像只双翅瘫痪的鸡，耷拉着两只不听使唤下垂的胳膊，样子滑稽又骇人，因为他全身筛糠一般打抖，脸成了猪肝色。

渡过持佛珠说："两位施主得了开导，想必不会再作恶了，只管随大伙散去。那用铁解伤师兄的施主留下，向菩萨忏悔。"村汉们不情愿地让开路，走在后边的那人，被村汉踢了一脚。黄老大让婆娘扶着，一边享受断骨伤痛，一边倾听伊矛盾而纠结地骂因果报应。正是：

来时欢喜回去忧，空到佛门逞英雄。

他年悟得其中道，没有欢喜没有忧。

善用铁解的喽啰走不脱了，跪下来磕头求饶性命。渡过征求一提，佛门广远，让他留在庙中伺服香火，早晚看管着，防止再去祸害村邻。

那人姓祈，岩石山同伙称之祈铁解，人长得瘦弱，武功平平，除了张弓耍铁解，就是嘴巴皮薄，哄骗本领强，在辰州城，口袋里没有钱，也敢嫖烟花女子。祈铁解让渡空点了穴道，以为庙里要重罚他，畏葸得让人怜悯，虔诚跪在菩萨前指天指地赌咒再不做坏事，还一心向佛，信誓旦旦要出家当和尚。过了三两天，和尚们并没有为难他，心里便盘算如何逃走。他惦记着岩石山睡觉的床脚下，埋藏着多年的积蓄。再说庙中青菜萝卜，吃得流清口水，他受不了了。

过了五天，天黑时下起雨来，暑热消退，杨二同和两个师兄早早睡了。祈铁解终于解开了穴道，趁着夜色，成功出逃。可惜铁解让悟性毁坏了。

祈铁解回到岩石山，天还没亮，衣服淋得精湿，走到寨门外，就闻到股湿烟燃味。

岩石山老大废了，成了累赘，躺在床上还骂人。喽啰们认为没搞头，过了三天，大家不耐烦了，合计搬开老大床榻，拓开板壁，取出黄白金银家当分了，各各散伙。老大躺在床上痛得心烦，一抬手把蜡烛打偏倒，燃了房屋，自个搞了个火葬。

祈铁解来晚了，悻悻地从灰土堆中抠出私房，在没烧着的岩坎边柴草堆上，骂骂咧咧地胡乱睡下，打算天亮下辰州城。山寨先前是个天王庙，寨主到后，撵走和尚，所以岩坎边还竖着三个脑窠裂缝的木头大王。现在，三个脑窠裂缝的木头大王，睁眼看着祈铁解那么蜷缩地睡在那儿。

早上，和尚们才发现祈铁解不见了。酉缘说善恶有报，由他去吧。

过了几日，早膳后，有人送来个请柬，是沅江西山寺三年一次的参禅法会邀请。一提住持看了"啊！啊！"两声，高兴提笔写上酉缘、酉灵、酉通、悟性、悟道和杨二同随他同去，渡空留下守庙。一提善解师弟，方便他与陈寡妇幽会。佛法也是可以变通的，不是也有花和尚成佛的么。

晚上，满天星斗，一提把渡空叫到禅房，给菩萨焚了香，让渡空跪下，把自己脖子上的佛珠给他戴上。那串佛珠是在西山寺开光的，是酉岩山庙最珍贵的法器，预示从今以后，渡空就是庙住持了。一提没法说话，但渡空从他的神情和握着他的手时的微微颤抖中，可以理解到师兄对他的嘱托。

次日，师徒七人搭船出发，渡空一直送到码头。杨二同初出远门，兴奋得一夜没睡好，和前次醉茶一个样。太阳懒懒地照着，特别是船出酉水河，沅江宽广，泱泱之域，两岸绵延青山，白鹭飞翔，渔船稀疏，村舍、炊烟、

行人，依次呈现眼帘。

午时到辰州，渡过相邀，和尚们少不了上妙龙寺烧香拜菩萨。辰州府临沅对酉，是西进五溪的门府，岩板巷子一例是风火窖子瓦檐墙，沿街铺台，酒旗下水陆车马。酉水流域无大城邑，所以沿河的人称辰州为街上。不过此地多人操乡话，有趣的是好多乡话与古汉语相通。

师傅们说话，杨二同无事，邀两位师兄到街上空走一圈，看人，看街景。看到掌灯才回。

次日，一提师徒别了渡过，搭船下行。船到青浪滩，已是黄昏，时值涨水期间，滩长水急，船家泊船，要等风小浪弱天再下行。

一提师徒七人舍船上岸，借宿一家农户。次日沿官道步行。时值五月天气，河岸芦苇绵密，路边不时飞出鸟雀，杨二同走得热出汗，脱了上衣赤膊负着包袱，一边和悟性悟道师兄讨论河边湾塘中，定有好多鱼，若是停下来捉住，可有口服。当然，这些话是不让走在前边的四位师傅听到的。

走了大半天，翻过一个坡坳，山弯弯里有人打架。一个卅多岁的官府行走装束人，身上挂了彩，他一手持刀，一手拉着个清丽女孩，还有个吓得花容失色的妇女，看样子是一家人。地上躺着的三个人，已经没气了。对方一群衣色杂乱的拦路绿林，刀尖沾血，眼露凶残。那卅多岁人护着妻女，刀指叱骂："我乃郑军门下属，洋人都不怕，还怕尔等鼠辈蟊贼。"

一个袒胸露腹，满脸乱虬胡须人骂道："郑军门下属，卵籽籽。识相的把钱和两个母的留下走人。"

绿林草莽人多，没心情与他磨嘴上功夫，三两下，母女二人早让擒了过去。眼看那卅多岁人快不行了，酉通酉灵跑上去，两个莽汉还没明白怎么回事，就倒栽进芦苇中。杨二同去救小姑娘，那歹人不赖，反手一刀削过来，杨二同让开时脚下打蹩，抱着小姑娘打了个滚，背上让刀尖划破衣服。那人抢上前再挥刀砍下，一提禅杖挡住，借势复一推，打得那人退了一丈多远。

绿林好汉们不是和尚们的对手，没打趴的退进芦苇中，打趴的爬进芦苇中了。酉灵爱怜地责备杨二同："平时练功，就是偷工减料。要不是师兄帮你，小命就了了。"

那男子胳膊上挂了刀伤，痛得坐在地上喘气，旋拉妻女跪下谢恩。扶起问之，那人说姓黄，名十然，益阳人氏，随郑军门在广州镇海驻防。鸦片战事败了，郑军门殉国，他随后援部队撤回，找到家眷辞职还乡。"不想在此遇了劫徒，可惜三个随从，战场上没死，却把命留在这儿了。"黄十然说罢凄然。

黄十然又给大家介绍他夫人邢氏和小女黄翠薇，邢氏道谢。黄翠薇只六岁多，梳两个鬐头，圆脸圆眼睛，上嘴巴皮有个小黑痣，让人看着水灵可爱。

杨二同救黄翠薇时手腕擦破块皮，小姑娘取出手帕替他包扎。

悟性悟道就近找来两个农户，黄十然拿出十两银子，求替三个随从各买幅棺椁，不枉主仆一场。和尚们见没有可要帮助的了，为死者诵了一遍超生经，便告辞赶路。黄十然一家停下来，监督农户埋葬三个随从。

杨二同随师傅们申时到了西山寺，那寺庙有四个酉岩山庙大。还不止，光和尚就有二十多个，还有十多个沙弥，又有七个俗家修行人。供香客借住的寮房，东西两厢各有一栋。一提参加过几届参禅法会，与寺住持枯叶长老相识。听酉缘酉灵讲了一提声哑不能说话经过，枯叶长老甚是感叹。

法会定于五月二十九日，分为讲法，受戒，切磋武艺。世道不平，和尚没有看家本领，奈何普度众生，所以当和尚佛法要精，武功也要高强。

远近寺庙，也有早于酉岩山庙先一两日到的。离法会还有两天，一提领着师弟和徒弟，随着众和尚早晚上殿诵经。晚上，一提让酉缘，酉灵，酉通陪着，拜访各地来的同道，并与德山、益阳各地来的和尚盘经论道。悟性悟道一边帮沙弥们洒扫尘除，一边作受戒准备。酉通被抽去协助斋堂事宜。

受戒，是成为佛家弟子的一大关口。受戒前要沐浴熏香，拜七天佛，过了，才能烧戒。具体是晚上子时进佛殿拜佛，直到第二天晚上亥时，每天只能睡一个时辰，吃饭时间就是休息时间。拜佛时不能走动，解溲也要挨到休息的时候。另外还要拜一个通宵佛，不能上床睡觉，不但要受皮肉之苦，还要通宵达旦地念经。未能受戒的叫沙弥，只要遵守不杀生，不偷盗，不邪淫，不妄语，不饮酒，不涂饰，不观听歌舞，不坐高椅牙床，不非时食，不贪钱财。受了戒的叫和尚，有四百多条戒律，叫作具足戒。接受剃度烧戒，成为无量佛，可以出入各种寺庙挂单。

佛家烧戒点，源于南朝梁代的梁武帝。梁武帝三次到寺中当和尚，三次被大臣向寺中赎回。他就赦免全国的死囚去当和尚，又怕他们逃出寺庙重新危害社会，便用黥刑为范，在当了和尚的死囚头上烧戒点，以便识别，利于捕捉。后来，烧戒被认作是佛门苦修的开始。

杨二同不参禅，也不受戒。第一天无事，随寺中佃户采茶，炒茶。西山

寺庙也有一块茶叶地，是一香客还愿赠送的。住持枯叶长老是炒茶的行家，特别是喝茶时，嘴巴对着杯口，吱声吸之，仿若茶进到身体每一处肌肤，快乐得脸皱如朵秋菊花。

第二日晚上，一提领着杨二同到集市上游玩。集市在沅江之滨，长约三里。因为西山寺要进行佛法会，来了不少三湘四水黑白两道看客，街上行人骤增。各店家为了招揽客人，门檐挂了灯笼，照得一条街亮如白昼。一提和杨二同从东街走到西街，一家店铺前遇到黄十然。黄十然和邢氏拉着一提进了店铺，让店小二端些素食糕点夜宵。

一提无语，杨二同向店家讨了纸墨，双方交流才通畅起来。黄十然说是为了感谢活菩萨相救，所以停留下来，等法会过后，再到西山寺上香。

杨二同取出手帕还与黄翠薇，邢氏见杨二同憨厚可爱，笑着说："佛家讲一个缘字，翠薇得你搭救，也是有缘的了。他日若能相见，也可多个说话的凭证。"

杨二同听岔了，周身摸遍，除了一点盘缠，没有值钱东西，红着脸讷讷地说："现在没有什么给你的，等长大相见时再给。"

一提，黄十然和邢氏三人听了一怔。正是：

沅水过清浪，徒手救美人。

手帕结连理，恨不早长成。

五月二十九日，天清日秀，白鹭翔飞，鸟雀绕树，古木森森的西山寺，咸集沅江各寺庙来的佛门弟子。枯叶长老沐浴熏香，领着寺中弟子主持法会，大殿上焚香，钟鼓齐奏，众僧吟诵经文，香烟绕绕张扬成雾状，氤氲笼盖寺院。仪式毕，枯叶长老宣读受戒程序，由各寺推选出的十名和尚参与监职。

悟性和悟道，随受戒的六十多名沙弥，就地蒲团上打坐。

枯叶长老率领众人退出大殿。太阳光温温地从树叶间洒下，地上变得斑驳陆离，院中设了坐，主客分次坐下。酉岩山寺列于辰州妙龙寺下首，住持和渡过和尚站起来稽首，一提说不出话，由酉灵酉缘两人代为稽首还礼。妙龙寺来了三个沙弥参加受戒。

讲经佛会座上没有果脯，只有经卷纸笔，以及清茶一钵。和尚们各抒疑惑，寻求解答，无非是讲经参禅，引经悟道，论天大地大，佛门广大，佛渡苍生，积善余庆。

论到后来，归为众生平等，一为向善，渡恶向善；一为因果，因势利导，脱肉体凡胎，成为正果；一为普度众生，讲求精神，坚持苦修，脱离苦海烦恼。虽是佛学，从中自有一番哲理，然把不幸说成劫数，成果论为因果，自是传统佛学的局限窠臼。

杨二同初时还认真听，到了后来，便觉枯燥。太阳当头，一提示意，酉灵便让二同出去玩耍。

杨二同走出山门，边上高低立着几通石碑，有的碑文可读，有的因时间久远字迹漫漶，其中两通功德碑，全是捐助修寺庙人姓名。杨二同在古树交错隆起的粗根上靠着养神，太阳光从树叶间射向他的眼皮，搞得他无聊可表。帮厨的酉通经过，打趣说："二同无事，来斋堂玩。我做青椒面给你吃。"

杨二同回他："不去，和你玩不如找黄家姑娘玩去，说不定有好吃的。胜过你那青椒面几十倍。"

酉通怄气："快去，攒尽吃。多吃点好屙稀。"

邢氏打自路上遇到劫匪，受了惊吓，调理两日稍微好转，但晚上做梦出汗。黄十然便租了店家一个侧厢屋，借些炊具，自个做饭菜，帮助内人调理。杨二同一来，黄十然便与他不着边际地讲了阵闲话。看着天晴路净，黄十然准备一份礼物，领着母女俩，准备拜访一位住在本地的朋友，那人与他曾在军营相交甚好，现在赋闲在家。杨二同在黄十然的邀请下，帮助拿礼物，屁颠跟着，一路上与黄翠薇说话。黄翠薇梳两个髻头，额前细绒发结成稀疏刘海，团团的脸，说话甜美，笑时嘴角露出两个酒窝儿，就像在门后边看人的样子。今天穿套青纱湘绸缎衣裤，亭亭立立，让人喜欢。

黄十然问杨二同家住何地。杨二同说："鼓瘴坪。"

"怎么有这么个地名？"黄十然不解。但凡一个地名称谓，自有一定的根源，至少说明一个时期，在那儿发生过某种突出的事项，只是年久日长，其意让人理解出现偏差紊乱尔。

"听大人们讲，过去那里树多沟深，瘴毒狠。大家聚集到一起，打鼓椎牛祭神，驱除瘟疫湿气，用大锅煮牛的五脏六腑吃。不过现在设了同知衙门，叫作古丈坪了。"杨二同怕对方对地名不屑，有板有眼地找出有说服力的说辞。

黄十然又问："那么，那个地方有什么好呢？"

杨二同答曰："听大人们讲是九龟聚财地，上有猛虎跳涧，下有牯牛沉塘，前有蓝伞一把，后有靠背金山，肯出狠人。"

邢氏听他一说，不觉哑然，心喜这孩子挺逗的。黄翠薇反驳他："有金山？二哥哥你们人坐家中，什么都不要做唠？"

杨二同想，后门就五里坡，走上山累得按膝盖头，除了油茶树、油桐树和茶叶地，到处长着毛草树，的确没什么特别。但出于偏爱自家地方，杨二同机灵地说："娘老子讲，后山土质好，烧出的瓦盖屋，千十百年不漏雨。长的油茶油桐树多，产量高。特别是茶叶，卖到辰州街上，一斤斸换得到三斗白米。大抵是只要肯做，山上就能捧到金银的意思吧。"

黄十然笑了，这孩子，知道的不少，说话一套一套的。理是这么个理，只要世道太平，勤劳肯干，的确不愁吃穿。

一会儿，走过街巷，田埂后隆起山包上，果树荫蔽，有个岩石作基，上砌火砖的院落，岩朝门两岩柱阴刻"家风垂统可继，勤酬元享利真"。横楣石板上凿着两鱼互戏样的太极图，上边嵌通"昭美闾左"石匾。

主人家姓左，四旬左右，在军中任职时，关照过黄十然，并推荐到郑军门下任幕僚。两年前，左员外回到故里，置些田产，植桑养蚕，又在街面后里许开个油坊，过着平民逍遥快活日子。家有子嗣喜获功名，家声丕显，所以修葺旧院，立了门匾。左员外和黄十然主客堂屋叙旧，员外夫人和邢氏两边落座，杨二同和黄翠薇站其后。说到郑军门，左、黄两人甚是唏嘘。郑军门在镇海抗大不列颠西洋红毛，誓死报国，湖湘楷模。杨二同听着，很是佩服那位不曾谋面的郑军门，心下就是不信红毛有三头六臂。

后来，左员外又说到国力衰弱，国防军队装备不敌洋人，神威铁炮不抵洋人滑膛炮，还有就是木制海鳅船不足对垒洋人的铁甲船。凡此种种，造成洋人在泱泱华夏霸道横行。

酉时，西边层峦叠嶂的山上斜阳昏黄，院落涂上了一层淡黄，厨房端来饭菜，大家就座。左员外看杨二同着粗布衣裳，误作黄家仆从，让他去檐下与家仆一起用餐。杨二同并不介意桌上高低。

饭后，趁天没黑，黄十然起身告辞，黄翠薇说累了走不动，撒娇要杨二同哥哥背。初时邢氏不许，后来看两个小孩子无差，在黄十然默许下，不阻止了。到了黄家租借的住所，杨二同便回西山寺去了。

第四回　切磋试锋芒

六月初一，沙弥受戒结束，进行烧艾。悟道过关，殿堂上任青丝滑落，九点艾斑上头，披上袈裟，成了佛门正式弟子。正是：

> 莫说悟禅难兮，披上袈裟苦乎？
> 菩提树下坐矣，遁入空门中已。

酉缘拍了拍悟性肩膀："心中有佛，不论早迟。一切众生，皆有佛性，许是红尘中还有俗事。舍与得是同等快乐，阿弥陀佛。"

悟性苦笑了一下。拜第三个通宵佛时，他眼皮打架，就那么倒地睡着了。那时离结束只有两个多时辰了。

巳时，烧艾诵经仪式毕，西山寺后山空旷地上，设了比试场。前来观摩的沅水和下河及洞庭湖区众多练家子，占满场地四周，黄十然一家与左员外也来看热闹。左员外被西山寺设了座，与其他七位宿老，参与秉持监督。虽然佛家弟子切磋，为的是强身健体，扶弱护寺，不是为了作威炫耀，称霸一方。然而，就有那么些个别僧尼，理解出现偏颇，甚至步入魔道，想趁此扬名立威，完全与三荤五戒四大皆空相悖。

参加受戒的六十多名沙弥，经过三天三夜折腾，身体虚弱，参加不了比试。各寺院自有其他弟子，或俗家弟子，或寄寺束发修行人参与。本着发扬佛门武学光大，为公平见，西山寺草拟：一是比试中不能损人利己；一是两人对试，不许施用暗器；一是不能多人比一。"如有违反左三条规定，视为不敬。"枯叶长老最后谨重地说。

第一场比臂力，双手担水桶提水，从沅江提水到寺院。这是杨二同的强项，不论在家和在酉岩山寺，出门爬坡下坡，担物趋走是常事。就是岁数稍小于参加比试的其他人，相同大小的桶水，吃了点亏。杨二同脱下上衣穿

个短布褂子，腰扎白布长条汗巾，河边汲水后，提着两桶水，蛮自信地上路了。

上坡岩板路"之"形拐多，又窄，大多参赛者跑得快了，挤到一起，水桶相碰，少不了水桶里的水泼出来，心下愤愤，就有人借故把前边后边人的水桶也弄泼。为此，几个人便拳脚相向，叫嚷着重回河边汲水。杨二同灵便地避开纠缠，在线香烧完之前，提着两桶水到达寺院，成为最后一名入选者。一提高兴得直用禅杖杵地。酉通师傅还爱悯地摸了下杨二同的后脑窝，杨二同从师傅们的表情和动作中，获得了不少的鼓励和勇气。

第二场比轻功，在编成"佛"字的树桩上走罡步，最后跳过一丈二尺宽的水沟。这次是一个一个地依次进行，不用担心让人用损招，或者挤撞掉下木桩，但不能在桩上停留过久。况且有些木柱上端削成刀口状和尖锥，又高低不一。杨二同最后一个出场，撷取前面成功者的经典，记清多人出现失误的几个地方，灵巧地在桩上行走。正自我感觉良好时，左边飞来个蝴蝶，那是一个手板大，翅上有花的绿眼蝶。蝴蝶在杨二同眼前一晃，倏地飞向树梢去了。杨二同走神想捉那蝴蝶，忘了在木桩上行走，眼看就要向蝴蝶那样飞下木桩去了。还好，他两手本能地伸开撑着木桩，借力一扳，稳稳当当地又站到木桩上，还得意地乜斜了一眼目的地的那面铜锣。惊得台下酉通骂了声"这小子。阿弥陀佛。"

有惊无险，杨二同走到最后两桩上，运气，跺脚，狼腰舒展，轻轻跃过水沟，挥槌畅快地敲响铜锣。喜得穿着青纱湘绸裙袂飘动的黄翠薇，跑过去张扬地"二哥哥了不起""二哥哥好狠"叫喊，分享他的成功。搞得几个没走过木桩的，不反思自个练功不用心，却一味嫉妒。

两场比试下来，只剩二十多人进入第三场。比试前，场边雇工和执事和尚们，分工有序地在每根"佛"字桩边加上横木，用竹篾绑缚固定，上盖厚枞树板。半炷香时辰，搭好平台，一边临沟，三方设置四级木板梯。

第三场台上表演功夫，响锣唱名，一人一人地轮流上台展示，八位秉持监督就座，西山寺唱名淘汰进行。同门对搏自便。

杨二同第一个上场，表演八招打火上阵棍。第一招行者探路，第二招西天取经，第三招南海坐禅。正打得有趣，从台下跳上个高大魁梧和尚，喝道："呔，红黑一年才得上场一次。如此慢慢生生表演，没味又延时间。告手搞几下，有没有把戏，不就全出来了。"

　　枯叶长老征询左员外等八位宿老。事出突然，众人没有预备方案，所以作声不得。台下酉缘持珠质疑："比试重在切磋，汝为何逞强争狠？"

　　那和尚哈哈乱笑："佛说菩提，没说演戏。佛高一尺，魔高一丈，比试不争输赢，死窠臼对活现实，岂不成了战国的宋襄公。"

　　杨二同怯怯地撸了下鼻子："师叔，没事的。搞几下就搞几下，没比怎么晓得徒弟的手段。"

　　那和尚欺对方个小，不怀好意地走近杨二同，跺脚来个春雷惊笋，杨二同持棍错步让开，貌似怯场，实为下扫，借棍发力双脚长短踢。这一招式，谓作围魏救赵，长短踢也有讲究，长踢是让对方产生错觉，短腿并非直踢，是踢后转为用膝盖顶撞，如此，出现两虚，最后才是实。对方跌个结实，台下一片喝彩。

　　那人铁青着脸，站起来吐了口浓痰，骂道："小杂毛的。"对方明显认为是大意了。

　　接下来，对方把刀挥得泼风似浪，那个气场阵式，定要把杨二同砍上几刀才肯罢手。杨二同不敢大意，对方岁数上比他大几十岁，体大力不亏。两三个来回，侧身把杨二同摔个跟头，再平直跳跃，挥刀就砍。杨二同情急之下，仰天用棍挡了刀，双脚兔蹬腿，借势把对手踢起从头上飞过。

　　杨二同站起，发现胸前让刀划了个口子，虽不深，但流血了。枯叶长老正欲站起，想制止对搏，但那人已经扑向杨二同了。杨二同挡刀闪让，谁想那人刀被挡掉，来个大火烧身，一把箍住杨二同。一提和渡空都告诫过杨二同，与比自己强的对手，或者多人相搏时，不要让对方靠近。现在靠近了，怎么办，那个钳子手箍得杨二同觉得腰快断来了。情急之下，杨二同向后一脚，踢对方海底下阴，没踢中，又一脚，还是不中。好个杨二同，向上不行，向下使劲一脚，踩中那人右脚趾，那人"哎呀"一声，手松劲了。杨二同挣脱，舒服地吐了口憋闷气。

　　那和尚不肯服输，跛脚捡起刀再取杨二同。杨二同提棍跑开，眼看快要追上，一看台下叫声"苦也"，唯独那方台边没有板梯，下边是宽水沟。太急了，起不好步跳不过沟，得折回去。说时迟，对手已到跟前，杨二同急忙左右佯棍，借力腾空从对方头上掠过。这是打火上阵棍中的第五招挑囊遁形，对方反应过来，已是晚了，因为遁形时，还有个挑囊。杨二同把对方当成囊，一棍回挑，杵着对方后脑窠。那人没提防到这一手，跟跄冲到台下水

沟中，扑腾得溅起水浪。

　　杨二同险中得胜，喘息定神，没来得及向台下人示礼，败北者的两个同门跳上台来。一人长得舅舅不疼，一个长得姥姥不喜，两人逼得杨二同且战后退。枯叶长老一把抓着两个猥琐人，喝说不准车轮战："此场结束，要比另换他人。"说毕，提起两人扔下台子。

　　杨二同平安走下台来，酉通、酉灵、酉缘围着看视伤口，妙龙寺渡过和尚取出止血粉，让酉缘替他敷伤口。一提"啊，啊"惊喜，证明他当初收留杨二同的眼光没错。

　　枯叶长老对设台比试功夫有所提防，不提倡对搏。可事与愿违，佛祖也没可奈何。佛家弟子还没演示结束，窜出个江湖恶棍，非要站台量手段。佛有成人之美，只能让他比，那人身高体大，眉浓脸尖，手粗脚圆，长得一副凶险样貌。只见他赤手罢步，一连打退四个上台和尚，其他无人敢上台，也不是不敢，佛门讲容难容之人，并非没有手段者。那人便狂嚣自大，放荡不羁起来，大语言言打遍沅江无对手，今日挑战西山寺，不过尔尔。

　　枯叶长老不与他计较，宣布比试就此结束，并谨重地对那人说："尔来寻衅，罪不在寺。若有江湖恩怨，可另择场地了结。施主请自便。"

　　那人仗着功夫不依，还出言不逊羞辱西山寺。原来是找麻烦的，三个当地练家子看不下去了，提起屁股跳上台来，替枯叶长老维护正义。这下可好，本是比试功夫，现在成了逞强比狠，没有章法的互殴。可怜三个练家子都是三脚猫，几下让对方给打发了。

　　枯叶长老准备回寺，那人一把扯着不放。太不像话了，寺院其他和尚待要发作，酉通说声"阿弥陀佛"，扶着一提哑兄上台。酉通说："枯叶长老和西山寺同门不好出面，我让师兄指导，现学现卖，学得不精，还望施主开恩。若是侥幸赢了一招半式，施主就此打住如何？"

　　那人高兴起来："这和尚会讲话，我喜欢。来来来。"

　　一提看他冲到眼前，禅杖比画，虚步移开，酉通寻此空隙，扯了那人裤头活结，白布牛鼻犊裤滑脱，看得台下人发笑。那人桩步摆开，右手飞快地提起裤头，恼羞争辩："你这和尚好没正经。"

　　酉通说："施主没扎稳裤腰，怎讲我不正经。列位双眼看着，我哪里不正经？"

　　那人无语，仔细检查裤头，复与酉通比拳脚，酉通足移太极，交错闪让，过了几招，揪个空当，趱步踩住那人双脚鞋头。这下可好，两人面对面，怀对怀，酉通双手合十敬佛，张口吐出酸菜臭气，那人脚移不得，挣扎一下，倒了。酉通保持原样，活脱脱一尊活佛，直挺挺地跟着倒下，压得那人狼狈。

酉灵、酉缘、悟性、悟道和杨二同上台祝贺。枯叶长老高兴，持手感谢，一提和酉通还礼。正是：

戒坛悟法识禅玄，万物同育容莠良。

人外有人天外天，小庙原藏真罗汉。

比试结束，黄十然领着妻女给菩萨上香，捐了二两银子的功德。左员外有心结交，经黄十然引荐，邀请酉岩山寺和尚到他家做客。于是，众人便到左员外家去闲散。

左员外好客，院中摆了素宴，把酒闲坐，天气宜人，直叙到星辰缀满霄汉。茶水三泡，杯盘果脯吃得过半，酉通告杨二同："佛经有云：心有所净，不必拘于在一个地方修行。天下没有不散宴席。"

"师傅之意……"杨二同不解。

酉通说他和一提受枯叶长老邀请，连同悟道，留在西山寺修行，酉灵酉缘到妙龙寺去，渡过和尚已经告诉庙住持了。悟性暂且回酉岩山寺帮助渡空，等待机缘再受戒。

"那我怎么办？"杨二同急了。师徒相处得好好的，真有点舍不得分开。

左员外说："黄兄台已经给我说过。我在街坊设有个油号，现在欠个跑腿伙计，杨家小哥既然一时没处去，暂且屈居，抄写账簿，做点零工，或跑跑腿，早晚可到西山寺向师傅请安。他日存得点积蓄，也好回去孝敬父母。"

次日，杨二同到西山寺，依依拜别师傅们和两个师兄。取了包袱，去左员外家油号报到。

左家油号在街巷西边，两栋木房。临街一栋房设柜台，兼营些日用南杂，中间会客，侧间有张床榻，檐下搭了灶台，方便伙计守夜食宿。掌柜来了在中间会客厅看账，与商客谈生意，兼接待餐饮。后边三五步相挨一屋也是三间，是存货发铺，中间贮放桐油，也有茶油和菜油，兼放食盐。右间存放铁器，季节性地贮存大米。左间设床榻，供守夜伙计食宿。除了桐油，其

他货物是以物易物，或者生意上与其他老板斟换的货物，是顺手生意。

店铺只一个拨算盘珠子计账伙计，姓苏，四十大几岁，穿一套灰色布褂，长得瘦，人称瘦杆子，主人和大宗老板谈生意，还得端茶倒水。另有个跑腿打杂驼背范老七，四十挂零，大字不识一个，不会写，不会算，腰有点驼，一只眼长了萝卜花，除了跑腿，兼管存货发铺房开门和落锁。

平时，油号是左员外的三少爷任掌柜。三少爷长得洒脱偶傥，是个好玩霸王，二十大几了，据说不喜左员外夫妇张罗的内人，与父母闹别扭，提笼架鸟，到处游玩，是个甩手掌柜。伙计们认为三少爷待人实在，福利不薄，跟着他干，没有不勤快出力的，就是左员外没少操心。老夫人想出一计，让三少奶奶坐店，照看店铺和油房。

打油房距店铺一里远，忙时范老七搞不赢，央求三少爷再物色个伙计。

左三少爷把杨二同领到柜台，招呼苏瘦杆子和范老七："这个杨二同，是家父过命之交袍泽介绍的，你们俩不准欺侮他。"

苏瘦杆子赔着笑："少爷放心。"

杨二同口乖，打恭说："今后仰仗两位叔叔照顾。"

左少爷粗粗看了眼账目，又向瘦杆子交招了些琐碎事。最重要的是让他支筒钱，提着鸟笼玩去了。

杨二同跟着驼背范老七，去存货发铺房。范老七简单收拾下右间楼上，让他暂且住那，又说东家不管饭时，就与他搭火，存货房外间有锅灶可供炊饮。杨二同放了行礼，两人便下楼干活。

范老七从口袋取了钥匙，打开大门，堂屋中间一口缸有半浅缸桐油脚，其他十口缸两口两口叠放在一起，又有七八幅油篓挂在壁板上。另有两水缸盐，天热发潮，地上湿了。范老七让二同打开通气窗户，说是这样，地上就不会发湿潮了。两人的活儿，是把右间贮存陈谷间打扫清点一下，把放在角落防潮用的木炭搬到太阳地里晒，腾出空间，把一袋一袋的小半屋稻谷和大米，从一边移到另一边码着，原来放在上边的，现在放在下面，原来码到外边的，现在移到内侧。这样做，防止谷米着潮。

下午，太阳偏西，范老七和杨二同把防潮木炭搬回屋里，一天事就干完了。范老七架锅办饭，让杨二同喊来苏瘦杆子，三人围锅吃夜饭。

过了两日，黄十然来左家，说邢氏身体好转，告辞回乡去。杨二同领了左员外之命，帮助黄家搬行礼上船。

一提和酉通师傅也来相送。

黄十然拉着杨二同说:"寒舍在益阳十字弄外黄家铺,很好打听。小弟若到益阳,一定记得到家里来。"杨二同从口袋里摸出个甜梨给黄翠薇。笑着回答:"天长路远的,若有缘到下河,一定上门打扰。"

开船了,黄翠薇站在船舷上招手:"二哥哥到家来,我让娘亲做糯米糕送你吃。"

"那敢情好,就怕吃得我舌头一块咽下去,没法和你讲话了。"杨二同扮了个吃糯米糕的快乐表情,看得邢氏也是笑了。正是:

初相识,萍水成至交。沅江汩汩草木长,惜别依依邂逅茫。一对好鸳鸯。

时间过得真快,转眼夏尽秋来,冬过春到,杨二同不觉中在左家干了一年多了。由于杨二同能写会打算盘,苏瘦杆子和驼背范老七关爱,出外押运成了能力强的保镖。左家人信任杨二同,放手让他兼管榨油房日常运转。杨二同做得了榨油房的一些小主了。

夏暑时节,油号生意淡季,左家就兼营米谷。大暑过后,左家在当地和湖泽收集早熟新谷,上运到辰州籴米粜谷,供给辰河和白河不产双季稻高寒山地青黄饥馑。山地贫瘠之处田少,且经不起干旱,产量很低,许多人家吃饭用钱,就靠桐茶山林。没钱买米之家,多是用桐茶山林作抵押,或放桐油息,秋后兑现。左家和大多数油号盐商布市都这样做,以利盘活长远生意,兼养长年雇佣的帮工。

一日天晴,太阳晒得蝉噪。腰粗体壮的三少夫人,打把油纸浅黄伞遮太阳,领着驼背范老七和杨二同,还有一个守油房的邓姓雇工,搬着被窝和餐具,去水碾房碾陈谷。水碾房挨田坎外河边,凭的好景色:坎上蓄三株水柳树,河码头拴两只小船,草木茵茵蛙自鸣;燕雀掠草间,水牛洗澡牧笛映斜阳,水漾碧波鱼戏莲。

水碾房是左家开榨油房所置,守水碾的是个耳聋眼浊的七旬孤老叟,没处去,左家收留之。孤老叟只负责开关水闸,撮谷车米费劲活由碾谷人自负。没有别家人碾米时,全都留送左家碾。范老七和雇工挑谷运糠。杨二同碾米,出槽,风车车米,装袋,这一系列活儿,都要弯腰进行,特别是跟在

碾岩后面，弯腰用扫帚翻扫碾槽中的谷米。干了一天，杨二同腰杆受不了，晚上说好与范老七换。范老七腰驼，干起来不费力。

杨二同只十五岁，第一趟背了三斗谷，还行。背到第三趟，半路憩气，背篓偏倒了，怎么也背不好，只好隔着田埂喊范老七帮忙，喊了几声没反应。正无计时，左三少奶奶来看视，原来杨二同没扎实，口袋松垮垮的。三少奶奶理手地把布口袋轻轻提两下，重新扎紧。这样架在背篓上，杨二同背起来稳当了。

三少奶奶给碾房捎了点油盐菜蔬，告杨二同大后天随她去上河送粮。范老七伸起长萝卜花的眼珠子，说："三少奶奶偏心，怎么不带我，他小伢没什么用场。至少把我也带上好咪？"

"好咪个鬼。你去，哪个碾米？还有发铺房哪个管？"三少奶奶半唬半肯定他的功劳。

范老七哑口，他喜欢和杨二同共事，又不甘心这样就算了，找出个给自己台阶下的由头："那你得给我打一葫芦窠酒。"

三少奶奶瞟了眼范老七："天这么热，攒尽吃。吃醉栽死到河里莫害着我屋。"伊看中杨二同会记账，人小功夫好。

三少奶奶撑着油纸伞走后，三人干到太阳快下山。范老七晓得三少奶奶要带酒来的，便和邓雇工商量，对杨二同说："二同莫背谷了，捉几条鱼下酒吃，晚上要熬夜碾米。"

杨二同如释重负，借了碾房老倌的网具，跳到河里泡澡，再装饵放钓。

过了一日，陈谷碾完，装满一船，从湖泽定购的两船新谷直接停泊在碾房外。趁天晴，三少奶奶让杨二同负包袱，和苏瘦杆子清点货物。伊每船配两个左家雇工当船工，从碾房外小河出发，去上河辰州籴谷米。

船队暮宿清浪滩，次日雇纤工拖船。三少奶奶其貌不扬，做生意是把好手，卖纤的嫌钱少不合算。伊知道他们不拖，家中就得告炊。后来诱惑对方，一班人转流拖三船，五人每人两升米，外加十个钱。

五人拖不动船，三少奶奶挤出三个船工相助，船工个个体力好，拖纤内行，额外挣得一份工钱，当是卖力拖纤了。大家唱着拖纤号子，两炷香过后，三船先后顺淌上滩。杨二同也挣得一份额外工钱。

上了滩，三少奶奶让船工泊船，岸边架锅，捡些干柴生火炊饮。后来几个浅滩，船工们合计，告了左三少奶奶，不用另请纤工了。

　　三日后，左家粮船进了辰州城，左三少奶奶选桥下老柳树边泊船，让瘦杆子上岸，店摊上买两斤火烧，称两斤卤牛肉，用干荷叶包好，又打了一葫芦窠酒，让船工们守船吃耍。伊领着杨二同去拜访往年经商的熟客商户。

　　那家商户店铺设在南门街临河边，姓瞿，也是油号，青黄不接时兼营谷米。五黄六月，饥民多，购买力弱。瞿老板本钱不大，并且多让农户写了契约，用秋后桐油抵押支了去了。左家米谷量大，瞿老板一下用不了那么多。碍于两家生意来往不隙，答应购十担米谷，剩下的可以暂且存放在他家发铺，或帮忙找商家销售，左家也可自个零售。生意从来如此，买卖由市场调控，瞿老板也算厚道。第二天，左三少奶奶先让瞿老板雇人搬运十担米谷，剩下的暂存船上不动。因为存放到瞿家发铺，要一笔雇人搬运开销。只是担心天热下雨，船上存放谷米着雨了发潮。于是，左三少奶奶让船工在船头插上卖米布幔，苏瘦杆子摊开账本和秤斗——零售。伊再联系其他客商。

　　杨二同看生意不忙，告假到妙龙寺看酉灵、酉缘师叔。师徒三人说了会儿话，杨二同喝了渡过大师泡的茶，感觉腹中让茶水刮得流清水。两位师叔和渡过留他吃晚斋，杨二同看着白米饭和素菜肴，推脱怕左三少奶奶安排他做事找不着人，匆匆忙忙告辞了。

第五回　经商返还家

　　杨二同回到河埠头，看到一些人站在岸边叫嚷热闹。原来距左家船几丈远的河中，一伙恶徒抢船商，押持商户女眷胁迫。那商家在码头上干着急，跪着苦求大家："求求大家，若有出手救得浑家和船，愿出十两银子。"

　　众人怯于亡命徒手毒，虽是同情，无奈其能。那商家哭丧着脸，拿着银子一个个央求："浑家为人素德，我不能没有她。哪位出手救救她吧。"

　　有个无赖起了贪心，一把抢了银子，扭头就跑，慌不择路地，一头撞到杨二同怀里，跌个踉跄。那无赖怕众人指责，情急之下把银子塞给杨二同，跑了。商家以为杨二同答应相救，拉着他的手涕零打躬作揖。

　　不关杨二同的事，现在摊上了，怎么办？左家三少奶奶因为生意没有预想的顺畅，有点心烦，撑着油纸伞过来，没好气地喝开商家，拉着杨二同就要走开。杨二同却说："三少奶奶，没事的。人有三急，他有求于我，说明我俩有缘。能不能救到人，我尽力吧。"

　　杨二同说毕，跳上左家空船，左三少奶奶想阻止来不急了，又怕杨二同吃亏，招呼两个青壮船工相帮划桨助威。待船划到离那恶徒两丈远时，对边一铁丸打来，杨二同轻轻把桨一提，挡了铁丸。

　　恶徒吃了一惊，张弓复掷两丸。到底心慌，风大船又摇晃，定不稳准心，杨二同看得清楚，一一让过铁丸。杨二同想，这个恶徒莫不是祈铁解，便留神瞅认。原来正是岩石山祈铁解那厮，仗着铁解手艺，在辰州城聚得三个提草鞋喽啰，便在光天化日下跑江湖了。

　　祈铁解也认出杨二同，恨得咬牙切齿："娘娘的乖，是冤家对头。今个买卖黄了。"吩咐喽啰快些荡桨。船靠岸，胡乱拔得根商户女眷头上插粑粑鬈的银钗，慌不择路夭夭逃之，耳边分明听到杨二同喝骂："祈铁解，你莫走，我们有点账还没算清楚。"

　　"再撵我弄死你。"祈铁解站在坡地路坎凸岩窠上，张弓喘气悻悻地说。

商户女家眷得救了，不必撵上坡去做没底的买卖。杨二同只晓祈铁解罢了。

女眷和船得救，只损失一根银钗和三小袋子盐，商家感激得不得了，马上兑现诺言，还加上五两。杨二同记住娘亲的教诲：人生在世，要救人危难，而不是拿人痛处要价损德。只拿十两银子，二两分送两个船工，另出一两准备请左三少奶奶和众船工打牙祭。那商户出于感谢，说是出门靠朋友，硬要做东，请杨二同和左家船工一起去店铺吃餐饭。

左三少奶奶见那商户诚恳，落得省了一餐饭钱，许了。大家便跟着商户，选个干净店铺吃饭。杨二同屁股轻，吃完饭，向那商户招呼一声，提着竹箪装好的三份饭菜，送到船上，让三个守船人吃。

吃得入巷，商户与左三奶奶说些经商方面的琐事。那商户姓黄，是行走北河上河的盐商，有两艘货船。黄老板得知左三奶奶是德山油号掌柜，有心结识，夫妻俩待客更加殷诚。俗话三个屠夫拢来讲猪，三个先生拢来讲书，两家都是经商人，自然是三句不离本，当下谈妥：盐和谷米斟换。

左三奶奶没想到近于困境的生意，一下成交了，高兴得让店家再添了盘辰州酱牛肉，一盘霉豆腐。只是几个没参与随杨二同救人的船工后悔，白花花到手的一两银子从手边溜掉了。

次日，左黄两家货船挨近，不到半天，货物换讫，差额兑付。左三少奶奶看着谷米变成锅巴盐，心里喜欢，觉得这是拜杨二同所赐，伊拉着二同，悄悄塞给了他三两银子。

加上积蓄，杨二同口袋中有十六两银子了，马上想回家去。出门五年了，家中一定窘迫，急需要用钱。主要是想爹娘一定挂念他，还有姐姐哥哥和三弟，所以杨二同决定赶快回家去。左三少奶奶挽留不住，只得嘱咐他一路小心，若有难处，来德山找左家帮忙。正是：

> 五年漂泊离家园，儿行千里娘挂念。
> 今昔负囊回乡路，情怯意趣乐无边。

正好，黄家货船回酉水上河粜谷米，杨二同搭之，黄老板夫妇自然是极其照顾的了。到了铺伙头，黄老板让船停憩，上岸采买菜蔬补给。杨二同拜老庚伯伯和伯娘，送上备制的礼物，一块辰州碎花布，一斗白米和两碗盐。

谢映姐穿件蓝花月白家织布衣,背着柴禾回来,脸让汗水浸得潮红。虽是一年多不见,杨二同觉得隔了好久了,发现谢映姐前胸微微隆起,头发辫也是愈加光亮的了。

罗大妹接过杨二同的礼物,心里喜欢,赶忙张罗给黄老板备置菜和茶油。黄老板让船工上岸逮中饭,又买了一捆竹缆和十双草鞋。

谢铁匠得知杨二同回家去,连说:"好啊,五年了,你爹娘一定想得不得了。骨架子结实了,冬闲来我这里,我教你打铁活。"

吃了饭,杨二同本想上山看渡空师叔。但转儿一想,那样耽搁黄老板行船,只好下次再来看他。

杨二同离家五年,一日突然归来,怎不让天天掐指盼儿回来的爹娘心喜。特别是杨本哲,自从被强盗打得内伤后,身体一直不见好转,勉强春耕生产,日晒雨淋,一到天气变化,腰就阴痛,没有能力随村里人去做卖力气活了,更不用说去蜀渝背脚。家中日子过得清苦,又遇天旱,几年下来,押了汪家坪和半坡两块桐茶地,只剩下的门前三丘水田了。夫妻俩商量,就是再苦,哪怕去讨米,也要留下三丘水田,便于帮助三个儿子日后成家立业。所以杨本哲的病没有得到延医。李氏日夜操劳,也是憔悴的了。

杨二同回到家中,给饱经苦难替他担惊受怕的爹娘太多的宽慰。杨大同在神龛上点了亮,让二同上香敬祖宗,再给爹娘请安。杨二同取出给爹娘和哥姐弟弟的礼物,杨大姐脸带菜色,拉着二弟的手哭了:"二弟,这些年在外,一定吃了不少苦吧?"

杨二同宽慰阿姐:"还好,在酉岩山寺,师傅们很照顾我。我还经常到老庚伯伯家玩……"于是,杨二同向家人大致介绍了五年在外的经历。最后说,"得了点钱,想到五黄六月的,家里一定急需要用,别了东家就回来了。"

家人听后放心了,至少,杨二同长大了,还学会一身好功夫,又识得些字。一提大师真是菩萨心肠,杨本哲和李氏当初误解他了。这么想着,夫妻俩跪下往南向菩萨磕了三个头。

杨二同把银子交送娘亲,虽只十四两,足够杨家买两头大水牯牛还有剩的了。李氏看着银子,抱着二同的头,眼泪就出来了。杨本哲哼喘着无语潸然。夫妻俩知道儿子攒这些钱不容易。苦了儿了。

杨大同没闲着,抱柴进灶房烧夜火。李氏和大姐灶上忙乎。一会儿饭菜皆成，虽是平常，其中却揉捏着一家人其乐融融，沉浸在久盼团聚的天伦陶然中。

晚上，杨本友几家本家得知杨二同回来了，吃了晚饭过来看视，宽慰杨本哲和李氏有儿穷不久，说杨二同懂事，得了点钱，晓得六月家里饥荒就回来了，日后必成大器光耀门庭。屋外坎田里蛙声此起彼落，本家叔伯坐到半夜，直到月牙西斜方散。

家中饥渴得以解除。第二天，李氏让杨大同到西门边请伍郎中。杨本哲的病不能再拖了。

到底拖得太久，错过医治期。家贫长年睡在竹席上，又得了严重的风湿。伍郎中早晚扎银针，拔火罐，七天一个疗程，草药辅之。病情时好时坏。挨到立冬，太阳黄黄的，杨本哲静静地看着妻儿，走完了平静的一生，留给子女何啻是无尽的哀伤。真是：

青山苍苍，古阳河汤汤。
亲爹恩情，山高共水长。

话说日月交替，春夏秋冬，周而复始，李氏看着子女长大了，待杨本哲过世两年，便让杨大姐和杨大同除去孝衣，成家。杨大姐婆家溪州稷坪，亲家曾与杨本哲相识，家有三兄弟，河边有五斗谷种的水田。杨大同浑家向氏，蔡家河女。李氏张罗，在赎回的汪家坪茶叶地建了栋新屋，让大同夫妻俩另立门庭，做他们的前程世界。

家中剩下李氏娘儿仨，守着两丘水田和茶叶地桐油山场，日子过得平静而舒坦。许多时候，杨二同协助娘亲耕管农田，农活不忙时就到外边走动，给人押送货物，看管桐油地，或帮富家弟子胡乱教些拳脚。转眼又到春天，桐油花开，家家荷锄，人人采茶。李氏认为二同十八岁了，坐在门槛边剁猪草时，催儿子成个家，伊看中红砂溪向家有个乖乖女。杨二同扯谈："一提师傅讲过，我是大富大贵之人。婆娘的不愁，到时取他三四房，天天轮流给您捶背。"

"这个二同啊，油嘴滑舌的。一天到晚癫来癫去，不会犁田，做工偷懒，还三四房媳妇。就怕你爹埋到活龙口。"李氏无法，口是心非地数落儿子穷开心。

杨二同见娘高兴，来劲了，说："娘老子哎，佛陀讲过，坟山是隔代兴。我发迹是公公婆婆他们到那边替我攒劲。"

李氏来火了，刀剁得砧板响声比先前高了两倍："又到穷讲饿讲，讲鬼讲菩萨王灵官。还不去帮你哥搭田埂，晚上莫进屋。"

杨二同没辙，捎着木档耙和木拖耙，快快出门去干活。主要是怕娘亲动真格，娘打儿子天经地义，有理无理，当儿子的不能顶嘴争辩对错。有天他回家晚了，怕影响娘亲睡觉起床开门，就在街边伍家卖货的木铺台上将就一夜。

杨大同还没犁完田。杨二同躺在田边草坂上，嘴巴咬根丝毛草，抬头无目的地看田埂，田埂外的河，河对边的茶叶地，以及地上坎的山，后来又看了阵天，天上有一层稀薄的云在移动。于是，他就想起谢映姐，以及伊那头乌黑油亮的头发。这几年冬天，杨二同都要到铺伙头老庚伯伯家学打铁，天天看到伊，心窝子里就有股莫名的感觉，他不知道，那个莫名感觉，就是爱的征兆。后来，杨二同又想到没有到过的益阳十字弄，黄家铺乖巧的小妹妹黄翠薇。想到后来，杨二同有点恍若，就有点心猿意马，自语哑然："四年多没看见了。也许长大了。也许认不到我了。"

"你不是发神经了吧。"杨大同犁完田，喊两声杨二同没搭理，走到近边看到弟弟那个熊样，没好气地踢了他一脚。

杨二同没发态度，哥哥捶他也是不能还手的，这是祖上传下来的规矩。一提师傅和其他师叔说过，那叫孝悌。

杨二同绾起衣袖，兄弟俩协助，借助木拖耙垒田埂。当地犁头茬田沤苕肥时，要把子田埂犁掉，犁二道田时再垒，里坎的用木耙推，可以薄点，外边田埂要用木拖耙拖，或者铁耙提，做得较为厚实些，这样便于蓄水，防止蝼蛄鳝鱼，以及田里鱼拱食掘通了漏水，那样田就不经旱。两子透力了，李氏让杨大同把外边子田埂做得更厚些，上面栽一排黄豆，老田埂锄了草，栽一路菜豆角，插上竹条，还可以防范别家放牛伢贪玩，牛偷吃稻秧。

杨大同站田中，把木拖耙压得紧紧的捉弄杨二同。杨二同田埂上拖，拖完三丘田，眼睛花了，告了假，坐在田坎边歇气。杨大同用木耙抹子田埂，一边调侃二同："你不是练过功，拖三丘田埂就不行了。"

"功夫是人与人相搏，短期用劲，和拖子田埂是两回事。"杨二同不服气地分辩。

杨大同找话说："也是哦。明明你有理，若是娘亲不依不饶，功夫再好没法施展，只有挨她老人家打的份。"

其实，两兄弟都是孝子。阿爹不在了，哥俩更是处处顺着娘，从来没有顶撞忤逆。

两兄弟正说得有趣。村里任家少爷任祖文和小古丈坪的杜兴中，在坡地桐油树下远远向他招手。杨二同知道有好事，只活没干完不敢走，怕挨娘亲打骂。杨大同说："今个工夫做得差不多了，去吧。若是等成了家，像我这样就走不脱了。"

哥哥就是哥哥，处处替弟弟着想，只不说明。世道不太平，捐税又重，年程又差，不是天旱就是水涝，虽然分了家，田里地里，还是一起做着。杨大同添了个儿子，李氏时常去家中帮助照料。俗话说生个儿女三年穷，杨三同放牛回来，就去帮助大哥大嫂领侄儿。杨二同从外边回来，少不得给哥嫂一份礼物。隔上三月半年的，杨二同到姐姐家看一下，帮助做点农活。

任祖文少爷和杜兴中是杨二同的两个好兄弟。任少爷的爷爷是守备，年初才擢升花翎参将，家有两担谷种的水田。先前，任祖文少爷看不起杨二同，嫌他穷，嫉妒那么个岁数，团近有人请去教功夫，去年迎城隍时，两人还告了手，要不是杨二同让着他，任少爷就亏了。

迎城隍是五月二十八，据说是城隍菩萨的生日，古丈坪迎城隍驱瘟疫湿气。杨二同让小侄儿骑在肩上，领杨三同去玩，主要是想让城隍爷给侄儿点朱砂红。马蹄铁炮三响，城隍庙里冲出十多个脸上抹黑，手执刀叉小鬼，通街乱闯，抢摊点上的糖食水果吃，卖主不予干涉。三同眼尖，见地上掉落水果，捡起就啃。有个扮小鬼的人是杨三同的要好玩伴，扮着鬼脸说："捡什么，我这有，都送你。"把衣兜里的一股脑全送杨三同，最后连手上的油粑粑也递了过来。杨三同还没接住，让走过来的任祖文少爷挡掉了。杨三同心痛那快到手的油粑粑，便弯腰捡。任少爷的仆从故意一脚踩烂，还踩着了杨三同的手。杨三同痛哭骂了句"狗奴才，踩着我的手了"。

任祖文少爷一怔，发飙道："穷叫花的，没事手放到地上搞什么？"

搞什么，杨二同一脚踹得任少爷趔趄退了三四步。有理没理，先立个威，让对方底气怯三分。一看是任少爷，杨二同又有点后悔了：怕娘亲知道责罚。

任少爷不是纨绔子弟，没上前还手。他知趣，当街惹祸，输赢对任家名

声都不是好事，主要是任家奶奶平时管束得严格，再说杨二同不是好打发的。可两个跟随的家仆仗势欺人，扬起巴掌要打杨三同。杨二同左脚一拐，家仆跌个结实。

看样子一下了结不了，杨二同快速放下侄儿，让杨三同抱着。只一下，一把拧了扑上来的两个家奴。打狗看主人，任少爷晓得杨二同发威了，急忙抱拳说："我不是有意的。这样，买两个粑粑赔你好么？"

两人回家，都没敢让大人晓得，平安无事。到了冬天，太阳黄黄的，任少爷领着杜兴中几个无事，提鸟笼子到下河罗江边放狗撵矮脚肉。杜兴中不正经，与惹必湖石家姑娘搭话轻浮，让石姓族人一顿肥打，打得尿了一裤裆，后来罚他们跪到水里磕头。杨二同领着三弟到老庚伯伯家打铁回来，岩拱桥边遇上了。同是古丈坪人，任少爷人品不赖，个中又有个隔房老表鲁德威，右眼角着打乌了，只那眼珠珠转着白。杨二同在惹必湖小寨摆过堂子，一些人认他做过师傅，便软话求和，石家人买了他的面子。后来，任少爷便对杨二同欣赏有加。

任祖文少爷说，衙门杜老吏让他招几个年轻人，组成一个护衙巡逻队，晚上轮流巡城，一月两斗谷。杜兴中撮合说："二同老弟干吧，反正无事。虽说工钱不多，多少为衙门做事，凭你的功夫，少不得提携，他日谋个前程。至少结识一般哥们，有个帮衬。"

杨二同想了下说："好是好，不过得回去告诉娘亲一声。"

任少爷见有口气了，说："这个自然，若伯娘依允，明天来找我，一起去见杜老吏。"

李氏同意。主要是有个固定事做，免得杨二同三天两头出去惹祸。

第二天吃过早饭，杨二同穿着新草鞋，去任府找任祖文少爷。任少爷招集得团近几个村十六个包包后生，有了杨二同加入，他有点自信自个的组织潜力了。因为杨二同在团近村邻心目中算个角色：功夫好，讲义气。

大伙跟着任少爷去找杜老吏。杜老吏是杜兴中隔房伯伯，人老成，做事稳重，抚民知府干了好多年，地方出点麻荽棘手事，他一到就了结了。历任的同知和都司，多少都尊他三分薄面。

杜老吏禀报同知，从都司库房弄来些半旧兵戎，组成古丈坪巡城团练，保护古丈坪岩头城的治安。巡城团练由任少爷提总，任家老奶奶高兴，让账房支出一担谷，供大伙巡夜吃夜宵。

杨二同任队副兼枪棍教头。

杜老吏造花名册，看着杨二同说：“二同是乳名，现在成年了，又当教头。名为正体，字为表德，自个做主取个名儿。明天告我，好造册用。”

杨二同一想也是，回家告诉娘亲。杨本友得知后说：“你是焕字辈，就叫杨焕什么吧。”

想了一夜，第二天点卯后，杨二同找到杜老吏，说：“名字想好了，就叫杨焕煜。”

大伙喊杨二同习惯了，一下子改称“杨焕煜”，不大顺口，他自个听了也不大认为是自己。亲戚朋友长辈还都喊他杨二同，他认为那样亲切些。不过杜老吏说“杨焕煜”名字取得雄。

干满一个月，杨焕煜把两斗谷和一串钱摆在李氏面前。在娘眼中，儿子真的成了衙门里的人了。嫂子向氏看杨焕煜衣服破旧，天热了，短褂子没有，在巡城团练中穿着跟不上伴，让大同背斗苞谷籽，到墟场上斞得七尺粗布，连夜缝件新衣，李氏又做了双布鞋。杨焕煜穿戴一新去巡城，就很有那么点样子的了。正是：

> 山旯蕴风光，闾门本平常；
> 家中有贤嫂，砺英成栋梁。

前些日子雨水少，天天太阳，收了油菜和麦子，下的雨量还是不大，山上一些靠天接水田犁不了。到了端阳节，雷鸣火闪的，接连下了一天一夜长雨，人们蓑衣斗笠，牛角上挂火把抢季节犁田，只等天晴栽秧。不想老天怎么回事，雨一直下个不停，古阳河暴涨，沿河坎边的田几乎全被冲烂，杨焕煜家三丘冲坏一丘半，河边那丘田埂冲走，田中堆着一层砂石，只剩最上边一丘大田。李氏安慰媳妇：“二同每月有点收入，三娘母饿不死的。那丘大田你们管理。”

向氏说：“娘，还是我们另想办法。二叔三叔他日还要成家，您要操心的事多着呢。”

“就这样定了。二同三同成家还早，我不能让小孙子饿着。”李氏态度很坚决。

雨后，李氏让杨三同背着侄子守牛，伊领着大同夫妇和杨焕煜，把水冲

垮的田埂砌起来，担掉泥沙，整理出大半丘田，补上秧苗，不能恢复的田改种黄豆和苞谷。后来，李氏怕媳妇家不够吃，又全家出动，把汪家坪和半坡桐油地茶叶地的空隙修整烧畲，撒上小谷（粟）。理论上保证收获产量的面积。

那些天，杨焕煜老老实实干，扯完小谷草，晒得背上脱皮。可娘老子说不能玩，田中又着蚜虫了，催着骂着要他帮助田中插枫霜树叶，又放浅田水，撒柴火灰，蚜虫害控制住了，可蝗虫又起。母子儿媳各拿竹拍，腰系篾篓，田中并排赶蝗虫，一天早晚各一次。蝗虫大个的拿回家炒着吃，小个的放在篾篓里面，挂在太阳下闷晒，倒出选金黄色的用水泡，再把死蝗虫和水一起撒到秧苗上。奇迹出现，田中的蝗虫，爬到秧叶上自杀了。

到了六月，家家缺粮，杨家扁桶中谷子也告罄了。好的是汪家坪和半坡地撒的小谷熟了。

到处有人挖葛逃荒。有些人饿得不行了，半夜出门找吃的。李氏多了个心眼，小谷和苦荞一熟就收进屋了。可红薯让人挖去大半，怄得杨大同家向氏哭了半夜。

难的还在后头，明明到七月初一了，接连下三天大雨，厅署三道河涨水，岩拱桥冲垮。眼看岩头城外岩头桥又要冲垮，瞿都司急得无策，一觋人献计，杀鸡敬河神。于是，瓢泼大雨中，瞿都司端盘持香，赵同知咬鸡冠祭神。无济于事，岩拱桥在众人眼前，一点点随水圯之。

因为水灾严重，湖南巡抚上奏，减免前三年的租谷屯捐。问题是现在百姓没有吃的。知府为了赈济计，同知府、都司衙及巡城团练所有差役，俸禄一律减少三分之一。可差事没减，到处有人抢粮，好多饥民打起了岩头城内富户家的主意。巡城团练白天也不能走远，听到锣响要随时集中听差。

到了秋稔，家家减产，户户歉收。为了救饥，厅署报奏，开仓平粜，每户限购。

第六回　购粮投湘军

十月过后，库粮短缺，知府让杜老吏租船十二艘，去下河籴米。杨焕煜与黄老板熟悉，又知辰州瞿家和德山左家存粮谷，自荐杜老吏，得到征粮役工之例。如此，杨焕煜除了领得份谷米，还可以顺路看望师傅，主要是大半年没到铺伙头看谢映姐了。任少爷为了展示能力，说服奶奶，领着民团八个包包后生，自备四船，随杜老吏从罗江出发。留下八个民团巡城。

知府籴粮钱不够，劝村民抵押桐油籽和茶叶。杜老吏吩咐大伙："船上存放的桐油籽和茶叶特产，是父老们的救命物质。沿河不能大意，若遇强人抢夺，听鼓响锣鸣，各司其责防范。"

大伙齐答："一切听老吏吩咐。"

先一天，杨焕煜与另外两人打前哨。天黑前，驾船到了辰州，杨焕煜找到瞿家油号。瞿老板说，仓库中倒有四十几担谷，但桐油籽收多了，油房一下没处放。因与德山左家做生意，瞿老板想了想，给杨焕煜一个回旋余地："若是现钱全买，愿意比市场价再矮一成。"

杨焕煜说："要得，等杜老吏来了定。"也就是说，每斗现钱只要六百文。价钱的确公道的了，因为古丈坪涨到一千三百文一斗米。

有了门路，杨焕煜轻松了一下，回到船上，守船伙伴已经煮熟了饭。三人就着光光的月亮，一人一碗，拌咸菜辣子，胡乱吃饭。驾船累了，三人洗漱后，早早躺下睡了。

次日鸡鸣两遍，杨焕煜催促伙伴们出发，申时到德山，杨焕煜火急寻到左家店铺，见着苏瘦杆子和范老七。两人说左三少奶奶生了小孩，生意由左三少爷管理。"什么也莫讲，先搞餐饭吃。左三少奶奶经常拿你讲我们差劲。你来了，左三少爷那边没事。油房桐油籽不多了，包你籴到米。"

经不住两位曾经的年长同伴相邀，在檐下灶台吃了饭。菜是梅干菜煮豆腐，虽是平常，足可佐证三人往年相处融洽。

别了两位长者，杨焕煜上左府拜访。左员外健谈，得知杨焕煜为同知衙门效力，说了些公门规矩，算是爱怜的教诲。后来又问："曾听西山寺一提师傅和酉通师傅说，你有慧根，灵台透亮堪为大用。为何不去投军？"

杨焕煜窘态汗颜，说："家遇年荒，娘亲和小弟无人照料，不忍走之。"

左员外鼓励道："乱世出英杰，出去试一下吧。老夫送你十五两银子，管够老母小弟买两年的口粮。说好了的，他日富贵，可要记着还我的银子啊。"

后一句话，左员外明是激励，并非真要他还银子。行到水尽处，坐看白龙云，杨焕煜没想到左员外如此奖掖他，"噗"地跪下拜谢："感谢员外大恩大德。此次回去，安顿家事，便去投军。若一朝得功名富贵，定不负员外苦诣厚赠。"

左员外说："男儿立足天地之间，跪天地祖宗父母，以后不要随便给人下跪。乾城人杨载福，正在协助曾国葆组建湘军，在镇箪和辰州招募，我修书一封推荐，你投奔他去吧。"

杨焕煜起身揖谢，怯怯说明来意。左员外说："等船来了平价斠换。不过仅此一次啊。"

船队没到，杨焕煜少不了上西山寺看望一提师傅和酉通师傅。

过了两日，杜老吏率领的船队到达，货物交讫。同知府和都司答应杜老吏，若杨焕煜真有本事，平价斠满谷米三百担，工钱除外，另赏一担谷。

杨焕煜领了赏谷和工钱，包袱里放好左员外的赠银和信，随船返回。

到了辰州，趁船靠岸采购菜蔬，杨焕煜上岸，到都司衙门打听招募湘军之事。号房说杨载福先到镇箪和乾城招苗弁，招不满才到辰州招。

杨焕煜快快回到船上，杜老吏说："任祖文少爷家中有白事，在辰州瞿家籴的四船谷米，先沿酉水回去了。为了免去县境库粮搬运耗费，这里再拔四船大的，杨焕煜协助，从酉水河返回罗江。剩下八船，我承头，从沅水进卢溪，沿丹青河去溪口库粮存仓。你们一路千万千万小心，莫让人抢了去。"

两天后，杨焕煜押四船粮，顺畅到达罗江，交讫完成使命。回到家中，李氏听杨焕煜说了经过，看着白花花的银子和一担谷米，又是烧香又是磕头。嫂子向氏说："二叔只管去谋前程。公婆和三叔，我和你哥自会帮忙照顾。"正是：

籴粮到德山，贵人提携钱。

好事虽多磨，贤嫂话温暖。

杜老吏说的任祖文少爷家中有白事，是任少爷的爷爷任大贵副将守长沙，在南门外蔡公坡，与太平天国军刀矛拼杀，左臂被砍断流血战死。朝廷让任祖文世袭云骑尉世职。

杨焕煜赶到任府，只见门内外搭了白布幡帐，人来人往，锣钹哀乐一片。门前值日引荐，杨焕煜便在灵堂前上了三炷香，他没见到过任大贵老爷子，但任祖文与他交情不薄，任家奶奶慈祥。任祖文穿戴孝服还礼，忧忧地说五天前才得朝廷呈文，爷爷九月出的事，距现在快二十天了。家族要办十树帏水陆道场，后来任老奶奶反对，时间上，改四十九天为二十一天。

等安顿好爷爷，任祖文就去上任，并且是任家全族迁去。任祖文邀杨焕煜，说是巡城团丁有十三人愿随他去，人熟好相帮，他日谋得前程相互提携。杨焕煜说受了左员外推荐，不过都是投湘军，说不定他日军中相见。

两人正说话，杜兴中跌跌撞撞进来，说是杜老吏身亡。

那日粮船在辰州黑神庙前分手，杜老吏领一队过了沅水，从泸溪进入丹青河，山高水流湍急处遇上抢掠。三个人冲了上船，船工用篙打翻一人，另两人舞着柴刀砍来，杜老吏护船工时，不留神让贼人打下船，溺水身亡。船工们念及老者谦谦仁义，拼死打退抢贼，沿河下寻一里多，在河港找到尸骸，含泪运回。

多好的长者，怎么就没了呢。要不是他举荐，杨焕煜就去不了辰州和德山籴米，就得不到左员外厚赠，也得不到一担谷和不薄的工钱，何况名字还是在他老人家提议下取的。任祖文少爷便吩咐巡城团练十四人去杜家帮衬。他有热孝在身，不便去吊唁，让杜兴中代为转唁。

杨焕煜别了任少爷和任家老奶奶，随杜兴中赶到杜家，白木棺椁前作揖磕头，上香焚纸。杜家女眷戴着孝帕戚泣还礼。

死者生前慈善，又是因工作古，赵同知和瞿都司并衙门同僚都来吊唁。然老人节俭，又是荒年，家族商定一切从俭。就那样，在有风有雨的初冬早晨，大家把死者送到青山，对于亡者的怀念，化为亲人的数行热泪，以及香烟缕缕和煜煜冥纸。

杨焕煜回到家中，准备扎实睡上一觉，这几天是卯上了精神，诚心为杜

家帮衬，不枉死者对他的恩典。

早上睡得正酣，娘亲李氏拍壁板唤他，说是谢映姐来了。伊来了，杨焕煜的精神就高了，一咕噜起床，汲着布鞋下楼来。

谢映姐背着背笼，头发蓬松，一脸倦意，看着李氏和杨焕煜只是哭。李氏说："二同你陪映姐讲话，我过下猪食。"

谢映姐说昨天晚上，三四个人到家中抢劫。伊和娘亲到后院绩麻，狗吠得恶，从侧门跑出来，躲到牛栏下坎笼窠里。谢铁匠在火坑边打草鞋，桐油灯下，抬头看到冲进屋那伙人脸抹锅黑，知道不妙，转身从木梯爬到楼上。一个人跟着爬上梯，拽住谢铁匠的一只脚杆，谢铁匠打铁之人，力气大，反手一拳，打在那人脑门上。那人"哎呀"跌了下去。

一个包头帕人说："都是饿逼的，老家伙给点吃的。我们不要你性命。"

谢铁匠跺脚骂："你们饿关我什么事，我莫是大户肥猪。都是团近几个熟人，火床板边上有半口袋红薯，你们到外头分去。"

恶徒听了，又怕谢铁匠认出他们，赶紧掮着红薯跑了。

等了半夜，谢映姐和娘亲走出笼窠，回到屋里。谢铁匠回顾：那拨人中间，有个包帕子后生，有点像酉岩山庙悟性师傅。但没有对妻女讲，怕罗大妹嘴巴敞讲出去。只说单家独户，让谢映姐到杨家躲一阵子。

李氏满心喜欢，拉着杨焕煜到灶房，掩饰不住内心的快意，悄悄说："二同，莫从军去唠，不如和谢家闺女成亲。"

"娘和我想到一路了，只是要问人家愿不愿意。投军不闯荡一下，怎么晓得命里是富，还是贵。再说拿了左员外家的银子，不能无信。"又怕娘不认同他的说辞，杨焕煜顺着伊讨好打趣说，"依娘亲的，等谋得功名富贵，娶三四房媳妇，让她们天天轮流给您捶背。"

李氏和颜说："又来了不是。为娘也不是不通情理的人，你总得到铺伙头走一趟，看看老庚伯伯和伯娘的口气再定。至少，别人晓得你到他们家，不再敢抢进屋了吧。"

吃过早饭，李氏撮了四斗谷，和谢映姐到水甜溪碾房碾米。杨焕煜自去任府帮役，吃过中饭，便向任少爷告假回家。李氏已经筛好米，装了一斗，让杨焕煜背着，又扯了一丈五尺布，捉两只鸡，放进谢映姐背笼。那阵仗是去相亲，只不好明说。

俩人沿河边小路，走走停停，申末到家。杨焕煜到来，谢铁匠和罗大妹眼睛都亮了，至少心里踏实，再不用担心晚上会有脸抹锅黑的人来了。谢铁匠行艺之人，江湖规矩多少晓得些，对杨焕煜也没有讲出他怀疑悟性。只说明天让他领谢映姐上山进庙烧炷香，顺便看下渡空和悟性，毕竟那里有恩于他杨家。

谢映姐受了惊骇，白天好好的，到了掌灯后，就怕出门，挨着杨焕煜坐在火床边打抖。到了昨晚来抢犯的时辰，睡在屋檐下的狗，莫名吠了两声，谢映姐怕得当着父母面，扑到杨焕煜怀里。

谢铁匠警觉地捏起把花铃杆子。杨焕煜拍了拍谢映姐肩膀："没事的，有事也是我和伯伯先担。"说完，让罗大妹挽扶着谢映姐，示意娘两母退到房里去。

狗吠过后，并无脚步声响。杨焕煜打开火床门，迎面吹来股冷风。满天星斗，四野寂静，那狗对杨焕煜又摇头，又是摆尾。没有异常情况，杨焕煜屋前屋后检查一遍，猪栏里的猪以为是主人送夜宵，哼哼拱猪栏板，牛在反刍，嚼得"吱嘎"声响。直到确认没事，杨焕煜才回到屋里。

罗大妹看女儿怕得那样，架锅打了碗荷包蛋。谢映姐吃了后，心情慢慢平稳下来。以防万一，杨焕煜和衣躺在火床边临时打的稻草床铺上，直到鸡叫两遍才睡着。正是：

荒年月黑伴风高，饿殍嗷嗷晨旦遥。
祭问神祇何罪有，蜡火香烟贿灵乎？

次日，杨焕煜和谢映姐到酉岩山庙拜菩萨。山门边没见半个人影，古树粗枝间，三两个青鸭跳动。天灾年饥，庙中香客也是稀少了。悟性饿得头冒虚汗，佛前懒座，无力敲木鱼念经。

杨焕煜见师兄灰头土脑，揭看火坑边煨着的瓦罐，里面是清水煮萝卜野菜粥，赶忙让谢映姐倒掉，洗瓦罐重新放进带来的大米煮之。

悟性吃了米饭，精神恢复，他说庙田那点收获，一半让渡空师傅送去六家帮陈寡妇了。"没有香客，七天前，庙里就断粮了。渡空师傅出门化斋还没回来。"悟性无可奈何地说，仿佛做错事似的。

因为饿得慌，前些天悟性到庙外挖野菜，遇到几个同样饿得慌，挖葛根的邻村同龄人，他们邀悟性晚上找吃的去……

杨焕煜和谢映姐突然到来，悟性以为事情败露，一发担心让渡空师傅晓得撵出寺门。过了好一会，发现杨焕煜和谢映姐并没有提及。杨焕煜说准备投军去，拜托他方便时，替他照顾下谢映姐一家人。等到太阳落山，渡空师傅还没来，杨焕煜和谢映姐烧了香，向菩萨磕头，送给悟性一升米，俩人便下山了。

谢铁匠夫妻听说杨焕煜要投军去，心里就急了。谢铁匠又不能明说悟性有嫌疑，担心谢映姐留在家中不安全。贫寒之家，没有别的办法，谢铁匠罗大妹简单准备一下，让杨焕煜和谢映姐堂屋拜了祖宗，算是成亲了。杨焕煜便奉上娘亲李氏准备的二两银子作彩礼。

谢铁匠老两口合计一会，让谢映姐的两个哥哥过来吃团圆饭。谢映姐的两哥哥成家另立门户，大哥有一女二儿，二哥有二女一儿。物质匮乏年月，两个儿媳又厉害，平常往日，谢铁匠认为自个还可以，不让两儿来家中帮忙，免得看到他们让儿媳呵斥狼狈。

过了三早，谢铁匠老两口让新婚夫妻俩回去，叮嘱谢映姐，不用回门，安心在婆家过日子，一年四大节回来看顾下爹娘就要得了。

杨焕煜领回来个乖婆娘，几户本家过来，围着火坑吃餐饭。李氏无不歉意，捏着谢映姐的手说："为娘的亏待你了，都是世道差劲，只有等慢慢补上。"

任祖文少爷昨天出发了。临行前，给巡城团练每人一样家什。晓得杨焕煜家困难，特地让奶奶托人送来一铺一盖半新被褥，想不到谢映姐来，正好派上用场。

过了几天，任家料理完任老副将的白事，全族二十多人，租船四腹，从罗江出发，后一步跟随任祖文去长沙定居。任老副将在世时，长沙买有一处宅院。杜兴中来向杨焕煜辞行，家中无粮没法过下去，跟随任祖文去从军。正是：

任祖文，世袭云骑尉，举家迁离热土地。萧瑟长路隔关山，至殁不回还。

杨大同和杨焕煜，与村里十多人一起，帮助任家搬运家什，送到罗江船上惜别。

晚上，谢映姐和杨三同到大哥大嫂家去剥桐油籽，李氏剥苞谷时对杨焕煜说："我说二同，能不投军去么，现在才娶媳妇。家里没有你不成事。"

杨焕煜说："就这点田，现在又多张嘴，再肯做也不够吃。再说任少爷一走，巡城团练就散了，没了那份差使，日后收入更少。哪门过日子？"

李氏无语。

李氏心疼儿子，半夜起床，桐油灯下修只鸡，炖黄豆子。谢映姐不声不响地起床，灶前烧火煮饭，看着锅中米汤沸起，心情五味杂陈。等饭煮熟，谢映姐再一勺一勺地把饭舀进竹箪，把饭箪放进背篓。

杨焕煜洗漱过后，看着娘亲、嫂嫂和哥弟，真有点无法移脚出门，接过妻子谢映姐递过来的背篓，心情不知有多沉重。跪下给李氏磕三个头，说："娘，我这一去，前路茫茫，他日得富贵当然好。若不能出人头地，就算没生这个儿。"

李氏说："我身子骨还可以，就是苦了你媳妇，过门没几天，就要分开。我这当娘的……"说着就哭了。

杨焕煜扶着娘说："映姐想得开，暂时分开，为的是日后长相厮守。我去谋前程，娘可不许哭啊。"

想了一下，杨焕煜放下背篓，说："我一人在外好办，什么都不带。饭菜你们当早饭吧。"

李氏不依，杨焕煜劝说："看着你们吃得饱饱的，欢欢喜喜送我，我出门在外才放心。"说着，取出鸡肉，把一个鸡腿递给侄儿。李氏无法，勉强笑了笑。

杨焕煜拍了下泪水欲流的妻子肩膀，笑着转身出门。真应了"仰天大笑出门去，我辈岂是蓬蒿人"。

当天是古丈坪赶场，杨本友和老婆起早，在南门边占了个位置炸灯盏窝，看到杨焕煜打招呼。得知是从军去，杨本友问："这么早，没吃饭吧？"

杨焕煜笑了下，没有停下脚步，似问非答道："今天天气好，碰到我，伯伯伯娘的生意一定好。"

杨本友赶忙用竹篾片穿两串灯盏窝，撵上去送，杨焕煜假装说吃过早饭。杨本友说："才出锅的，拿着路上吃。伯伯只有这点本事，莫嫌少。"

就这样，在咸丰四年，就是一八五四年的初冬，河雾没有褪去的古丈坪早晨，杨焕煜拿着两串灯盏窝当早饭，跨上南门桥，出发去乾城投军。

走到下午未时，杨焕煜终于进了乾城。乾城在楚西南，为古蛮夷地。《宋史·西南诸蛮传》云："五溪诸州，连接十峒，控西南夷戎之地……自从嘉庆年间平苗后，傅鼐镇守，加固了城垣。"杨焕煜看那城墙有一丈五尺多高，沿河逶迤，甚是雄壮。不过到底脚疲腹枵，坐于墙脚，草鞋走烂了，换上布鞋，走进都司府打听。号房说杨大人到镇筸招兵。

乾城距镇筸有百十里山路，当天走不了。杨焕煜一摸，口袋中空空的，走了三四里，路边找个农家，好说歹说，讨了碗饭吃，又走了两里路，暮色渐浓，环顾左右，田边稻草树下胡乱睡了。幸喜夜晚无雨，晴空星河，月亮光光。只下半夜冷了，便缩着身子，钻到稻草堆中，一觉睡到大天亮。

次日中午，杨焕煜到了镇筸。镇筸是边陲岩石城，热闹稍小乾城。经人打听，走到东门前巷考棚边，招兵张贴告示下，横着张桌子，上边放着一叠红线框边素白竹纸，墨砚上搁放着一杆笔。

经过一些天招募，人已经差不多了，值事的两三个人在闲话，一个三十多岁穿着官服的人坐在桌子侧边。太阳不大，温温的，那人悠然闭目养神。

杨焕煜询问执笔兵卒："问下兵爷，杨载福大人可在这里？"

兵爷打量他一眼，见杨焕煜头扎青纱帕，身穿半旧衣，肩上粘着稻草屑，怕是行走剪径才出笼；脚上旧布鞋，右脚趾已是爹出讨饭吃，满脸征尘，不知走了多少糊涂路。

坐在桌子侧边三十多岁穿官服的人张目好奇："找他何事？"

"我来投军。"

"投军就投军。难道让他接待你不成？"穿官服人笑着讪侃，其他几人也跟着发笑。

"不是的，小的是古丈坪人。幸得德山左员外举荐，让我来投靠杨大人。"

"我就是。把信取来我看下。"

杨载福与左员外并无交情，曾在军中，只是认识。看了信后，杨载福对杨焕煜说："你也姓杨。那我是你的长辈了。"

"多谢叔叔关照。"杨焕煜口齿伶俐，杨载福听着很受用，彼此间距离就近了一层。杨载福，湘军名将，当时委任曾国藩弟曾国葆湘军水师右营营官，时年三十二岁。比杨焕煜大十岁。

杨载福拿着信调侃道："杨焕煜，好名字，就是'火'多。我招了一个多月兵，还没人拿着举荐信来投军，你是第一个，算是独占鳌头，我看名字改为'杨占鳌'如何。"

"多谢叔抬爱赐名。"杨焕煜爽快地答应改名。

杨载福又说："左员外信上说，你在古丈坪抚民同知府当过差。我给你个机会，明天到辰州去，若招得十个人就任什长，招不到就当棚长。湘军讲实力，你想干出前程，要有军功。等表现出曾大人的'忠义血性''廉明为用''简默朴实''智略才识'和'坚忍耐劳'，再一步步累职。"

杨焕煜满心喜欢：初见面，就领了任务。关键是从今以后，他又成了"杨占鳌"，开始崭新的军垒生活了。只不知棚长是什么官衔。随役卒领军服时，悄悄打听，那役卒说军队中煮饭的人叫棚长。

第七回　湘潭揽军功

　　话说杨焕煜到镇筸投军，遇上同姓长者杨载福大人，改名为杨占鳌。吃过晚饭，踏实睡了，次日穿上湘勇衣裳，怀揣二两薪俸，欢欢喜喜领命去辰州招军。下午行至辰州五车渡。

　　五车滩水流湍急，是酉溪、白河和另一条小河交汇之处，所以有"二酉"之名了。当地人沿河居住，农家的泥墙青瓦房，沿着河岸，延伸到星星点点的绿荫中，小河石拱桥衔接着岸上和水边的风光。虽是田坪地旷，但无有屏障依托，防抢防兵灾防洪涝困难，人气不是很旺。人们按字面解释是从前有个大人物，带着五辆载满货物的车，在此停留过渡的地方。滩涂树木参差，葳葳蕤蕤，引来许多乌鸦栖息夜啼，阴森惨淡，当地人又称之为"鸦宿"。拖纤歌曰："三垴九峒十八滩，滩滩都是鬼门关，撑篙摇橹拉纤纤，生命拴在浪尖尖。"沿河上下，只有此处平坦，出事的纤夫，多安葬在偌大的滩头。

　　传说汉伏波将马援征讨武陵病死，三千染疫兵丁过滩淹没，化为神鸦，上行商船到此，必煮一斗二升苞谷喂之，若不然，必出船事。南宋王象之《舆地纪胜》卷七十五云："黔阳故城在沅陵乌速滩之东，晋武帝置黔阳县即此也。""乌速"即"五车"也，黔阳故城是巴国南疆繁华的一个城邑。大凡水陆之处，长久以来，最是民风重叠严重的地方，一个时期的文化，很快为后来强势的外来文化所取代，或者是掩盖，五车也是如此的了。

　　清朝晚期，五车亦然是白河流域的一个繁忙的水陆码头。辰州、古丈坪、卢溪、溪州、迁陵附近的人家，将生产出的桐油、茶油、苎桑、木材、竹制品等各种土特农产，从山里逶迤运来，到这里卖。或者过五车渡，到辰州城去卖，兑成铜钱，再购布匹或食盐铁器等生活生产所需品，这种交换长盛不衰。特别是那些挑油的，背脚的，放排的，拖纤的老少爷们，成了街头的一大风景，他们或是穿着对襟家织布衫，或者包着头帕，脚穿草鞋，从弯弯绕绕的山道上、溪河边出来，汇集到五车，货物脱手，辛劳告一段落，心里一边计划着给依门期望的妻孥购置货物，石板路上，就有了回家的轻快脚步。

二酉山位于五车村的河对岸，山梁起伏，状如书页，所以又称万卷岩。杨占鳌站在河头等船，冬阳中，看那山势高耸，一片自然景象中若隐若现的亭台楼阁，弥漫着不啻千年传统文化的底蕴了。《史记》载："二酉山壁立千仞，玉屏为顶，莲花为座，仙人驾临，钟灵毓秀，灵气腾腾，沅邑名山。"二酉古藏书洞，相传上古时黄帝曾于此山藏书。武陵人善卷因避舜帝禅让，隐于此山守护黄帝藏书，并以之教化当地百姓，传韶华之音，唱傩言腔山歌。周朝时，周穆王又在此山中收藏异书。

杨占鳌在河渡头等渡船，漫无边际地看水，看山，看人。干冷等了一阵，陆续来了十多个背脚佬，其中一人是隔房老表鲁德威。鲁德威告他，这拨背脚佬都是古丈坪人。杨占鳌便和大家打招呼，上船坐在船舷边闲话。

后面来的几个背脚佬，嫌过渡时间不长，上船并不卸下背篓，背着盐包靠在船舷上将就憩气，方便船靠岸就背着下船。

说话间到了对岸，艄公一篙没撑稳，船头撞到岸边矶岩头上，五六个人跌落水中，性命无碍，可掉下河的牛皮盐口袋进了水，冒出几串大大小小水泡泡。一下化了。那可是全家人的性命，现在本都没了。且不说从上河来凤辛苦几天，磨破好几双草鞋才走到这里，再走半天到辰州脱手的货，眼睁睁地看到没了。几个人瘫坐在地上捶胸顿足，一个人说不活了，"扑通"跳下水寻短见。

有了开头，后边就有人不犹豫地跟着准备效仿。杨占鳌手疾眼快，一把揪了两人衣襟，提起甩到地上，怒喝："就一包盐，比命还贵。命在，天塌不下来。"

几个人听他一说也有点道理，情绪稍微稳定下来，毕竟活得好好的，哪个想死呢。再看那跳河之人，衣服裹着，水中挣扎，不知是想活还是想沉下水去快点结束生命，样子委实痛苦。杨占鳌三两下脱了衣裤，纵身跳进水中。水冷得如刀刮一般，杨占鳌水性好，顾不得挨冷，且喜离岸不远，几下拽住那人衣襟，把他拖上岸来。大伙七手八脚，又是挤肚子，又是倒提身子，折腾一会儿，总算醒了。大伙松了口气，各自蜷缩着长哭。

看到出事了，河边田畦中干活的村民赶过来，旋即有人抱稻草，有人找

柴禾烧堆火，供落水的人取暖。

艄公吓得呆了，说是卖船赔他们。杨占鳌看他老实本分，安慰说大家都不容易，不能全怪他。边烘衣服，边把自个的二两军饷拿出来，分送几个赔本人。

大家见他豪爽，情绪稍稍稳定。杨占鳌说："生路有一条，乾城杨大人在辰州招兵。大伙不如投军去，干得好，捡到红顶嵌翡翠帽，搞个光宗耀祖，家里老小沾点福。背脚，什么时候是个头。"

大伙见他一身军服，个中盐包掉落水的大栏坳人罗福兴，粟学山，戴偻全，黑炭坪刘三，盐包没掉落水的泥湾滩田光早，下坳坡宋四佬，龙探坪宋清斌，愿意随他引荐投军。后边来了拨背脚过渡的人，其中古丈坪人伍德满和张仕祥，认得杨占鳌，也是愿意随他投军去。

鲁德威犹豫，他的盐没掉下河，爹娘年纪大了，前次好友任祖文少爷邀他也没去。杨占鳌说："人各有志。不去也好，若家中有个难处，老表有空时还望搭把手。"

那艄公三十来岁，姓向名明伦，是个单身汉，娘老子留送他有三升种的水谷田。船是他的命根子，若卖了船赔人家损失，自个就没有吃饭的家伙了，也是情愿随杨占鳌从军去闯荡。

鲁德威和其他没受损失的人，背着货物自去辰州不提。向明伦邀杨占鳌和罗福兴、粟学山、戴偻全、刘三，到他萝补之屋，拿出仅有的一斗米做招待。一边让村里人相帮卖船。

村里平素与向明伦要好的瞿三哥和李大青，告了父母，愿意从军，去闯荡一番，说不定谋个前程世界。

过了一天，杨大人从镇筸来，听杨占鳌呈报，果然招得十二个人，真的让他当了什长。

因为向明伦的船没有脱手，杨占鳌向杨大人告假，限两天后到辰州报到。

下午，向明伦的船，由村里族人作保，五担谷交讫。罗福兴、粟学山、刘三和戴偻全四人领了军饷，说以后就是手足兄弟了，每人象征性地拿了四斗谷。天色尚早，胡乱吃了饭，恰好从辰州送盐的田光早，宋四佬，宋清斌，伍德满，张仕祥打转回来，九人当夜结伴走旱路，把钱粮送回家里去。

正是：

白河清清山巍峨，背脚生计唉蹉跎，
穷苦多少泪花事，人到兵来没奈何。

　　为了不耽搁时间，杨占鳌领着向明伦，瞿三哥和李大青三人，扎了干竹枝火把，当夜赶到辰州集结。杨大人得知十三人变成四个人，再看向明伦又瘦又黑，瞿三哥又单又弱，李大青又矮又小，站在那儿不成样子，一股无名火起，呵斥："好个杨占鳌，这么大的事，就做主了。要是他们去了不来，损了军饷衣服，人财两空，我让你当什长。我剥你的皮。"

　　看到上司震怒，杨占鳌没想到事态严重。怯怯地说："叔，叔叔大人，我没想到那么多，不过向您告的假不是还没到限期么？"

　　"还敢抵嘴。皮你留着，等过两天不来再剥。先打两军棍立威。"

　　说毕，两个差官按住杨占鳌，扬棍就要施刑。杨占鳌急了，分辩说："叔叔大人，你不能打我。我是新兵，不晓得军中条例。大不了我再招七个人赔你。军饷按月扣除要得不？"

　　杨大人并不想打他，只想借此告诫新兵，严肃纪律。

　　次日，文书写了告示，张贴军营墙头，罚杨占鳌跪在告示下以儆效尤。一天过去，没有人归队，杨占鳌跪得头昏眼花，晚上，累得躺在床上全身酸痛。向明伦，瞿三哥，李大青三人轮流给他泡脚，捶背。瞿三哥和李大青后悔起来：原指望从军谋个恁般前程，没想到军中这么严，这个样子，何日才得出头。

　　杨占鳌宽慰三人：军有军规，慢慢地就适应了，大丈夫不能为此泄劲。向明伦想着杨占鳌义气，救他于危难中，掏钱买了些夜宵。月亮光光的，四个难兄难弟吃到后来，抱头相哭。

　　酒后，三人累了，各自胡乱睡下。杨占鳌睡不着，一则同伴打呼噜，主要是愁着明天没有人归队，皮只好送杨大人了。

　　次日过午，终于又来了五人，黑炭坪刘三，下坳坡宋四佬，龙探坪宋清斌，古丈坪人伍德满、张仕祥，他们是走旱路来的。伍德满较擅长察言观色，说话把握得住分寸，得知原委后，背篓里取出家中给他炒的一碗猪肠子酸，拿出来贿赂值班的，与张仕祥一起去杨载福军营申述。

　　杨大人便吩咐值勤人，让杨占鳌回营休息。

　　吃过晚饭，还有四人没有归队。杨载福传唤，杨占鳌心里打鼓，只好硬

着头皮去应差，一边暗自责备没归队的人不守信用。

杨载福坐在长条案几后边，桌上蜡台点了亮，两边坐着戴顶子的和没戴顶子的幕僚。杨占鳌战战兢兢案前报告："犯勇杨占鳌听候叔叔发落。"

他不喊杨大人，唤成"叔叔"，明显是拉关系。杨载福正眼没瞧他一眼，待要问话，外边叫嚷嚷地吵闹起来。杨载福呵斥："何人在外高声，成何体统！"

值班上报："有三人自称是杨占鳌招的新兵。说是才归队，希望大人不要惩罚杨占鳌。"

原是大栏坳罗福兴、粟学山，泥湾滩田光早，搭白河的木排，因为枯水时节，路上延误来迟了，得了凶信闯营求保。

杨载福喝问："怎么还少一人？"

罗福兴说："禀报大人，戴偻全家中娘亲生病，百善孝为先，实在走不开。大人原谅，已经把所领的衣服和军饷捎带来了。"

"那衣服和军饷呢？"杨载福放缓语气。

罗福兴接着说："回报大人，路上招得两人。可否抵消戴偻全的名额。"

当然可以，杨载福是来招军的，又不是专一与谁过不去。他佯装教训杨占鳌几句，让人再取一份衣服和银子，送给新从军的人。

大伙欢欢喜喜陪着杨占鳌回到驻地。新投军的王福山和黄中兴，是古丈坪下河大栏坳人，放木排亏了本，听说当了兵，有皇粮吃，家中还能免些钱粮国税，划算后，背着娘老子找到罗福兴，便一起来投军。杨占鳌钱粮皆无，众人的钱才送回家，虽有干粮食品，只无酒菜，便问向明伦借钱一千文，让伍德满买些酒菜，为两个新兵接风。

不日，各地新兵陆续到达辰州，清点造册，古丈坪散厅有二百多人，大多是荒年日子过不下，迫于军营有口吃的。也有好吃懒做，偷摸拐骗角色，讲的讲乡话，说的说苗话，还有讲土话的，叽叽喳喳，着一编为古字新兵营。时湘军每营编制三百六十，古字新兵营空额，陆续由其他厅分散投军酌补，后在湘潭略有折损，古字新兵营取消，编入算字营，此是额外话不提。

杨载福大人训话："这几天，我通过察看，古字新兵营能人很多，各有其技。但这里是湘军，想发财，想升迁，想功成名就光宗耀祖，老老实实一步步干起，前程多的是。就看符不符合涤公的忠义血性，廉明为用，简默朴实，智略才识和坚忍耐劳条件。涤公要的兵，是年轻力壮、朴素，要吃得苦。油头滑脑的，快快纠正，要不趁早回家。"

后来，王福山、田光早、张仕祥等人，果然各累官腾达。

训练到第七天，看着天色尚早，杨占鳌告了假，邀上伍德满和向明伦，沿着岩板山路，到妙龙寺看酉灵、酉缘师叔。师徒坐于禅房煮茶，说闲。酉缘把酉灵唤到室外商量一会，回到禅房后，酉缘对杨占鳌说："一提师兄说你有前程，他日军中定能发迹。这一去血腥日子，只要念上天有好生之德，不一定固守佛家因果。"说到此处，酉缘停了一下，又平静地说，"酉灵师兄出家前本是落第秀才，无处抱负才出了家。现随你从军去，不枉了却他尘世志向。"

酉灵师傅四旬有余，通文识武，做事稳重。有师叔帮衬，杨占鳌当是求之不得。下了山后，杨占鳌告诉杨载福。杨载福十分注意人才的挑选，便唤酉灵师傅进帐相见。主客坐下，看茶，交谈，杨占鳌恭敬地立于酉灵后侧，杨载福看在眼中，心下对酉灵就有了一分敬重。酉灵涉世老成，交谈思路清晰，分析独到，很合杨载福之意，便让杨占鳌之队归入营官亲兵序列，听他直接调遣，传令拨出银两，让杨占鳌筹备一只三板船。

湘军筹建，官兵来源上，采取逐级自行招募，上一级自拣下一级，这样作战才能齐心相顾，不肯轻弃伴侣。杨载福选拔用人，完全按照湘军规定进行。杨占鳌什长统领的十五人，向明伦会撑船，王福山和黄中兴放排内行，猎户出生的宋四佬，会机关和制火药，伍德满、瞿三哥和李大青会木匠，杨占鳌本人当过巡城差役，还会铁匠活。组成一支三板船队，实力不逊。

三板也称舢板，是左右船舷各置三名桨手的小型战船。三板作战时灵活机动，方便快速抢滩。湘军三板人员配备上，六人划桨，四人护桨，两人撑艄，两人护舵，一人击鼓鸣锣，传递进退号令，计十五人。杨占鳌新兵队够数。

为了免于非议，酉灵褪下佛衣，穿上兵服，把佛珠和佛衣暂且放于包袱中。

酉灵收拾停当，杨占鳌师徒俩叫上伍德满和向明伦，去找油行瞿老板，求他帮助购买造船材料和介绍工匠。瞿老板诡诈地说："买什么材料，请我吃酒，包你有现成好船。"

杨占鳌有了上次擅自让新兵回家被训的教训，不敢大意，剥着膝盖上罚跪成的疮疤，认真地说："瞿叔莫作味，请您吃酒不要紧。只是我领了军令，

到时没有船，杨大人不剥我的皮才怪？"

瞿老板说："没有那么严重。要不我请你吃酒？"

杨占鳌听了一怔，剥掉块疮疤皮，嫩肉上渗出血来。瞿老板说白河黄老板卖完货，嫌船大，回上河没有多少货装，拖纤不合算，打算卖掉，还略有盈利。这不，正在让他帮助放信。

当下，瞿老板让伙计领着杨占鳌四人，到江西会馆找黄老板。伙计说明来意，黄老板抱着杨占鳌说："老弟，好几年不见，现在从了军，他日必有锦绣功名。什么也别说，我请客，好好谢一下当年搭救内人之恩。"

杨占鳌不好意思："那都是举手之劳，何况拿了大哥的钱。"

黄老板让瞿家伙计先回去，一边让浑家张罗，放张梨树板填心桌子，亲自掌勺，一会摆上四海碗菜肴，取出坛瓦罐陈酒。杨占鳌师徒主坐，黄老板夫妻作陪，伍德满和向明伦打横。酉灵师傅半路出家，现在脱了佛袍，黄老板和杨占鳌劝他吃肉，还是不肯破戒，说能遵守还是遵守，以后要进荤腥再论。黄老板笑着摆上专为酉灵师傅炒的一碗素菜。

大家围桌边吃边聊，谈妥后，杨占鳌打躬说："感谢哥嫂招待，时辰也不早了，不是小弟作态打官腔，营里还有十一个兄弟，回去晚了，怕他们担心。明天再来打搅。"

回到营中，杨占鳌把黄老板送的板栗和酒肉分送大家。众人就更加认为他有能耐了。正是：

少年辰沅结情义，一船一桨显本领。

水光山色风花好，褪却繁华拾诚恩。

黄老板的货船才下水半年多，全是红心杉木板做成，船长三丈五尺，最宽处六尺，船舱拱棚，防风雨日晒，兼供住宿和炊饮。杨占鳌请瞿老板找来可靠木匠铁匠，进行必要的改造，放鼓架，挂铜锣。整理妥当，杨占鳌打躬别了瞿老板和黄老板夫妇，湘勇们上船，按照要领操典，径直驶向兵营。

杨载福检验，坐在船上夸奖杨占鳌做事效率快，又击鼓，又鸣锣。湘勇听清号令，演示水战进退，杨载福很满意，拍了下杨占鳌肩膀："不错，左员外推荐你，没看走眼。"

辰州集训了半个多月，杨载福收到曾国葆七百里加急：长毛犯岳州，着杨部三月中旬到长沙。于是，杨载福把招募到的新兵四营人马，分成水陆两批沿沅江下行。

杨占鳌的三板，随杨载福坐镇的长龙战船，日夜兼程，过洞庭湖，进湘江，赶到了长沙时，陆路已于水路前一天到达。杨载福进帐报到，曾国葆说："家兄为了迎战，洞开湘江，昨天晚上，乔口、靖港以下全失。上游来报，亦有寇贼伐木扎排，待春水至，向下犯之。寇贼犯洞庭，岳州皆失，我难辞其咎。兄台到得及时，其后我部水陆，皆由家兄曾国华接管，你和彭玉麟部水师，待命并进，围寇湘潭，建功立业吧。"

年初，太平天国军进湘江，湘军与太平军反复争夺，各处几经易手，长沙得而又失，折了西王萧朝贵。三月上旬，曾国葆兵败岳州，湘阴、宁乡皆失。长沙不能进，太平军沿水路，上犯湘潭各处，与湘军展开拉锯战。四月巳朔，塔齐布援湘潭，太平军陆路败散。曾国藩喜，与众议之：水师营官彭玉麟偕杨载福四营，趁夜色出发，上攻湘潭，打破僵局。约定次日曾国藩亲率四营继之。

水师四营至湘潭十里，探马来报，塔齐布陆路已胜，约水陆两军局时沿城进取。水师官兵人人振奋，拟报南洞庭之败，为曾国葆黯然归去泄愤，进入湘潭水次，个个如虎出笼，人人似吸了鸦片膏药，精神瘾态，见太平军就杀，见船就抢。城中商船泊满码头，彭玉麟虑军士贪财，乃悉纵火烧货船，火借风势，延至岸上，火光照数里。先天，太平军陆路初败，大部移驻船上，仓促不得走，胡乱放炮相拒，伤溺者数千。

杨占鳌没见过大阵仗，怕得两股战栗。不一时，溃退之敌冲出，正遇杨载福部。杨载福指挥营官亲兵，发炮放矢，打翻数船。然挡不住太平军发疯冲击，一排火弹打来，杨载福左右护卫数人栽下河去。杨载福臀股中一铁矢碎片，痛得趔趄半蹲，一手捂着伤口，一手用剑撑地稳住身体。谁知臂膊又连中两箭。

正危急时，酉灵一把将伍德满拉到鼓锣指挥位上，说声："我徒二同莫怕。荣华富贵就在眼前。有胆量跟我来。"

师叔发话，没胆量也得听从，不能背着师叔偷生。三板靠近长龙战船，两师徒一跃而上，酉灵脱下上衣，挥舞挡了船前如雨飞箭，杨占鳌扶起杨载福，扯下头帕替其包扎止血。但不行了，太平军三板靠近，六个兵口衔利刃，抛出飞爪，扯索爬上船头。杨占鳌操起花铃枪，一枪捅翻一人，后边五

人冲上前齐攻。杨载福到底是军人世家出身，斜靠椅上，一扬手，掷剑刺倒一人。杨占鳌此时两股不打抖，反而静下心来，使出酉通师叔教的打火上阵棍，四个彪汉近身不得。酉灵师傅见之移步，借势把射来的箭推送给太平军，一人倒栽葱掉下河。杨占鳌一枪横扫，打断一人小腿骨，剩下两人自知不是对手，吓得跳河逃遁。

太平军陆地失城，水上失船，冲逃出去的败军，没有反攻之力，湘军追击所到之处，尽作鸟飞兽散。杨载福没有伤到筋骨，军医官取出残留屁股肉里的铁砂，手臂箭伤清洗，敷上药膏，他斜躺榻几，不碍批文和指挥所部追击太平军。杨占鳌和酉灵师徒不离左右。

次日，杨载福右手裹创，指挥所部照常追击溃败太平军，八日十捷，得船数十，擢守备，赏换花翎，所有参战将士奖多罚少。杨占鳌由亲兵营什长改为护勇，酉灵师傅任什长，三板领队由伍德满，张仕祥负责，其他十一人皆升为正勇，月饷四两二钱。田光早把钱拿在手板里，端详了好一会，对宋四佬说："抵得上半年背脚的收入了。"

杨占鳌把一包碎银放于地上，说："这些是战功，分成十五份，大伙认领吧。"

这下麻烦了，杨占鳌没说总数，也没说让谁负责造册分，大伙凑上前，分了个光，有的多得，有的少得，轮到杨占鳌和酉灵，一个子也没了。杨占鳌自我解嘲："看来我师徒二人功劳最小。这次领多的，下次适当点。都想多得点，但你多拿，后边的兄弟就得少拿。都有父母家室，钱莫一下花掉，能省则省，选择个闲时捎回去，家里也好放心。"

酉灵双手合十，说："阿弥陀佛，上天有好生之德。不是给大伙浇冷水，这次获功，全队安然无事，实为万幸。下次打仗，大伙多齐心，相互照顾，不要犯军规。还要记住，我们是为国朝平定疆土，不要打压穷苦。"

杨占鳌接过话："师叔的话讲到点子上了。都是穷苦出身，莫偷奸耍滑犯军规。欺侮当地穷苦的事，千万莫做。"

第八回　益阳迎黄氏

　　话说按照先前计划：次日，曾国藩应率两营辅助湘潭。水师出发后，曾国藩得湘潭陆路初胜捷报，估计水师一到，必胜无虑。果然，次日又得水师战报。于是，曾国藩按兵不动，他踌躇满志，稍后，调整部署，率本部营水师，陆师八百，沿江而下，大摇大摆去攻靖港，试图以多胜少，驱除眼前威胁，体会一下亲临战场大获全胜的快意。的确，湘军太需要打大胜仗，堵住长沙城中那些整日喋喋无休止的诸官之口。

　　太平军占领靖港，士气正炽，战斗伊始，从岸上用炮火猛烈轰击，又出动二百多只小船，对湘军行动不便的大战船发起攻击。湘军大船或击毁或被缴获，水勇纷纷弃船上岸逃命，陆勇见状，也是纷纷溃退。曾国藩立于令旗之下，仗剑督战，旗上书："过此旗者斩"。勇丁们皆从旗旁绕过，督战队一下被冲散，曾国藩一人督战不了，眼看苦诣经营起来的湘军大势已去，仰天大笑，笑罢，纵身跳进水中。初时，随从们还以为主帅是要弃船逃命。后来发现情形不对，随从章寿麟趋往救起。

　　杨载福得知曾国藩率军进攻靖港大惊，急率领两营水师赶往。半路得报湘军败退，挥指船队一字排开接应，一直连接到两边岸上。天明，湘军溃败船来，杨载福接下危局中的曾国藩船队，一排炮轰，后边追来的太平军第一拨船只被毁得七零八落。后一拨太平军大船至，架炮对击，数十拨三板冲过来，湘军大船移动不便，旋即靠近，船上太平军握着利斧，只管砍湘军大船底板。死角下炮击不了，杨载福急令湘勇抛飞爪钩击。杨占鳌随亲兵营，为了保护大船不受损，操着花铃枪，不信邪地大喝一声，从大船跳下，与三板上的太平军近搏。他一杆枪使好生了得，不似呼风和唤雨，打得太平军如见活鬼，三两下打扫干净一船。三板领队伍德满，张仕祥见之，急令靠近护之。两船并进，互相帮衬，杨占鳌立于船头，所到之处，太平军三板纷纷打翻。

　　杨载福和章寿麟等人把曾国藩接到岸上营帐中，曾国藩羞愧无地，上怕

朝廷责备，又担心长沙城中的大小官员排挤，弄得一筹莫展，最好自杀乃是守节之举。杨载福劝说："涤公不必担心，靖港虽败，军队损失不多。您不是说屡战屡败，屡败屡战么，这点打击算得了什么。我和塔布齐彭玉麟等人在湘潭取得胜利，贼军船只悉数被毁，我们缴获的，光三板就得二百多。"

曾国藩心下稍安，看着帐下将领们个个信誓旦旦，靖港失败的阴影一下扫除。不打算自杀了，打起精神看地图，写折子。

信使来报："左宗棠回长沙募军，已经组织楚军五千多人马，不日来看曾帅。捎话让曾帅注意身体。"

曾国藩大喜："屡战屡败，屡败屡战。左驴子一到，不怕他太平天国。"

左宗棠犟，性子火暴，湘军上下，背后给他"左驴子"那么个诨号。

到了漏壶报更，将领们各回军营，几个幕僚也是退出僚室休息。杨载福为安全起见，防范太平军偷袭，领着杨占鳌巡营。到了行辕，杨占鳌守在帐外，杨载福进帐，见曾国藩还在看地图。湘潭大捷让他兴奋，靖港之败抛弃脑后，计划如何征兵，等左宗棠一到，水陆两军布阵，从湘江、资水、汨罗江各地发起进攻，把太平军撵出洞庭。

曾国藩笑着让杨载福看沙盘，说据前线来的汇报，如何布置军队。就在这时，屋脊上冒出两个蒙面黑衣人，他们身轻如燕，在青瓦上如履平地，一人轻轻揭开房顶上瓦片，看到灯下只有曾国藩和杨载福站在沙盘前小语。蒙面人相视一下，突然一个千斤坠从房顶杀将下来。杨载福抬头说声"不好"，飞快把曾国藩向身后拉了一把。曾国藩没站稳，跌倒在地，两个黑衣人双剑刺来，杨载福为了保驾，挺身拔剑相迎。情急之下剑身长了，一时拔不出鞘，眼看对方剑已到颈前。说时迟，那时快，守在帐外的杨占鳌听到动静，冲进来一枪挑开两剑。只听"叮当"声响，两剑打掉。

两个蒙面黑衣人功夫不弱，剑被打掉，迅雷不及掩耳之势，徒手绞住杨占鳌的花铃枪，用力把杨占鳌推到墙角。杨载福拔出剑，但要保护曾国藩，没法上前帮杨占鳌。

杨占鳌一脚顶住墙壁，气沉丹田，眼睛如炬，"嗨"的一声，把两人震退一庹多远，两人摇晃倒地，嘴巴鼻子流出血来。这招狮子吼，若震不开对手，会伤及自身筋脉，七窍出血，性命攸关。

原来，杨占鳌弃枪，化掌力近击两人胸口，这是一提师傅传授的放下与得到之理，就是放弃对自己不利形势，改为另一种方式，不但能保护自己，还能击败对手。

杨占鳌喝问："什么人，吃了熊心豹胆，竟敢行刺曾帅。来了就别回去了。"

两个黑衣人亦不答话，怀中取出短刀。可是受了内伤，站立困难，权作困兽犹斗样子，杨占鳌制服他们只是时间问题了。

这时，房顶飞来一把飞刀，杨占鳌不能让开，旁边站的是杨载福和曾国藩。只见他移步转手，把飞刀送给地上的一位，飞刀稳稳地插在那人前额。那人惨叫一声，双脚一蹬，断气了。房顶跳下三个蒙面人，一人背起地上死了的，一人拖着伤了的同伴，另一人舞着单刀，退出逃之。杨占鳌正要追赶，被杨载福叫住。杨载福怕中调虎离山计，保护曾国藩要紧。

听了动静，周围巡逻湘军敲响铜锣，廊檐上瞌睡的守卫慌张跑进行辕。接着全营报警，几个将领和幕僚也赶过来。

"没事吧，涤公。"一个蓄山羊胡的幕僚问，一边给曾国藩斟碗茶水压惊。

曾国藩喝了口茶水，坐在椅子挥手说："载福啊，幸亏你和这个小兄弟保护。不然曾某今天就要撂到这里了。这位小兄弟叫什么着来的？"

杨载福答道："下官的同乡族侄杨占鳌。"一边示意杨占鳌上前叩拜。

杨占鳌跪揖："只要曾帅没事就好。小的只是做了分内之事。"

曾国藩身上还是流汗，一介书生，难得经历这种阵势。只是突然受到惊骇，有点掉了魂的样子。到底是大角色，说话一样平静。"载福，你这个族侄功夫好极。让外边人不要追了，下次多个心眼就是。"

曾国藩完全定下神情："不就两个刺客，传出去让长沙那拨无事找事的官员笑话。"

"很明显，是洪妖派来的杀手。大家各自注意，说不定藏于某处，寻找空隙杀人放火，乱我军心，谋求攻心之计。"杨载福告诫同僚。

大家散去，杨载福把杨占鳌留下，吩咐："守护曾帅，等移驻长沙再归队。"

杨占鳌爽快答道："好哩。我杨占鳌别的本事没有，对付刺客还行。"

杨载福佯喝："又长本事了不是。夸你一下还蹦到半天云去了。"

"叔叔教训的是，我改还不行么。"

曾国藩爱怜地多看了眼杨占鳌："占鳌武功高强，是个人才。这阵子就有劳你了。"

杨占鳌的花铃枪打斗中折损不可用，曾国藩见之，把插放在兵器架上旗牌官用的花铃枪送他。杨占鳌提着不太撑手的花铃枪，退出门外守护。其他

值勤湘军各司其职。

第二天，左宗棠来看望曾国藩。左宗棠，字季高，自号湘上农人，1812年出生于湘阴，比曾国藩小一岁，才大气高，任湖南巡抚衙门幕僚时，对军中事务指手画脚，弄得曾国藩很不高兴。左宗棠虽为巡抚衙门幕僚，但当得了巡抚骆秉章的半个家，他通过修改税制增加财政收入，减轻农民负担；同时抓编练湘军，剿灭省内会党起义，以巨额饷银和湘勇支援曾国藩的湘军。所以曾国藩对左宗棠是又爱又恨。

左宗棠一到，曾国藩兴致就高了，说话嗓门儿也洪亮了："啊呀，季高兄台一到，我就有底气了。"

左宗棠笑着喧嚷："听说你要自杀，就败那么一仗不是，我给你补的五千人马已经到了。愁什么。"

曾国藩涨红了脸，心想左驴子总是揭短，表面涕零："没了季高兄台，就没有我湘军稳定的大后方啊。"

左宗棠照样笑哈哈地问："听说洪妖派人行刺。是哪个小子把他们打发的？"

曾国藩说："就是这个杨占鳌，水师杨载福的族侄。"

杨占鳌赶快上前单膝跪揖："小的给左大人请安。"

"杨占鳌，湘西人，有种，我记住了。去吧。"左宗棠笑着拍了下杨占鳌的肩膀，算是奖掖。杨占鳌知道两位大人有事要谈，和室内其他守卫一起退出帐外。

曾国藩移辕长沙，杨占鳌回水师交令。杨载福见他提着特制花铃枪，笑着对杨占鳌说："你走狗屎运了。既然曾帅把旗牌官的枪送你，我只好造册上报，你任营哨长。不过要等到益阳休整后才能定下来。"正是：

> 湘潭逞英豪，靖港出功劳。
> 初得涤公励，左师又后褒。

按照曾国藩的战局部署，彭玉麟部湘军水师分驻湘潭长沙各地，杨载福率两营水军和一营陆军，弃船取道陆路，越沩水，三日抵达益阳。益阳没有太平军，杨载福把陆路军队分驻二字哨，兰溪一带，水师驻谢家港和益阳城外码头湾，两处互为犄角，设了行营，一面招新兵补充。等待合围侵犯到洞庭湖西南太平军的命令。

益阳坪旷，河边长着些没有条杆的柳树，防洪堤坝蓄着水杨树，山上多竹林，造船用的杉树和枞树少。后来，从百里外的深山中找到一批杉树和枞树，征集民夫沿河借水运到资水，再扎排拖运到益阳码头湾。

生木料不能造船，得等上一个月。杨载福下令把材料搬上岸，一边征收些农户木船，准备改装成三板，但大部分木船小，又用了好多年，时值春夏耕种忙季，征集民夫民船过繁，殃及农事。没有他法，杨载福一边休整水师，一边筹备造船的其他材料。水师营中多是穷苦出身，粗活皆能干，根据需要，分成锯木组、木工组、打铁组、烧炭组、搬运组，造的造火药铁矢，做的做战鼓，修的修器械。造船乃为自用，湘勇不敢马虎，做成的三板结实，战斗中才多一份生存的保障。

杨占鳌领着一哨人住在水师营对边山坳后的杨树浦，那儿有二十多户人家，屋小檐矮，四边垒的干打墙。村民说风大，所以房屋建成那样。

每天，杨占鳌领着八个什长，走过村前田陌间的泥巴路，到水师营点卯，听训。再就是集训队伍，沿着田间，一路跑步吆喝。辰时完成，各自回营吃早饭。饭后，湘勇洗漱休息，杨占鳌作为哨长，无事可做时，附近走动，察看地形，了解民情。

几天过后，杨占鳌领的湘勇们与杨树浦的坐家户厮混熟了。看着农忙，杨占鳌走到村中族长和地甲家闲话，说村里哪家农活忙不过来，要帮助的只管开口，湘勇多是穷苦出身，农活都能干。于是，每天操练后，百多人分散，帮助农户摇水提车灌田，捋桑叶换蚕沙，有的还协助修理畜圈。杨树浦的人很喜欢这拨湘军，拿出家中好吃的招待他们。

一日下午，阵雨后，一道彩虹横在天地间，杨占鳌和酉灵在田间路上散步，远处临河坎田陌，三两只白鹭在秧苗上空飞翔，划着宽翅，倏地落在田中，然后单脚独立水中，等着鱼儿和蝌蚪闻到它脚上的臊味游过来，轻松啄起美食。

田中薅草的人直起腰，笑着对杨占鳌喊："杨哨头，这田中多泥鳅，我们抓得好多。晚上你出酒，我们醉一回？"

杨占鳌寻声望去，是向明伦，瞿三哥和李大青在帮助薅田。三人五车水乡人，当是会抓泥鳅捡田螺的了。杨占鳌笑说："好是好，就是莫摸着水蛇。"接着调侃，"太勤快了。让杨树浦的姑娘看上你们，就到这里薅一辈子

田算了。"

向明伦说："我巴不得。"

酉灵若有所思，对杨占鳌说："你忘记了么？黄施主不是说住在益阳，何不趁着空闲去拜访一下。"

"真的，您不提起我倒忘了。"杨占鳌一拍后脑窠。不知怎么着，一想到黄翠薇，杨占鳌心窝子就突突地跳，是心猿意马的那种心跳。那是很在意的感觉征兆。后来酉灵再说些什么，杨占鳌没有听进去，只一味"啊啊"应付。等到酉灵不说话了，杨占鳌才猛然发觉失态，对师叔干笑了一下。

向明伦三人好手脚，收工回来，抓了三竹篓泥鳅。黄中兴和王福山自告奋勇，说专一会炒泥鳅煮豆腐。棚长宋四佬扬起勺子说："就你两个会炒。那我这个棚长不要干了。有本事让杨哨头多买些豆腐和辣子。我包你们吃得忘记爹娘和婆娘儿女。"

厨房是个肥差，也是最容易出差池的地方。若克扣伙食肥己，将士们没吃饱饭，怨气周天，打仗必是懈怠。再则厨房让敌方盯上，动了手脚，将士们性命堪忧。杨占鳌观察好久，才让宋四佬宋清斌两族兄弟当棚头，宋四佬心细，为人本分，宋清斌识字，会功夫。

王福山和宋四佬较劲："不就是豆腐辣子，我出钱去买。不过有言在先，大家认为你没炒好吃。酒钱你出。"

豆腐辣子钱要不了多少，酒钱一定不是小数目。宋四佬怄得左脸正中那个黑痣上长的根黑长毛，也快活地随着表情抖动。一时找不出有力反击的理由，最后直骂王福山是奸商。

王福山不失言，果真和黄中兴、罗福兴到豆腐铺，让伙计挑来担豆腐，又问农户斠换一串干辣子。宋四佬和宋清斌领着其他棚勇，下足功夫，把一大锅泥鳅豆腐，炖得汤浓味香。

本来不够百多号人吃，伍德满和张仕祥领两棚人，被营官抽调去巡哨，粟学山领棚人给一家修砌房基。看着一锅美味，杨占鳌夸大家会过日子，让宋清斌棚长买桶酒来，大伙放开肚皮吃。酉灵不吃荤，也不喝酒，吃了饭，独自到户外坐禅去了。

正吃得开心，族长和地甲领着几个健壮村汉进来，说是三个村汉想投军。杨占鳌说："不是我打官腔，有言在先，湘军管理得严，吃不了苦是要不得的。"

族长答道："那是。他们到了军营，一切按军中规章制度行事。我族虽只百多人口，世代为农，但也有族人随郑军门在广州镇海驻防，以血肉之身，成为报效国朝的英烈。"

虽未谋面，杨占鳌最崇拜郑军门了，因为左员外和黄十然敬佩郑军门。没说的，杨占鳌唤来宋清斌，三个新兵暂且留于厨房当差，待日后补缺。

族长高兴揖首，地甲呈上几只鸡鸭和两坛米酒。杨占鳌笑说："如此月夜风光，麻烦宋四佬兄弟，把鸡鸭炖了，与族长好好畅快对酌。"

"我也想搭双筷子。"月地里两个人提着灯笼，中间站着个高大的杨载福。

湘勇见了全都放下碗筷列队，杨占鳌慌忙下桌迎接，因为咀嚼个泥鳅脑窠，没有咽下，又舍不得吐掉，含糊地说："不知大人驾到，占鳌有失远迎。"

杨载福坐上桌，用筷子夹了个泥鳅尾巴，又喝了口酒，说："这么好的口子，你小子吃独食，把叔叔忘了很正常嘛。"

"不是，叔叔大人，这些是兄弟们帮助薅田抓的。再说您军务繁忙，不好打扰。"

"没事，您不喊我自来。大家莫拘礼节，继续吃饭。只要打仗莫怂就要得。"

杨载福是巡哨路过，恰好族长地甲在座，便客气地了解些民情。又问有无湘勇扰民，这方面曾国藩要求严，说是湘军在湘名声都不好，哪还有个什么用处。

闲话过后，杨载福说六月准备战事，商议可有他法打造新船。木料没干，有什么办法，杨占鳌问木匠出身的伍德满、瞿三哥和李大青。瞿三哥说："我在家里时试过。生树板子造船，等船造成，板子也有七成干了，只要多加点抓钉，莫急着下水，等炸麻皱口后，板子就干透了，多填两回葛渣桐油灰补缝隙，保准在水中泡着不漏。"

杨载福想：船在水中，只有越泡越不漏水，与生木板干木板没有牵连，这个道理怎么就没想到。"生木板刨起来费劲，特别是枞树板，所以木匠搪塞要干木板才能做船。我上当了，从明开始，锯木造船，莫要延误战机。"正是：

　　　　木匠难刨生木板，搪塞造船漏水眼。
　　　　湘军滞留舢板无，太平军到资水边。

杨占鳌与杨树浦人说好了，已经征收村里两只大点的木船，改造成三板，只要造六只三板足够用了。他把造船事分给伍德满、瞿三哥和李大青，自个领着酉灵，买些糖食果品，去黄家铺探访黄十然。走过益阳十字弄，再走一里地，前边是个半月形大田，蛙声此起彼伏，黄家铺在河湾边，河中间有鸬鹚捕鱼，稀稀村落，修竹果树间，隐隐地现出青瓦屋脊。问过路人，黄十然家在临河水碾房后边。到了院子外，院落门前蓄五阶石板宽路，门楣上挂一木匾，书丹"元亨利真"，两边柱枋挂幅门联，上联"从戎归来饴天伦"，下联"家声丕显子女勤"。大门半开，院落有一枣一桃，又有株碗口大叶青枝茂的桂花树。杨占鳌和酉灵在门外探头探脑，惹得一条黄犬发飙。一个青年男子问找谁。得知后说："家父去邻里未回，只有家母在堂。"

黄十然有两房妻室，堂上是原配夫人何氏，就是接见他们青年汉子的母亲。两人随那人进了后院，杨占鳌一看不对劲。何氏说："你们是找邢氏吧。邢氏妹妹两年前过世了。"说罢潸然。

黄翠薇听到有人说话，从厢房轻轻过来，隔着门缝窥视，有点李易安的"见客人来，袜划金钗溜。和羞走，倚门回首，却把青梅嗅"之意。看清楚了，是伊的二同哥哥，落落大方喊着："二同哥哥，酉灵师傅，真的是你们么？"

杨占鳌看得也是眼睛有些直了，情到真时花无语，四目相视恨见迟。黄翠薇已是二八年龄，长得越是娉婷，柳眉琼鼻，樱花小嘴，高挑身段，一双修长腿脚盖在绿裙之下，两只纤纤玉手伸出袖来，还有上嘴巴皮边上那个小黑痣，长得愈加好看了。酉灵怕不好看，打圆场合手向何氏行礼："我们在德山偶识黄施主。今借湘军暂驻益阳，特来打扰。"

何氏说："老妇不知家夫朋友前来，有失礼数。你们且等，我让仕燮唤回家夫就是。"

黄翠薇对领他俩进屋的青年男子说："仕燮哥哥，这就是德山救我们的二同哥哥和酉灵师傅。告爹爹快些来啊。"

黄仕燮走后，何氏让黄翠薇吩咐家佣安排接客饭菜。黄翠薇欢快地倒茶待客，心里小鹿怦然，脸上洋溢着红晕。

黄十然回来，少不了一阵寒暄，感谢杨占鳌师徒相救之情溢于言表。黄十然回乡，置了一担谷种的水田，日子宽慰，就是二房邢氏德山受惊，一直没好脱体，虽是到处求医，讨遍良方，又是烧香拜佛，终究病逝了。幸好儿女双全，大房生的黄仕燮黄佑燮读书有成，仕燮在益阳协台衙门行走，成家后媳妇贤惠，小孙子快两岁了。佑燮在同知衙门当值，还没成家。本想给黄翠薇找个婆家，可邢氏作古，一直没定下来。

得知师徒投奔湘军，黄十然说起一提哑师眼力高，看准杨占鳌有前程。吃过午饭，杨占鳌师徒俩告辞，黄翠薇嚷着要去军营好玩，何氏娇嗔呵斥不管用，伊就是想和他的二同哥哥在一块。黄十然说："好，我陪你走一遭。多年没到过军营了，权作回忆。"

到了杨树浦，湘勇们眼睛直放光，黄翠薇亭亭玉立，长得太好看了。好玩的王福山挤眉弄眼，向黄翠薇献殷勤："小嫂嫂你好坏，我们驻在这儿快半个月了，不见你来接我们。你看，我们都饿瘦了。"

酉灵想制止，黄中兴和罗福兴却附和："就是，今天要小嫂嫂给我们办好吃的。"

"你们怎么这样？"黄翠薇撅着嘴巴生气了。杨占鳌在一旁只管傻妥妥地笑。

宋四佬和宋清斌拉着伊说："小嫂嫂我们到厨房去办好吃的，莫张那些兵油子。"

杨占鳌陪着黄十然，到河边看湘勇改造的三板船。伍德满、瞿三哥和李大青三人指挥一拨湘勇，起劲地弄那泡水的生木料造船。黄十然在船上走了一回，坐在鼓手位置上说："二同啊，看来你和小女翠薇有缘。邢氏生前说过，你若在翠薇十八岁前到益阳来，不论贫贱，只要两情相悦，让我不要阻碍。只是翠薇尚在三年守孝期间，等一年后过了孝期，你有了军功，我给你俩完婚如何？"

杨占鳌心花怒放，赶紧下跪揖首："一切全凭岳父大人做主。"

黄十然又说："迎娶儿媳时，建新房屋剩有些现成木料，大约做四只三板有多，您让湘勇去取。另外，做些小生意时，有两只大点木船，回头让人改造一下，拿去用吧。这些算是给我儿翠薇的嫁妆。其他话我也不多说，你是个实在人，相信会善待我儿的。"

"感谢岳父大人。"杨占鳌再一次跪下揖首。正是：

　　　　资水湾湾流益阳，关山难阻有情郎。

　　　　邂逅时光解人意，配就一对好鸳鸯。

第九回　积功叠迁升

　　杨占鳌得了个乖乖黄氏，岳丈黄十然又送了两只船和四只三板船的木料。杨载福晓得，笑骂杨占鳌打仗可以，调婆娘也有一套，说他运气来了，时来风送滕王阁。杨占鳌谦让地嘿嘿笑着说："叔叔大人，劳你费心。好多事还要你指教才是。麻烦明天到黄家一趟，帮助认下亲。那些木料和船，我才好体体面面取过来。"

　　杨载福说："认亲归认亲，湘军从七品以下不准携家眷，我可不敢为你破军规啊。"

　　"叔您放心。岳父说好了的，等翠薇守孝期满，我们才圆房。"

　　杨载福再才答应去相亲。

　　黄家在当地算是富裕人家，两个儿子又在衙门当差。一说相亲，全哨人嚷着要跟着去，可以放松一下，主要是有餐美味馔用。在王福山倡导下，每人凑了一百文钱贺喜。杨占鳌不反对，都是过命兄弟，杨载福作为水师左营主将，也要保护，亲兵营去一哨不算多，湘勇们高兴地洗漱一番，等着去相亲赴宴。

　　吃了早饭，棚长宋四佬和宋清斌收拾一下，领着四个帮厨的去黄家打前站。

　　虽然不是亲生的，但何氏十分疼爱黄翠薇，一大早亲自张罗接客宴席，口是心非嚷着："天天念那姓杨的，不就是个当兵的，现在好了，也了了邢氏妹妹生前所愿。以后我才懒得再理你。"

　　黄翠薇乖张地逗何氏："就怕我真走了，有些人做梦都在想我呢。"

　　"这丫头片子。还不去跟你二哥请各家族和近边的亲戚。"何氏在丫头片子脸上拧了一下。

　　到了未时，黄十然请杨载福大人和酉灵上座，两人是杨占鳌的长辈。黄家族伯父子和湘勇们见证，杨占鳌拜了黄家祖宗，上香三炷。郎是半边子，从今过后，他就成了黄家的宗室姻亲之人了。接下来杨占鳌和黄翠薇对拜，交换庚柬，给父母长辈们揖礼，斟茶。

黄十然族兄高兴，傍上杨载福这样的湘军大官，家族有面子。站起来对杨载福说："感谢亲家百忙中来我十然兄弟家认亲，我这个伯伯虽然没有什么，也要表示一下：家中那只大木船就送贤婿老爷了。助他建功立业，也求天下早日太平。"

既然伯伯表了态，黄仕燮和黄佑燮兄弟只好上前给杨载福大人揖礼："祝贺妹子找到意中人。伯伯说得好，只求天下早日太平。我们当亲哥哥的各添五十两银子，略表一点心意，送妹夫再造两只大点的三板船。"

没想到认亲，成了发动征购战船的动员会。杨载福走下来，敬黄老伯一杯酒，复敬黄仕燮佑燮兄弟一杯酒。感谢他们慷慨捐助，保证日后待黄氏如同亲闺女。

接下来开席，黄家杀了口猪，吃了精光。杨载福吃得有了醉意，当着黄十然和何氏，对敬酒的杨占鳌说："你小子行，这么看来，你有十一条三板船的本了。回去不当营哨头，当亲兵营前锋好了。"

亲兵营前锋，是亲兵营的主力，相当于二路亲兵营了。也就是说，杨大人公布了在长沙承诺的任营哨长职务，那么，杨占鳌就管辖十二个什长一百五十多号人了。正是：

> 靖港护大人，益阳当女婿。
> 四月当护勇，六月迁前锋。

接连下雨，河水暴涨，太平军逼近资水下游湖区，得知湘军在益阳修造百余只三板船，奈何船只逆行困难，陆路有利地形被湘军拒守，只能在湖区徘徊。六月初，山东登州总兵陈龙辉，坐拖罟大船，自广州入湘会师。杨载福水师新船造成，得了军情，指挥水陆湘军相互照应，放号炮，沿资水向下进发洞庭湖。杨占鳌别了黄家亲人，率领十二只三板，一艘炮船，作为左营水师亲兵营前锋，前边开路涉险。

一日后，杨占鳌营到了茈口湖，欲进，远远见太平军船满湖停泊，岸上旗帜鲜明，疑有重兵把守，急令回报。杨载福察看地图，问向导官，可有他路通万石湖。向导说岔河水小，淤塞数里，难通大船。"不过现在涨水，可

作一试。过了淤塞滩，就到苇子塘了，从那可到万石湖。"向导有点把握地说。

杨载福沉思半会，发了号炮告前锋停止前进，派亲兵营卢溪张得胜率三板查探淤塞滩，得到畅通消息，大胆调整作战部署。装运陆军，依山形设伏，只等天黑攻打太平军。

到了晚上，河雾挡了明月星光，湘军百多三板挨近太平军，号炮一响，百炮齐放。击中数十船，太平军惊恐，纷纷弃船上岸。湘军趁势冲出，夺得十多只三板船。等到岸上太平军发现湘军不多，组织力量反扑时。湘军前队变后队，随即原路撤退，沿岔道遁行，等太平军追进岔道，陆地湘军洋枪队轮番射击。太平军架起铁炮开路，撵到淤塞滩，湘军挖土填了河道。天明，太平军寻找到河道，挖开填土，湘军大队人马早撤走，进了苇子塘。太平军疑有埋伏，放弃追击。

太平军在洞庭湖处处受损，但人多实力强劲。湘军正面接触，多次被冲散，各路人马伏船各地，依靠湖中岔道自保。杨占鳌随杨载福伏船雷公湖，彭玉麟部伏船君山，地方团练缩藏岔湖。然非蛰伏，每日昼伏夜出，派精兵三板水苇中穿梭通报。待太平军追来，三板快速趋走港汊。六月下旬，苏胜部驻守南津，列旗吹角，招来太平军掠的商船载炮进攻，杨载福、彭玉麟部两处随后尾随，水道拥挤，太平军所掠商船挂帆在水道上行走，远远地成了湘军的目标，旗兵或挥旗，号炮或放炮告之。进则水道让湘军挖土填实，无有水岔可趋，退则相撞自家三板。未几，湘军形成包围，三路炮击，烧毁百余船。夺得三板三十多只，炮数十多件。进攻南津太平军伤了元气，天明遁退。

湘军总算缓了口气，杨载福部得移驻擂鼓台休整。

七月初，总兵陈龙辉率广州队到了南津，闻听杨载福和彭玉麟等部在湖中与太平军周旋获胜，认为太平军不足为惧，亲自率队攻打城陵矶。湘军诸将按照经验，认为南风下水难退。陈总兵不听，怒说："我习水战三十年，最初打仗时，在座各位多数还在娘肚子睡觉。前有岳武穆洞庭湖擒杨幺，今日正是我辈洞庭湖剿洪妖。诸军有什么好担心的。"

他依老卖价，众人作声无益，也不与他计较，谁让他实力大，又是绿营正规部队。再说他是奉旨协助湘军，是客军，就怕曾国藩也得罪不起他。

次日，陈营发炮列队，只见军旗耀眼，刀矛亮如雪霜，洋装铜炮震山响，杀气腾腾冲霄汉，湘军诸部皆失色，羡慕不及广州军。陈总兵坐拖罟大船，甚是建立盖世功劳的气场，还命令诸将跟随观战，杨载福和彭玉麟相视：曾帅云矫枉过正，傲气乃主将大忌，所以防了一手，坐着三板炮船前往观之。杨占鳌部亲兵营前锋，六月下旬湖中诱敌被冲散，蛰伏滩头，候机接应，营亲兵只有卢溪张得胜部了。

广州军前锋营沙镇邦与太平军相接，双方炮战。广州军败退，水流向南，大船被湖中胶索缠住，伏于苇塘中的太平军小船齐出。广州军小船来救，水急风大，返吹俱下，船靠岸，尽让岸上的太平军歼灭。后船发炮相救，又恐伤前船。只见太平军抛起飞爪，借索爬上大船，湘军营官褚汝航、夏銮跳水逃之，让太平军射杀于水中，沙镇邦为救陈龙辉，与太平军水中相搏而死。全军覆灭，炮船尽丧，陈龙辉得三板搭救逃脱，引以为傲的拖罟大舟，被太平军作为战利品拖往城陵矶。

杨载福见情形不妙，遁湖苇走，太平军追得急。幸得部署接应，退到营地，绿营早是撤了，身边只剩百二十人和小船，惶恐如坐针毡。彭玉麟领着百多名营亲兵至，两路合一，不及太平军十分之一，除非玩命不得脱。两人约定，等天黑起雾，杨载福部走左水道，彭玉麟部出右湖，互为犄角照顾突围。彭玉麟部三板前，炮船后，顺风直下，冲过太平军屯营，炮船趁机向左右敌营炮轰。太平军不知虚实，慌作一团，只管向开炮处还击。炮船中了一弹，护卫湘勇掉下河大半，雪帅彭玉麟受伤跌落座椅，船工们咬牙摇桨，总算保住了炮船，赶忙向杨载福部发出朝天信号炮。杨载福见了号炮，从水道遁出，风大桨响，惊动太平军伏船，问之。湘勇答道："湘军放号炮，我们特来增援。"太平军半信勿信，应允前方不明，靠近待命。待靠近，一排洋枪打倒十多人，要命之时，湘勇个个如虎狼般跃上敌船，太平军惊慌溃退。湘军投掷火把，烧了数船，顺风俱往，与彭部汇合。

两队水师汇聚，杨载福见彭玉麟受伤，情况危急。传令清点人和船，绕过太平军炮船主营，选水弱苇塘岔港走，进了湾塘，没有出路，传问向导。前队说苦也，早不见向导人影了。湘军只好弃船，移炮陆地，备作困兽斗。杨载福让人扶着雪帅彭玉麟，慷慨激昂地向湘军训示："再过一个时辰，天就亮了。现在前无出路，后来洪妖，沟里翻了船。要死，众位袍泽也得死个痛快。待洪妖进港，烧船作诱，陈阵设伏。胜了，自有洪妖送来的船凭尔驾驭，当是千秋功业。"

话声落，太平军至。茫茫湾港，没有人影，湘军弃船沿岸横七竖八停泊。太平军哈哈大笑，放炮作靶击之。火光中，并无回击，大胆上前，湘军突然开炮，击了后排大船，接着数排洋枪，拆了一小半前排船只。先前，湘军以船作为障碍物，太平军打船，并不伤着人，伏于浅滩湘军冲出，抛飞爪，靠岸的三板尽数抓住，拽进苇中杀个精光。太平军恼怒，大船趋往炮击。沿河湘军喊杀一阵，只管撤往高地死守。

眼看大船靠近岸来，太平军上了陆地，湘军危也。杨载福挺身执矛，晨风中，平静不失沉稳地轻唱湘西山歌："七月里来那个娘在家，儿子那个就要下长沙。功业不成那个爹莫挂，洞庭那个亡命就到天涯。"众将士见主将如此视死如归，朝天放了备用的全部五色烟花号炮，抱着一战誓死之心。正要冲杀下去时，只见太平军后队船中火光冲天。

原来是冲散的杨占鳌部，蛰伏于苇塘口两岸。湘军慌乱过塘口时，杨占鳌就知太平军会尾追，急发火号，示意对岸伍德满和张仕祥，看见数十枚五色花炮，知是杨载福湘军危急，指挥炮击港中太平军后船。虽只两门小炮，连环炮击，足够太平军好受的了。正是：

湖水清清苇茂盛，中间多少儿郎泪。
前有钟相和杨幺，乱世太平天国人。

杨载福和湘军见援军来救，精神百倍，冲进苇塘，将岸上的太平军悉数杀灭，退回的多被水淹，一下缴获十多只大小船。天已透亮，杨占鳌部守着有利地形，只管开炮放洋枪。首尾冲击，太平军阵脚自乱。黄中兴立功心急，驾起三板只管冲过去，抢得一只小船，高兴得手舞足蹈，旋被射中一箭，王福山和罗福兴见之，冒死去接应。

杨占鳌骂道："拐了，大栏坳人多事坏了规矩。要死众家袍泽只有陪着。"于是，全营齐心向前，跳上太平军船肉搏。打虎亲兄弟，上阵父子兵，直杀得太平军飞似的跳水逃命。益阳杨树浦三个湘勇说深港之水，流动不畅，有血吸虫，不能下水追杀。湘军便站立三板上，只管用洋枪和弩射击。

湖雾散开，太阳红彤彤地从湖岸升起，湘军喜极而泣。彭玉麟躺在船舱，看着杨载福和诸将士衣衫不整，脸花容垢，貌极狼狈，调侃说："到底是赢了还是输了，我看都是到烧炭撵肉。要不是杨前哨出奇兵，大伙这次就到另一个地方吃早饭去了。载福兄台，我看杨前哨可当营头了。"

"就依彭兄台说的。"杨载福哈哈大笑，吩咐湘军列队出港。回南津休整。

经过数翻折损，太平军退出洞庭湖。八月，湘军进发嘉鱼黄盖湖，杨占鳌随左营水师，击败太平军赖汉英部，收复武昌、汉阳。湘军接连获胜，水军造册呈报水师主帅曾国华，曾国华转递曾国藩，不日上奏朝廷。杨占鳌授从六品军功，封记名把总，统领湘军左营水师营亲兵。营亲兵皆有提升，其中王福山，伍德满，张仕祥，罗福兴升从八品军功。黄中兴死里逃生，得封从八品，春天逃离小家屋，洞庭湖畔长夜歌，欢喜得连夜修家书，木材生意蚀本，原来是要让他光耀门庭啊。

酉灵授正八品，没有家书可修，孑立茕茕，倍是伤感，世路多舛长做客，垂望乡关泪沾襟，找个无人处，秋风中，给早亡的爹娘焚些纸钱，静静痛哭一场。

杨占鳌领赏谢恩，杨载福笑问："我是真服了你小子。救了我和彭大人，今后有什么难处尽管找我。"

"可否让我把黄氏接到营中来？"

"你小子。"杨载福一时找不出词来，笑不是，斥不得，诸将忍俊不禁。曾国华笑说："按湘军规定，正七品以上可携家眷。都是娘爹所生，有七痒才是真汉子。杨把总直率，是条角色，许你休整期间把内人接来。但战时家眷只能驻营，不能随军。"

"谢军门成全。"杨占鳌跪拜，起身，手舞足蹈，一溜烟出了行辕，领着三个益阳杨树浦湘勇去接黄氏。

杨载福看着曾国华和彭玉麟，一时找不出词来，摇了下头，一笑置之："这个水佬倌杨占鳌。"

> 益阳同门愁牵挂，八月洞庭立军功。
> 家山重重贪归梦，宦海升沉惜此身。

向明伦晓得，撵到河边，杨占鳌四人已去远了。向明伦真的和益阳杨树浦何家姑娘好上了，准备后半生在杨树浦薅田。

杨占鳌得了军功，黄家人甚是喜欢。黄翠薇有才有貌，知书达理，虽是

十分想随杨占鳌去，可不忍心何氏和哥嫂呵护一场。主要是守孝期未满。黄十然从过军，知军营非家中过日惬意，疼爱女儿，欲要伊脱下孝衣。杨占鳌诡说："军队休整，我是借道来看你们。等得了朝廷诰封名分，再来接翠薇。"

过了三日，杨占鳌便说军务在身，容不得延期，依依辞别黄氏一家，领着三个杨树浦湘勇，坐船快快离开。看着黄氏在岸上招手，杨占鳌突然想到在那大山之中的古丈坪，谢氏和娘亲哥嫂小弟，对他是如何地企盼。

在湘军的打压下，加上内讧，太平天国由强转衰，完全退出湖南。湘军大战太平军于洞庭成名，曾国藩不断扩大军队。杨占鳌随湘军水师出洞庭，转战长江流域的湖北，江西各水泽要地，数年间，刀光剑影拼生死，逐年累积军功发达。

一八五五年，就是咸丰五年，杨占鳌管带长龙战船，随杨载福攻剿徐家埠，南康村，青山等处太平军，功授把总擢补。

一八五六年六月，杨占鳌随杨载福部进攻太平军石达开部，克复饶州府丰城县等地，以守备尽先补用，赐蓝翎。

一八五七年五月，杨占鳌率部攻克贵溪县鹰潭镇，大胜，授都司。九月，水陆营会湖口县城，攻拔梅家洲，复克彭泽、东流、铜陵、望江等县城池，以游击优先补用。

一八五八年二月初九，清廷赏杨占鳌花翎。五月至九月，杨载福部移屯黄石矶，杨占鳌率部跟随，围攻安庆，攻打大通、枞阳的太平军陈玉成和李秀成部。在攻打安庆城外的赤岗岭时，战况易常惨烈，太平军名将刘仓琳率部死守，百炮互击，千人对拼。杨占鳌带领所属水师，奋力当先，抢塘夺卡，正面阻击突围的太平军，水师被杀无数。太平军排炮打来，湘军急找掩体卧地，杨占鳌腾空跃起，侧卧土坎下，只觉左腿一麻，人十分疲惫，原是左腿让炮子击中了，幸好杨载福发现，让护队抬出阵地，捡得一命。医治后，发现筋骨俱伤，有一不规则铁砂嵌入骨中，医官说，取出要扩大创口，伤损几条筋络。铁砂没有磺毒，存之无恙，只要休养得好，不碍驰马行军。但过了十二三年后，可能天干下雨时会发作。杨占鳌笑说："怕什么，这种大阵仗没了命。值了。"

杨占鳌年轻，体质好，经过伙伴和酉灵师叔的精心医护，伤情很快痊愈。养伤期间，杨占鳌对战争有了新的认识，让黄氏找些书来，细读把味，认识传统立功立德立言之精髓，管理军队也有了新的理解。养好伤，重新参加战事。

一八五九年，杨占鳌随军收复东流，建德及望江、香口等地，提升为参将，赐换孔雀翎。

一八六零年，杨占鳌率部攻克彭泽城。九月，总兵陈大富求援，说是南陵城让太平军围个水泄不通，求救水军运出城中军民。时值秋水涨，太平军于南陵城外垒土坝，断北港水，若放水攻城，困于城中的十万余军民危矣，可谓一发千钧。

先一天，杨载福指挥水军宿鲁港，半夜传令，着杨占鳌拨两营千余人先行，剿灭港口内三处小股驻守太平军，确保芜湖太平军不知消息，随后马上返回港口留守，便于接应。杨占鳌得令，亲自领兵，分赴拔除三处太平军哨卡。太平军大半赴芜湖，驻守港道小股太平军实力不强，两处轻易剿灭，最后一处，遇上个功夫了得的太平军小头目，轻功极好，快速跳过两只三板，一下窜进水中，众人急往水中抛飞爪，没抓住。杨占鳌说："麻烦了，此人功夫好，水性定不会弱，若走报芜湖，军门路途必棘手。"遂下令张仕祥，罗福兴等人率队返回港口守卫，自己领着酉灵和田光早粟学山，去小坝接应杨载福。

清早，杨载福走保城下大垒，暗杀掉围守太平军，叩城呼军民出城，令湘军步行，沿堤退出，民老弱先，壮者随后，炮船守护。为了安全撤出，杨载福殿后，不出半日，全部撤出。芜湖太平军得报，趋船赶到南陵已是傍晚。杨载福领兵列于城垛，发炮打击，太平军又累又饥，认为城内军民并没有撤出，围着休息。一会暮色铺地，杨载福与营亲兵百多人，遁出城，不期让太平军发现，呼喊追来。估计南陵军民还未至港口，杨载福让湘军倚河堤，一排洋枪，打翻数人，太平军不敢上。一会儿，湘军上了三板，飞奔出港，太平军驾船紧追不放，抛出飞爪钩住三板，杨载福操矛与跳上船的太平军近战，一矛扫倒两人。只听炮响，太平军三板打翻，杨占鳌和酉灵趋船至。杨占鳌护着杨载福，当面太平军被一枪捅穿。其他太平军见了大骇，酉灵左右两刀，砍断飞爪索，复一刀脱手，砍下太平军大船上旗帜。太平军见湘军大队船浮港下，捞不到好处，亦退走。至此，杨占鳌随杨载福救南陵十万军民，成为湘军美谈。正是：

鲁港苇塘泊战船，南陵天外接江烟。

月下谈兵扣舷酒，许国建功求清闲。

一八六一年十月上旬，遇太平天国李秀成部主力，杨占鳌和郭明鳌极力抵御，相持两昼夜，战斗尤为惨烈，太平军誓死不退。杨载福添派亲兵左营及新前营助剿，终将该股太平军击退。

一八六二年八月，清廷授杨占鳌副将，赐资勇巴图鲁。

一八六三年，杨占鳌率部攻克江浦、浦口两城以及草鞋峡，燕子矶等数隘，协同清军主力破九洑洲，太平天国完全失去江西屏障。《清实录》："于二十二日，分路进攻，水军万炮齐轰，哨官杨占鳌首先登岸……所有出力将弁，著准其择尤保奏。以示鼓励。"六月初五，曾国藩奏："副将杨占鳌、李助发……交军机处记名，遇有总兵缺出，请旨简放。杨占鳌并赏加提督衔。"

其后，杨占鳌总理皖江水师营务。营务，负责军队后勤供应及行政事务也。

第十回　皖江禅茶道

　　长江流经皖省七百多里还止，由于南北岸均属皖地，当地人习惯称此段长江为皖江。安庆未易守前，皖江流域是太平天国的主要活动地域，湘军屡战屡败，屡败屡战，从一八五八年初开始，经过残酷的两年多拼杀，枞阳、桐城、安庆相继失陷，太平天国不得不收缩战场，主力基本退出皖省，剩下星火，各地流窜，气势已是大不如前。

　　一八六三年夏秋，杨占鳌赏加提督衔，驻军于枞阳和桐城各地，率水师营扼守皖江，关注两湖太平军复燃，严防闽浙各路太平军跳出内线，干扰湘军后防，确保湘军钱粮供给畅通，为进攻天京肃清后方基地。另外就是安抚皖江流域流离百姓，让人们尽快安顿下来，恢复生产，休养生息。毕竟是国朝的湘军，为国朝守护疆土，保一方黎民安宁。

　　已是初冬时节，江风吹起，冷意袭人。杨占鳌领着亲兵营向明伦、瞿三哥和李大青三个哨长，巡视驻地。杨占鳌没官架子，不装排场抖雄，或外出，或巡营，不扬旗喝道，下属谏言，能办的马上办理，一时解决不了的，择时解决，让兵勇们感到杨军门实诚，亲切。

　　四人走到江边泊船边，太阳那么颤巍巍地挂在高天，一个五十多岁妈妈，蓬头缩在船后边补渔网，边上倚个五岁小女孩，光着脚丫，抱着伊的大腿，无力地哀求："奶奶。饿。"伊没包头帕，眼眶深陷，目色呆凝，一脸菜色，喃喃自语："好孙女莫喊。补好渔网，奶奶网鱼给你烧吃。"

　　向明伦走过去，把路上不经意拾到的两节干树枝添到火堆上，又从怀中掏出张面饼，递到孩子面前。那女孩看到吃的亦不害怕，怯怯地抓到手，赶快往嘴巴里送。向明伦从小双亲作古，无亲无靠，全是村里人你家一口饭，他家一件衣养大的，见到穷困之人特别上心，所以带兵细心，从不扰民，很有同情怜悯心，不肯轻易占人便宜。这一点深合杨占鳌的意。伊得救似的跪下给向明伦磕头。"感谢军爷。你是杨军门大人吧？"

"我不是，那边戴花翎顶子的才是。"向明伦说着，把伊扶起来，发现伊衣裳成绺，没有罗裙，膝盖以下没了布遮，没包裹脚布，草鞋黏满泥巴。

那女孩把饼吃得剩下小半，送给伊："奶奶您吃。"伊咬了一小口，说："孙女乖，孙女吃。奶奶不饿。"

看着眼前婆孙俩挨饿少衣的样子，向明伦心里隐隐泛酸：天下一乱，苦的是百姓。

杨占鳌蹲下对伊说："老妈妈，我就是湖南湘西的杨占鳌。"

伊说："我是听说你和福建提督杨大人南陵救苍生，是不乱抢乱杀百姓的官军，才敢到江边补渔网的。若是其他湘军驻扎，我还不敢来。不怕你笑话，老身娘家本是洞庭人，因战乱交不起苛捐，跟着经商的老伴，沿江流落到这里傍亲。不想过得三两年，这儿打仗乱成了什么样子。老伴的商船被征用了，老伴、儿子、大孙子，不是被抓夫，就是被从军，不是折磨饿死，就是被打死。儿媳妇也让抢走了，唉，这个世道，兵荒马乱的，捐税又重，什么时候才是个头呀。你看这渔网。只是苦了我这个孙女。"

杨占鳌看着伊，忽然想到老母和家人，对向明伦、瞿三哥和李大青说："立冬了，这种情况要多了解些。我们不能给他们什么，但尽量不打扰他们。"

一个亲兵跑过来，说是江边来了一队船，大船上挂"任"字军门旗。

杨占鳌问向明伦手上可方便。向明伦怀中摸出一个五钱小锭，杨占鳌把银锭放到伊的手板心："老妈妈，领着孙女回家去，天冷了，买点吃的和衣裳。莫想那么多，活着比什么都强。"

看着杨占鳌四人走远的背影。伊拿着钱，对孙女喃喃地说："今天遇到活菩萨了。"

　　　　江风吹起冬阳冷，经年鏖战人夬损。
　　　　皖江少烟少鸡吠，谁堪怜悯众苍生。

船队停泊码头后，亲兵列队护卫，一个个戴顶子的人从船舱鱼贯而出，下船。最后下来三人，一前两后，翔行之态，官威气场作派。杨占鳌正了下衣冠，和随从迎上去。没想到站在最前边那位高大官老爷，对着杨占鳌当胸一拳。那是南拳二式，在古丈坪巡城当差时，杨占鳌教给团丁的，心想这人不会是任少爷吧。说时迟，杨占鳌本能地侧身闪开，对方改个大火烧身式，抓住先前站在杨占鳌身后边的矮个子李大青。痛得李大青挣扎不得，只能叽咕叫饶。杨占鳌说："任少爷，别来无恙。占鳌这厢有礼了。"

"什么，你是杨占鳌，不对不对。我找的是杨二同杨焕煜。"

"别闹了，这名字是福建提督杨载福大人。不，是杨岳斌大人取的。你找他论理去吧。"

"吣咳，长本事了，在古丈坪时我是头。到安徽不抵用了。"

任祖文世袭后，在长沙率部防堵太平军，后来随湘军调遣，在江西、湖北及长江流域各地作战，累积军功至振威将军，武官一品，授安徽寿州镇总兵加提督衔，总镇皖南。听说杨占鳌负责皖江水师营务，正驻在桐城，趁着公干，任祖文携家眷顺路来相叙。一别数年，两人军旅打拼，经历了太多的得失。现在功成名就，该有多少需要交流，那是不掺杂官场客套，纯粹的同乡邻里述旧。

随任祖文军门一起来的三个古丈坪巡城团练，也与杨占鳌揖礼相见。

揖礼后，任祖文换下戎装，穿上青布长袍，又是一副少年偶觉。任夫人郭氏，云鬟钗凤，眉清目秀，高挑身材，由家佣用轿抬着相随。大伙高高兴兴随杨占鳌去营驻地。

他乡遇亲友，进到厅堂，杨占鳌告诉夫人黄翠薇：谢氏进门后，房中唯一体面的家什，只有一床棉被。"那床棉被，是任少爷离开时送的。"

黄氏赶紧躬身给任军门请安，一边把任夫人郭氏迎进后院叙话。杨占鳌高兴击掌，让号房传在营的古丈籍官兵来见任军门。

主客坐下，看茶。杨占鳌便问了任老奶奶和任母安好。寒暄过后，杨占鳌一看任祖文随行人中，只有三个原先古丈坪巡城的团丁，便打听他人。任祖文长叹一声说："从古丈坪出来，跟着我的十四个巡城团丁，随军驻守长沙，转战洞庭，后来又远征贵州和广州。两个姓杨的随同乡杨光陞总兵去了，两个姓张的遇到同乡张高义军门去了四川，一个姓向的随同乡向心亮总兵去了广东，还有一个姓廖团丁随同乡廖松水总兵去了，也不知他们到底发迹了没有，没有音信。包括杜兴中，五个人，唉，战死了。我不知道怎么给他们的家人交代。"说罢掩面而泣。

客厅里皆是古丈坪厅人，投军来时，多是同村同族，或者亲友相邀，基本上是认识的，众人无语凄然。杜兴中能言会道，做事持稳守信，为人仗

义，从军前夜，还到杨占鳌家道别，现在没了。半晌，杨占鳌掩饰着痛苦，强作笑脸说："打仗，哪有不死人的，富贵险中求，不是没有办法吗。想当初，我在五车招得十一个古丈坪厅的人，如今，罗福兴、粟学山、宋清斌、宋四佬四人没了。酉灵师叔在赤岗岭，为了护我，左手被太平军炮子击折。死里打转，领了六品军功后，认为光宗耀祖了，尘世间无有牵挂，坐持龙眠寺，说是为战死的湘军和太平军灵魂超度。我们在皖地相聚，实属不易啊，人生能到桐城来，不说别的，也为古丈文史留下一笔佳话。任少爷总镇皖南，我在皖江，协力维护皖地，让人们平安活泛起来，也算是为国朝恪守司职了。比如这桐城小花茶，和我们古丈茶差不多的味道，卖价也好，我想让荒民安顿下来后，多劝些人开荒种茶。"

任祖文喝了口茶，对杨占鳌说："想法不错，有点三国孔明的境界，虽然在军中，能想到地方治理，还能想到他日回乡创业持家。有眼光。"

此后，两位同乡交流了湘军进入皖地的种种情形。经过浩劫，皖江人口减少了三分之二，很多地方十里鬼唱歌，百里无鸡鸣。仅安庆失陷，曾国藩从东流赶到安庆城内，见湘军损失惨重，下令兵丁大索三日。安庆城内四万余人死于湘军屠城，安庆几乎变成了一座空城。曾国藩因此获得芸芸百姓给他的荣誉——曾剃头，皖南人民呼之"春骨灰"。杨占鳌不能理解：先前，曾国藩给湘军写《爱民歌》："三军个个仔细听，行军先要爱百姓。贼匪害了百姓们，全靠官兵来救人……"还有《解散歌》："第一不杀老和少，登时释放给护照……"进了皖地，一切都变了，说是乱世用重典。九帅曾国荃，鲍超军门所到之处，暴戾之极，片甲不全。

杨占鳌比较认同总兵雷正绾的做法。雷正绾攻破大兴集四卡，又冲击长宁河、中庙四垒，守将铸天侯浦祥甫、寿天福武正、军政司陈上春不敢抗拒，率将士一千余人跪地乞降。雷正绾挑留精壮三百余人分插各营，余则遣散，没杀一人。以至多少年以后，当地人还设神坛，视如神明祭供雷总兵。

任祖文说，打仗服从军令，杀人与不杀人，择时择地择人而异，战场杀人是为了更多的人活下去，战后杀人一定会让更多人解愤和怨恨，没有绝对的对或是错。湘军与太平军在皖地厮杀多年，能不杀人解决问题当然好哩。

杨占鳌佩服任祖文的见识。的确，作为军人，不能只为战争而打仗，也不能指望和尚盘经，就能让凶徒放下杀人吮血屠刀。幻梦一场初觉后，腥风血雨为谁忙。湘军有的是忧国爱民之士。忧国必要爱民，民安则国泰。

皖地是杨占鳌的伤心地，攻打安庆赤岗岭时，左腿被太平军炮子击中。但那是战争，与当地百姓没有什么牵涉，所以杨占鳌和他率领的水师营，很少伤及无辜百姓。随杨载福救南陵十万危民，在驻地百姓中间多有流传，没有人不感恩戴德的。杨占鳌认为，只要对黎民苍生有益，尽其能力多做一点，也就是娘老子说的积德吧。积善之家，必有余庆，积不善之家，必有余殃。

仗打了这么多年，胜负已分，收官在即，湘军围剿太平天国后期，内部开始微妙起来。水师主帅曾国华战殁，水师军饷开始拖欠，有时动辄数月。曾国藩偏袒胞弟九帅曾国荃，发饷优厚之，引起彭玉麟等人极为反感，甚至提出抗议。闽浙总督左宗棠，目无余子，上奏弹劾曾氏兄弟，最后闹到公堂对簿。

任祖文说："杨兄弟，这些不是我们能左右的，你说的只要对黎民苍生有益，尽其能力多做一点，我们尽人事就行了。现在，仗打到这个份上，好多事，比如你说的湘军内部，还有绿营与湘军拆台，朝廷对湘军上层的猜忌，随着新的事态发展，都会逐渐浮现出来。"

杨占鳌说："少爷这一席话，让我通透不少。皖地产上好茶叶，发展种茶或能促进安民，我想让军队多学些植茶技艺，他日回乡也好营生。不知皖南有甚好茶叶，到时还望少爷留意一二。"

任祖文笑说："湘军和长毛在金陵死磕，你这水师营担子也不轻，却谈茶论道来了。就冲你这份定力，到那边我留意些。若是见着贵州提督马承宗，也告他一声，他日回乡，我们合同开间茶铺，你当掌柜，我当茶博士，邀来马大人，或沅江烹鱼煮茶，或罗江煮茶好玩耍。"

说到茶，杨占鳌兴致就高了："少爷，这皖地多山地丘陵，自古就是个出好茶名茶的福地。绿茶、黄茶、红茶，都是茶中的大佬，比如黄山毛峰、六安瓜片、太平猴魁、祁门红茶、屯溪绿茶、霍山黄芽、婺源茗眉、涌溪火青、桐城小花。个个都是当当响的茶中极品。"

任祖文笑说："我晓得，就这个桐城小花，产于桐城龙眠山上，春日兰花开时采茶，花香与茶香相融。喝着这杯茶，让我就想起那些在古丈坪的美好童年和少年了。"

"还不止，桐城旧产桐油，又因桐城派文化崛起，茶叶也就出名的了。所以，我想好好揣摩一下这个地方，回去好借鉴，也让古丈茶发达起来。"

"得了吧。我说杨二同，都来了大半天了，茶喝了一壶，刮得流清口水。你准备让我吃饭，还是继续喝这桐城小花。"任祖文忍不住挥了挥手，作饿状说，"若是继续喝桐城小花，还指望上点糕点。要不我就走了。"

杨占鳌赶忙站起打拱："对不起少爷军门，我催下厨房，马上开席。"说毕，佯喝值事的怎么回事。回头又说，"还是宋清斌和宋四佬行厨稳当。可惜收复燕子矶时，一队长毛摸进厨房往饭菜中投毒，兄弟俩发现后，带着部下，与长毛拼杀，厨房十多人。全没了。"

一会儿，酒菜摆满一大圆桌。因是家宴，杨占鳌让伍德满，张仕祥，王福山，黄中兴，刘三和田光早等人相陪，加上黄氏，任夫人郭氏，十三人满满一大圆桌。正是：

> 皖地江风吹，久战遇故人。
>
> 笑啜小花茶，邀约陌上行。

节制杨占鳌的福建提督杨载福，避穆宗载淳的"载"字讳，一八六二年，更名为杨岳斌。

杨岳斌对人主观能动性深刻认识及对人才的重视和善用，在当时是有名的。太平天国翼王石达开曾说"杨岳斌不以善战名，而能识拔贤将"。左宗棠对此也有"知人之明，谋国之忠，自愧不如岳斌"。湘军上层的微妙关系，以及湘军上层与朝廷的微妙关系，精明的杨岳斌，当然有所洞察，并不动声色地做好应对。在皖地作战中，湘军水师中湘西籍作为主力，时时冲在前边。譬如1861年，杨载福率水师协同鲍超、成大吉部攻赤冈岭四垒，督同总兵王明山等四营舢板以及参将周万倬陆队登岸会攻，水师伤亡数百。开始围攻金陵时，湘西籍的提督和总兵所部，被不经意放在外围，这也是曾国荃欲独揽奇功，曾国藩随弟意成全之。为此，水师中一些湘西籍军官与杨岳斌理论，说是反正拖欠军饷，不如上前线让将士们发财，振士气。杨岳斌听后，训斥：战场外更微妙，曾九帅、鲍超等人有曾国藩袒护，尔等有谁可倚。再说太平军又不是糯米粑粑。"曾帅'欲拔根本，先剪枝叶'。不要随便揣度军令，防守驻地，随时听候调遣，就是为了打好胜仗。"

杨占鳌虽然官至总兵加提督衔，不大敢与杨岳斌论理，最多是撺掇他人，从旁附和。很多事情，当时不太理解，杨占鳌照办后，发现杨岳斌的决断是对的。让他守皖江，杨岳斌一定有他的道理，杨占鳌这样想着，只管悉心做好安民事宜。

左宗棠路过枞阳，听说杨占鳌安民小有成效，当下正在乡间发动湘军，协助荒民垦复茶叶地，发动冬耕种植生产，这在军中可是不谋正事退求其次。左宗棠好奇地去探视究竟，沿路看到一些简易棚户，都是安顿下来的荒民，打听后得知是杨占鳌通过劝服当地人家，才得收留下来，并得以开荒种地自给。

左宗棠到了地头，看着杨占鳌青衣短褂，脚穿草鞋，戴个半新笠子，站在茶叶地中告诉大家："秋冬茶叶地深耕，种上冬粮，春天救饥荒，茶叶长得好，也采得到饱壮的茶芽。"说毕扬锄做示范。"就这样，挖一锄深，把草渣埋进去，茶叶树蔸蔸边挖断点侧根不打紧，还能刺激生长发笋。过密的树丛要挖掉一些，过高过大的树杆齐半人高砍掉……"

左宗棠被杨占鳌说动了兴致，忍不住笑着，从旁边村民人手中借来把锄头，茶叶地行间干起来。

过了一会，杨占鳌喝水，抬头看下天，冬天的太阳不再炽烈，云彩稀薄一片。揉下眼睛准备扬锄时，无意中发现茶叶行间，一个人翻腰扬锄，挖得土块咋响。杨占鳌走过去拍了拍那人肩膀说："不能那么用死力气，要省着点。你这样干，一会儿手打起泡，累趴了，一天干不了多少工。"

那人侧身与杨占鳌打照面，原来是左宗棠。杨占鳌惊诧不知所措：左宗棠任闽浙总督，不管皖地湘军水师军事，不会找麻烦吧？杨占鳌心里打鼓，然表现平静地赶忙说："啊呀，左军门什么时候来的。您这双手是挥剑决胜千里的，怎么能用来挖茶叶地。属下该死，这就向您禀报皖江防护情况。"

左宗棠把锄头还给人家，接过随从递来的帕子擦汗珠，对杨占鳌说："我到武汉购洋枪火器，从这里经过，听说你安民搞得火热，就来看一下。是我不让他们告诉你的。你小子，做得还真有那么回事。"

左宗棠在闽浙组成中法混合军，称"常捷军"，装备改为洋枪火器，并扩充中英混合军，先后攻陷金华、绍兴等地。左宗棠忠君爱国，不惧权势，湘军中素有威望。看到杨占鳌安民方法有效，民众生息起来，水师勤于巡防，皖江几无恶战，心下较为满意。杨占鳌禀报左宗棠：通过地方调解，几路小股太平军自愿放下武器，或回乡，或加入水师营，并没出现诈降。"曾帅云'治乱世用威典'。我想，长毛主力退出皖江，地方不乱了，施以恩典，

能安定民心。不知我这个策略与朝廷旨意相悖否？"

左宗棠见杨占鳌在征询他的意见，不置可否："接着说。"

杨占鳌接着向左宗棠禀报安民措施：劝地方收纳荒民定居，派驻地水师官兵协助修建房屋，开荒种地，提供种子；诏降之人，甄别后，分散安插到各哨各什；保护商贸，鼓励种茶养蚕，发展养殖。"比如桐城出产桐油，我把军队发派到驻地村寨，协助农户捡桐球，剥桐籽，榨桐油，护送商户销运，还参加开垦桐油林地。稳定了民心，筹措军资颇为容易。不过大战之后，民力贫弱，十分需要朝廷安抚。哪怕是象征性的。"杨占鳌最后诚恳地提出建议。

"做得到位，怎么说杨岳斌硬要把你小子留在皖江。"左宗棠脸上露出了笑容。左宗棠是不轻易褒奖下属的。其实，左宗棠知道民安国乃安，重农事能稳民心。只是环境不允许。

杨占鳌敬重左宗棠，认为左宗棠硬扎，是个天不怕地不怕的角色。左宗棠鼓励杨占鳌："发展生产自救，给皖江多造点福。我购洋枪火器剩有点钱，给你五千两银子，回头打个招呼，让杨岳斌再给一万。管理好军队，严格防范潜伏的长毛再滋事端，有血债命案的亡命徒不能饶恕。特别是分散驻扎的军队，切莫让长毛钻空隙反扑。纪律不能松懈，管制住士兵进村入户，莫乱搞三千。"

杨占鳌就越认为自个做得对，因为左大人的眼光不会错。

中兴名臣，左公湘人。
北定西北，南伐大屿。

过了苦冬，春阳现暖，叶绿花红，正是江南景秀，然而也是发病发瘟高峰时期。随着气温转暖，天花、伤寒、痢疾、鼠疫、疟疾肆掠，许多贫寒之家，小孩子们因营养不良，缺元素抽筋症严重。有民谣"正月过，草发芽，花开叶绿病上床。田园荒芜少人管，还来苛捐好凄凉。"

杨占鳌看在眼里，急得让王福山、黄中兴、刘三和田光早到处打听，寻找良医，答应给驻地周边坐诊郎中补助一定量的诊疗费和药费。黄中兴做过木材生意，酉水河、沿江各地跑得多，平时也研习点小偏方，治小孩抽筋有些法子。杨占鳌听取下属建议，驻地各村巡察，就近设定临时医馆，让军医定期坐诊，接收生病大人小孩就医。又让军队帮助打扫村落卫生，宣传病从口入，要求不吃生冷或半生不熟食物。

驻地三里外有个中年丘郎中，治五劳七伤、中老年病和妇科有良方。杨占鳌领着王福山和田光早去看视。丘郎中住在山湾向阳坡地，五间草房，竹院门虚掩，环境也算清静。丘郎中妻子和一双儿女帮助煎药打理，来往病人在侧间待诊。一个五旬村汉说是肩周炎，春天发病动弹不得，那郎中让他脱衣卧于床板，用烫热的竹筒在其背上反复滚动擦拭和轻轻拍打，其后用竹筒打火罐。末了，让他服碗姜汤，说把竹筒带回去，早晚取出筒内药酒，患处敷抹，五天再来。

杨占鳌三人进了院落，虽是便装，明眼人一下就能认出。丘郎中当着没看见，直到把病人送走，才不卑不亢地问三人可是看诊。田光早赔着笑说："在下风湿病发作，想得到丘郎中施以妙手。"

丘郎中问："三人中间，你是最大军爷。"

"是的。"杨占鳌抢先答道，"他是驻陈家岗的守备。我俩是他的护卫。"

田光早只好尴尬笑了笑。他是守备不假，但王福山还是正五品，比他高一品。明明杨占鳌官最大，怎么自荐成了他的护卫。

丘郎中替田光早号脉，说拖久了，扎银针可以缓解，但只治表不断根。杨占鳌少年时在酉岩山寺跟师傅们练功，对穴位有所了解，看到丘郎中扎田光早足三里穴，痛得田光早嘚瑟了一下，就怀疑起来。不过田光早相信丘郎中，说是不碍事。接着，丘郎中从田光早大腿一直扎到脚板，什么环跳、风市、昆仑、仆参、冲阳、太冲，一连扎了三十多处，特别是三阴交和前承山穴扎得深了。田光早动弹不得，觉得一会在冰窟窿洗澡，一会在油锅中煎炒。

扎了针后，丘郎中用布帕沾水洗手，厉声着色问："你这守备顶子，是我们皖江多少颗人头换来的。"

"你这是何意？"田光早莫名。

"何意，我要替无辜惨死在你们刀下的村邻索命。"

王福山怀疑："郎中不是说笑吧，我们是湘军不假，但重没烧杀抢砸欺侮村民。莫非你是长毛细作？"

王福山发觉上当，站起抽刀，不曾想头晕目眩，全身无力。早让送他水喝的丘郎中妻子一脚踹倒在地。那妇女麻布衣裳，腰束破旧围裙，不想是个

练家子。

杨占鳌骂道："你两个好眼力，一个着针扎，一个吃毒药。今后好好学着点。"抽刀对郎中夫妻说，"哒，两个狗男女好生听着，我才是头。"

丘郎中夫妻一听，放翻的是两个随从，眼前这个才是三人中最大军爷。夫妻俩又惊又喜，惊的是杨占鳌官大且深藏不露，骗过他们设的局；喜的是就剩一人，料想合力可擒，岂不是送上门的投名状。

夫妻俩相视一下，抽出撑手家伙，双双围攻上来。郎中舞一把两尺长药锄，郎中妻子使两把一大一小菜刀，平日许是一把用作切菜，一把用作剁药。杨占鳌脚杆让炮子击穿过，使劲不似先前威猛，自信应付一对山野郎中夫妻还是绰绰有余。麻烦的是郎中那一双十二三岁儿女，从后房赶过来，一个使神鞭，一个抛索镖。两软两硬，打得杨占鳌眼花缭乱，有些分不清刀锄鞭镖，三两个来回，险些让神鞭绑住，幸好绑腿中抽出短匕，"叽喳"一下割断麻绳做的鞭索。

杨占鳌边战边避让，看出两个小的打一会，无有力气。暗想揪住小的下手，郎中夫妻护犊必露破绽，再一一擒拿。于是，杨占鳌专一找两个小的作突破口，郎中夫妻果然设法护之。杨占鳌使出看家本领，瞅准机会，使出一招渡空师叔教的强出潼关，逼退郎中，再回身火中取栗，一把轻松擒住丘郎中妻的颈脖。

第十一回　授封喜还乡

　　话说杨占鳌捏着郎中婆娘的颈脖，丘郎中和两个小的只得住手。杨占鳌说："看你行医救人份上，束手就擒。饶尔全家小命。"

　　被押之人却叫嚷："别听他的，湘军什么时候说过算数话。我死后，你们杀了这三人，替我和家人报仇。"说毕就往杨占鳌的刀尖上撞。

　　杨占鳌把刀移开，调侃道："想自寻短见，那还不容易。不过我先割一只耳朵，再砍一只手，还要把脸划烂。让你慢慢生生死才有味。"说毕真个要做割耳动作。吓得两个小的哭了。丘郎中提起人事不省的王福山扬锄："你敢。"

　　杨占鳌正想说："护卫的命不值钱，要杀由你。"院门外来了一老一少，老的见状跪下说："杨军门莫动手。老身给你磕头了。"回头又求丘郎中，"杀不得，他是杨占鳌军门。丘郎中你莫急，好好讲话。杨大人不会为难弟妹的。"

　　杨占鳌定神一看，跪在地上那人是去年冬天河边补渔网的村妇，向明伦还与瞿三哥和李大青到过伊的家中，认小孙女做干女儿。村妇是因为早上发现孙女脸肿，来郎中家讨药方的。

　　杨占鳌并不想杀人，有了村妇作保，为表诚意，先放了那妇人。丘郎中旋放下王福山。幸好两边都只是皮肉伤，敷药后不碍事。

　　杨占鳌和丘郎中合手言和。

　　丘郎中本是读书人，因世道不太平，家境落了，便操祖业悬壶济世。村邻迫于朝廷苛捐杂税，不得已，不少人参加太平军。丘郎中曾结识太平军的刘仓琳，偶尔来往，与族人也是认识。刘仓琳在赤岗岭兵败被擒，遇害。丘郎中族中兄弟三人和妻弟并没有参加太平军，被绿营诡诈与刘往来所杀，老父被湘军污蔑成太平军家属，绑缚抛进皖江。丘郎中发誓等待机会报血海深仇，去年四月，两个湘军进屋轻薄他妻子，让他轻松取了性命。后来，一家

人借采药或他种方式，诱引五个就医湘军送命。听说湘军换防，由参与救南陵十万军民的杨占鳌防守皖江，还让湘军协助饥民建房，劝大家种茶栽桑。丘郎中才有所收敛。

今日见三个湘军进门，心想正是报仇绝好机会，不想被杨占鳌识破。正是：

悬壶结广德，针灸解苦难。
亲友颠沛后，杏林出悯怨。

杨占鳌说明来意，问有良方。丘郎中说春天湿气回生，疑难杂症自是多发，注意饮食，清洁水井，卫生当是第一。有条件的喝茶水和姜汤，有利防治病疫蔓延。

说到茶，杨占鳌就上心了。的确，喝了热茶水，有助全身气血流畅，气血一流畅，汗液排出，身体就轻松了。

过了一日，丘郎中领着女儿，应邀到军营坐诊。那女孩十二岁，穿一身粗布衣裳，麻绳束着长发，虽是个单瘦样，走路娉娉婷婷，颇讨人喜欢，有病的、没病的湘军挤来看病。田光早调侃：“丘郎中，我脚后跟和脚肚子还痛，不会是你扎的针还有没取出来吧？”

丘郎中敬畏地说：“医者父母心，不会了，田守备放心。不会的。”

王福山接过话茬：“丘郎中医术高明，用毒药也是了得。幸好我没有病，若是病了，也不敢吃你的药。”

旁人故意问其详。王福山说：“昨天喝他老婆端的碗水，一站起来，眼花了。要不是杨军门，怕是与那边兄弟说话去了。”

杨占鳌明里放心丘郎中，田光早和王福山说这些话来，也是有警示意的了。丘郎中给人把脉时，心里就有点莫名的慌乱。

湘军攻克皖地，一些陷入绝境的太平军被迫投降，结果很悲惨，不是被杀，就是被置于最危险的境地。于是，打散的小股太平军，慑于擒住后没有生还的机会，蛰伏于野，或是偏僻险地，不时袭击落单和分散的湘军，以佐补充给养。如此滋扰，影响军民正常生产生活。杨占鳌部吃过亏，从安抚计，很需要丘郎中这样的社会人士来协助。

丘郎中为了表现自我，介绍近边信得过的三位郎中到军营坐诊。研出几个验方，专治小儿抽筋、肿脸、打摆子和伤寒症，附近村民就诊的人来人往，军民和谐，人气显得旺了。

一日，丘郎中给村民就诊，手老是打抖。给营守备刘运仲参将就诊时，手一哆嗦，推掉放在桌上写药方的笔砚。刘运仲是古丈坪厅人，装着没看见，和悦与他闲谈。丘郎中吓得跪下认错：一股太平军想从他身上做文章。

杨占鳌招集部属讨论，主张剿灭的人占多数，因为区区小股十几人的太平军，没有多少战斗力。最后，杨占鳌决定招安，认为那样能争取到更多的太平军投降。丘郎中长跪于地，磕头不止，口称："万世功德。愿用全家性命担保，招降的太平军，绝不与国朝作对。这里先替他们的妻儿老小给军门磕头了。"

其他三个郎中也是跟着磕头，感谢军门，口呼："皇恩浩荡。将军威武。"

就这样，杨占鳌在枞阳接受好几路太平军散落小队。除了遣散回家，一些人没处去，就地与荒民居住，安家落户。年轻体健的被分散到军中，其中有个万兴未和上官夫，武功高强，擅造火器，被刘运仲要去做亲兵营什长。

采茶时节，杨占鳌领着向明伦和李大青，到龙眠寺看望酉灵师叔。赤岗岭上云卷云舒，春色激滟，茶叶坡地，人们忙碌采茶，又有男耕女种，山歌欢乐。杨占鳌欣慰，战争快结束了，该还人们平静的生活。

龙眠寺在赤岗岭前松树林，规模不及酉岩山寺，相挨两座殿堂，两栋僧房，殿堂后院接着一栋斋堂。先前老和尚被太平军杀死，寺中只剩下一个小和尚。酉灵离开军营，披上袈裟主持寺庙，三年来陆续又收留了五个小孩子，其中有两个是太平军人的后代。师徒七人，在那么个地方，青灯佛前，坐禅悟道，看青山明月，越红尘世事。虽不逍遥，也是惬意。

酉灵住持没了左手，跏趺坐在蒲团上，用右手敲木鱼，数佛珠，翻经书。杨占鳌陪着师叔打坐，向明伦和李大青也只好跟着打坐，给佛陀上香唱喏。一炷香烧完，酉灵住持才起身，端钵喝茶，问："阿弥陀佛，杨施主今日特来敝寺，释家能帮何事？"

杨占鳌笑说："弟子来看师傅，一定要有事么？"

说话间，一个十二三岁齐整小和尚，用木盘端来三碗清茶，给三人一一呈上。李大青给茶盘中放上一串铜钱，摸了下小和尚的头。小和尚说："感谢施主。"便退了下去。

杨占鳌说不日要去桐城，所部湘军协助围攻金陵。等打完仗，就回家

去。求酉灵师傅随他一起去军中。"当初你投军，酉缘师叔说是您尘世有抱负。要是把您留在这里，我回去没法向一提师傅和其他师叔交代。"

酉灵持手："释家红尘抱负已了。因就是果，果便是因，不交代便是交代。"

杨占鳌央求师叔：为战死的湘军和太平军超度当然好，但已超度三年多了。此处剿灭很多太平军，若是湘军走后，保不准有人进庙寻衅。再说收留两个太平军后代，长大保不准没有报仇恶念。最后说："那黄老大双手废了，他老婆日子不一定好过。当初要不是你没用，她怎肯惜身当强盗抢犯的老婆。您真的不回去看看？"

酉灵默不作声，只管持手一个劲念佛。真是：

春草芊芊采茶天，隔叶树梢吐苞妍。

城阙逶迤硝烟后，放下舍得悟安闲。

一八六四年夏，杨占鳌率部离开枞阳，随即离开桐城，带着桐城人给的桐城小花茶，沿江而下，协助湘军围攻金陵。五月二十七日，杨岳斌率杨占鳌水师一营星夜进发，途经安庆再与曾国藩熟筹进剿机宜。杨占鳌已是有所耳闻，杨岳斌诸事未谙，受朝廷破格，囊中多了枚木质"陕甘总督留办江西皖南军务行营关防"印。心下暗想：不会把我也拖去陕甘吧。

金陵自古奢华，太平天国定为都城，与大清爱新觉罗氏分庭抗礼。杨占鳌率部泊船水域，参将刘运仲，着水师营守左翼，石玉行副将防右翼，协助陆军炮轰，开花硼炮，横飞敌营，整日炮声不断，烽烟蔽天。天气炎热，阵雨过后，复又骄阳似火，死尸腐烂，水流污浊，疫气肆虐，到处弥漫着湿臭。伍德满，张仕祥，王福山，黄中兴等参将皆染瘟疫，先是屙稀，后来屙水。各营能战人不足二百，杨占鳌隐约感到腿上伤口发酸，勉强各营巡察一遍，搓着手对向明伦、李大青说："你两个是水边上长大的，可听村里人说过防瘟疫湿气办法。"

李大青说："没有。那年我打摆子，二叔背到我到庙里讨卦，得了阳筶。和尚送包神龛上敬菩萨的香灰。回来冲水吃，好了。"

没等李大青讲完，向明伦搭言："军门莫听他日弄人。那丘郎中不是说病从口入，治病不如防治，还是从饮食入手，军队规定喝开水，喝姜汤和茶水。伙房办的饭菜一定要保持干净。再就是各营把生病的安扎到别处，莫和没病的兄弟同吃同住。"

刘运仲水师送来消息，枞阳降的万兴未和上官夫什长，让士兵服茶水、姜和辣椒汤，染瘟症的人少。杨占鳌赶快吩咐下去，病号移到后营，找僻静水源好的港湾停泊，物色当地郎中专一诊治。各水师营分发桐城小花，什长安排专人烧水煮茶，饭后每人一碗姜拌辣椒汤。果然见效，那茶水淘人，姜拌辣椒汤增人食欲，吃得饱饭，便是硬汉，病自是弱了。

只是黄中兴病得久了，躺在床上多日，看到出太阳了，帐篷内闷热，撑着棍子出来散步，一股风吹来，全身打了个冷战，蹩脚跌下坎，一头碰到树桩上。等人扶起来，脸已蜡黄，弱弱地对王福山说："福兴哥走了，走得威武。可惜我病了，不能与你上阵再立功业。只苦了家中老娘。你若回乡，还望照看一二，不枉合伙放排和打仗惜生死。"

杨占鳌领着向明伦和瞿三哥在巡察病情，赶到时，黄中兴到底不行了，在炎热的江南盛夏，无奈地闭上眼睛。王福山说："中兴讲，跟到杨军门没白活。来生还做兄弟。"杨占鳌哽咽不已，当日从辰州投军的十三人，如今又少一个。

瘟疫扎实，战事激烈，杨占鳌部水师各营，协同陆军陈湜部攻打旱西门。早先，太平军挖了护城河泥，垒起三两丈高护堤，土质松滑，冲上去的湘军陷于泥中，多被杀死，少数退回滑进泥潭，悉数被射杀。杨占鳌查看后，让王福山和刘三移动数门炮，对着一处较矮泥堤坎发炮，轰塌两三丈宽的泥堤。

李大青率队弃船，每人抱捆芦苇冲上去，沿路铺填，进了壕沟，谁想河泥护堤后边，太平军还筑有一道堤坝。太平军伏在高处，往壕沟中投掷火药包，炸死湘军大半。豁口是炮击开的，土软路滑，填的芦苇陷进泥中，退出的湘军行动慢了，让太平军投掷火药包炸得血肉模糊。李大青撤回不急，全身被炸陷泥巴中，只有肩膀以上露在外边，一队太平军冲到豁口，用刀一个一个砍那些受伤不能行动的湘军，李大青身首两处。杨占鳌两眼浸血，嚯地脱下披风，操起长矛，提气，定神，径直冲上豁口，太平军没提防，一下被砍倒三四人。

伍德满、张仕祥、王福山、田光早和刘三等部属看了大惊，来不及劝阻，跟着奋勇冲上去。水师士气大振，抱芦苇的填路，一下冲上滑泥坎。杨

占鳌正想说"当心"，高处太平军一下投掷数个火药包。一个落在杨占鳌前边，伍德满不犹豫地站在前边保护。杨占鳌一把推开伍德满，硬是把火绳拔了下来。伍德满惊骇，竖起拇指称赞杨占鳌好手脚，不想背后中了太平军一洋枪火弹，无力地倒在杨占鳌跟前。杨占鳌扶起满是泥污的伍德满，他口流红血，艰难地说："兄弟，不能陪你去陕甘了。我家住在铜鼓坪下坎，门前有一蔸枣子树，若是回乡，还望家中坐一下，看顾下二老和妻儿。"春风吹梦到天涯，人到天涯梦到家。梦见门前甜枣树，火坑边坐喝清茶。战争，就是这样摧残几多美好的生命，拆散无数幸福的家庭。

杨占鳌泪流不止，点头承诺。再看壕沟中，跟着冲进来的湘军炸倒一地，守备刘三靠在丈远处，绝望的凄唤："军门兄弟，你一定要活着回到古丈坪，把我们的热血豪情告诉后人……"

正危急时，突地一个独臂和尚冲进壕沟，一手接住个太平军掷下的火药包，大喝一声，把火药包送回给高处的太平军。来人正是不愿再涉红尘的酉灵和尚，看到爱徒性命攸关，顾不了许多，终是出手杀生了。酉灵复掷的火药包，掉进太平军战地贮放的一堆火药包中，引爆后，炸塌高堤，近边的太平军炸死一大片。

杨占鳌放下伍德满，指挥洋枪队和快弩队掠阵，刀矛队抛飞爪，抱芦苇的填路，搭人梯，一下冲上高堤。

是日，湘军破金陵。正是：

天下帝王家，金汤白骨搭。

壮哉将士命，他乡沃黄花。

七月十九日，金陵攻克，满城疮痍，湘军穷凶，秦淮河浩劫，成为人间地狱。湘军的统领、营官、哨长等各级官佐，个个人性尽失，磨牙吮血，敲骨吸髓，诸如彭航橘、易良虎、彭春年、萧孚泗、张读日等人，领着部下，唯知掠夺，绝无守律。可笑的是一个叫李臣典的湘军，抢了许多妇女，整日快乐，淫死了。

十一月圣谕下来，论功行赏，杨占鳌授从二品提督官。母李氏，妻谢氏、黄氏，封赠淑人。正是：

> 母以子贵，妻随夫荣。
> 一人得贵，全家兴荣。

征剿太平天国，随着攻克金陵，湘军走到了尽头。凡此烧杀抢夺种种，引起部分正直湘军高层将士的愤慨，也引起清廷的注意。曾国藩自知兹事体大，为免旁生枝节，朝廷猜忌，八月之望，奏准裁撤湘军五十营，计二万五千人。杨岳斌节制水师，一部分随行陕甘镇压回民起义，留下刘运仲参将等营，交黄翼升接办。后来，刘运仲一直随彭玉鳞驻巡长江水师。

水师改为陆军，并且是转战千万里，杨岳斌奏请朝廷，准许开缺半年回乡省亲和招募新兵补缺。得了准许，杨占鳌点大小船十二只，携黄氏，领着古丈籍部属王福山，田光早，张仕祥，石玉行，酉灵和尚，还有五车向明伦和瞿三哥。回乡。

船到枞阳，向明伦下船，去看他的义女，谁知村媪一月前被蛇咬去世，小女孩无亲无靠，让丘郎中收留，日日与丘郎中女儿为伴。向明伦于心不忍，走了又返回，抱起流泪哭喊撵来的小女儿："乖女儿不哭，天涯海角，义父带着你。"

向明伦背着义女回到船上，黄氏给小女儿梳洗干净，穿上向明伦先前准备的新衣裳，大伙争着看那女孩，说是等长大了，招个上门女婿，向明伦享福。正准备开船，丘郎中和荒民赶来，杨占鳌等人只好下船迎接，嘘寒问暖，亲如家人。秋阳杲杲草木长，战罢沙场回家乡。乱世何须重典威，施恩亦然人欢畅。

船到洞庭湖西边万石湖，船分两队，杨占鳌携黄氏去益阳省亲，向明伦跟随。其他人西去半边湖，从那沿沅江回古丈。

杨占鳌携黄氏，一朝回到黄家铺，黄家自然是高兴万千，一连住了七天，方才出门。向明伦跟随送到驿站，跪下给杨占鳌磕头，说是谢恩。他自幼孤苦，幸得相携，从军多年才有此发迹。他与杨树浦何家姑娘有约，在何家种田相守："我是知足人，陕甘不去了。这一别，山高水远，难于相见，兄弟保重。他日若从家门前走过，我抓泥鳅招待你们。"

杨占鳌亦不勉强，当年要不是向明伦撑船出事，也不会从军。现在功成名就，有了归宿当是极好。于是两人平磕了头，说些兄长弟短相惜。最后，杨占鳌劝向明伦，若是何家男丁多，还是回五车去。因为那里有爹娘的坟

茔，还有一栋房子，故土难离，可以买些田地过日子。向明伦说会考虑的。

十年光阴，踏遍千山与万水，一朝归来，当年空着肚皮出门投军的人，现在是二品提督官。近乡情更怯，黄昏时分，杨占鳌站在五里坡茶叶地边，久久望着家园，家门前已然长出一株梨树。一会，暮霭沉沉，飞鸟宿林，村巷中有牛羊回栏，杨家瓦背上炊烟升起，杨占鳌看着看着，静静地哭了。

下了坡，杨占鳌领着黄氏和随从进屋。九岁的杨圭廷在灶门口砍猪草，见了生人，跑到火床上告诉奶奶，李氏在纺棉花，抬头看了一下，光线不好，还认为是找借宿的人，张口刚想说话。杨占鳌双膝跪下，以膝代步走到李氏跟前，抱着娘的脚杆说："娘，二同回来了。"

李氏怔了一下，一巴掌拍在杨占鳌头上："真是二同，十年了，还记得回家的路。"

杨占鳌像做错事的孩子，看着两鬓已有银丝的娘亲，点头说："娘。我不是回来了么。您这巴掌还那么重。"

李氏欢喜得手足无措，赶快让杨圭廷叫爹。杨圭廷怯怯地叫了声"爹"。

杨占鳌转身让黄氏拜认公婆。李氏见了乖媳妇，越是喜欢，笑说当年杨占鳌答应娶三四房媳妇给她捶背戏言。杨占鳌笑问李氏："映姐呢？怎么不见映姐？"

杨圭廷说："娘去下溶湾包上捡桐油籽。还没回来。"

李氏让杨圭廷去接娘。杨占鳌不准，他说亏欠伊太多，要亲自去接。说毕拿了枞膏油照亮出门，随从们想跟着去。被黄氏笑着阻止了。

杨占鳌高一脚低一脚，只管想着见了结发如何说话，这些年在外，心里想着谢映姐如何不容易服侍娘亲。走在十年没涉足的过河跳岩上，只顾高兴，脚踩空了，水湿透军靴也没有感觉到。

谢映姐捡了一敞口扎背篓桐油球，看到有人照亮来了，以为是李氏担心，接她来了。伊蹲在地上，扯毛草用劲背起扎背篓，隔着坎唤道："莫来了，我下来得。"

杨占鳌走到坎下照亮，只听谢映姐埋怨："我讲捡到一背就回来。您莫操心。要不他大伯和三叔会讲我没照顾好您。"

走到近处一看，怔了。那不是日想夜想的男人么。

杨占鳌帮助伊卸下敞口扎背篓，一把抱在怀里。谢映姐单瘦的身子，瑟瑟颤抖，紧紧依偎在丈夫怀里，无声地流下幸福的泪珠。

十年光阴渡相思，一朝相聚无语时。

陌上花开果又熟，姗姗郎归不足迟。

　　夫妻相隔十年，相见甚是喜欢。杨占鳌背着敞口扎背篓桐油球，谢映姐捐一小捆干柴前边照亮，回到家中，杨大同和杨三同已经把堂屋洒扫干净，神龛上添了亮。杨占鳌和黄氏拜祖宗，上香。夫妻再拜高堂，黄氏照例跪拜谢映姐。兄弟妯娌相见，杨三同和伍氏生了两儿，大的三岁，小的一岁零三个月。杨占鳌不见大嫂向氏。问之，向氏病故已经三年了。

　　大嫂贤惠，如今阴阳两地，杨占鳌很是伤感。

　　杨大同拖着一双儿女，屋里屋外，很是辛苦。杨占鳌关心问可续弦否。杨大同念及与向氏恩爱，又虑儿女受后娘欺侮，李氏托人说过几处，大同就是不同意。谢映姐虽是封为淑人，一样勤俭持家，孝敬李氏，村邻深有口碑。在谢映姐和杨三同夫妻照顾下，杨大同一双儿女长得倒也齐整，儿子杨圭璜十二岁，长得有大同高了。

　　杨占鳌一朝富贵归来，自有亲邻相贺。因为人多，吓得家中的黑猫爬到楼上不敢下来，大灰狗改汪吠为伸颈摇尾，后来躺在柴禾边不凑热闹了。几天过后，杨占鳌问询家人，怎不见本家杨本友伯伯。李氏说，杨本友家变故，大儿参加巡城，抢犯进城遇害，小儿子春天得湿疹夭折。女儿出嫁后，两人年老病弱，风烛残年，把房屋与人斠了，在茶叶地边搭棚住，说是死了埋起来方便。

　　杨占鳌没说什么，让谢映姐领路，携着黄氏，夫妻妾三人越过田埂，走到茶叶地，看到梨子树坎边搭着个"人"字形毛棚棚，棚子口用块竹簟挡着，谢映姐喊了两声，老两口像两只土老鼠，衣裳破旧，浊眼浑浑地从棚子里佝偻走出。泥巴地上，杨占鳌和谢黄妻妾给两老跪下，磕头。两老赶忙扶起，拉着杨占鳌唏嘘不已。杨占鳌说当年空着肚皮出门，感谢伯伯给的两串灯盏窝，也是犹如再造父母之恩的了。黄氏便取出一锭二两黄金馈赠。

　　后来，老两口买了一斗谷种的田，总算过上了平稳的日子。

第十二回　远征西北

　　早先，杨占鳌给家中捎了银两，并让哥弟把房屋进行修整，全家人生活自然是大有改善。杨大同和杨三同做几张桌椅，摆在厢房，请来新寨落地向竹贤当先生，给杨圭璜、杨圭廷及杨家本族和姐姐的两个孩子授课。杨占鳌回来，黄氏与竹贤先生轮换教授，学生新鲜，加上黄氏亲和力强，学生们成绩颇有上进。七岁大的侄女杨圭妹，拉着鼻涕，哭着给杨占鳌告状，说阿爹只准哥哥读书，不准她坐那课堂桌椅，要她跟奶奶纺纱线。

　　杨占鳌笑了，拉着侄女手说："二叔替你作主，日后选课堂最好的桌子坐，读书写字，赛过哥哥。"

　　杨圭妹就认真地保证，一定写好多好多字，比哥哥的多。保证完后，杨圭妹神气的走进课堂读书了。

　　杨占鳌看着侄女天真样子，就想起童年在哥姐的呵护下，那些星光下快乐的往事。

　　日子过得很快，杨占鳌农历九月才进的屋，转眼又是年关了，几场风雪过后，新的一年开始。正月初八，古丈坪赶场，杨大姐全家洗漱一新，背着猪腿归宁。城隍庙前平地搭起戏台，下河两拨戏班拿着拜贴，登门请杨占鳌点戏。杨占鳌请高堂李氏点，李氏说谢映姐辛苦，最有资格点戏。谢映姐笑说："官人若真有心，阿姐全家难得来，何不让戏班到院子里来，专为高堂唱戏。"

　　杨占鳌便点了《四郎探母》《槐荫会》《三休三请》《刘海砍樵》，两个戏班各唱一天一夜。全家老少，欢欢喜喜陪老人看戏。自有本家前来料理家务，三个中年人专门帮厨打杂。

　　初十，杨占鳌陪谢映姐到铺伙头归宁，岳父双亲尚健康。两个舅妈，随着儿女长大，怕别人指短长，屋檐水滴现坑。特别是谢映姐封了淑人，不敢造次，孝敬公婆自是殷勤。两家人还争着作东，全家人一起围着火塘吃饭。

罗大妹找个无人处，问女儿是不是有喜了，谢映姐笑着点了下头。罗大妹喜欢得不得了，说有福之人不用忙，黄氏天天陪着，就是不见肚皮凸起。杨占鳌回来才几个月，谢映姐就有货了。

过了一天，杨占鳌少不得上酉岩山寺看渡空师叔。渡空师叔性情孤傲，对年少的杨占鳌要求苛刻。杨占鳌进到寺院，一切与多年前一样，地坎边的那株老茶叶树还在，只是物是人非。一个矮小师傅说，八年前，渡空和尚还俗了，悟性去了辰州妙龙寺。

正说话，山门外来了个人，向杨占鳌作揖后，说张仕祥守备让他送信来的。杨占鳌接过一看，信封上是杨岳斌总督书丹。杨总督信上说，西北民变和捻军大有会合之势，圣谕让湘军提前一月出发，着他月晦到长沙，二月之望到武汉，领军汇合，出师西北。

军令如山，杨占鳌在岳丈家过了元宵节，十六日携谢映姐回古丈坪，一边让随从报与王福山和田光早，落实新招军队，准备二月十二日到辰州集结。古丈坪自有张仕祥和石玉行负责招募新兵。

杨占鳌本家和亲族有十多人从军。鲁德威十年前没有随任少爷和杨占鳌从军，在古丈坪当衙役，娶妻生子，平安过日，不想儿子春天出天花死了，人便消沉起来，事事不如意，性情变得火暴起来，吃了酒，动不动就摔碗打壁，后来发展到打老婆。老婆娘家哥兄老弟上门，让他快乐地享受一回挨打滋味。老婆回娘家了，他伤好了也不敢去接，有次都走到岳丈家篱笆边了，一条大黑狗窜出来，眼睛上还有一坨白毛，那畜生眦牙发飙。吓得鲁德威慌不择路跑开。

没有想头了，鲁德威找到杨占鳌，愿意投军去。说不定他日沙场攥得富贵。

二月十二早上，杨占鳌领军出发，张仕祥和石玉行前边开路，两百多人沿五里坡，在声声亲人的祝福招呼声中，从立于半山坡的东门炮台边上去，过坳，翻坡。路外坎的樱桃已然初开，点缀着水甜溪深壑陡坎星星点点的颜色。杨占鳌又一次离别结发和萱堂远行，不过这次与第一次出门从军大不一样，这次吃了早饭，放心的出发。

鲁德威老婆也来送行，给鲁德威准备了一个布包袱，里边放着一套干净换洗衣裳和五个煮鸡蛋，还有用胶泥封好的一竹筒米酒。鲁德威负气没有拿，伊委屈，瘫坐在路边哭得十分凄惶。鲁德威走了很远，耳边还分明听到

老婆那么无助地哭唤声。鲁德威心软了，流泪了，泪水滴在早春无风的五里坡红土路上。他忍着伤感与自个过不去，始终没有回头，哪怕是看一眼泪花婆娑的老婆。正是：

多少风雨相濡后，夫妻冤家成对头。

他年看樱花香暖，徒留回忆泪乡关。

未时，杨占鳌率队到了五车，田光早租三条船，领着百十名新兵，从西水走水路，午时就到了。杨占鳌左右不见王福山，田光早说："王福山改变了主意了。他说当初和罗福兴、粟学山、黄中兴、刘三几个出门，他能活着回乡实属不易。这是他给您的信。"

瞿三哥早已安排好接待，让族人相帮杀了口猪，煮三锅米饭。在吊脚楼上另摆一桌酒菜，瞿三哥作东，杨占鳌黄氏主坐，田光早作陪，张仕祥和石玉行打横。杨占鳌忽然想起李大青来。

饭后，瞿三哥引路，杨占鳌带着三人去看李大青的家人。李大青家尚有一七旬耳背父亲，和一个成家弟弟。弟弟弟媳扶着耳背父亲，并三个小孩给杨占鳌等人行礼，瞿三哥一把扶起老人，大伙只接受三个孩子跪拜。与子同袍，看着老人，杨占鳌想起李大青来，鼻子就发酸。问了冷寒后，杨占鳌四人跪下给老人磕头。杨占鳌说："老爹，我们和大青是生死兄弟。这是替大青跪，你老好好过日啊。"

老人是个老实巴巴的做阳春人，不会说话，一急张口说："你们好。大青寄回来好多银子。我让老二给你们办饭吃。"

一八六五年（同治四年），陕甘总督杨岳斌，率杨占鳌等湘军及新军十营，到甘肃兰州府赴任。七月，杨占鳌署陕甘督标中军副将。旋挂印甘肃凉州镇总兵，兼办西路防剿事宜。

清朝多事之秋，内忧外患，南方太平天国如火如荼，西北又发生民变，声势浩大，蔓延到西北各地，大有与清朝分庭抗礼之势。甘肃境内，一下子活跃出多路反清苦民武装，比如董福祥、高万镒、李双良等人率领数十万饥民武装，活动于甘肃庆阳府和陕西延安府、鄜州等地，张贵领导的饥民武装达二十八营之多，活动于甘肃东部的会宁、静宁、通渭、秦安一带。除了饥苦之民，还有哗变的清兵。一八六四年，陕西提督雷正绾帮办甘肃军务，率同甘肃提督陶茂林及总兵曹克忠等"专讨"。纵横捭阖，一年来，败多胜少，弄得雷正绾腿中炮弹，曹克忠坐骑受伤，狼狈地分别率残部退至预望城和盐茶厅。由于粮草时有短缺，以至雷、陶部以及兰州的督标兵时有哗变，导致失地没有收回，反而丢失大片地区。

清政府为了保持甘肃、新疆通道畅通，稳固西部疆防，命驻甘肃的新授乌鲁木齐提督成禄率兵攻取肃州。肃州邻近嘉峪关，西通新疆，是连接内地与新疆的边关重镇。加之形势险要，清军的每次"进剿"，都以被击败告终。

这一个深秋的晴天，西北高原，杲杲秋阳，草黄结实，杨占鳌率领所部军队，秋风瑟瑟中领命到凉州赴任。作为湘军，受八旗军成禄节制，目的是着手"专讨"肃州，稳定地方，为收复新疆作好后勤保障。

杨占鳌到任后，成禄一面上奏准备出关，旋即又借杨占鳌初到不熟军情，筹备军资不济，请奏暂缓出关。

杨占鳌腿有伤疾，人生地不熟，然也颇谙官场周旋之术，看到成禄心思，领会恭维，说军队不足，粮草不济，最主要的是当前军务，希望成禄留下来指导之。

如此，正合成禄心意。成禄堂而皇之留驻在高台，推迟出关。

甘肃各地连年兵灾，地瘠人贫，放眼荒漠，没有蒿莱。气候干燥，虽是夏日，日夜温差大，与江南天气迥异。杨占鳌率兵初到时，很多南方兵卒不习饮食起居，水土不服，生病腹泻人多，思乡情绪日炽。正是：

> 万物当夏景色新，天涯男儿多劳神。
> 家山万里思归路，沙场漠漠自惜身。

清军被反清势力滋扰得自顾不暇，粮草时时短缺，湘军、绿营、地方团练，不时生隙掣肘。杨占鳌人地生疏，不敢贸然出兵，下令军队修养，尽快适应环境。先前杨占鳌是水军，一下转战千里，并且是水军改为步军大漠旷野作战，处处要从头做起。作为以后勤保障做出成就的杨占鳌，深知谋求稳定战斗力量乃是第一要务。一边委人购买粮草，防止战事无粮，将士饥荒，人心不稳。同时招集地方，了解实情，对症定策，整饬吏治，免除部分杂税，保护商贸畅通，劝屯庄收留荒民垦荒，稳定民心，以备军资短缺时自

给。

甘地平旷，尽出良驹战马，人们从小与马为伴，马战速度极快，列阵不同于湘军水阵。杨占鳌深知作战经验和指挥技能有待实战校验，军队多是新招募，旧部人马不足十分之二。他时常与部属商议，诚心听取成禄等人对凉州等地现状介绍，撷取雷正绾、陶茂林等部失利教训，加强探察和收集军情，训练新兵，只管进行小规模围歼战，积累战地经验，扩大收复面积。

部署张庆骁勇，从水浒梁山故事中学得个破马阵法。每交战，列队两道，前为绊马链，每什一队，两丈许铁链，一端两人持索，三人护之，其中两人持长矛近护，一人端洋枪射杀远处袭击目标。绊马链进退灵活移动，专一绊马擒人，大队人马冲至，绊马链队伏地，后阵洋枪和快弩平射。通过实战和修订，颇多成效。

成禄见杨占鳌部战斗力强，作战全军一体，小胜积大功，各路军营叠获胜仗，凉郡解严。经过半年多的经营，提督王仁和、署总兵杨占鳌、副都统瑞云等军，亦叠次获胜，凉州无患，民心思安。成禄越是不想走了，上奏毋庸另募勇丁，即就现有兵力，力加整饬，与杨占鳌和衷共济，遇贼即击。

成禄人品不坏，有运筹帷幄，统率军队才略，遇事协商，听取部属见地，镇定自持。与杨占鳌处理融洽，很是尊重杨占鳌和部属，两人相惜成了至交。

时有数万反清势力，占据裴家营各地，借湘军初到之时，扎营筑垒数十里对抗。杨占鳌率统仁字全军，激励将士，相机抵御，攻战昼夜，更番转战，半年时间，击败占据裴家营各地的反清武装，营垒尽数拔除。其后，攻扑镇番县。

正当杨占鳌等清军在凉州小有战果时，甘州各处战事不断，清军疲于防控，粮草供给不足，分配互生忿怨，军队时有溃变，此消彼长，越剿越大，西北各地蔓延，大有燎原之势。若任期发展下去，清朝疆防危矣，收复新疆各地，将必遥遥无期。1866年，兰州发生兵变，布政使林之望上疏朝廷，弹劾杨岳斌不力，两下愤生芥隙，杨岳斌又不合私下拆阅林之望奏摺，被革职留任，朝廷命左宗棠接替陕甘总督。左宗棠尚未到任，穆图善署任总督。三月己卯，甘肃提督高连升部兵变，戕连升。穆图善在杨岳斌推荐举下，奏请朝廷命杨占鳌为甘肃提督，并催促尽快到甘州上任，统领河西军务。

甘肃原本是甘州和肃州的合称。清时，甘肃的政治军事中心在甘州，甘州也是西部的核心地。一定时期，甘州代指甘肃西部，也代指整个甘肃。故此，甘肃提督和甘州提督没有严格区分。杨占鳌署理甘肃提督，驻节甘州，总领西路各军。

《清实录》（卷之二百三十）：成禄一军，围攻肃州，久无成效，朝廷未加严谴，特令移师出关，至今尚未成行，尤属有意延玩。署提督杨占鳌、现在是否抵肃，即著穆图善催令该署提督速将肃州军务接办。成禄交卸后，即日带兵赴援关外，不准稍事逗遛。

成禄与杨占鳌协作得力，功效显著，十分不愿意去关外。殊不知，让成禄出关援助新疆，也是清廷任人唯亲之意。塞外风吹草动，让成禄坐镇乌鲁木齐，显示大清统领新疆的态度，让沙俄侵略者不敢妄动。

成禄久不出关，清廷开始不耐烦了。据《清实录》（卷之二百三十二）：成禄奏遵旨部署出关，请催杨占鳌赴肃接替。暨酌拨甘凉米石，迅催川省协饷，及请饬派员办理粮台各摺片，关外盼援甚亟。叠经谕令成禄俟杨占鳌到肃，即赶紧出关。杨占鳌奉旨已久，何以尚未到营。著穆图善催令迅速带队驰往，接办防剿，毋许迟延。成禄著一面赶紧部署，俟杨占鳌到肃后，即行拔队驰往哈密等处，尽心剿办，不得藉词逗遛，自干重咎。……所有前请饬拨仓粮十万石内未经解到七万石，著穆图善在甘凉属下，再行分拨数万石，并著先期筹备裹带，以裕兵食。上年谕令四川先措银十万两，解交成禄军营，迄今尚未解到。

显然，杨占鳌也受到问责。成禄后来变着法子伪奏：不是不想出关，主要是粮草不足。又因肃州复杂，粮草不足，杨占鳌迟顿，办事因循，舆情不洽，要不请催马德昭一部先期拔营赴之。

成禄一拖再拖，清廷一再表明态度。杨占鳌既不得力绩，即著左宗棠查明贻误情形。据《清实录》（大清穆宗卷之二百三十四）：成禄奏官军剿匪情形。并商同杨占鳌先顾肃军前敌大局，再行部署出关。暨筹办溃勇各摺片，官军进攻肃州，连获大捷，克复屯庄多处。而王仁和所统仁字一军，因饷匮变乱，以致前敌各军，众心惶惑，全行掣动。著穆图善传谕杨占鳌，一面督军进攻肃城，一面将金塔毛目一带溃勇，或剿或抚，相机妥办。此起溃勇，将来即使收抚回营，已成无纪之师。并著该署督饬令杨占鳌加意拊循，仍须实力整顿，并此后放粮，严禁各营官私行克扣，以肃营规。成禄叠奉严谕，催令出关剿贼，乃肃城既日久未下，复致有营勇溃变之事。该提督现在驰回

高台，已与杨占鳌会晤，即可将肃州军务，交与杨占鳌接办，不得以溃勇滋事，饷绌兵单，藉口迁延，自干咎戾。其前奉指拨川饷十万两，著由成禄专弁飞催，以作料理出关之用。

杨占鳌认为经过一定时期的休整，军队适应甘地大型作战条件，根据肃州多地为清军收复情形。为了稳定凉州，杨占鳌进军肃州，平定叛乱，以振军威。上对朝廷也好交待。

在成禄和部属的协助下，经过布署，杨占鳌谋划出一场大型战斗，亲率军四十营至肃州东南之乱古堆，今三奇堡附近，设计全力剿灭。谁想清军未至时，反清武装已先探知，率驻城南军倾城而出，以骑兵数千人与清军激战，大队列阵待机出击，两军对垒，天昏地暗，日月失光。战至日夕，反清武装处于下风，收兵回城。杨占鳌令分统领鲁德威，率八营兵力绕至城西，企图截断其退路。

鲁德威是杨占鳌的隔房老表，人长得高大，粗手大脚，善使一杆花铃枪，洋枪和射箭也是出色。白天战斗激烈，略获小胜，鲁德威料定对方不敢主动出击。不料城西反清武装为了保证退路，突然出城攻之，轻敌的鲁德威，被困敌阵，左冲右突，无奈敌多，稍不留神，被射杀于马上。主将折损，清军惊愕溃逃四散，乱了阵势，一下被截成数处，阵亡二千余人。幸得后阵各营官、哨长临危没有慌乱，指挥反击，阵地没有被全部冲垮。张庆分统领和田光早守备率部赶到，且战且退，救下剩余的一千八百余人。

杨占鳌捶胸跺足，先是哀嚎，后是哭骂："天杀的鲁德威，原以为有擒龙缚虎本事，不想还就是个在家打老婆的角色。可惜那二千活生生的生命，他日回湘，我如何给他们的父老妻儿交待。"一方面是清朝给成禄备足粮草，现在吃了败仗，成禄不能出关了。

张仕祥副都统和石玉行守备等分统领赶到，劝住杨占鳌，询问接下来怎么办。杨占鳌稳定情绪，无可奈何悻悻地说："脸让天杀的鲁得威丢尽了。怎么办，敌方气势正旺，清军士气大挫，天气寒冷，道路阻隔，粮草供给不上，不能复战，只得撤退，僻其锋芒，另图他策的了。"

于是，清军退数十里，选水源丰茂处安营扎寨。对手损失不小，人困马疲，也是不敢轻犯清军。正是：

卫青塞上驰纵横，七战七捷无败绩。

占鳌古堆平叛乱，轻敌溃败失亲人。

杨占鳌反思，苦民举旗起义，无非是朝廷沉重的税赋所至。那些饥民，只要有口饭吃，打起仗来不怕死，打他们，怎么打得赢。通过调查了解，杨占鳌发现反清武装的苦民首领们，并非穷凶极恶之徒，在当地人民心目中威信极高，反抗的原因除了苛捐杂税，还有官吏及乡绅残酷剥削。反清武装首领们举旗后不称王作号，重民苦，劝农事，所以是极有号召力的了。

乱古堆一战，反清武装损了元气，没有能力与清军正面进行大型战事。后来，他们探听到杨占鳌在凉州整饬吏治，免除部分杂税，保护商贸畅通，劝荒民垦荒，稳定民心，心中也有了敬畏。

一八六七年四月十七日，经过休整，杨占鳌再率所部清军进取肃州。恰巧反清武装活动地区粮食欠收，发生饥荒，清军势炙。初一接触，溃不成军，六千余人困于孤垒。杨占鳌进行招抚，不杀乞降归顺，安分守已的，劝其就地垦荒，恢复生产。

此例一开，民变势力的抵抗有所松动，先是一些小股队伍，自愿找保人与湘军接触，投降归顺。清军士气得到提升。

九月初，经过当地人的协助，杨占鳌用计打败外围反清武装，在肃州城南，按天罡之数，连扎三十六座大营，昼夜环攻，大小数十战，所部各军均逼近西南两面城根，将反清武装围困城内。

迫于困境，反清武装愿意接受招抚。杨占鳌巡查军营，经过苦战，清军损伤很大，各军粮饷俱断，恐对方观望迟疑，致有反覆。为了防止沙俄插手，维护大清疆防稳固，本着兄弟阋于墙，外御其侮的想法，杨占鳌打算招抚他们。

十一月九日，为表诚意，杨占鳌仅带瞿三哥和张仕祥两人，轻骑简从，径入肃城。西北的冬阳，像个红灯笼似的挂在没有叶片的树梢，太阳光照不到的地方，正结着冷冰。

第十三回　稳定肃州

　　单刀赴会，坦诚以待，恩威并用，杨占鳌与反清武装达成和解。

　　其后，成禄、杨占鳌进城。数日之内，城门开放，商旅出入，城乡交通，市场恢复。

　　杨占鳌驻甘州，军队分驻凉州、安西州、肃州、沙州、甘州各地，督办肃州善后事宜，为肃州稳定作出和平贡献。清廷对杨占鳌等人"保全凉州，接济省垣，收复肃州"十分满意，认为杨占鳌忠诚善战，战功显赫，赏穿黄马褂，赐官正一品，赐封曾祖父杨士俊、祖父杨源富、父亲杨本哲一品官，封曾祖母伍氏、祖母陆氏、母亲李氏和杨的夫人谢氏、黄氏一品夫人。正是：

> 塞上腾骧沙尘扬，列列军旌定肃凉。
>
> 和民就抚平安后，劝屯垦荒济新疆。

　　杨占鳌在甘肃任提督期间，团结各族人民，努力恢复和发展生产，使肃州辖境日趋稳定。

　　杨占鳌整饬吏治，免除部分杂税，保护商贸畅通，劝屯庄收留荒民垦荒，稳定民心一系列策略，得到总督左宗棠的赏识。左宗棠到甘州，听取杨占鳌介绍后，通过调查，认为兴办屯田，安定后方，才能平定苦民造反之火，收复新疆失地，掐断境外分裂势力的阴谋，稳保大清铁桶江山。陕甘之事，筹转运尤难于筹粮，筹粮难于筹饷，筹饷难于筹兵。先前，胜保、多隆阿、杨岳斌等人未认识用兵西北地方的特殊情况，一味增兵猛进，结果后方不稳，兵多饷绌，粮运不继，屡遭失败。鉴于他们失败的教训，左宗棠决定实行稳打稳扎，先把占领的地区巩固起来，兴办屯田，解决军粮困难，是稳定后方的一个重要措施。

　　杨占鳌辖区驻军延至嘉峪关和哈密等地，接近新疆。当时新疆境外势力猖狂，杨占鳌让军队购买粮草，以待大军西进，援助那里的清军，令各州、府积极筹集粮饷。河西一带，驻军的军粮给养历来是向地方强行摊派，没有统一税目。每营每日需粮一千斤到八百斤，甘肃各州县历来贫苦，野有饿殍，嗷嗷待哺，人民不堪负担。

初时，杨占鳌部自行规定，农民交纳田赋时，每正粮一石捐粮五斗五升，捐钱二串。驻甘肃永固协中军都司石玉行巡视，发现雇户上交科粮，家中所剩无几，何来钱帛上交。一老叟衣不遮体，跪于征粮官前诉求减免。

征粮官说："老人家，这不是我能作得了主的。数目已比往年减了许多了。你少交，上边只认数目，我如何办啊。"

石玉行让护兵把老叟拉到无人处问之。老人说："科税是比往年减少些，但我老伴不在了，儿子又被掳走，生死不明。我和小儿做不了多少，除去庄户的租子，现在交军粮不够数，如何活得下去。"

石玉行安慰老叟："看得出，你若收成好，不会面带菜色。"说毕，怀中取出一粒碎银，送与老叟。

杨占鳌听了石玉行反映，认为有待实查，他出身贫困，知道贫苦，若科税过重，穷困人家就没法生存了。军队再不济，还有朝廷拨项，过重的科税一定要纠正，承担不了的就酌情减免。可不得了了，先交的认为吃了亏，聚众索要多收的粮钱，有刀客出手杀了征粮官。

原来，成禄绿营中征粮官敖天印，性情残刻异常，每征军粮，为了肥私和讨好上司，目无军纪，自行调改税目，遇到交不足粮户非打即骂，后来发生到自创非刑。以银箔夹粮户鼻孔，牵之拖街示众，逼其辗转哀号，勒缴足数，而后释去。其勇丁骚扰万状，又不待言。江湖刀客晓得，砍倒征粮差役。

清军捕之，无辜百姓争辩，多人被杀害。成禄没有细究，任由敖天印处理，上奏"大获战胜"。杨岳斌任总督时，发现过成禄奏摺中掩盖罪恶，虚报战功的事情，为了战事计，只给予轻微的警告。成禄认为左宗棠可欺，不知收敛，以致吃了大亏，险些丧命。

杨占鳌发现问题亟待解决，刻不容缓，明查暗访部属中的征粮官，剔除不法征粮人职务，一人是伍德满内族侄许佑勮。面对询责，还大言不惭，说是杨军门亲戚，咆哮营帐，石玉行大怒，让人按住，痛打十五军棍，打得许佑勮气息奄奄，跑到杨占鳌处告状。杨占鳌骂道："是我亲戚不假，在金陵旱西门，你表叔伍德满都司为我挡弹阵亡，那是何等豪气干云。怎么到你这

里，就成了这般腌臜角色。若不是石都司看同乡份上，早让你身、首两处。这里你留不得，回家去吧。"

许佑剧回乡，心中忿恨杨占鳌挡了他的富贵，到处污说，以至后来两族人疏远起来。

其后，杨占鳌发现百姓是真的不堪负重，一边酌情减赋，一面号召兵卒屯田自给，减轻百姓和地方负担。从一八六七年冬至一八六九年，杨占鳌率部先后运抵甘州的军粮达两万余担，调集了驮马二千余匹。修复了从肃州经甘州，安西到哈密的驿站。响应左宗棠总督国实事，重农事，植树造林，号召士兵每人栽种一百株树，从甘州一直栽到乌鲁木齐。西北气候干燥，昼夜温差大，植树困难，杨占鳌让士兵把栽种的树苗削掉主梢，便于提高树苗成活率，当地人见之呼：断头柳，念杨氏，屯边垦，减税赋，安民心，有饭吃，得衣穿。也就是说，断头柳多为杨占鳌率部所植。左宗棠的同乡及暮僚杨昌浚，见道旁柳树成林，有七绝一首："大将西征尚未还，湖湘子弟满天山。遍栽杨柳三千里，引得春风度玉关。"一八六八年五月七日，左宗棠奏请朝庭，予以奖励。

杨占鳌的这些措施，很受左宗棠的称赞，为后来左收复新疆领土奠定了物质上和军事上的基础。

陕甘乃至西北各地征战的清军，大部分是湘军楚军，南方人到西北，高原反应明显，水土不适。杨占鳌建议左宗棠，设立货榷，采购南方茶叶，专一调理清军饮食，提高官兵身体素质。多余货物，也可资佐地方，对经济开发有益。左宗棠派其子孝威和孝勋筹建南方货物采购队，杨占鳌让瞿三哥筹些人马，随左公子去采购。瞿三哥第一次到皖江桐城，故地重游，又打着左宗棠等人旗号，采买自是十分顺畅。左公子名号大，带着船队，受长江巡督彭玉麟款待。彭玉麟人称雪帅，湘军水师主将，刚直不阿，忠君爱国，公私分明，斩杀过不少显赫大臣和皇清国戚中不守法度的亲戚。雪帅邀左孝威和孝勋两兄弟到上海、江苏等地，推荐采购江南绿茶、大米、布匹。

左孝勋是左宗棠的三子，年幼好玩，左宗棠让他随大哥左孝威江南采购，只是让他历练，增长些见识。

瞿三哥贫苦出身，自是听从杨占鳌吩咐，从甘肃购些土特产，沿路斟换布匹，大米，在皖地收购绿茶。马帮为防不测，还聘用镖行和刀客。军队得到供给，杨占鳌把宽余的特产运入甘陕，力援新疆。西北游牧民族，多以青稞、高粱和肉食为生，清军中南方人消化不良，患胃病严重，茶叶成为奇缺的奢侈品。

一来二去，瞿三哥有了点本钱，扩大采购队伍，专购布匹和湘茶，扩宽甘肃经济发展。民间也有自愿组成马帮队伍，长途跋涉，进行物质斟换。

肃州稳定，清廷再催成禄出关，泾州危急，不容再缓。

成禄不出关，成了杨占鳌责任。据《清实录》(大清穆宗卷之二百三十五)：并泾州危急情形，咨催杨占鳌赴肃州，请以谦禧署副都统各摺片。……著穆图善传知该提督，务须振刷精神，早奏廓清之效，毋得纵贼蔓延，致干罪戾。镇原县城收复，有无捏饰情弊，庆阳甯州已否收复。各城文武官员下落，均著穆图善确查分别参奏。前据成禄奏杨占鳌已行抵高台，即著该署督飞咨杨占鳌，迅将肃州军务接办，以便成禄克日出关。……

清廷授左宗棠为钦差大臣，督办陕甘军务。左宗棠到任后，快刀乱麻，雷厉风行，剿办采取先陕西，后甘肃，再定新疆。

麻烦的是成禄，自同治五年进军肃州，已达数年。自大营屯驻高台，每日观戏享乐，招抚义军，认为大功告成，懒于军务，收括三十万两民脂挥霍。下属征粮官，私立名目收粮，杨占鳌责告，成禄不以为然。挨至一八六九年春，左宗棠已完成陕西剿务，让得力干将徐占彪进驻肃州，成禄方才不情愿地准备率军拔营西进。左宗棠发现成禄劣迹，提出弹劾案，御史吴可读（兰州人）上书，数成禄"十可杀，五不可赦"的罪状，成禄遂被刑部治罪处候监斩。后改成剔职回乡。

杨占鳌得到左宗棠召见，急行到兰州，呈述甘肃西路军务。左宗棠爱怜地问之："杨军门脚有枪疾，在甘地适应否？"

杨占鳌已知左宗棠基本完成陕西剿务，着手甘肃了。揖首说："为国朝平定疆土，怎敢言苦。占鳌愚笨，许多地方把握尺度有所差池，还望中堂大人指正。"左宗棠笑说："没有他人在场，虽为上下同僚，同为一品官衔，杨军门说话不必拘礼。岳斌兄台不以善战名，而能识拔贤将，你是个本分人，要不然岳斌兄台当初来甘陕怎会看中你，去职时，又特别言及。本总督公私分明，但不是不近人情之人，何况同为湘军。平定陕西，稳定新疆，多得尔等在甘肃稳定民心，屯边垦荒，筹备军需，支援战事。"

杨占鳌揖："秉报大人，下官有一事据实相告。"

左宗棠准报。杨占鳌述：据他实际上了解，甘地贫苦，民风剽悍，不思

王化，与不读书尊儒有关。甘肃无乡试举院，只在西安举行，应试时路途险远。从长远计，恳请左宗棠奏请设立甘肃举院，以怜甘省寒士能够就近赴试。

"书办先呈文定章，等剿务结束，善后稳定，逐一落实。"左宗棠算是应允了建议。时下千头万绪，分明难以实现。

其后，左宗棠鼓励杨占鳌继续稳定肃州、甘州、安西州、沙州和凉州等西路军辖地，招纳能人治理民政，筹措粮草支援新疆，防范沙俄侵略。左宗棠指挥清军，进剿甘肃。"你在甘肃驻军多年，身体有恙，西路军营务多费心做出成就。就不必劳虑征剿肃州军务事了。"

左宗棠传达他对杨占鳌今后的军务安排。

这话算是明确不过了。杨占鳌那个急呀，主要是如何才能让左宗棠理解当初招抚反清武装的意图。若不动刀兵，保得一方苍生免于战火涂炭，稳定肃州生息，对平定新疆作用更大。几次话到嘴边，又让左宗棠挡了回去。杨占鳌深知左宗棠前面说话得谨慎，不比在杨岳斌面前说话随意。杨岳斌大人是同乡同姓，很多方面包涵着，想怎么说就怎么说，错了不打紧。左宗棠性情刚烈，忠朝廷不惧权势，言不及理，适得其反。

杨占鳌本想试着话题进言，然门外报刘锦棠和徐占彪求见。杨占鳌只好告退，萎快快回府。君子不语，云淡风轻。正是：

拍手长搓叹，欲言不善言。
小寒深深外，无处觅机关。

杨占鳌在甘肃励精图治，战功不算出众，也是卓越的了，特别是从长远计，强化军纪，整饬地方，管束官吏，规范科税，酌减赋税，让百姓休养生息，稳定民心，部分缓解了甘肃的紧张局势。

杨占鳌的部属王仁和，官至署肃州镇署总兵，打仗是把好手，只是居功日久，不思进取，封赏渐寡，怂诬朝堂，借粮响供给不力，造成营勇溃变。杨占鳌查明事由，上奏垦请从轻发落王仁和等人以稳军心，另图他日建功赎罪。同时联系地方官员磋商，制定条陈，纠正纰漏。但让绿营和地方团练不快，认为湘军恃功示傲，朝廷不得不有所态度。

据《清实录》(大清穆宗卷之二百三十七)：署陕甘总督穆图善奏、署肃州镇总兵王仁和营勇溃变。经提督杨占鳌剿抚竣事，请将王仁和革职，撤去统领，留营差遣。得旨，前据成禄奏参，已明降谕旨将王仁和革职仍留署任。兹据穆图善奏称，王仁和统率无方，不胜重任，著毋庸再留署任。撤去统领，交杨占鳌军营差遣，以观后效。

杨占鳌身心疲惫，长叹官场深不可测，稍失偏颇，前路危矣，苦的是黎民苍生。后来，王仁和官复署凉州总兵。

麻烦的是成禄，怯战不敢前往新疆，为了敷衍朝廷，让下属拔三营西进新疆。为了搪塞朝廷找理由，征收赋税，逼民抗议，竟然逼起民变，怨气载道。高台百姓苦不堪言，推荐人去兰州找左宗棠告状。有人不堪屈辱，雇钱请刀客反抗。同治九年闰十月，高台出走寻左宗棠告状的人路途被截，成禄大怒，不管是民变还是民众抗议，一律杀害。

左宗棠来甘肃之前，成禄前后恼怒杀害无辜百姓二百多人。杀民事件之后，成禄要求左宗棠与他共同署名向朝廷奏报。左宗棠因为对成禄在高台的品行已有耳闻，没有确凿证据，地方官也没有上报，不便作色，只说："我初到，这件事没话语权，咋能跟你联名上奏。"

成禄自持皇亲八旗满人，把左宗棠也不当回事，自个单独奏报。清廷下旨给予嘉奖，并要求成禄尽快荡平反叛。成禄得了定心丸子，更加狂妄起来，把左宗棠看轻了。下属征粮官，照样私立名目收粮。杨占鳌发现后，专程到高台好言责告，成禄不以为然。

杨占鳌侧敲旁击后，正色说："成大人，我俩同在甘地已经有些年头了。左大人的能耐你也许还不大晓得，发起怒来天王老子都惧其三分，老湘军私下里唤左驴子。还是巡抚衙门师爷时，骂总兵樊燮忘八蛋，滚出去。连曾国藩大人也是有些怕了他。你还是认真点的好。"

成禄不悦，愠色反诘："杨大人，你讲这话我就不爱听了。难到我不认真么？我问过众下属，没有影的事。看把你骇的，大不了让他左大人来治我好了。"

杨占鳌无法，只得悻悻回营。走进内室，黄氏看他不悦，端碗莲子粥呈上，笑说："老爷又碰到不顺心事了？若是事事易做，天下就没有那么多事了，还要你杨大人作甚。"

杨占鳌接过莲子粥，喝了一口，长叹说："什么话经夫人一说，占鳌听着就顺畅多了。唉，只可惜占鳌无有能力，前番招抚的那些苦民不思皇恩，怕是又有异动。周东兴总兵就是前车之鉴，那厮贪污赈灾粮，让左大人一刀子下去，身首两处。夫人你想，左宗棠左大人是谁，左驴子呀。可恼成禄竟

然与他玩猫腻，不是找死吗。"

黄氏照样作笑："我当是什么事，成禄欺上瞒下与左宗棠斗狠，那是他们的事。你杨大人要做，并且要做妥当的事，就是听朝廷差遣，配合左大人安定甘肃。当然，你也可以择准机会，向左大人进言，建议同僚们如何为甘地多谋些可行的福祉。比如好言劝成禄承认过失，拔营新疆，抵御外敌。"

杨占鳌挥了下手，把碗还给黄氏，说："夫人哪，说来容易做来难。不说也罢，我只能尽人事了。"

黄氏笑说："不说就不说，天下事，谁是谁非，弄不清楚的。何苦把自个弄得憋屈。"

夫妻俩正说话，值勤兵差上堂："报告大人和夫人，瞿守备从江南采购回来。现在门外听候大人差见。"

瞿三哥担任甘肃西路军江南采购之职，购买甘肃军民奇缺的布匹和湘茶。几年来，已有十一支采购骡马小队四百多人，联络两条线路经过的湖南、湖北、四川、陕西和甘肃五省，有二十五个货物转运发铺，各个发铺掌柜们组成的马队计约三百多人，货物一级一级转送。有些货物，各发铺自行销售，要紧货物，便送至下一个发铺，直到兰州，再至凉州、甘州、肃州、沙州和安西州，出嘉峪关，进入新疆哈密和迪化的清军驻地。

瞿三哥无奈地说："货队进陕西，左公子拿了十担茶叶和一百匹布，没有讫兑银两。此次营利都在帐上，请大人过目。"左公子是左宗棠的儿子，负责甘陕军需采购。数目较大，瞿三哥只好如实向杨占鳌复命。

杨占鳌把帐本随便翻了两下，对瞿三哥说："委屈你了。左公子拿去的货，折算营利，再加个零数，回头我找他老子设法子补回来。告诉下属，不要向外声张胡说。"要知道，左宗棠和夫人周诒端，对子女管教严格。

瞿三哥揖礼："知道了，大人。这次路上新进三人，一人是长江水师巡防刘运仲参将担忧大人人手不够，把武功高强、擅造火器的万兴未把总推存给您；一人是妙龙寺酉缘师傅推荐，说悟性师傅是你师兄，两次受戒不成，怕是犯了三荤五戒，让他投奔您谋个正果。另一人称作祈铁解，说是您老相识，自愿投你，为朝廷效命疆场，谋个富贵。"

杨占鳌笑说："来的是客，有请他们。"

第十四回　署理西路军

瞿三哥便唤三人进来，只见一人膀大腰圆，穿从八品武官衣裳，戴蓝翎素金顶子；一人光头，穿布锦素衣，着芒鞋；一人獐头鼠目，身佩铁解弓，左右腰间挂装铁丸皮囊，一副武功高强的江湖儿女装束。杨占鳌拍着万兴未把总肩膀说："万把总辛苦了。刘参将把你推荐到这里来，陕西、甘肃、新疆战火不断，有的是建功立业的机会，不知肯屈就西路军火药局否？"

万兴未行礼："谢杨大人当年招降不杀，才有万某今日富贵。只要用得着在下，愿替军门分忧，为国出力。在下替上官夫①把总等人给大人您磕头了。"

杨占鳌拉着悟性师兄的手，笑说："师兄念经不诚，敢情是背着佛主，烧了不少鱼吃。"

悟性羞愧着脸说："大人别笑我了，酉缘师傅说你在这儿干大事，让我来做个帮手，积累功德，强过佛门苦修。阿弥陀佛。"

"别阿弥陀佛了，征剿长毛时，多得酉灵师傅相助。现在你来，暂且亲兵营行走，功劳在外如衣裳，佛事在内如内脏，莫要负师傅和师叔们对你的修行才好。"杨占鳌替师兄理了下上衣襟领。

杨占鳌招呼万兴未和悟性后，佯怒瞿三哥："瞿守备好不晓事。这祈铁解的大名是脚上绑大锣，走到哪儿响到哪。当年用铁丸打伤我一提师傅，后来惯一在沅水和酉水边剪径伤天理。今天我若杀他，江湖上会说我气量小；若收留任用他，说不定哪天闷着一铁解打来，我如何防得。你招他来，好生让我为难。"

瞿三哥吓得赶紧认错，说自己没弄清情况。祈铁解躬身说："祈某曾经做了许多江湖不耻之事是实。听说杨大人为朝廷分忧解难，做救黎民苍生的

---

① 上官夫，与万兴未一起投降杨占鳌的太平军小头目。

万世功德。投身于你，为的是从良赎恶，若是杨大人容不下，我走就是了，不必怪罪瞿守备。"

杨占鳌佯装无奈："好个祈铁解，铁丸打得又狠又准，嘴巴是又尖又滑，我是不敢用你了。这样吧，跟到瞿守备护马帮，也不枉费投军初衷。"

瞿三哥拉了下祈铁解。祈铁解会意，赶忙叩首称谢。

两个多月没见面，杨占鳌让三人退下，留瞿三哥商量采购事谊。杨占鳌说当前左宗棠大人亲征甘肃各地，西路军得抓紧筹备粮草，减轻新疆驻军后患，马队要缩小南下采购规模，剩出的人充实支援肃州、安西州、凉州、沙州以及迪化和哈密驻军供给。"左大人移驻兰州，我曾招降肃州起事苦民，这些苦民闻此消息必会惊慌误判。恼的是成禄让高台苦众告发，左大人已经盯上了，搞不好我也受些牵涉。那样，在左大人面前说话的分量就弱了。"

瞿三哥虽说是守备，可从军前，就是个种田卖力气吃饭的汉子，直来直去，平日都是杨占鳌罩着，不谙官场。眨着眼珠珠静听杨占鳌说了半天，并没理清要点，不痛不痒地宽慰杨占鳌："大人忧也无益，俗话一等忠臣孝子，二事读书耕田。大不了哥几个回家种田，或者做些小本生意，行走于山水河畔，了解村风民俗，岂不快活逍遥。"

黄氏端来茶果，接过瞿三哥的话附合："就是吗，莫想那么多。天要是真塌下来，你也撑不了。我吩咐厨房炒了几个菜，唤来田光早和张仕祥都统，一起为万兴未和悟性师兄接风。"正是：

> 风过不知花讲话，愁顿亦有酒解眠。
> 少年弟子江湖老，老回家园看茶田。

左宗棠比杨占鳌年长二十岁，两人上下级戎马相处十多年，同属湘军。平时，杨占鳌对左宗棠均以老乡、前辈称呼，关系密切。杨占鳌对左宗棠很尊敬，这是他十多年来的戎马生涯中与左的相处而形成的。杨认为左博学多智，善于用兵，认为能跟随名将共事，实乃此身之福。他经常告知部下，说左大人是一位军事奇才，是他学习的榜样。

说得多了，有幕僚就调侃："那你与左大人比，相差几何？"

杨占鳌说："作为一将一帅，一兵一卒，仅有勇是不可取的。我顶多就是一介武夫，怎能与左大人比。今日能为一将，都是仿左师而用兵的。"

左宗棠总理西北时，杨占鳌的军旅生涯发挥到极致，为平定西北，维护祖国统一作出了可圈可点的实事。杨占鳌在甘肃提督任上，除了稳定甘地，另一件大功是力援新疆。新疆动荡不安，阿古柏帮成立"哲德沙尔汗国"，组建了一支约六万人的军队入侵南疆。杨占鳌在甘州对此十分气愤，说："今朝我穿上黄马褂，官居一品提督，而外贼却侵占我国土，身为朝廷命官，不为国效力，岂不愧煞了我！"

从军事角度看，杨占鳌感到肃州地理位置十分重要，内可保全甘肃，外可力援新疆，随即向清廷上奏，请求增派军队进驻新疆，收复国土。一边时时派快马直驰兰州，向左宗棠总督递送新疆军情。

大清朝国力羸弱，左宗棠总督西北，只能分步实施，先陕西后甘肃再新疆，先剿捻军平定地方，再解决窥视新疆的化外势力。杨占鳌久盼平定新疆无有音讯，叹道："朝廷久不派兵，会给俄、英造成可乘之机。现在，我只好尽其能，效其力了。"虽然清政府久未派兵，但杨占鳌和西路军官兵们，仍然积极着手准备工作，以待一天大军西进。从一八七〇年到一八七三年，杨占鳌先后多次运送军粮至哈密、古城一线，力援那里的清军。

一日，田光早副将率领援疆粮队，出玉门，去哈密。不想半路被劫，所部百余人马被全部缴械。参将张庆大怒，力荐率领军队强行索回。杨占鳌说："情况不明，老弟守护扁都口重要，说不定是他人诡计。塞外白彦虎和陕西毕大才多次试探扁都口，此地一失，只怕左大人那里不好看。众位将军好生各司其职，我想好了，还是亲自去解决为妙。"

张庆说："那好，但大人要保重身体。我提议还是唤瞿三哥守备随行，他在那条路上的朋友多，这样我们才放心。"

杨占鳌准了，采购和押运货物，本来是瞿三哥的分内职责。瞿三哥带一棚马弁跟随杨占鳌，一天后赶到玉门疏勒河边红柳林。田光早介绍，原来是祁铁解干的好事。"天气太热，行至河边小歇，一边联系过河皮筏。祁铁解东瞧西瞧，看到几个村姑河边放牧，跳到河中裸洗，唱小调搭讪，惹得村姑臭骂。明是光腚推磨，转圈丢人，祁铁解却说骂是爱，那村姑八成是爱上他了。走过去轻薄村姑戏水。"

众人想笑，杨占鳌鼻腔"嗯"了一下，便有三分愠色。田光早忙说："都怪属下管束不严，给大人添堵了。"

杨占鳌没好气地问："那后来呢？"

117

"后来，两个村姑把祈铁解按在泥巴水里，看到闷得快不行了，属下让人去救。祈铁解用铁丸伤了村姑屁股。所以，来了好多人，为首婆娘骂我们敢在玉门刘氏地面撒野，要给些颜色。下官百般辩解，才没有伤及马队。"田光早怯怯地说。

瞿三哥插话："灾星祈铁解呢？"

"让刘氏的人掳走了，绑在寨口栅篱上，军门三天不去，就要开膛祭天——点天灯。"田光早瞟了杨占鳌一眼，恼火又无奈何小声地说："这是传话的民团说的。"

杨占鳌对下属们说："这个刘氏，可是女中丈夫，自幼习武好动。与丈夫于铨，夫妻情投意合，是百般恩爱。同治四年秋天，反清势力夺得肃州城后，杀了玉门县令于铨，遗孀刘氏为夫报仇，拿出自己陪嫁首饰簪珥珠玉充作军资，制军械，储粮饷，招募收容饥民精壮数百人，组成民团，命家人李和华率领。我招抚反清武装，算是与伊结了仇，如何取得回粮草，救那惹祸灾星祈铁解。"

众人见杨占鳌也棘手，有人开始埋怨起来：祈铁解死了不要紧，主要是那些粮草和被押去的士兵，一旦朝廷罚查，是要问责的。田光早说："大不了我去抵罪，就是辱没了大人一世英名。"

正当众人无策坐困，刘氏派人来请杨占鳌。原来是敦煌守护李和华，十分敬重杨占鳌，赶来与主母刘氏相告。刘氏准许。杨占鳌进庄，把手言欢，李和华拱手说："我家主母听说是援疆粮队，国仇大于家恨。一场误会，还望杨大人海涵。"

杨占鳌揖让："于夫人侠骨柔肠，女中豪杰，玉门有此人杰，当是地方苦民之福。占鳌十分惭愧，还望夫人指教。"

于夫人便让李和华交还人马和粮草，一直陪送杨占鳌等人出寨。杨占鳌看刘氏粗布衣裳，发端并无光鲜首饰，团丁年纪不均，个个土褐褴褛衣衫，个中亦有菜色，便问瞿三哥可有多余粮食。瞿三哥招呼伙计拿出账本查点，从援疆货物中挤出一担茶叶，一匹细绢，六匹棉布，十二担粮食。

杨占鳌对刘氏说："国家危难，这些算是对玉门民团的一点支持，杯水车薪，夫人莫要嫌少。他日平定嘉峪关和安西州各地，还玉门太平，望夫人不吝协助。占鳌定报与左宗棠大人，上表朝廷，光宗耀祖，功德后世，惠及玉门。"

后来，刘氏诰封恭人。杨占鳌回乡发展茶叶，杨五少爷特地到玉门，营销茶叶和江南货物，看望刘氏，交流两代人产生的友谊，此是后话。

> 玉门侠女数刘氏，替夫报仇办民团。
> 嫁资散尽难酬志，千古恩爱受诰封。

杨占鳌所料不差，受左宗棠进驻甘肃刺激，原先接受招抚的反清武装密谋再度起事，隐隐然有西出嘉峪关，进逼安西州的玉门、瓜州、敦煌三地的图谋。

一八七〇年，阿古柏入侵北疆，九月十日侵占乌鲁木齐。面对新疆的局势，杨占鳌心急如焚，身居甘州坐卧不安，他说："我不能坐等大军，应先救急。"由于清廷内忧外患，阿古柏帮日益嚣张起来，俄英帝国主义也趁机开始插手新疆。

为了促进军民团结，交流各族文化，杨占鳌与地方官吏协商，在嘉峪关外举行秋围狩猎活动。秋高气爽，雪山草地上难得暂时的平静，玉门、瓜州、敦煌各地派来了代表队，一起领略难得的民族联欢。清军搬出数面战鼓，表演兰州太平鼓舞。只见铜锣伴奏，鼓声咚咚，地动山摇，黄土腾漫，鼓动人欢，一会是两军对列，金龙咬尾，两面延伸，一会又是车轮战法，跳打、蹲打、翻腰仰打，鼓手们一边擂鼓，一边舞步，忽上忽下，忽左忽右，畅快淋漓表现高原人家的憨直奔放性格。杨占鳌来自湖南古丈，从小熟悉苗族鼓舞，亲自击鼓，张仕祥和石玉行两个大男人一左一右，表演苗族男子双人鼓舞。杨占鳌鼓点浑厚不失节韵，张仕祥和石玉行一手持鼓槌击鼓，一边展演，赢得得参加活动各民族人们的长久欢呼。

接着围猎，南山猎户收获最大，其中猎获得十只灰狼。

活动之余，杨占鳌和也来参加活动的几位苦民首领策马河滩红杨林外。看看四下无人，杨占鳌相劝道："我在左宗棠大人面前据理力争，以人格和性命相护：肃州招抚，民心稳定。左大人才放话：肃州不犯上作乱背叛大清，他也不希冀延开战火。近期多地告尔部妄动，不会是真的吧？"

……

几个首领一味虚与委蛇，顾左右而言他。末了，杨占鳌推心置腹地说："听我老哥哥一句劝：天下之大，大不过帝王家。要多想肃州如何无事，不

要走歪门路。"

杨占鳌的诚恳招抚，终敌不过清军的步步紧逼，秋围狩猎活动后，苦民们再度起事，逼近山丹城。

山丹城东靠永昌，西邻民乐，南接青海、北与内蒙古阿拉善右旗毗连，三面环山，一方临水。据地方文献载，城最早建于西夏，清时，改置山丹县，甘州府治所，甘肃提督统军驻地，节制凉州、肃州、西宁、宁夏四镇总兵。清乾隆二十五年（1761年），知县王宣望领帑重修，并给各城门命名，东城门"承晖"，匾曰"峡谷嶙峋"；西城门"靖远"，匾曰"新堡去韶"；南城门"阳武"，匾曰"南楼远眺"。杨占鳌一直认为山丹城城高墙厚，城内设施一应俱备，仅有游击孙启后领四营二千多人马驻守。

同治九年十月初九日下午，田光早带领悟性和祈铁解正在巡城。斜阳西下，山色清丽，天边彩霞秀，城角渐生寒，悟性和祈铁解在三层楼上观景。祈铁解看远处山谷中群鸟噪呱乱飞，说是定有大队人马活动。田光早举单孔西洋千里镜视之，大路上似有沙尘飞扬，便说："没有接到调防命令，怎有如此大队人马。不好，定是有人要夜袭城池。"

城中守军不足够，如何迎敌。祈铁解说："在下有一计，可请大人一试。"

游击孙启后问有何计，祈铁解说趁着夜色，摆个疑兵阵式，一边让人飞马救援。"只要坚持到明日早上，杨大人定派援兵赶来，这山丹城便可保住了。"

悟性问如何摆疑兵阵式，祈铁解说如此如此。孙启后认为只好如此，一边让人飞马出城搬救兵，一边调集城内士兵作守城准备。

田光早带领悟性和祈铁解及一百清兵出城，水洼边堆些湿柴禾撒上雄黄朱砂，张网以待。

苦民武装距城约四五里，怕惊动近城居民，城中有备，先派两千骑兵，专攻西门。进城，约定举火为号，大队人马继续夺城。西门瓮城，内有护城，孙启后指挥清军死守，洋枪连弩，连翻射杀。无奈敌众，战至四更，城门被冲开，越过木栅，守军只得退进瓮城。

田光早等人见城内火光，护城河外燃放火堆，黄烟滚滚，雄磺朱砂味刺鼻，悟性和祈铁解著黄色长衫宽袖衣，脚蹬三尺高木履，兀自显得有两个人高大，火光中隐约成黑白无常往来走动，长袖善舞，布阵疑兵。

　　得到急报，杨占鳌大惊，调派大队人马，势必掣肘，乱了阵脚。救兵如救火，亲率三营亲兵一千五百人，赶往山丹城。

　　山丹城鏖战正酣，清军堪堪不敌，忽见敌军后方大乱，原是杨占鳌率领援兵已至西门。援军冲进城，两面夹击，击退苦民。杨占鳌吩咐清点人数，三品官游击孙启后力战身死，另有都司、守备将佐五人战死，守城清兵只剩千余人伤残者。正是：

　　　　山丹城头夜色寒，一星一月照征人。

　　　　将军枕戈百战死，壮士十年盼家还。

　　山丹城被袭，左宗棠震怒，他严斥杨占鳌养虎为患："刁民反复无常，诈降蒙蔽，招抚后一直没有安分过，扩充军备，到处抢夺地盘。大家只不明说罢了，你作为署提督，尚能不知？"

　　杨占鳌怯怯分辩："属下虽知，只是以为罪不至伐戮普通百姓，祸不能泱及无辜苍生，同是大清子民，应怀柔为上策。"

　　"我不知道抚剿相济，以剿促抚么。同治五年二月，我率部攻灭李世贤残部于广东嘉应州，降者逸出，不成气候，我不也没赶尽杀绝么。但在肃州行么，不下一服虎狼猛药，短期医不了此等沉疴顽症。"左宗棠算是说了心里话了。

　　杨占鳌无言以对。左宗棠怜他有腿疾，治理西路军务实属不易，训斥过后，又说了些谅解话，勉励他管理好西路军务，剿办另择他人。最后，给杨占鳌拨了批军费，处理山丹城善后。

　　谁想云贵总督福济，时授成都将军，认为杨占鳌与肃州似成沆瀣，正好找点湘军的晦气，左宗棠想办成禄，他已知风声，以此事为由，先给左宗棠施以颜色，上点眼药。

　　同治十年（1871），福济向朝廷上奏，拿获甘肃平番县成人娃子，寄居肃州，经审训后供称："同治八年，杨军门讲和，上年八月内匪目十人持杨军门票出来贸易，随后出来五百人，又有穆姓二人持杨军门印票赴将军公旗下交易，后跟贼三百多人等语。"清廷谕令左宗棠："所称杨军门是否即杨占鳌，有无此等情况，著左宗棠查明具奏。"

　　时局在变，清王朝对反清武装的态度由剿抚兼并，调整为以剿为上。杨

占鳌还在继续执行招抚政策，显然不合时宜，清廷等不急了，左宗棠也没有耐心了。所以正常的贸易来往，在福济等人那儿成了把柄。情形变得微妙起来。

在左宗棠行营，杨占鳌对此事作出解释：允许过当地各族人正常交易来往，互通有无，但并没有给回民单独发路票之类特殊待遇。

左宗棠屏退左右下人，对杨占鳌推心地说："占鳌呀，战场要随机，官场也要善于应变。不能逆天而动，哪怕的确是对的，也要三思而后动。比如这件事，你若是真做了，我本人认为是对的。我们来甘肃，是剿办平定，就是罚办与大清离心离德之人，让百姓安居乐业，不是让百姓失望，更不是让他们绝望。"

此事澄清，但在公堂上，当着众位布政使、提督和总兵，左宗棠训斥了杨占鳌。左宗棠在奏书中，也对杨占鳌进行了严正申斥："叛匪狡诈异常，擒贼供词，每多不实。前次成禄、杨占鳌收复肃州，原系草率完事，本地之良莠未分，外来之客匪更无从稽查，其四处劫掠，不必定借路票为护符。况用当地差目专办当地人事务，且署城守营都司，令其酌给当地人路票，直无所庸其稽察。是办理舛误，不仅在滥给路标可知。"

杨占鳌受了训斥，心情十分痛苦，他想不通一心兢兢业业，却事倍功半，到头来，两边不讨好。痛苦也许是因为欲望太多，苦到时不必哀天，乐来时不必喜地，所谓人生如此，苦乐自持。

杨占鳌敬重左宗棠，他反思自己许是真的做得欠妥。正是：

> 苦穷心事悲肃乱，张宴叱咤数狄青。
> 甘州梅花三弄笛，肃州呜咽不堪听。

第十五回　艰难平乱

　　甘、凉诸州戒严后，肃州反清武装仍在寻找战机。一八七一年七月，沙俄突然出兵侵占新疆伊犁，声言还要"代收"乌鲁木齐，西北疆防危急。

　　清军主力正进攻河州，肃州形式日趋严峻，杨占鳌写信，派人五百里加急送与左宗棠，求教肃州平定良法。左宗棠回复："杨大人不必自忧，以陇中局势言之，自宜先规河湟，杜其纷窜，然后一意西指，分兵先扼玉关，断其去路，乃策全功。此时兴师远举，尚非稳著。"

　　得了回信，杨占鳌宽慰部属："到底是总督，站得高看得远，对全局了如指掌。"

　　杨占鳌分兵两处，瞿三哥，田光早，张仕祥等人携五营移驻关外安西州，一处留守甘州。看到杨占鳌苦苦支撑，河州战事稍一缓解，左宗棠就抽派驻在靖远的徐占彪部先赴肃州。

　　十一月，总兵徐占彪由固原率十二营，从靖远出发，率兵行次甘州府，杨占鳌设席延接。徐占彪年轻骁勇，是左宗棠的心腹爱将。先前，左宗棠出于关心杨占鳌，只让他管理地方，保证河西走廊畅通。杨占鳌向徐占彪总兵一一介绍他所掌握的军情。

　　掌灯时分，会晤毕，杨占鳌请徐占彪入席。杨占鳌把酒："预祝徐总兵马到成功。"

　　徐占彪一饮而尽，笑说："同祝成功。杨大人西路军驻守此地多年，对肃州民情了解甚多，还望能助下官一臂之力。"

　　"总兵大人放宽心，我责无旁贷，定会全心从旁协助。只是……"杨占鳌欲言又止。

　　徐占彪笑说："大人有话尽管说出来，只要下官能办得到的。"

　　杨占鳌试探性地说："我在肃州已有五年之久了，没有让百姓解除温饱之忧，愧对皇恩。若是总兵大人遇见诚心归降之人，可否留其性命。肃地人

口本就稀少，若再杀伐，只怕地方一时难复元气。"

话说出口，杨占鳌又后悔了：善不理政，慈不带兵。自己从军十数年，怎犯如此低级失误。

"这个？"徐占彪有些犯难了。

"大人指挥千军万马，由南到北，打过多多少少的仗，我怎敢当面卖弄呢。来时左大人训示：先剿后抚，剿抚兼并。不过他说肃州例外。为甘肃泰平昌盛计，能做多少，我尽力为之。"

杨占鳌颇显尴尬，自嘲解围说："那是，那是。来，为将军早日平定肃州饮了此杯。"

徐占彪得悉反清武装先期转走肃州，遂抽带三营，于二十七日驰抵抚彝高台。与成禄会晤接防，留下两营分扎高台，派总兵胡立芳带马队百余骑，赴肃州南山各堡，采买粮食。十二月初四日抵清水地方，遇零星敌骑兵。

此后，清军与反清武装几番接战，逐渐掌握了战场的主动权。正是：

落日寒烟秦辇道，夕阳衰草乱古墩。

茫茫无限烽火恨，付与天地一明月。

同治十一年八月初，肃州城附近的墩寨堡垒，基本上为清军攻占，反清武装只得退入城内坚守。清兵经过大半年的征战，损员严重，兵力不足，徐占彪多次向左宗棠请求增兵。当时刘锦棠正进攻西宁，亦屡请增兵。两处征战，左宗棠无兵可派，徐占彪只得把马步各营每营分作两营，在距城半里至一里的地方环城修垒扎营。如此，北门一带尚无清兵驻守。

关外形势紧迫，沙俄毛子窥探新疆日久，伊犁沦陷，迪化不保，危及哈密，朝廷催促成禄迅即出关，杨占鳌驻防肃州。连年征战，清军频繁调动，粮草先行，抓夫派役少不了，仅给军马喂料的健壮莝夫就要上千人。百姓缺吃少穿，饿殍满地，嗷嗷待哺，清军派系盘根错节，杨占鳌压力很大。因为强征强派差役，激起扁都民变，杀死征夫差尹。

杨占鳌一面整顿吏治，发动军民屯垦，筹备军粮，支援新疆及青海的清军供给，还要维护河西走廊畅通。杨占鳌和西路军众人实施的系列措施，很受左宗棠的称赞。杨占鳌不但稳定了肃州，也为后来左宗棠收复新疆奠定了物质上和军事上的基础。

杨占鳌眼看战事胶着，肃州百姓苦于战火，民力几近衰竭。考虑了数日，让百夫长马尕儿送信给苦民首领，再次劝降。

马尕儿回报苦民武装拒绝了他的好意。杨占鳌无语，招集部属说："我从军多年，多是做地方善后事宜。打仗立功受赏固然好，如若又立功又不伤及地方不更好吗。"

随后，杨占鳌查看山丹城、抚彝和民乐扁都口等甘州驻防形势。时已深秋，日暖夜寒，看到将士们少衣缺食，持戈守护，抱草而眠，天清月寒，戍角悲吟，心下怆然，一发想着战争快点结束。

甘州就绪，杨占鳌率亲兵营前往安西州查巡，确保援助新疆道路通畅。正是：

> 关外漠漠路蹊蹊，讨赖河滩草蒌蒌。
> 铁马兵甲风带雨，醉卧沙场盼归人。

同治十一年九月，成禄奉旨，无奈出关，去做名副其实的乌鲁木齐提督。

成禄一走，高台百姓终于等到云开日出机会，找到陕甘总督左宗棠，投递血状。左宗棠接下血书，内心着实纠结。

高台百姓久等无音信，又联名公推邻里，分次到兰州大营泣血陈述，左宗棠先后接待不少上访的百姓。由于战事紧急，团结为上，左宗棠犹豫一直没有深究。他也不是没有放在心上，只是没有坐实成禄的罪证。百姓一拨拨来，左宗棠认为事态严重，暗中让人加急调查核实。

调查的官吏收集证据，陆续向左宗棠举报成禄杀民邀功，收刮三十万两民脂挥霍。十二月十九日，左宗棠终于提笔上奏，弹劾成禄。

时有补河南道监察御史，兰州人吴可读接到高台百姓血状，亲自在高台调查。他收集成禄罪证后，悲愤莫名，上疏痛陈成禄有可斩之罪十，不可缓之势五。

成禄得知，矢口否认，一面让家人进京打点。不仅军机上司替他说话，连穆宗也庇护他。

左宗棠怒了。二十六日，得到更多铁证的左宗棠，再次参奏成禄，要求严惩。左宗棠在奏折最后云："……萌退意。"意思很简单，清廷不把成禄法

办，这官儿他就不当了。清廷一看左宗棠这态度，不得已，罢免成禄。

成禄被问罪，杨占鳌倍感失怅，无奈对黄氏诉苦："我与成禄共事四年有余，可恨那厮畏敌，多年搪塞圣意，听任沙皇侵略军从伊犁长驱迪化。他龟缩高台也就罢了，却纵兵诬杀无辜平民，诬杀还不够，又虚报战功请赏。我多次劝说，就是不听。"

黄氏说："成禄有罪，在于长期积累，并不是一日之过。他自作自受，不在于你劝诫少。听说解押队伍过玉门，不日经过嘉峪关，何不在山丹城见他一面，了却一桩心事。"

杨占鳌便让瞿三哥准备，在山丹城外驿道边摆桌等候。瞿三哥让随从给官差们分发食物，将佐们看到是提督杨占鳌，任由两人叙旧。

虽是冬阳杲杲，却十分干冷，成禄囚衣垢脸，蓬头龟宿笼中，全没了往日提督气场。杨占鳌泪眼斟酒："成大人欢饮此杯，不枉共事一场。"

成禄吃了酒，瞟了杨占鳌一眼，缓言说话："杨大人坦诚拙扑，今日为我设宴，可见往日情分。一切自然不必细说，你不用担心，我今在旗，皇上不会为难于我的。我们各自保重。"

杨占鳌着瞿三哥唤来解押将佐："还望各位路途费心，去京途中好生照看成大人，切不可虐待。"

将佐答道："杨大人放心，左大人派我等护卫，沿途自有地方官员好生招待。"

原来那将佐是左宗棠加派的，生怕途中出问题。

成禄解押回京后，一直斩监候候着，按照惯例，候着就是死刑缓期执行，基本上最终死不了的。左宗棠忙于肃州剿办，马不停蹄收复新疆，之后又是伊犁问题，还有就是保了发配新疆的凤凰籍田兴恕，所以并没有继续关注成禄一案。田兴恕胆大，任贵州提都时，在青岩、开州杀了几个不遵国法的法国传教士，法国不干了，要杀田兴恕问罪。左宗棠佩服他敢和洋人对着干，所以就保他了。

谁想吴可读气愤至极，再次上疏，措词中大发戆劲："……奏请皇上先斩成禄之头悬之藁街以谢甘肃百姓，然后再斩臣之头悬之成氏之门以谢成禄。"

清廷让左宗棠折了面子，恼火正想找个人泄气，吴可读言辞过直，恰好赶上。穆宗看后怒道："吴可读那厮无礼，敢视朕年幼可欺。如此顶撞，朕

126

要他的脑袋。"

三法司会审，十三位堂官，大理寺少卿王家璧持正不阿，不肯下笔。左宗棠得知，上奏力保吴可读。清廷不敢得罪左宗棠，平定西北疆域还全指望他。吴可读保住性命，官降三级。吴可读回到甘肃后，左宗棠礼待，聘为兰山书院山长。正是：

> 何事上疏太张狂，北望雪山雾茫茫。
>
> 入归长城雄关外，马踏黄河两岸长。

同治十二年初，左宗棠在兰州调马队拉运一批新式大炮支援肃州，另外调派陶生林率马步五营赴援，正月到达肃州。稍后，派往新疆的金顺二十营也来增援肃州，进扎北崖头。二月二十二日，参将杨世俊平定青海西宁和大通，率部由间道驰奔肃州而来。这样，清军完成了对肃州的合围。

杨占鳌得到左宗棠合围增援命令，带病发兵。出发前，夫人黄氏和部将多次劝阻，左宗棠已经明确他只管地方军务，不参与剿办。杨占鳌感谢各位的提醒，说："将不临阵则兵不勇，肃城不收则新疆难保，我区区一身算得什么。能为大清出力，替左大人分担一份责任，为肃州做点实事，分所当为。大局为重，千秋功过，只有让后人去评说了。"

扁都口海拔3500多米，南通祁连县峨堡镇，北达甘肃民乐炒面庄，峡谷长近六十里，宽约十余米，险隘深邃，峡谷两侧奇峰耸立，峭壁突兀，怪石森然，叠嶂无穷。自汉唐以来，扁都口一直是出入甘肃、青海之间的重要通道，是兵家必争之地，也是商旅通行的重要通道之一。

杨占鳌率军扼守扁都口，得到探马急报，加紧备战。万兴未把总，协助西路军火药局，赶制出大批火药和火器。反清武装几次进攻扁都口，都被击退。

此后，反清武装又辗转抚彝、高台、毛目城，亦被杨占鳌所部清军击退。

战事稍得稳定，杨占鳌担心关外，马不停蹄赴安西州。杨占鳌到安西城，除了瞿三哥、田光早、张仕祥等人驻守安西州的五营，加上亲兵营不足八营，于是联络地方民团协助，得到玉门和敦煌以及瓜州地方民团响应，十日备足千骑人马，役夫五百。清军骑兵少，战场拼杀，步兵对骑兵，只有吃

亏的份。若训练骑兵，马匹又不够，短期难形成强有力的战斗力。于是，杨占鳌让瞿三哥准备材料，着万兴未把总赶制火药，修理抬炮和火炮。

瞿三哥把安西州境两个联系货物发铺的粮食和铁器，全部征用，备作军需供给。

张仕祥副将看那阵式，忧心重重地说："我们并不知敌还有多少兵力，如若正面交手，他骑兵多，我方肯定吃亏。安西州湘军五营中，三百多古丈籍湘军，全都是投奔你大人来谋前程的。同治五年来，随你出征的古丈籍湘军，前后折了大几十号人，若不慎在此折了，回乡难作交待。"

"你乱讲什么，打仗哪能不死人。他们投奔我，我就得把他们放到荷包里挂在裤腰上护着是不是。乱我军心，小心军法。"各处战事不停，脚上炮伤隐约复发，杨占鳌心里老大不快，一急，涨红脸摆起官架子来。张仕祥说话自有他的道理，作为顶戴花翎的一品官，竟不能让下属把话讲完。

张仕祥跟随杨占鳌多年。看到上司发怒，张仕祥不好再说什么，走了。

过了一会，杨占鳌觉得自己失态。赶忙让悟性师兄去唤。张仕祥讨了没趣回去后，倒水入盆洗脚，看一眼穿着兵服的悟性，说："你告他，我洗脚。"

"洗脚，又不是洗手不干。再去喊。"杨占鳌开心笑了。马上又对师兄说："算了，你去唤田光早都统，让他邀那厮。"

田光早邀来极不情愿的张仕祥，杨占鳌低下身段给他让坐。

张仕祥说："我是想讲，与其堵截，不若主动出击。发动民团和湘军营中的本地籍兵目，打探清楚，趁敌援助肃州城，抢占嘉峪关。嘉峪关城厚墙高，只要军民协力，定能守住。贼兵流窜疲于奔走，并无稳定给养。再说，破肃州城只是时间上的事了，外援流匪不是逃遁，就是投降。他们又能硬撑多久，等张庆、石玉行他们来与我们合力剿他不成。"

"此计甚好，但要好好谋划一下。这样，我们分头行动。但我纠正一点，进嘉峪关打探消息的本籍兵目一定要信得过的，两人或三人一组，以防不测，泄了军情。"杨占鳌拍着张仕祥的厚肩膀说。

果然，反清武装只留下三百人驻嘉峪关，照看伤者和守护老幼及女眷，杨占鳌一鼓作气攻下嘉峪关。

第十六回　辞官还乡

话说反清武装主力退至嘉峪关，方知嘉峪关已被杨占鳌率部轻松占据。见守关清军不多，他们开始发炮攻城。这嘉峪关是万里长城第一雄关，外城墙有九米多高，城墙上四台抛车掷放火包万人敌，反清武装的火炮不敢靠近，只得远处发射，多数掉到城下阴沟中，城墙没有受到分毫裂损。杨占鳌站在城廊，镇定指挥清军，轮流施放抬炮和洋枪。

……

强攻不成，反清武装趁夜色从城外沟壕蛇行，抛铁钩爬墙偷袭。杨占鳌让清军城墙垛外暗挂警铃，守城清军衣不解带，持戈而睡，听得铃骤响，值事号兵敲响梆子和铜锣，砍了挂于城垛上铁钩绳索，反清武装功败垂成。

几番鏖战，反清武装战斗力日趋减弱，又忧清军增援，由间道出嘉峪关西去。

天明，杨占鳌登楼巡视，看城外空无一人。探马来报，敌于昨晚四更悄然撤走，今已越过河去。

是役，稳定了关内局势，使河西走廊道路畅通。这正是：雄关百尺镇天西，万里征人驻马蹄。一年一度草木绿，瀚海苍茫入望迷。

不久，肃州也被平定。

肃州城破时，杨占鳌正指挥湘军修葺嘉峪关。九月二十七日，杨占鳌入得肃州城，清军撤防，人去城空，四顾萧条，朔风渐起，满地疮痍，断垣秃壁，池水清冷，天空时有群鸟飞动。杨占鳌仰天长号："世道如然，苍天如怨，负尔芸芸萧地苦众唉。"

望着城外驿道上一排排摇曳的断头柳，如今已是两人多高了。昔我往矣，杨柳依依，今我来思，雨雪霏霏。树犹如此，情何以堪，除了垂泪，杨占鳌没有一点办法。也许，只有等原上草木，在风抚雨润、阳光下悠悠生长，大地才会渐渐褪去血腥。

心随明月到天山，西出长城第一关。

清角吹寒战罢后，雄关漫道啾燕鸣。

随着肃州平定，甘肃境内几无战事，左宗棠指挥各部湘军进军新疆。杨占鳌继续整饬地方吏治，恢复农商，筹备粮草，确保军队进出关外供给道路畅通。

战事结束，杨占鳌看那关防失修已久，边墙四处坍塌。为了发挥嘉峪关的军事优势，杨占鳌发动军民，找来良工巧匠，进行修葺。

嘉峪关布局合理，建筑得法。由内城、瓮城、罗城、城壕及三座三层三檐高台楼阁建筑和城壕、长城烽火台组成。内城东西二门外，都有瓮城回护，瓮城门向南开，西瓮城西面，筑有罗城，罗城城墙正中面西设关门。若一一彻底翻修，大战初定的肃州难以承受，杨占鳌监管，在保存原貌的基础上，仅作必要的维护修葺。

一些将军不明白，认为是找事做。杨占鳌认真地说："嘉峪关，是明代万里长城西起的端点，河西第一隘口。修关稳国之根本，是做流芳万古千秋的事。"

如是说了，态度又坚决，想反对的人也不好多说什么了。

"才平定匪患，气没歇一口，大人又让修关，偌大的嘉峪关，没有半年八个月，能完得了工。"悟性陪杨占鳌巡城，不解地问：

"你说呢，难道仅仅为了好看。"杨占鳌站在垛口前，看着远处逶迤的雪山。"来到这里有七年多了，每次随军队押运粮草过关，支援新疆，看到这地标雄关，心中就有种亲切和安全感，这是大清的西北雄关，这里有着见证我们曾经喋血建立功业的星空和楼台。人善怀旧，必积大德。"

"怎么说师傅说你是成大事者，我修行多年，敲坏了几多木鱼，还是不如大人千分之一悟得深透。"悟性揶揄道。

经过一个冬天的修复，破败的嘉峪关旧貌换新颜。左宗棠在肃州，杨占鳌就请他题写"天下第一雄关"。左宗棠欣然照办，工匠勒制横额，安置于关头，使嘉峪关依然雄峙西北。左氏题字，气势遒劲，其后有人写诗赞曰：左侯昔日受降归，临关煮酒对落晖。额书六字神飞动，想见如椽大笔挥。正是：

　　　　军旌嘉峪，剑舞龙翔。

　　　　歼除孽寇，雄关威峨。

　　五月，塞上草发，春光乍泄，黄氏有些懒倦，时伴呕吐，请来军医把脉，军医说是有喜了，杨占鳌高兴得不得了，到处请人寻保胎药。只是杨占鳌被炮子击中的脚伤复发起来，这次复发，胜过往年，痛得他心烦做不了事，渐生颓心：誉满天下，也保不准谤而毁之。接到家信，说是侄子杨圭璜和儿子杨圭廷已在辰州学馆读书，次子杨圭臣在自家学馆开始读《论语》了。又告老母李氏年迈，时有叨念之情。

　　杨占鳌便告黄氏心中烦恼，黄氏解其意，劝何不激流勇退，奉敬老母，作田舍郎逍遥。

　　杨占鳌欣慰："知我者，夫人哪。"

　　同治十三年六月，杨占鳌无意留任，奏请乞骨骸卸任回乡。

　　左宗棠接到朝廷批示，从肃州来看杨占鳌。杨占鳌告之上奏请乞骨骸之因，左宗棠看视病体，对他的去任十分惋惜："我在湖南时，就是从筹措军资协助湘军开始的，深知军队中若没有能做后援实事的军官，剿抚一张一弛，终是说得容易做起来不易。你在江南协助载福救南陵十万军民，皖江营协安定地方，这些我只听闻。到了甘肃，辛苦支撑西路军务，戍边开屯，整治地方，支援新疆，为大清维护西北开疆拓土做了很大的实事。朝廷免你弓马操典，突然请辞，不能为平定新疆再发挥其长，太可惜了。"

　　杨占鳌处理好一切，交割讫毕，去辞别左宗棠，奉上兵符和提督印，说："我虽不能随大人入疆，但有二计献之。一为缓进急战，二为攻占结合。"

　　左宗棠说："杨大人言之有理，此二计正合我用兵新疆之策。"

　　杨占鳌又云："原先甘肃乡试和陕西合并举行，举院在西安。路途险远，只有财力足够赴试的诸生才能到达，大人若怜甘肃学子，可否奏请设立甘肃举院，使众多的甘肃寒士能够就近赴试。"

　　"这个你先前说过，我已让吴可读在筹办了。"

　　杨占鳌离任不到一年，左宗棠奏准甘肃分闱乡试，促使甘肃各地的书院蓬勃发展。杨占鳌在家收到信札，感叹没完成之事，左大人完成了，也是甘肃百姓终于企盼到的幸事。

杨占鳌去意已决，朝廷准许，左宗棠不能强留。说了些相惜话后，左宗棠深知杨占鳌诚实，没有多少积蓄，让随从递上千两白银作盘缠。

为了不打扰部属和惊动地方官员，回到提督府后，杨占鳌想晚上出发。瞿三哥说世道不平，夜凉，还要提防野狼。杨占鳌同意了，主要是伤腿挨不得冷。

亲兵营马尕儿晓得后，赶到帐下跪安："大人待我恩重，无以回报，请接受我的跪谢！"

杨占鳌扶起马尕儿，和悦地说："我走后，定要恪尽职守，唯有这样，才能让当地多得些休养生息。他日若有可能，我到这里来看你们。"

"大人敢情是说笑了，云山万里，关山重重，再来西北，谈何容易。要不是家中有父母妻小，真想随你去南方定居。"马尕儿凄凄地说：

清早，杨占鳌青布长衫，黄氏素裙简饰，坐上瞿三哥代买的半新双骑马车，悟性和祈铁解自荐当车夫，当然是省了一笔车夫钱。瞿三哥跟随杨占鳌二十年，官至从五品，功成名就，也是愿意跟随杨占鳌辞官回乡。

出山丹城，无官无爵的杨占鳌，看到夏天里的西北原野天清草灿，牛群马队，倍觉清爽，心下有种出樊笼鸟雀之感。他在这块土地上生活了七年，为当地尽献绵薄，这样离开，也是十分幸慰的了。正当高兴，一任马儿沿路漫步时，急有两骑信差走来，问清后，让杨占鳌下车接旨。原来是京城来的差官，杨占鳌慌忙下车。按大清律例，从二品以上外放官员，请辞恩准，需上殿谢恩。咸丰和同治年间，全国连年征战，加官进爵太多，并不一一照章，但为江山社稷永固计，表德收纳民心，操实权官员乞还骨骸告老，朝廷照例进行恩准辞行。杨占鳌是正一品操实权外放官，皇上批阅后，着其进京辞行。

杨占鳌且喜且忧。喜的是从戎二十年，叱咤疆场，为国出力，替朝廷分忧，皇上没有忘记，让他上殿辞行，那是莫大的恩惠。忧的是这样转个大半圈，得花上一大笔盘缠。钱花没了，回家计算一大家子和亲戚朋友的生计就窘迫了。

无论如何，圣旨不能违抗，杨占鳌叩头谢主隆恩，接下圣旨。黄氏代为收纳，包袱中取出三两白银两锭，杨占鳌怯怯送上："两位信使大人莫要嫌少，留作路上当茶钱。"

信使拿着银锭掂了下，还与杨占鳌："你如今辞了官，没有俸禄，银子用一点就少一点了。来时皇上已作交待，不许我等收受你的钱。若犯了，只怕左宗棠总督大人晓得，我俩没趣。"

杨占鳌便邀请他俩共进午餐，两人没有推辞，一起走了五里地，到了官道驿站打尖。驿站没有俸银，只有名下屯地收租项，两排对立马厩长棚，一栋接待过往官差的土胚屋，一栋驿差寄居的房子，半旧不新的，屋檐下还有个泥燕巢穴。

杨占鳌向驿差说明来意，送上十枚铜钱，租借厨灶，悟性煮饭，祈铁解扎起围裙炒菜。驿差见杨占鳌长得膀大腰圆，瞿三哥颇有气场，又有两骑京城官差装束的人相陪，不敢怠慢，招呼妻子烧壶开水。黄氏取出四个琉璃茶杯，放上茶叶，再用瘦腰锡壶注水冲茶。

两位信使喝了，问茶为何如此之香。杨占鳌笑说："下官湖南省古丈坪厅人氏，自咸丰四年应征。长年在外，家人不时寄来茶叶，念家时，泡茶啜饮。"

"好茶，江南上好的绿茶。皇宫御用绿茶我也曾有幸赏品，你这个茶与那贡茶难分伯仲。"

"信使大人喜欢就多喝点。反正我们就要回到家乡去了，回头让内人把茶分成两份送与二位。"杨占鳌喝了口茶，吐出个茶渣说。

不一会，祈铁解做了三菜一汤，瞿三哥搭帮摆桌，大家就坐。信使从马背皮囊取出一小坛酒，说是每次办成事，就喝上一口，高高兴兴回去复命。

"人不必得到太多，只要曾经拥有过。"信使抿了一小口酒，一边持箸，就感慨起来。

正吃着，驿道上来了一队人马，在外吵嚷不已，杨占鳌让悟性师兄去看是何人喧哗。

原来是石玉行等十多名湘军，其中多是古丈籍，得知杨占鳌辞官，追赶过来送行。"田光早和张仕祥两都统得知后，让我代他们送送你。他们说你不够兄弟，要走一起走，怎么辞官前不与他们说一声。他们说新疆比甘肃更复杂，气候适应不了。即然大人辞官了，他们待新疆平稳后，也辞官回乡，乐守田园。"万兴未把总说。

杨占鳌怕的就是这个，离开驻地已经两天了，还是让附近驻军晓得了。他拍了拍各位赶来送行人的肩膀，替万兴未整了下衣领，拱手说："各位兄弟，各位袍泽。杨某脚伤复发，又思家中老母无人伺候，不得已作此打算。

你们赶过来，现在我酒没一口，菜没一筷，拿什么款待呢。"

驿差挤上前说："原来你是杨大人，怪我眼拙。还记得同治九年么，我在抚彝被匪徒追杀，幸得你及时出现，施以援手搭救。"

"那是我分内之事。我若没记错，你挂了彩，后来让你回家了。"

"是的，大人好记性。是张庆张大人怜悯我无亲无靠，让我到这儿守驿站。现在，有了家室了。"说罢，驿差唤来妇人和玩泥巴小儿，一家人给杨占鳌磕头。杨占鳌抱起小儿，让他捏泥巴的手摸自己的胡茬。黄氏会意，取出二两碎银赏那小儿。

驿差是个念旧的人，对众人说："什么也别说，大伙等着，我有一坛老酒。马上请人宰羊炒下酒菜。"

房间挤不下，好在天气暖和，张庆参将让驿差在空地烧堆火，众人摆桌搬凳，旷野里围着火堆边吃边聊。附近村民得知，拿来美酒佳肴，陪杨大人说话，大伙唱歌跳舞。驿差娘子让人檐口挂起一盏红灯笼，门上扎起花红彩绣。祈铁解卸下围裙，专一揽那养眼苗条的村姑村妇跳一个夸张的摆手舞。

众人热情很高，其间不断有人阖家给杨占鳌磕头请安，说是大人一到，开民屯、减租税，减差役，治贪官，他们才有此平安。杨占鳌酒喝高了，想着此去万水千山，黎明黄昏，再难来此畅游，脱下长衫，舞剑作歌。只见他边舞剑边唱傩言腔山歌："汉有卫青，塞上腾骧。我名占鳌，沙场飞扬。山也苍茫，水也苍茫，七年功满，携姬回乡。人生得意，朋友情长。"那傩言腔情长悠悠，旷地清唱，最是绵长。

天旷高远，人生素怀，功名富贵也不过如此的了。瞿三哥拉着驿差手说："今感盛情，他日若过此地，一定会想起来的。"

两位信使也高兴，陪着大伙一直喝，一直唱，一直跳，说是此情此景一定如实上告圣聪。直到玉兔东升，杯盘狼藉，大伙才依依告别。正是：

人生如梦亦如故，塞上篝火照江湖。

歌鼓夜色恣草碧，坐看无处不含英。

二十天后，杨占鳌携着黄氏四人到了京城。到底是帝辇之下，繁华超过杨占鳌所到过的所有地方。祈铁解更是高兴得手舞足蹈，说是跟对了主子。信使领着杨占鳌到驿馆暂住，接受培训朝见礼仪，等待召见。

同治皇帝病重，由慈禧太后召见，杨占鳌在朝堂上三跪九叩。慈禧问杨占鳌从军情况。杨占鳌跪泣而奏："臣自咸丰四年投湘军，今满二十载整，为国效命，赴死疆场。然不敢言寸功，无奈长毛炮子折伤复发，老母挂念，不得已请辞。愿我大清江山永固，太后老佛爷吉祥。"

慈禧太后和蔼说声："你起身回话。"杨占鳌说："喳！"

慈禧语气沉重地说："占鳌哪，外国佬想吃我们的肉，南边侵扰江海，西北欲吞新疆；地方又多事，先是南方闹长毛，后是中部捻军，接着西北出事。你为大清开疆拓土撂下这伤，回头让宫医医治，治好了才能走啊。"杨占鳌叩谢。

慈禧太后又说："左宗棠多次奏明，你为官清廉，治军有方，战功卓著，整饬地方吏治，民生颇得改善。成禄也曾说你本分忠实。你长年征战在外，年俸积蓄不多，回家开销一定很大，今赐你黄金千两，以表功德。回到家乡，走看一下跟随你从军战殁人的家属，有些没有得到诰封的，大清对不住他们。再就是看看能否做点实业，不至座吃山空。我若到湖南，是要传唤你的啊。"

杨占鳌磕头谢恩，跟到太监到医馆就诊。太医馆里一个高个长鼻子洋医生，给他创口部位打了麻药，动刀划开肉皮，果真把嵌在骨头里的铁砂取了出来。杨占鳌坐养三天，伤口愈合，便起程回家。正是：

归来见天子，太后坐朝堂。
赏赐金千两，送臣还家乡。

杨占鳌回到馆舍，正准备起程回家。清宫医馆官领着一个持拂太监，让杨占鳌接旨。医馆官让人摆上香案，杨占鳌跪下，太监清了嗓子宣读："奉天承运，皇帝诏曰：前甘肃提督杨占鳌，自咸丰四年投军，为国效命，驰骋疆场二十年，炮子折伤复发请辞，太后特赐黄金千两保养衣食。虑其路途遥远，携带困难，折成银票，着于长沙湘军府台斛兑。钦此。"

杨占鳌领旨谢恩，黄氏慌忙从包袱中抠出五两一锭银元宝，杨占鳌双手奉上："感谢公公传旨劳累。这点银子不成敬意，望笑纳。"

那太监看一眼元宝，笑了。说："来时皇上交代，若拿尔辞官人的钱财，要被掌嘴折手的。也罢，听说你有上好茶叶，可否给咱家一点？"

太监语气温软，并无强索之意。只是那老脸上无有半根胡须，声音怪怪的近于娘娘腔，听得悟性和祈铁解相视惑然。

黄氏把包袱中的纸包打开。杨占鳌羞颜奉上："只有这么点了，请公公悉数笑纳。他日到古丈家中来，再孝敬您老。"

京城和古丈相隔千万里之遥，太监那个年纪，只怕为了杯中之饮长途跋涉，舟楫劳累，骨头也是散架。所以杨占鳌是极尽殷情邀请，量他不会真去。

谢了太监和医馆官，杨占鳌五人坐上马车，欢欢喜喜出发。在此要附加考究的是：朝廷奖励辞官重臣千两黄金让其归有所依，本属正常，只杨占鳌回到家乡，建房置田逍遥过日，引起当地人妒忌，有好事者杜撰，据说慈禧太后询问古丈风景之事，杨占鳌随口说出古丈民谣：古丈风景秀丽，上有猛虎跳涧，下有牯牛沉潭，前有蓝伞一把，后有靠背梁山。慈禧赐赏是叫他回乡架桥修路，方便日后到古丈观景。试想小小古丈坪散厅蛮荒瘴疬之地，车船不通，大清时值内外忧患，老佛爷哪有心情到相隔千万里外的旮旯一游。如此编撰"据说"未免牵强。果真如此，也不合律例，地方建设应由工部逐级下拨钱款才是，怎会让一个辞官人员代劳。可见悠悠众口，积毁销骨，此是后话。正是：

> 小小古丈厅，孕蕴正一品。
> 赏赐金千两，"据说"为观景。

第十七回　湘沅访名茶

先前，杨占鳌主仆五人包袱中放着些几年来的薪酬积蓄，特别是瞿三哥，筹运采购马队，辛苦汗水积蓄，差不多有杨占鳌的那么多了。杨占鳌正愁路上带着千两黄金不安全，如今捧着圣旨和银票到长沙兑换，路上自是省心了。于是一路看山高水远，了解村风民俗，口服沿途各色小吃，过黄河，越淮河，二十天后方到长江边的江城。

杨占鳌曾在江城领兵作战驻扎数日，黄氏却嚷着要上黄鹤楼看看。黄氏有孕两月了，杨占鳌处处依着哄着伊，瞿三哥找到一家熟人客栈，寄存包袱，五人寻路登上黄鹤楼。时俟日暮，但见江边飞鸟乐，苍山暮霭捣衣愁，鹦鹉洲前，点点过船，俄尔缕缕夕烟，千万灯火斑斓，风拂柳条月移云霄。祈铁解看着一个劲说"好呀，妙呀"。悟性脱口说："到底是江南景色，有山有水有树有人气，全不像甘陕，沙尘飞天，冷得打抖，皲得一脸麻岔裂口子，不是人住的地方。"

杨占鳌无官一身轻，鸟瞰长江风光，也是沉醉的了，随口吟起李白的《与史郎中钦听黄鹤楼上吹笛》："一为迁客去长沙，西望长安不见家。黄鹤楼中吹玉笛，江城五月落梅花。"黄氏听了，知是夫君多少有些触景感怀惆怅，缠绵着咏李白的《醉后答丁十八以诗讥余捶碎黄鹤楼》："君平帘下谁家子，云是辽东丁令威。作诗调我惊逸兴，白云绕笔窗前飞。待取明朝酒醒罢，与君烂漫寻春晖。"杨占鳌笑说："说得好，回忆不可追，什么值得放下。夫人哪，回到古丈坪，男耕女织，逍遥自在，夫复何求。"

"这就叫作夫唱妻随。"瞿三哥附和道。

回来街市慢走，黄氏在摊点上挑选时令水果，秤了两斤鸡血李，忽地当面来了一队人马，主骑坐着长江巡防驻地长官刘运仲。杨占鳌唤了黄氏赶忙退到一边，瞿三哥正要张口打招呼，被杨占鳌摇手示意制止。

回到客栈，店家早已摆好饭菜，套近乎问瞿三哥："快半年不见军爷马

队来，今天怎这身行头。我这有批紧俏货，要不要，不要我送左公子了。”

瞿三哥不明白见到湘军刘运仲时，杨占鳌为何示意不许他打招呼，现在又怕说岔了，只管执箸夹那豆芽菜中的肉片片：“要，到口的肥肉怎么不要。今天我把东家领来了，你们面谈。”说着用嘴巴努了努杨占鳌。

杨占鳌噎着口饭，心下暗骂瞿三哥：总是不经意间弄出点口舌来。一边友好地和店家打招呼：“我们有点其他事，货暂时用不上，你先斟兑给左公子。要时让瞿守备大人与你联系。”

店家走后，杨占鳌对瞿三哥佯嗔：“我是自愿辞官不干的，还与刘运仲打什么招呼，让他如何称呼我，如何给我施礼，瞿守备大人若反悔，我写个信札推荐给黄翼升总兵，要不给彭玉鳞，他们多少会尊我些往日交情薄面，保尔长江水师中谋个差缺。”

悟性和祈铁解一怔，与他们不相关，继而埋首吃饭不误。

瞿三哥知道杨占鳌生气了，尴尬自嘲着说：“我只不过是权当乐子说说，大人你生什么气。这餐饭算我请客。我错了还不行。”

杨占鳌缓了语气：“这还差不多。官以前得当过，现在是平头百姓，划算回家如何过日子才是正经，不要老想着从军那些风光事。还有，以后少‘大人大人’地唤我。”

黄氏打诨：“这里又不是公堂，不是提督和守备了，还那么板着脸讲话。吃饭！”说毕，夹了筷子豆芽菜放到杨占鳌碗里。

一宿无事，次日租船进洞庭。时值秋雨期，船至洞庭山，湖水翻涌，江豚乱跳，船家说湖神发恼，一天内必有大雨，行不得船。杨占鳌想：反正不急回家，安全第一，遂让泊船，船工便上岸架锅炊饮。瞿三哥说此山是洞庭湖中第一锦绣仙山，产上等毛尖茶。船上空间有限，黄氏说何不上山一玩，杨占鳌动心了。黄氏想玩尽量满足，何况还有那么多前人留传下来的美丽事迹，特别是柳毅与龙女的故事。杨占鳌告诉船家等天晴再开船，单独留下悟性看行礼。祈铁解没忘记言语激怒悟性，恼得悟性愤恨踢他。没踢中，倒把自个的鞋踢脱了。

洞庭山高二十多丈，长约两里。沿路上山，众人看到惬的一个旖旎好景致，云雾氤氲中，四周环水，真如唐李白所述：“帝子潇湘去不还，空余秋草洞庭间。淡扫明湖开玉镜，丹青画出是君山。”瞿三哥饶有兴致地介绍，他先前采购货物时，几次路过这里，听货商说洞庭山原名湘山。“流传的神话典故好多，传说舜帝的二妃娥皇、女英曾来这里，死后成为湘水女神，后人便把这座山叫作君山了。历代以来，山上曾建有三十六个亭阁，四十八座庙，还有五井四台，国朝战火延年，到如今落了。听说雪帅彭玉麟拔出公帑，修葺了二妃墓，石刻对联：君妃二魄芳千古，山竹诸斑泪一人。开头两字合为'君山'。"正是：

隐隐云间儗瀛洲，氤氲水间泊琼楼。

八百里风光无数，四千年古迹云风。

大家在瞿三哥的蛊惑和一知半解的介绍下，兴致地又游玩了湖中另一个岛屿。岛离君山数里，面积大小相当，上面有树有竹。众人越过树丛和竹林，走到山顶，看大小山包，湖雾朦胧，湖水淼淼，感怀仰慕。最后看得黄氏累了，杨占鳌扶伊路边突石块上休歇，忽听树外茶叶地有人清浅吟唱雍陶的诗："烟波不动影沉沉，碧色全无翠色深。疑是水仙梳洗处，一螺青黛镜中心。"杨占鳌寻声走近，立于路坎边与之招呼。那人五旬有余，竹笠短褂，携妻茶叶间劳作，见之倒也热情，走过来还礼。那人姓方，单名一个堃，原在巴陵厅衙任过书办，太平天国退出洞庭湖后，辞职回来，与妻相守家业渡春秋。

杨占鳌老早听说过洞庭出好茶，也饮过银针和白毛尖，君山银针是黄茶，不大对他胃口，唯有君山白毛尖与古丈炒青茶近似。杨占鳌便请教方堃此处产好茶的先决条件，方堃说是岛上土壤肥沃，多为砂质土壤，气温平和，湿度较大，春夏季湖水蒸发，云雾弥漫，岛上树木丛生，自然环境适宜茶树生长。"当然，当地种茶历史久了，人们掌握了一套传统的炒茶技能。所以君山银针和君山毛尖很是出名。"

看看时近黄昏，方堃说闷热，蚊蝇欺人，不妨请大家移居他家，看他炒茶。天阴阴的，空气中几乎拧得出水来，地上湿气大，杨占鳌虑黄氏久坐石头上不利身子，又思眼福炒茶，便依允了，让祈铁解下山告知船家，多带些菜蔬来办晚饭。

方家住在山包下，一栋三间房，前院小坪场边植时令果木，屋檐外接着一个小木楼，竹篱作壁，干净明亮，后院接灶厨和牵萝朴屋的杂物间，另一边是一排厕房，围篱内有鸡鸭咶叫。家中还有六旬老母和仨孩子，大的女儿

十岁，两个小的儿子，一个八岁，一个四岁不到。寒暄过后，黄氏懒倦，睡意愆起，方塬浑家扶去内室休息。杨占鳌感谢好意，说是借睡在小木楼上即可。

不一会，祈铁解和船家伙计带些菜蔬来办晚饭。祈铁解自作主张，从邻船渔户秤两尾鲜鱼。方塬见之，说："客官见外了，我这小户人家，虽说没有什么好吃的招呼大家，杀两只鸡鸭还是办得到的，怎能让客人破费。"便让浑家领祈铁解和船家伙计去灶房生火做饭。

方塬从板壁上取张竹簸箕，倒出篓中的茶叶摊放，让老母和三个小孩帮忙，拣掉虫伤叶，紫色芽叶，风伤叶，鳞片和对夹叶。方塬自个忙着准备炒茶用的柴火。瞿三哥和杨占鳌插不上手，四处走了下。回来路上，杨占鳌捡到个黄缘龟，拿在手上看玩。瞿三哥说："看来真是要下雨的，这畜生爬到高处来了。"杨占鳌笑说："别看这小畜生，可是味上好的草药。"回到方家，方塬见之，惊喜说："我住了好多年，只见过几次，客官一上岛就得到此等宝贝，定是大福大贵之人。知道么，这里是有俗话称赞此龟的。"随即念念有词："摸摸金龟头，活到九十九；摸摸金龟背，荣华又富贵；摸摸金龟爪，飞黄又腾达；摸摸金龟板，祛病消灾难；摸摸金龟尾，子孙都和美。"

大家挤上来争看，摸了龟头摸龟背，摸了龟爪摸龟板龟尾，祈愿沾些吉祥。杨占鳌看众人虔诚地摸，哑然失笑，就这么个小龟，还有如此能耐，不过药效是神奇的了。众人摸后，杨占鳌取出个布囊，把金龟装进去，他日备作药用。

方家也是热情，杀了鸡，取出一坛米酒，吃得众人畅快，两小儿吃得两腮沾满油。瞿三哥吩咐船家伙计，提着两竹箪饭菜送到船上去，让船家和悟性用作晚饭。

吃过饭，方塬浑家洗刷炒菜用过的菜锅，直洗刷得光亮。方塬另备一张干净簸箕，边忙活边介绍，说采的鲜叶要细，最好是一芽一叶初展，或者一芽二叶初展，太粗了就不行。"现在是夏茶了，味淡，白毫没有春茶多。但是只要炒得好，还是卖得到好价。"方塬很有信心和把握地说。

瞿三哥相信，因为马队买的君山夏秋茶，到西北军队和富堡主中，是当上等好茶出售的。

看到浑家生火，方塬说："莫看烧火，我们这里俚语炒茶，烧火人才是师傅，炒茶的只是徒弟。"

杨占鳌笑说："看不出，原来炒毛尖茶要男女搭配。"方堃便说君山毛尖的工艺要点：鲜叶要采得匀尽，老嫩一致，分摊萎凋要适中，不能过厚，像今天这个高温热天，摊厚了红梗。"再就是杀青、摊凉、揉捻、炒二青、摊凉、做条、提毫、足火工序，锅温、手法全凭经验，常说把戏要过手，反正炒多了就能掌握，讲起来有的地方不真实全面。"

忙碌半天，出锅后，方堃轻筛一下，根根茶叶顺列，果然白毫显露，条索坚固，色泽油润。杨占鳌取少许闻之，质地嫩香，祈铁解迫不及待，洗了黄氏所备的白瓷茶杯，取茶冲泡，观汤色清澈明亮，叶底鲜嫩，黄绿匀壮。杨占鳌持杯视之，见水汽轻飘，饮之滋味鲜醇甜爽，再看杯中荡漾茶芽叶成朵，如盛开之菊花。

黄氏经于茶道，通过观形，闻香，品味，称赞绿茶中的上品。方堃浑家说："才出锅的毛尖茶味浓，妇女小孩和老人一般不饮和少饮。"出锅茶待冷却后，拣剔老、焦、粉和杂渣，用桑皮纸包封，贮放一段时间再饮。其实就再没有青草气了，茶味水味醇香绵长。

方堃说："春茶平常茶农家都喝不起，因为量少，被官家定为贡茶。所以我们采夏秋茶才是自家饮用。"正是：

君山毛尖本平常，色若龙井清汤漾。

味着碧螺钦贡尖，平常百姓最恨尝。

方堃收拾了小饭桌，放上水果，品茶交谈。一会儿，屋外不觉下起响雨来。方堃说："今天采的鲜叶炒完了，想毕舟楫劳顿，大伙累了。下雨吹风退热，正好睡觉。"于是，杨占鳌与黄氏睡那小木楼上，瞿三哥和祈铁解借睡在方家的厢房中。

次日吃了早饭，响雨时下时停，淅淅沥沥没完，杨占鳌等人被困住了。方堃说："有一出叫什么来的，这是天留客。"

方堃浑家端来茶水，杨占鳌却不许黄氏享受。黄氏娇嗔问其故，杨占鳌说古丈习俗，孕妇饮茶，弄不好会使婴儿瘦小体弱。瞿三哥和祈铁解附和，都说茶只能是身体强壮者饮，病人吃草药当是不能贪饮。

方堃忙问古丈产茶情形，祈铁解大言炎炎，说古丈坪三个人中，两个人是做茶的，还有一个人是卖茶的。瞿三哥怕他再扯下去不好收场，便问方

垄，这洞庭山出好茶，卖价怎样。方垄说上等好茶一般到岳州出手，走水路远处江城和长沙等地，另有马帮收购或定购。"就是湖区湿气大，多寄生虫，春天发病，稍一不慎，人畜毁矣。"

杨占鳌问可有防治之策，方垄说房屋前后只有勤打扫，燃烧杂草枯渣保持干净，最好是撒石灰和雄磺，喝热水。还有就是茶能解水毒。

说来说去，又讲到茶上面。杨占鳌问当地贮茶良法，方垄说不外乎从防潮保香上下功夫，若是上好茶叶，在瓦坛中放置一屋石灰，隔上桑皮纸，将茶叶用桑皮纸包好，置于其上，用棉花将坛口封住，每隔一至两月，湿度不大时替换石灰。这种方法主要是利于茶叶干燥，弱点是存放久了，茶叶的香气减弱。还有一种方法是将石膏烧热捣碎，铺于箱底，上垫两层桑皮纸，将茶叶用桑皮纸分装成小包，放在上面，封好盖箱。

杨占鳌说与古丈传统贮藏相近，注重一个干燥低温。不过石灰和石膏在古丈坪欠缺，多是用木炭作为干燥剂，弱项就是保存越久，香味越差。

祈铁解对茶无兴趣，屋檐下来回走动，又无聊地端起碗牛饮两次茶水，他好动，现在风雨天不能户外活动，羡慕悟性这时一定在船上放钓。和尚怎能杀生呢，他想又不对。一会儿方家小儿注意到他那铁解，总算有了知音。取下铁解让方家小儿看，还教他如何使用。

俗话早雨落到鸡上笼，到了午后，总算风停雨住，霭云堆天，满湖染绛，帆船移动。杨占鳌扶着黄氏与方家告辞，临了，又让瞿三哥把方垄家昨天炒的毛尖都称了。杨占鳌说："重阳节后，多收集点茶籽，等到明年春天我让人来取。"

"只要你肯来，我炒上好春茶款待客官。"方垄领着妻子和大女儿，送大家下山。顺便准备到湖边放罾，雨后湖中好撒钓。

别了方家仨，上船，船家开船，向湖中进发。不日到了长沙，杨占鳌持圣旨和银票，从省衙取出黄金。悟性和祈铁解四下联系，镖行请了两个长相紧凑利索的镖师，租车起程。杨占鳌不想在长沙停留，辞官一心回家待奉老母和家小，若让往日湘军同僚看到，少不得拜访，不知情的还以为他落了想寻个差缺。

行到益阳，少不了进黄氏娘家停留。黄十然和何氏两年前先后谢世了，杨占鳌到墓前上香。黄氏有孕，腰束草索的两个哥哥不许去，伊在堂屋嘤嘤哭着祭祀。

次日，杨树浦入赘的向明伦得知，硬要请杨占鳌等人到家中吃饭，述说兄弟情谊。向明伦买了一担五斗谷种的水田，日子过得殷实，就是少个知心朋友，浑家何氏虽是贤淑，何家两老作古，妻的弟媳却处处嫌那养女起来，背后说什么向明伦夫妻接连生了三个儿子，冥冥之中占了杨树浦男丁的名额。向明伦有军功，多少有些官势，妻的弟媳明面不敢造次。养女向秋月，已经十五岁，长得白面柳腰，亭亭玉立，见了杨占鳌和黄氏，道万福唤叔叔婶娘，又拜瞿三哥，口称"叔父"。瞿三哥开心极了，扶起向秋月问可曾受阿爹欺侮。向明伦说："一见面就挑唆我父女不和。你想得美，秋月会听你腊着老麻脸胡扯？"

正推掇热闹，曾经跟随杨占鳌在湘军中的杨树浦三个人，领着妻儿一大群过来，一起给杨占鳌和瞿三哥行大礼。瞿三哥笑说："这哪里是行礼，分明是抢劫。"快活地取出包袱中小口袋，让祈铁解给小字辈分发。

祈铁解分发后，抖了抖布囊，表情无奈地说："三哥，还差二两。"

"我计划好了的，怎会少？这点钱你都敢抠，可以走人了。"

"三哥你够精的，就开个玩笑，莫当真唠。"祈铁解乖乖地把藏于袖中的一锭白钱取出来。悟性笑之："跟三哥玩手脚，忘记他管理马帮与钱打交道么。出丑了不是。"

向明伦领杨占鳌和瞿三哥，走在田陌中看他家的稻田。时值水稻收割，向明伦二儿领着三儿，田中拔稻荏捉到一条拇指头大的泥鳝，用细葛藤缚着鳃处，并不是从泥鳝鳃穿口中缚之。杨占鳌提着泥鳝，看到那个缚法，眼泪笑出："后养的先乖，我小时怎么不晓得可以这样绚泥鳝。"把泥鳝还给三儿后，杨占鳌又说，"明伦哥子，原先你答应捉泥鳝炒菜招待我，不会就只这一根吧？"

瞿三哥忙说："我早上请你来时，就唤佃户到田沟抠泥鳝了，怎么用一根接待。这是小儿好玩，再说一根泥鳝炒菜招待提督大人，传出去不笑成古话了。"

酒桌间，向明伦问瞿三哥回去打算。瞿三哥说像他一样，到五车买点田地，再成个家，安稳过日，若是闲闷无聊，拿把光油伞，穿起布鞋，到古丈坪看杨占鳌王福山他们喝茶好玩。向明伦说也想回去，这里虽好，终是入赘外姓，加上养女秋月，一起有两双儿女了，何氏又有喜了。"现在还行，就怕下代吃亏。"向明伦最后说。正是：

陌上稻熟喜逢迎，小院蔬篱八年亲。

妻娉女婷幼子涕，客居良园思梓回。

　　黄氏想多住些日子，因为亲爹和疼她的大娘都不在了，虽说哥哥疼爱有加。终是成家之人，再回来时路途遥远，意义也就变了。时光不能静止，衰老和病痛袭向年迈的父母后，无情又符合自然规律并从此改变了归宁的内涵。曾经有多少欢乐，而今就有多少泪水思念。一连住了五日，镖师委婉说若耽误久了，让山林剪径探听到，他们人手少，路上安全没有保障。杨占鳌虑黄氏身孕，哄催伊先回家，等孩子出生后再来，想住多久都行。

　　第六天，黄氏依依别了两个哥哥和亲人，随着众人出发。

　　到了桃花源，经过武陵打鱼人故地了，杨占鳌停了下来，让瞿三哥租船陪黄氏游玩，他则领着悟性师兄上乌云界。听方堃说过，那个地方产上等毛尖茶，要去印证一下。宋人苏轼有《介亭饯杨杰次公》："篮舆西出登山门，嘉与我友寻仙村。丹青明灭风篁岭，环佩空响桃花源。前朝欲上已蜡屐，黑云白雨如倾盆。今晨积雾卷千里，岂畏触热生病根。在家头陀无为子，久与青山为弟昆。孤峰尽处亦何有，西湖镜天江抹坤。临高挥手谢好住，清风万壑传其言。风回响答君听取，我亦到处随君轩。"

　　山高路远，花了一整天，杨占鳌在山上遇到一户张姓人家，求得毛茶一包。那老叟说早先听祖上说山上茶进过贡，现在兵荒马乱，村稀人少，茶叶没人管理，早是荒落了。又说既然是古丈坪厅人，何不顺路到辰州府管庄看下，那里也有介亭茶，成色极好。"听说是晒青，不是炒青。"老叟最后说。

　　杨占鳌谢过老丈，高兴下山。悟性不明白，杨占鳌还没到家，怎一路上对茶那么上心起来。要去，酉岩山庙，西山寺都有茶，不都是那么个味道。杨占鳌只笑了笑，不置一词。

　　再向西行，山高路迁，朝发暮宿，行走慢了，杨占鳌听了瞿三哥倡议，遂改为走水路。两天后巳时到了辰州，早有古丈坪杨家十多人等候两天了。本家人问了冷热，瞿三哥包了一个饭庄，楼上楼下摆了两桌酒菜，吃得杯盘狼藉方罢。杨三同年轻，体大强壮，陪了二哥二嫂陪瞿三哥，陪了祈铁解悟性陪镖师，吃了五碗米酒也不曾醉。

　　看到离瞿三哥家五车近了，杨占鳌拍下他肩膀说："瞿三兄弟呀，你在军中也是五品官，现在不要陪我了，多采买点日用品和手行，放心回家去吧。等安排好了，黄氏坐草就让人来喊你，到古丈坪坐些天，帮忙到团近走了的兄弟家坐坐啊。"

瞿三哥说："既然大人这样讲了，家中又不宽敞，我就不请你们去歇脚。过一会村邻开船来，我再去忙不迟。明伦哥子让我代他买两担种谷的水田，等房子翻新，一切忙完，我就来。"

于是，镖师交割完毕，揖手，搭顺路船回去了。

一会儿，瞿三哥领着祈铁解也是径直去了。

杨占鳌送走两路人马，看黄氏房中睡得香，掩门下楼，唤来大哥和小弟，问及家中短欠，开具货单和数目，让大哥领着同来族人沿街选购齐备，又让小弟到码头租两条大点的船，次日天亮沿酉水河回去。走旱路翻坳爬坡，担心黄氏坐轿也不舒畅，走水路要平稳些。

枯水季节，行船缓慢，好几处滩上请纤客拖，到了镇溪已是下午申时，船拢岸泊之，喜天气凉爽，没有刮风下雨。同来家族个个高兴，晚上并无多少睡意，几个好动的问船家借了网，又在船沿放钓，大半夜弄得一木盆鱼。杨占鳌好久没如此轻松过，积极参与此项活动，让人把鱼肉剁碎，拌面粉油烹，就着月光，吃酒谈笑，直到一更方歇。

次日午时到大栏坳，十多人各自排草鞋耳子，用箩筐挑行礼。有人告诉河边钓鱼的王福山，王福山甩了钓竿慌忙过来行礼，赶快唤族人搬来他家的花轿。黄氏上轿，王福山争着要抬轿，争执不下。最后，杨占鳌和王福山一起抬轿。抬半路，到底两人吃不消了，让人替换下来，两人在轿后边说边走路。

杨大人回来了，全家欢喜。特别是五少爷杨圭臣，一直没有与父亲蒙面，原来父亲真的高大，坐在那儿气场十足，还有个好看的二娘。他在伙伴们中间就更有威望了。

多少年来，古丈坪才出了这么个大角色。一切繁文缛节自不必说。亲戚，亲戚的亲戚；朋友，朋友的朋友；三亲六舅，七姑八姨，攀得上和攀不上的，杨家整日络绎不绝。杨占鳌想安静不成，又不好明里怠慢，其中相当一部分是旧部和旧部亲属，得小心殷勤陪侍。幸好谢氏贤惠，让杨三同找十多个村邻和本家，整日挑水洒扫，烧火做饭。有些人来了一次来两次，一人来过后一家子来，吃了早饭吃中饭，吃过晚饭等夜宵，杨家私塾晚上当牌场赌桌。又有古丈坪厅的七品官八品尉，挨过递柬，白天邀请，晚上叙话，今

天请杨大人参考建营房，明天请杨大人给拿主意建义学。远处辰州府溪州府迁陵府乾城府，不时有官员持帖子拜访。愣不丁三教九流，江湖艺人也在杨家门前耍一套打狗棍、莲花乐、三棒鼓兼九子鞭，舞得黄氏又好气又好笑又有点烦。谢氏招呼家佣做事，自己小心陪着黄氏解闷。

搞了一个多月，直到杨占鳌身体吃不消，受了风寒咳嗽起来，来的人才少些。正是：

万里风云三尺剑，百战归来可种茶。
繁文缛节何时了，多备果茶怼闲暇。

第十八回　置家泽桑梓

　　杨占鳌脚痛还没辞官时，就写了家书，让家人新建宅院。杨大同和杨三同商量，征询李老夫人和谢夫人，选中厅城北门边张家、王家、符家搭界菜畦，两块坪一起有三亩多，临街搭有个打榫三间木房，请来泽脱枯的彭姓风水先生，摆了罗盘。张家、王家、符家听人说那是块好风水地，反悔不卖了。谢夫人和李老夫人商量，家中没有多余钱米，又不知道杨占鳌要建怎么样大小的房子，告杨大同和杨三同：先筹备木料和火砖，等杨占鳌回来了再建。李老夫人替邻里作想，让杨大同告诉张家、王家、符家：若真的反悔，退回定银就是。

　　杨占鳌回来了，黄氏有孕，动不得土，要等孩子生下来才能建房。张家、王家、符家见杨家没有建房的动静，慌了，暗想许是那菜畦不如杨占鳌的意，要不然怎么不见响动，就有些埋怨出烂主意的人来。杨家出的价钱公道，何况是现钱。三家人一合计，厚着脸皮上杨家门找谢夫人。于是钱契兑换两清。

　　建房推迟，家中来客没有减少，天天两三桌流水席，虽是秋收，几个月过后，家中那点存粮吃得米桶见底了。杨占鳌便让杨大同喊十多人，到惹必湖石财主家去买粮。事先已经让王福山联系好了的。

　　惹必湖在酉水一个小支流山湾中，沿河平坦，有良田千丘，村里石姓两房，二房石财主是出名大户，年收租谷上千担，光庄场就有五处，囤积许多陈谷，正愁新谷没处放。石财主五旬有七，体格健硕，只有点秃发，为人热情周到。既然是杨大人的大哥领队，石财主巴结还来不及，请杨大同等人吃了中饭，随即堂屋四方桌上用戥子称了银两。其后，石财主铺开金花笺，戳上红泥方印，吩咐雇户拿着笺帖，领杨大同他们到龙家湾庄场秤粮。那样，杨大同他们挑粮少走四里多路。石家捐了两个差缺，两儿子到溪州府和辰州府衙当差，石财主送杨大同出院门闲话，口气也就大了，不经意赛起富来，说："听讲杨大人回来了，好多人到你家赶台子，才十月间，弄得你家圆桶通眼了。"

杨大同是个实在人,说:"实不瞒你,二弟才回来时,一天到夜,进进出出,六七桌流水席放早工,现在一天还要两三桌流水席。我和三同合起来一起才八斗谷种的田,加上汪家坪和屋后半坡茶叶地里五只牛角的苞谷地,哪有存粮。秋稔那点粮谷,前两天就搞干净了。向下河板栗坪向老倌家买了二十担毛谷后,就不肯槑了。团近只有石老爷你家才有这些谷。"

后一句分明是讨石财主欢喜。石财主呵呵作笑:"那是的,除了我这里,怕没有二家人有上船拖的谷米了。我说大同啊,杨大人回来,你家肯定要买田,反正我家两个儿在衙门吃皇粮,陈谷多了吃不完,不如罗江河沿、屋背后龙家湾庄场的田全斠送你家。"

"那当然好。让我转去就告诉二弟,再给你准信。"

石财主又说:"古丈坪上溶湾,下溶湾,蔡家河三处一起,我家还有五担谷种的田,龙矶寨还有四担谷种的田,水源好,旱涝保收,我年纪大了,难操心管理,若要都斠送你家。"

杨占鳌听了,让石财主派人领路,到田间察看水源和界限。协商后,一边秤银,换写契约,卖下石财主古阳河团近十三担谷种的田。

到了冬月,下河村族打冤,枞树坪和王家堡有人着捉肥猪,变卖田地赎人,哭着找到杨占鳌买他家十五担谷种的田救人。杨占鳌想了下说:"我才回来,若替你们强出头,怕逼急了撕票。你们暂忍耐些,等把人赎回来,后头我慢慢生生让他们成倍吐出来还你。"

听了杨占鳌的安慰,几人千恩万谢,拿着钱去赎人。

后来,杨家又买了蔡家河成片十担谷种的田,古阳河上游买了四担种谷的田。

李老夫人说:"老二,有四十二担谷种的田,吃的足够了。家大业大,人家眼红惦记起来。再说那么多田,难管理操心。"

杨占鳌听了,说:"老夫人教诲的是。我想多买些田,除了补贴家用,也好接济亲戚。那些跟着我参与湘军的阵亡家属,天灾年程和五黄六月,少不了拖儿带女上门告饥,总不能让他们空手回去。再说我少抽一两成租,也让雇户有个保障。"

谢夫人想了说:"那也用不了那么多田,还要建庄场囤放,又多要人护理。听老夫人的,莫买了,若是饥年短欠,到辰州槑些谷米来周济就是。"

杨占鳌随了老夫人和谢夫人的意,后来把路远不善管理的田卖了,斠换成近边的桐茶山林。为了照顾辰州亲朋好友，又让瞿三哥在五车买了三担谷种的水田，也便于往来辰州开销。

转眼秋凉天气，黄氏下楼，一脚踏空，从楼梯上滑下来，虽只两级木梯，屁股跌在地上，一股股血流出，腹中绞痛难挨。杨三同赶快到西门外请伍郎中，伍家祖传行医，医术在古丈坪是最好的了。伍郎中把了脉，开了个草方子，谢氏便出去抓药。伍郎中说："有一味药难买到真的，我随你一起去，药店才不会弄错。"

出了大门，走到无人处，伍郎中哭丧着脸对谢氏说："诰命夫人，今天月亏，是重日。我怕杨大人责我，不敢讲实话，还望诰命夫人救我。怕是华佗再世，也保不了胎儿。"

谢氏犯难了："你倒撇脱了，那我怎么办？这药如何抓得。黄氏服了药小产，我的嫌疑不是跑不脱？"

两人犯了难，伍郎中战战兢兢说："都是我只顾自己。大不了回去向杨大人说清。"

谢氏想了说："算了。我这就回去，说是没拿钱，顺便找机会告老夫人知道。你先回去吧。"

黄氏流产，杨占鳌十分沮丧，全家人也没了笑容，最伤心的是黄氏。杨占鳌和谢氏整日殷勤服侍，李老夫人宽慰黄氏："没事，你们还年轻，看开些，养好身子，到时再养。"

> 深秋小冷不成寒，晏坐火炉煮香茗。
> 疏枝孕朵横蹊路，花蕊晚来一春梅。

过了几个月，黄氏心情有了好转，杨占鳌吩咐家人：修建房屋，图纸他已设计好了。坐东北，朝西南，特地吩嘱后院建个三层木楼，供女眷专用。

次年秋天，经过大半年忙活，杨府落成，杨家照例摆酒席请客。乡邻往贺，分享杨家受诰封皇恩。其间少不了衙门官差和戴顶子的官员参观杨府华堂。

杨府是当时古丈坪最大的宅院，占地四亩，青岩作基，火砖浆砌八尺多高围墙，起弧墙头饰檐，盖小青瓦，八字朝门前五步阶沿，打造一对人高护宅石狮，两扇厚重的大门，彩绘执戟和执钺的门神，门楣上悬着绿底金字匾"堂开书锦"，那是杨占鳌修葺嘉峪关时，请左宗棠书写城楼匾，喜其书法，

特地索要的。进大门一连三进厅堂，左右两个洞门通向两侧院，院内计有四十多间房子，八个天井，后院两侧各5间贮仓，院西北另砌女墙设马厩，外开耳门。三层木楼亭阁前是两分多地的菜畦兼花园。

主客相欢，拜访中不乏随杨占鳌从军的古字营家属参与帮工，乔迁时又有一些贫苦家属老幼门前讨赏。谢夫人领着弟媳和张香丫鬟，门前搭起粥棚，舍粥三天积善。黄夫人高兴，分享贫苦人对杨家的广德。

杨占鳌少时寺庙习字，读过四书五经，抄写过三坟五典，八索九丘，功成名就，封妻荫子，光耀门庭，足慰平生矣。遵从李老夫人意，壎篪和好弟兄贤，老母心下欢忭，行孝悌，把大哥接进东边天井居住，小弟家居西边天井。第一个天井会客自住，第二个天井谢氏，第三个天井黄氏。侧院后间，西边天井包厨兼账房，东边天井学馆。全院便住了八十多人。

后院天井住李老夫人兼书房，堂侧供着慈禧太后赏的白绢百佛图，是赵子昂的真迹。堂上供双眼花翎和皇马褂，每月初一和十五，杨家人齐聚堂前，拈香参拜，望阙谢恩。正是：

戎马疆场二十年，蹒跚归来显门楣。

双花翎和皇马褂，月月拈香谢皇恩。

接到请柬的瞿三哥，让个二八年岁干净齐整的青皮后生背包袱和油漆长伞，雇顶小轿，抬着有一个月身孕的乖乖媳妇向氏来杨府探亲。瞿三哥堂前给李老夫人磕头请安，又给谢氏和黄氏两夫人请安，仨人是诰封夫人，礼节如此。李老夫人笑得合不拢嘴，让向氏走到近边看视，如看一件昂贵器物一般，最后，抬起满脸祥和的菊花瓣皱纹，笑哈哈地褒奖瞿三哥："瞿三有眼力，这媳妇脚长腰圆，水葱儿一般，手心粗糙，定是平常做家务活成的，是个居家媳妇。"遂让谢氏取出三两银子赏伊。瞿三哥呵呵作笑，和向氏比肩谢老夫人。

贼眉鼠目的祈铁解见了，急忙跪下，口呼："铁解给老夫人请安，祝老夫人寿比二酉山上不老树，福如白河水长流。谢、黄两位夫人弟妹花枝苈苈，多生儿女添姿容。杨大人……"

杨占鳌笑骂："祈铁解你讲些什么。又想讨赏，等娶媳妇再给。"

"多谢大人赏赐。"祈铁解笑嘻嘻地站起来，搞得老夫人看着杨占鳌莫名。黄氏笑说："大人赏你什么了。尽耍滑头，还敢给大人下套不是？"

谢夫人说："看来是个性情中人，等娶新嫂嫂，我答应她一身绸缎新衣，一床里新外新被窝。"

"看看，看看。还是谢夫人弟妹对我好。祈铁解这厢谢了。"

大家笑祈铁解出洋相。祈铁解不屑，说在杨大人面前不丑。

谢夫人看向氏倦意，唤丫鬟张香，扶伊去后堂休息。那张香十八岁，颀长水蛇腰，圆润脸，梳两条柳发辫，刘海齐眉，看人时，如小女孩在门后瞧陌生人的羞怯样儿。杨占鳌甚是喜欢。

背包袱的青皮后生，是瞿三哥的族内侄儿，小名唤作瞿二宝，书名瞿延贵。瞿延贵口齿伶俐，瞿三哥让他跟着早晚跑腿。杨占鳌九岁多的小儿杨圭臣过来，拉着瞿延贵问会做木高跷否，瞿延贵看了下主人。瞿三哥说："随五少爷去玩吧，招伙刀莫伤着手。"

杨圭臣领着瞿延贵高兴出院，拍手说："做高跷去啰，做个雄雄的，和黑皮他们踩高跷搞仗，有味不得了。"

众人散下，瞿三哥呈上替杨占鳌买田的契约，又说向明伦回五车了，他和李大青老弟李二青，替向明伦卖了一担五斗谷种的水田。杨占鳌问五车种茶情况，瞿三哥说坪地多水源好，多是种田，茶不怎么样。"旱地和山坡，水汽大，种的桑叶树长得好，家家户户养蚕，比种棉花还划得来，蚕丝到辰州街上脱手就是钱。若有多的，到下河德山去卖，更划算。"

杨占鳌暗想，若单一种田，天旱涝年欠收成，古丈坪沿河稻瘟病又重。前回王福山就问他家要不要山场，种棉花和栽桑叶树，他包请工喂蚕缫丝。若留些地种桑叶树和茶叶，到辰州街上，不愁茶叶和蚕丝卖不脱。

说到后来，杨占鳌告瞿三哥："杨岳斌杨大人复出，受命与彭玉麟整顿长江水师，年前从长沙送来帖子，问我肯去否，若去了就任左标营。"

瞿三哥笑了笑，现在置了田产有了家室，千里扬名，只为富贵，这些都拥有过。又怕是杨占鳌试他，迟疑着说："听说倭国抢占台湾，长江水师进入战备，此去投军，就是干大仗，我算了。要去你去，就怕你掉水中，逃命时那痛脚不怎么灵便。"

杨占鳌笑了："我从军多年，厌倦了杀人，长江湍急，台湾海宽，还是不去的好。原来任提督实权正一品官，去了当游击，顶多是从三品，不是自讨没趣。不过杨岳斌大人是长辈，喊做的事，哪里有推诿的道理，我得多找

些人。你那里找得到人么？多少都行。"

瞿三哥说："我放下信，试试吧。"

左宗棠让左公子捎信，要杨占鳌整理马队支持他筹措军资。杨占鳌拍着瞿三哥肩膀说："左公子帮衬，你承头，我认一份，算是给左大人收复新疆尽点绵薄。也可盘活地方，你呢，发点小财好过日子。"瞿三哥想：长途贩卖是老本行。然独木不成林，回去得和向明伦合伙，联系李二青和祈铁解一起筹备，马帮才搞得起来。

瞿三哥笑说："那是自然，不过大人得给我物色几个信得过，功夫又要好的人当伙计。"

"我帮你，要人给人，要物兑换还不行么。我是怕了你了。"杨占鳌只得应允。他想：在家发动茶叶和蚕丝，马帮外销，历练了家人和亲邻没有坏处。

杨占鳌不去长江水师上任，但杨岳斌大人交代的事还得做。让人活动一下，不出一月，团近招得百十号贫寒之士，让同知府持帖子，把人送到辰州结集。其中新寨坪向列五，后来随军援助台湾，授了六品翎戴。半坡杨祖平，积军功授从七品。

瞿三哥住了二十多天，伙同王福山，还有从新疆回来的田光早，张仕祥两都统，协助杨占鳌清点厅境死难将士，造册走看。杨占鳌记着慈禧太后懿旨，做些安抚桑梓事宜，回到古丈坪，不时有随其出征的家属告荒，安慰死难将士的家眷，不枉与子同礼袍，裨稳地方。

花名册造好，一八五四年至一八六四年，古字营征剿长毛，计有兵丁八十七人阵亡；一八六五年至一八七四年甘陕征回，计有兵丁三十二人阵亡。"其中十一人不知家籍详细，十四人无亲无嗣。"瞿三哥最后说。

杨占鳌接过名册，看后踌躇半天，方说："除了升迁受封的，所有在册死难兵丁一一走到，每个名下八两银子，送与直系亲属抚恤。"

瞿三哥不好一点不出，拿出三十两银子，王福山说没有那么多现钱，让雇户桃来五担谷，田光早和张仕祥各出三十两银子。石玉行刘运仲等在籍湘军的家属得知，各出十两二十两银钱不等。兄弟一场，也算减轻点杨占鳌的开支。悟性从西门口请来银火匠，按照数目与黄氏秤银，八两一锭熔铸。

杨占鳌让杨圭妹和假期在家的二公子杨圭廷跟班，布包袱装银锭和名册，兼以笔墨纸砚。杨占鳌担心儿子和侄女不知居家过日子辛苦，让两人跟着历练，日后成家才懂得节俭过日。

行至下坳坡，二十一岁的杨圭廷说累了，坐在草坂上嚷嚷，十七岁的杨圭妹跟着附和。杨占鳌有点脚酸，便停下来歇气。看到一妇在溪边田中栽油菜苗，王福山对杨占鳌说："二哥，那妇人是龙探坪宋清斌的遗孀。"

"那就到她家去。"

"又走。我走不起了。"杨圭妹撒起娇来。

杨占鳌沉着脸："让你们跟到体验疾苦，娇生惯养的，就晓得累。没有他们，我这提督是天上掉下来得的。你们听到，受不了，下次出门我让杨圭璜和杨圭臣跟班。"

瞿三哥打圆场："二公子和大小姐莫作声，你们不晓得军中出生入死结成的兄弟情义，杨大人看到那妇媪，想起好兄弟你宋伯父来，他心里烦。你们都不小了，听话。回头我做媒，给二公子讨个乖婆娘，大小姐相个好婆家。如何？"

"如何？才不要你相哩。"大小姐没好气地撅着嘴巴。二公子杨圭廷不喜读书，整日好玩，人称"多少爷"，已娶黄氏为妻，再娶便是妾。大小姐相好婆家，只等过年夫家迎娶。所以瞿三哥是拿兄妹俩开心。

众人到了宋清斌家，果然一截疏篱围的院落，数只鸡鸭树下觅食。一个四岁女孩，污衣垢脸在阶檐浮土上抠地罗虫玩，木凳上放着一个洋桃子和三颗板栗。王福山想拉关系抱她，女孩少见陌生人，何况王福山又蓄了点胡茬，说话大声大气，"哇"地哭起来拒绝。堂屋里窜出条瘦小的狗，龇牙护小主人。狗子那么瘦，几根肋骨撑着个瘪肚皮，还脱了一坨毛。

听到哭声和犬吠，女孩的母亲在堂屋里择茶籽，披发脏手光着脚丫，趋出哄孩子，看到穿着光鲜的四五个老少爷们，怯怯吓了一跳。王福山笑着对那妇人说："侄儿媳妇莫怕，听别人讲这是宋清斌哥哥家，我和杨大人来看你们了。"

那妇人定了神色，抹开挡眼头发，说公婆在溪边田栽油菜。哄着孩子迎接大家堂屋坐，堂屋铺着大半边茶油球，明显一股鸡屎拌着茶油球发酵的霉烂味，二公子和大小姐掩袖捂鼻。妇人正手足无措，门外宋清斌小儿回来了，也就是小女孩的父亲，得知情况，慌忙跪下给杨占鳌和王福山等人磕头。杨圭廷扶起他说："哥哥把堂屋打扫一下，家父和伯伯好上香。"

宋清斌小儿让浑家去唤老母，自个打扫堂屋，厨房烧一鼎罐开水，抓手粗茶叶放进去。杨圭妹好表现，帮忙打下手，用碗盛茶水，给大家解渴。那

茶红梗老叶，泡在水中足有寸长。

老妇回来，宋清斌小儿扶着坐于堂下。杨占鳌等人向宋清斌牌位揖首，上香，又揖拜老妇人彭氏。彭氏鬓已银丝，张口说："清斌死鬼你看到了么，你的兄弟看我来了。"说毕，抱着小孙女，就是才将被吓哭的女孩，平静地说，"清斌从军时，大的才五岁，小的三岁，上有公婆，我靠给人家当雇佣、夜里绩麻养活他们三婆孙。我日盼夜盼，没想清斌死鬼走了。那年我二十六岁，孤儿寡母，得点抚恤，可公婆病了，拖了一年多，钱用完了，人也没了。我纺织针补，领着两子苦熬谋生，直到两儿长大透力，才稍得宽裕。早听说杨大人回来了，我们本来应该登门拜访，只是贫寒之家，拿不出像样的手行。没想到大人反过来看我这老婆子。没什么好吃的，修只鸡办饭啊。"

老妇从容，有种否极泰来平淡如水气场。小寒深处，碧草含英，杨占鳌对老嫂无有慰言，心下静静地伤感起来，兄弟一场，原是镜花水月幻景啊。正是：

> 出门时节互叮咛，千山阻隔两牵心。
> 岁月平常皆幻景，空阶坐看七夕星。

悉数走完在册阵亡兵丁，杨占鳌让人在枯水的三道河河滩上搭台，撑起擎天招魂幡，十多个老少和尚，打醮操渡三日，第一天晚上请戏班演傩戏。第二晚，从辰州妙龙寺请来酉缘酉灵坐台上赈济，撒水饭布施无人料理的野鬼。第三夜祭典，抚民衙差和邻里咸集，码起一百零一十九个冥钱包袱，酉缘酉灵住持，众人俯首，独臂酉灵蘸酒祭天地，拈三炷香请神灵，摊册虔诚读祭文："光绪二年孟冬，兹有甘肃署提督，正一品官杨占鳌，从军二十载，怜效国疆场阵亡兵丁杜兴中、罗福兴、粟学山、宋清斌、宋四佬、黄中兴、李大青、伍德满、刘三、鲁德威、任连喜、张尧兴、聂大贵、陈廷慓、田光顺、石士富、王先忠、田大正、全得胜、黄应魁、蓝胜友、田心旺、包心甲、邓懷亮、危显祖、刁长胜、李茂才、包顺喜、吕先岩、任其树、梁应明、张大吉、吴世敖、龚圆胜、谢永华、张得恩、罗连元、罗廷才、梁心凰、罗顺香、龙正云、吴世德、向忠明、张显国、胡开顺、袁金魁、向心吉、杨正廷、许元太、杨心邦、张奠邦、罗顺清、杨元甲、包心培、龚明友、张志富、邹锡贵、田光发、王明兴、也廷群、杨国恩、杨连升、彭光德、高连德、张正富、覃起发、瞿起文、曾心贵、龙天方、向连科、刘锦福、李心照、吴世太、黄德胜、向心元、向得恩、王天升、胡光胜、李祖云、张利贵、向子友、萧世懷、危显主、梁朝富、危士荣、杜啟照、刘品忠、彭喜胜、李心贵、向啟敖、危光滔、陈文全、彭廷旺、宋大喜、张天德、孔廷榜、向登富、宋士贵、张隆升、邓起刚、孙文贵、陈开胜、吴芝文、石正耀、袁金福、梁应喜、康大兴、向心金、罗顺升、王文道、石盛喜、萧长顺、王首庆、黄连升、汤顺明、陶成福、王心德、谌丙南、史官弼，计一百零一十又九诸人，所谓忠节之士，不二心之臣子也。古有百金之士，千金之士，六千君子之军，十万貔貅之众，盖所以安君国，御外侮，成名将之功名，致与国之畏惮。猛虎在山，则藜藿不采；爪牙于王，则鼓鼙不兴，兵之重也。自招募既兴，兵农攸分，其实释耒耜，负矛战，释矛战，负耒耜，其劳适相等，而安危特异。然兵既以一日之性命，坐而享农之所入，农以终岁之勤劳，逸而享兵之所畏，此农粟女布，通功易事，自相等耳。征兵之病，过于招募，前人言之详矣。今兵制日更，有变招募。兵者，请为三言以明之：古者民即无兵之民，中古兵皆兵民不必皆兵。今者民不必皆兵，而意在以民为兵，以渐教育，使民皆自有当兵之材，尽当兵数年之义。此愿良奢，未知何日偿也。盖古狝狩，治田于农隙，天子诸侯大夫士庶，田猎有序，杀伐用张，治兵先少，振旅先长，所以珝其声，珝其明，珝其文，珝其物，民习闻，见习而不必尽知其义也。坐作进退击刺步伐，民或习之。而所谓阴阳奇正，测算舆图之学，民不尽知，而不必尽习之，所谓天子征而不战，诸侯伐而不讨，大司马九伐之法，兵家九地九天之术，民尤不必习也。今学堂之所教者，内场外场其求之也至备，以此而责之，凡民举行省府厅州县之民，齐一风气，其难矣。虽然，士卒不练，是以将帅与敌；器械不精，是以卒予敌；将帅不择人，是以国与敌也。以今东西洋之敌，而我以古昔井田阵法，寓兵于猎之法，以教吾民，是真以卒与敌，特不能如今之教者，以求诸人人，此自当别论。

　　今如杜兴中等一百零一十又九人，随杨占鳌诸将从征忠节之士，湘军之所招。吾请言咸同之兵，以明之烈也哉。我古丈坪散厅健儿，随杨占鳌诸将南剿长毛，西北平回。夫西人之说，有无名英雄，盖指助英雄而成功者。一百零一十又九人，则英雄有名字无爵里，其他自咸、同以来，中兴之英雄而无名者，曷可胜道，其亦足敬矣。赞曰：一百十九，祀以千秋。马革何悉，荣于桓桓。溪水悠悠，灵其来宥。降绥尔后，山河气遒。"

第十九回　访友修路桥

　　且说酉灵诵经完毕，持拂尘挥天，东西横画，南北竖书。接着超度跟随古丈坪张高礼、马承宗、任大贵、任祖文、杜大定、向心照、杨光升、廖松山、萧长茂等提督和总兵出征的阵亡兵丁，请了五方五位，山神土地，地脉龙神，另设一处，焚冥纸钱五担，诚诚孤野之魂，不得妄取。

　　据清 1909 年董鸿勋撰《古丈坪厅志》载：古丈坪厅昭忠祠之入祀阵亡兵丁，二百一十九人。失踪者一十五名。

　　众人肃静，其他僧友皆值事各司火烛焚冥钱包袱。火光冲天，河沿两边山林田畦隐现无数阴森凄惨，唬得众人俯首毛骨悚然。杨占鳌默念：列位阵亡袍泽，领了钱，去投前程世界吧。今生能与尔等成为兄弟，值了。但愿尔等不要干扰古丈坪人们的平静生活，我在有生之年，尽其绵薄，为地方多谋福祉，人们共享太平尔。

　　众人散去，鲁德威的前妻，蜷缩在河边，看着渐渐没有火焰的钱纸火堆，嘤嘤哭泣了很久。流水潺潺，月亮淡淡地裹上一抹薄云。

　　　　男儿出乡关，沙场醉不还。
　　　　宁做太平犬，莫当乱世汉。

　　祭典规模庞大，不免生出是非，有人揣度：阵亡将士的抚恤，不会是姓杨的领了吧，他于心不安，作个表面文章，落得大头自己享用。一经流传，邻里多有疑惑：杨家老二会那么好心？

　　在甘肃湘军中克扣军粮，让杨占鳌撵回来的许佑劇，手舞足蹈胡说杨大人回来那天，他亲眼看到抬着几副棺木摆在城隍庙，请和尚们超度念经。听说是阵亡将士，后来不知抬到何处。于是，坊间就流传下来，杨占鳌以运送阵亡将士名义，把钱藏于棺木中，抬回古丈。真是小地方人没见过大场面。试想：同治六年春，杨占鳌进甘前，回过古丈，并无携回阵亡将士棺椁。十三年秋天回来，西北路遥，棺椁运回，要耗多少盘缠。除姻亲鲁德威外，史载并无随军的挚亲至友在西北阵亡，何来许佑劇之说。可见天下人心不足，做的好事善事越是多些，受到的诽谤和猜疑也越大。可恼的是后来刀笔小吏还"秉笔"于书端文献。

祭祀告毕，次日，瞿三哥夫妻和祈铁解告辞。悟性师兄也是告辞，随断臂酉灵和酉缘去辰州妙龙寺，打算盘经悟道，早晚照应两位师叔。顺便交代的是：拖纤滩岩坎下的黄老大，打自双手废后，喽啰们陆续散了，剩下他一家不成气候，受了几次外人欺负，身体垮了。后来生病死了。留下婆娘和三个儿女，断臂酉灵遇之，心生恻隐，不时周济。一日三三三日久，两人就那么不明不白，不清不楚的，直到把三个儿女抚育成家。

杨占鳌苦留不住酉灵和酉缘师叔，趁天晴，一直送到大栏坳罗江码头。等众人上船远去，王福山硬拽着杨占鳌去他家中小酌。杨占鳌佯愠："酒是穿肠的毒药，我准备戒之。"

王福山急了："呸，酒成了毒药，怎没见毒死人。我是想让你看看我那桑叶地，还栽有一块茶叶树，你老讲什么君山毛尖，介亭山毛尖如何长如何短，让您见识下我的溪州毛尖。"

说到感兴趣的话题，杨占鳌动心了，说："你讲实话，养蚕赚钱，还是种棉花划算。"

王福山肯定地说："棉花只能自给，市场上卖不到几颗钱。蚕丝卖得上好价，用钱活泛。大宗的还是桐油，不愁销路。还有茶叶，重量轻，价钱高，销运携带方便。"

王福山家距河岸二十多丈，台地延伸到绵绵的高山，那里有一段巍峨的长岩坎。房屋一正两厢，石砌院墙有七尺多高，前置岩朝门，左接粮仓厨室，右建畜栏并厕所。门前临河，果树依依，柑红柚黄，兼有柿树，叶落果露，地畦葱绿，尽是时令菜蔬。惬的好坐处，春秋花月，夏爽冬清；天高地旷，河船点点；家藏好酒，子女绕膝。清静之处，枉不辱没前半生辛苦。

王福山妻子唐氏，领着两个髫发六岁和四岁多女儿，抱着小儿过来行万福。王福山说："大儿十五岁了，学馆读书没回来。"

杨占鳌想了说："去甘肃临时改了主意，不是因为嫂子吧。"

唐氏笑："大人莫怪，除了我当时怀着大儿子。他无兄弟，翁姑不许去

也是一个缘由。"

王福山两个宝贝女儿白白净净，口齿伶俐，大女儿换牙齿，说话尾音不准，很可爱。两姊妹见人就熟，围着喝茶的杨占鳌说："叔叔大人你讲，到底是茶好吃还是糖水好吃？"

杨占鳌笑了，拍下两个小脑窠说："都好。不过小姑娘不要喝茶，留送大人喝。"

"为什么呢？"两个小姑娘眨着小眼睛，莫名地看着杨占鳌和她们的阿爹。

杨占鳌爱悯着说："因为啊，小姑娘喝茶，脑窠上会长出茶叶树来。"

王福山说："这俩活宝，一天到晚顽皮。吵得我头痛。"

"好动才好。若像个老人蹲到火坑边不动，岂不发愁。你不是让我见识你那蚕桑茶叶地。在哪里？"

唐氏唤了两个雇户帮厨，在灶房修鸡开膛，半盆黄刺骨鱼养在水桶里。王福山交代两雇户几句话，领杨占鳌去他家地头。两个小姑娘如两只花蝴蝶跟了去，跟着的还有一条黑毛狗，尾巴摆得极是勤快，还要蹲下来弹狗蚤。

蚕桑茶叶地距房屋的东边半里远，在三丘水田外坎，原来是丘盘山长弯田，夏天蓄水多了，外坎垮塌三两处，王福山便改造成耕地，种了三分多地的茶叶，坎边栽一排桑叶树。柚子树下掉落些小碗大的蛀枯柚子，两个小姑娘各捡一个，抛起来好玩。

田边桐油树下搭了个做工休息的草棚，王福山招呼杨占鳌坐草墩上，自个架鼎罐烧开水，一边说些不着边际的闲话。地的东边坎下距河十多丈，河上坎是官道，上通迁陵，下通辰州，过河连接去溪州的大道，南边沿罗江到古丈坪。

"因为地在大路上边，庄户挖地撬出岩头，滚下去伤了行路的官差，我从中调和。庄户感激，半送半斠给我了。这土质好，阳光好，通风透爽，茶叶和桑树长得特别好，你看这桐油树，年年都这样，结得桐油球压弯树枝。再看看茶叶，深秋天了，抽的苔还这般嫩葱，没有一匹对夹叶和红叶。"

杨占鳌信然：茶叶长在山坡，通风透爽，温湿日夜有相差才长得好。

王福山唤两个调皮女儿拗来一手嫩茶叶苔，摊火上哔啵灼之，再放进鼎罐中。旋用碗盛茶汤。杨占鳌喝之，感觉那种爽香，胜过以往所有喝过之茶。称赞王福山会享受。两个小姑娘眨着小凤眼说："那我们吃什么？"

"煮鸡蛋，不许争，一人一颗。"王福山从口袋中取出两鸡蛋放进鼎罐。

于是，两姊妹眼巴巴看着鼎罐。火小了点，等不及了，大女儿加上柴，用吹火筒吹火，小女儿没有吹火筒，蹲在地上用口吹，脸吹得红扑扑的，衣裤上沾了些灰。正是：

> 王家有娇女，无雅无忧虑。
> 吹嘘对鼎鬲，烟熏灰污衣。

杨占鳌吃罢中饭，骑马回家。过营盘山，驻守把总孔方见之，出岩碉打招呼施礼。那孔方三十出头，善使花翎枪，是个敢打敢杀的硬角，左脸长个绿豆大的麻子，麻子上栽着三根浓黑毛，右脸上挂三颗阴麻点，分明成三角状。曾有算命先生看到，说若左脸绿豆麻子上只长两根毛就是太极乾坤图，右脸加四颗阴麻子成北斗七星天罡，至少也是戴花翎的将官命属。"可惜了。怪只怪山高地皮浅，只配当个兵头将尾不入品的把总，成不了大器。"算命先生最后无不惋惜地说。害得孔方无事就拔绿豆麻子上的毛。真是奇了邪了，拔了一根，过些日子就又长出一根来。

杨占鳌不好马背上还礼，只得下马。孔方说："有事请杨大人移步厅堂上叙话。"

"我辞官隐归，不过问官家事了。"杨占鳌申明。

"地方有难，你不能置身事外。"孔方把总急了。

杨占鳌问："到底什么事？"

孔方说："大人莫急，先厅上坐下，边喝茶边听下官禀报。"

三年前，下河来了一伙王横人，在团近不做好事，偷抢嫖赌，谋财害人，放火捉肥猪，弄得村邻不得安宁。杨占鳌答应过帮枞树坪和王家堡被捉肥猪人家。那伙人王横得狠，得手后照样操他们无本的买卖。有户庄家让他们盯上，田地卖光，被捉去的小孩才得放回。小孩被捉去后，放在草棚地上，风吹雨淋，染了湿气。赎回来病情加重，过了月旬，死了。孔方无不怜悯："钱米盘尽，一家人没了活命粮，又报不了冤。男的气死，女的投河。只剩下个老人领着七岁大的孙女逃荒去了。"

杨占鳌拍膝长叹："唉，怎么就想不开呢。你们守营盘，拿国朝的薪俸，保一方平安，怎么不施以援手呢？"团近住着一些回籍的湘军，然田光早随

军新疆，收复伊犁多处受伤，罗江潮湿，回来后伤病多诱发，在家颐养，心志渐秃，懒于涉及世事，无人承头。

"大人你听我讲：我们出面了，中间名堂多，棘手。听说那伙人在下河岩石山作大，我领人剿过一次，他们提前得了信，半路选个隘口，猛不知折了我一个屯营弟兄，还伤了三人。怪就怪团近村族，为田为地，见利忘义，大姓欺小户，强族抢弱村。有人暗中请这伙人来捣鬼。有天夜头，他们摸到营盘山，幸好墙厚楼高，才没打进来。"

"反了天了。"杨占鳌突地拍得桌子上茶碗跳起，"当时买下着捉肥猪人家的田，就是让那伙人晓得我插手了，让他们收敛知难而退。真是骂一声禽兽，只怕是侮辱了同类。"

孔方有了杨占鳌的支持，几近阿谀奉承："大人你是搞过大场活的，怎么做，我听你的。你只要给我们撑下腰，那泼强盗养的，躲到他娘肚子里去也没用。"

营盘山屯丁虽是兵不兵民不民的，然属地方吏治，屯丁被打死不是小事。蟊贼太嚣张了。杨占鳌想若不出面，危及地方成为大患，问孔方一些情况后，说回家想周全再计较。

　　　　傅鼐署湘西，屯兵遍躬耕。
　　　　边墙南北筑，东西阻路人。

回到家中，杨占鳌唤来大哥，让他到龙家湾联系岩匠，把三道河过河跳岩修一下。杨大同不解，问："你又要出钱出米，我担忧……"

"担忧什么，儿孙自有儿孙福，不要娘老多劳碌。修桥铺路积阴德，教诲子女如何做人有何不可。把两边小河砌桥，走起路才方便。别人还会宁肯脱草鞋踩水过河？咱家里下河那些田地也好管理。"

"那是。"杨大同分辩，"修三道桥，两岔小河都搭了桥，来往不要脱草鞋过水，当然是好事。只是那是官道，你花钱费心思修，路修好了，就怕有人无事讲闲话，说你拿了朝廷好多好处，万一让人怀疑你在任上贪污受贿，名声不好。"

杨占鳌想了一下，也是，人心莫测，话由人讲。但修路是当务之事，夏天涨水，邻家宋姓女儿去地里择夜饭菜，过河让水冲走了，害得宋家妇人自责，天天哭，后来哭疯了，天干下雨发病，有时半夜出去沿河找女儿。"桥得修，小田家洞杨大槐，一个做小本生意发迹人都修路积善。我堂堂国朝一品官，修个桥还怕人家说闲话。嘴巴长在人家身上，爱怎么讲由人家，就是嘴角讲出疮来也不怕。你只管去找岩匠，等到春天发水又修不成了。"

龙家湾在罗江的支流边上，溪沟深长，沿溪坪地多田，为了方便溪边过往，村里张岩匠承头，砌了五座过溪岩拱桥。出了名，张岩匠在村里人支持下，又砌修通往邻村惹必湖的岩板路。张岩匠人缘好，技艺高，不挑户主。

张岩匠听了杨大同来意，谦让说他没修过跨度四丈多远的过河桥。杨大同鼓励他："小桥大桥一个修法，没修过不等同修不好。我仔细看过，一边是硬岩山，只要把东边基脚砌牵实，修起来不是难事。杨大人当首士，古丈坪同知衙门帮衬，钱粮差役和材料不要你操心。修好那座桥，立功德碑保你扬名立万。当然了，能省费用，更能彰显你张岩匠的美名。"

张岩匠说："你这样讲了，若不答应，我就是不通皮了。"

张岩匠招集得村中徒弟十多人，择日到工地，察看地形，征求杨占鳌意见，大河桥址选在三条河交汇的上游，河床狭窄，两边是硬岩山，水流量小于三河汇合的下游。两条小河流量不大，桥址选在溪口地势较高较窄处，就是涨水也不会损及桥身。

择定了桥址，张岩匠和首士杨占鳌，上二龙庵飞山庙，给菩萨上红绸上香，求签择吉日。是日穀旦，花红礼行盛盘，张岩匠左手捏一公鸡，右手持錾，顿鬼顿菩萨顿王灵官，口中诵词："此鸡不是非凡鸡，头又高来尾又低，白天阶沿揽食吃，夜在笼中报晓晨。别人拿它无用处，弟子拿来开山搭桥奠基仪。山神土地，地脉龙神，五方五位，各路神祇，有堂归堂，无堂不得作祟。修桥铺路，功德民心……"诵毕，用嘴咬了鸡冠，鸡血沐器械，血滴之处立桩，杨占鳌接过民工递上的木槌，木槌上还绑绺红绸片，挥槌三下定桩，预示开工。

河两边站满看热闹的人，执事燃起爆竹，三班吹鼓手吹打起锣鼓唢呐。民工们就干起来。张仕祥、田光早等回籍湘军，诸诰封人，见杨占鳌真的承头修桥，众目之下，端盘呈上捐资。九十多年后的一九六九年夏天，大桥被洪水冲毁，此是后话不提。

杨占鳌吩咐杨三同，工地赈济一日三餐，收留苦寒之人，作修桥用工短欠。杨三同答道："二哥放心，能节省的一定节俭，我把事办得贴贴妥妥，

一定不会给你丢丑。"

"先莫讲大话，鼎罐盖揭早了没退路，这么多人看到的，做事踏实点，我是要定期来看的。"杨占鳌拍下杨三同肩膀，走出工地，邀张仕祥、田光早几个老下属去家中喝酒。回头问随行的孔方，可有下河岩石山蛮横人消息。若来工地，速告张岩匠和杨三同，如此如此。孔方把总扬起麻脸说："大人之所以是大人，量他几个小角色，翻不出你的手掌心。"正是：

三道河水汩汩流，行人淌水来去忧。

辞官提督任首士，砌桥修德惩恶徒。

听说三道河修岩拱桥，团近工日不忙的人便过来相帮，有的干一天，有的干半天，吃了饭又去忙自己的阳春。有些人下午来，干了后蹭夜饭。然终究是集资捐修，受惠邻里，来干活时，多数人捎些蔬菜，有些活泛人家，也会捐些钱米。一些流浪逃荒讨口的人，停下忧愁的脚步，参与到建桥之列，除了一日三餐，还讨得允许搭棚栖息。后来，桥建成了，那些棚民便成了杨府的佃农，在三道河边的山爬枯定居，那儿就渐渐成了一个村户。

孔方把总下河放信，戴偻仝到大栏坳和刺鱼潭邀得些毛岩匠，拿着铁錾手锤，协助张岩匠打磨拱桥砖岩。虽说是毛岩匠，毕竟是技术活，一人一天有一串钱和一升米的工钱。刺鱼潭会岩匠手艺的杨家人，听说是本姓杨大人承头，一下来了七八个。

戴偻仝当年随杨占鳌从军，老母病了没去成。戴偻仝平常与村邻扯谈，自诩年轻时长得利索，会岩匠活还会点功夫。说若是跟杨占鳌从军，保准比王福山军功大。老娘听了扬起拐棍骂道："忤逆不孝的，是怪老娘拖累你了。打仗让红炮子穿了，我哭都没有眼泪水。"

戴偻仝是孝子，让老娘打两下，还赔着笑脸说："为娘讲的是，我错了还不行。你把儿子打死了，到哪里抱孙去哩？"

戴偻仝娶媳生子，孙子流鼻涕会喊婆婆时，老娘过世了。

戴偻仝后悔当年没随杨占鳌从军，所以工地上干活极是卖力。

做了几天，张岩匠告诉杨大同，岩匠们自备的铁錾铁钎钝了，没有换的，提不高工效。杨大同请来杨大人的岳老子谢铁匠，在山爬枯溪边，择个坪场，找两张破竹簟搭棚子，摆放铁砧炉子，专一整理用钝了的锤錾钎镐。

就是铁短缺。

铁是稀罕货，衙门直接管控，价贵不算，还不容易买得到。杨占鳌领着古丈坪厅衙差和戴偻仝，专一到辰州，与府衙交涉，才运回一船镔银铁，搬到工地上，杨三同让人专门保管。

铁运到工地第二天辰时，冒出那么两个无事人，在铁炉边转悠。一个头包青灰纱帕，肩颈明显有刀伤，虽是衣领挡着，协助往火炉添木炭时，让谢铁匠无意中瞥见。另一个倒是白净脸皮，可力气大，轮锤打铁，手背上长着寸长的刀疤。两人与谢铁匠搭讪，问会打铁手镯否。真是邪了门了，世上只有戴金手镯银手镯和铜手镯，哪有戴铁手镯的？谢铁匠凭直觉，心想定是不良，不过吃四方饭，沉得住气，乜眼两人，说不会，一边徒手从火炉中拿坨烧红的铁，放到铁砧上，轮起手锤指挥帮手打起来。两人知是警告了，无趣地到工地上去了。

岩石场灰尘大，挖基脚泥巴糊，破篾没有篾刀。两人相帮抬了两根条木，就挨到吃饭时辰。端着碗饭，两人嘀咕饭菜差，说饭糊渣渣的，没有香味，菜里面油又放少了，白菜没炒熟。最后嚷起来，问怎么没有酒。

工地上晚饭才有酒，爱喝酒的每人也只有一碗，定量配制。菜早晚丰盛些，中午多是早上吃剩的菜。刺鱼潭一个姓杨的年轻岩匠火了，听着不耐烦，执箸夹着颗黄豆子说："有吃的就不错了。看，那些个逃荒讨口人，感激杨大人收留，做工那是一个正经。赶台子还挑食，真是的！"

他之所以敢那样讲，因为与杨占鳌是本家。

两人待要发飙，刺鱼潭和大栏坳十多人端碗站了起来，眼睛中明显有怒气。他们是拿工钱的岩匠，伙食比其他人充足些，两人挤在那儿占了分量，本就不快了，还找碴嘚瑟。

两人怂了，厚着脸皮吃了两碗饭，见没人理会，走开了。

晚上收工，刺鱼潭和大栏坳岩匠，还有路远的民工，洗漱后，在工棚里住下。睡到半夜，戴偻仝起来解溲，麻麻月亮地里，看到两个黑影，吃力地用木杠抬坨很重的东西。邪的是谢铁匠守棚子的狗并没有吠。

戴偻仝细看，两人抬的是谢铁匠的铁砧，上边还挂着那条灰毛狗，旋着鬼打似的惨叫："呔，你两个好大的胆！来人哪！有人到行窃！"

戴偻仝不敢冲上去，想虚张声势，把强盗镇住。听了叫喊，那两人甩下铁砧，一人掮起死狗就跑。一人慌不择路，径直朝戴偻仝跑过来行凶。戴偻

全揣估不是对手，本能地转身撒脚就逃，让横在路上的一根竹子绊倒，胸口正好抵到地面，本能地向前爬一下，塞了气，动弹不得。

那人眼看到了戴偻全跟前，怕有诈，正迟疑，让年轻杨岩匠从侧边踢了后膝关节，力不大，足让那人踉跄三四步。刚站稳，那杨岩匠再横扫一棍，倒也。

杨岩匠扶起戴偻全，见脸无血色，双眼发直，怕是三魂出躯体，七魄游幽冥。个中有老成点的，抖了抖戴偻全胳膊，喊着他名字拍下后背，又让人架着走了两步，终是出了气了。

谢铁匠起床披衣，穿鞋看视，狗不见了。那条狗通人性，谢铁匠到哪里都跟着，人狗相处了好几年，晚上，狗就睡在铁炉边守家当。现在没了，谢铁匠骂了几声，蹲在地上抱头懊恼。

大伙劝慰，狗丢了，不幸中的万幸是铁砧还在。捉了一个贼，处理起来没那么难。大伙押着那人，枞膏油火把下一看，是白天问谢铁匠打铁手镯人中的白净脸皮人。谢铁匠啪啪两巴掌，打铁人手没个轻重，那人的脸马上肿起来。谢铁匠骂骂咧咧："你不是要打铁手镯，我给你打副铁脸窠窠。"

原来是踩点行盗，众人兴奋起来，让那人好吃一通拳脚。看到打得只有出的气，戴偻全招呼大家憩手，捆到树桩上，等天亮报杨三同。

夜静得出奇，被捆之人试着挣扎，半天弄不脱，力气用完了，无奈绑得紧了，只得暗暗叫苦，咒骂同伴不来救他。四更后下霜，冷得瑟瑟屎尿一裤裆。

天亮，杨三同来得知，赶忙清点库存，窃喜铁没偷着。早餐给立功人加了一道荤菜。

吃了早饭，民工照例干活。到了辰时，来了一个闲汉，腰缠汗巾，牵着匹瘦小毛长的驴子，一幅短路贩卖人装扮。那人在工地转了转，停在谢铁匠铁炉边向火。谢铁匠炉中放铁时，那人顺便搭把手扯风箱，火苗蹿起，险些燃着谢铁匠眼睫毛。谢铁匠忍着没发作，那人头不抬地问："听讲昨天夜头你们捉了个人？"

挥大锤的护工打完铁，上气不接下气，撑着锤柄说："和你一路来的？"

那人一怔，分辩说："不是。"

"我是问那头驴。"

那人诧异："你见过？"

"孔方把总讲刺鱼潭人前些天不见头驴。不晓得是不是你这头？"

"你看错了，肯定不是这头。"

"肯定是，那头驴左边屁股下边有坨黑毛。"抡大锤护工肯定地说。

那人慌了，嘴上说"不会吧"，不安地走过去验证。牵着驴悻悻地走了。

过了会儿，又来了个挑货担的人，吆喝着卖胭脂针线。年轻杨岩匠给老娘买个纳布鞋用的白铁抵针箍，又选了几支五色线。货郎问："听讲你们昨天夜头捉了个江西佬？"

江西佬，当地人一般是指趁人不留意偷东西的老鼠和猴子，也喻指行窃人。杨岩匠答："是的，八成是岩石山的强盗。抚民同知赵大人说，听人讲用人头祭桥灵验。等杨大人给三公子相亲回来点个头，就砍那人脑窠祭桥神，保准桥百年不垮。"

"听讲没偷到什么，不会就那个——"

"没偷到什么，若是岩石山搞坏事的王横人呢。他们到枞树坪和王家堡捉肥猪，害得人家家破人亡。杨大人发火了。"戴偻佺凑上去补了句，过后又问，"你是那人的亲戚？"

货郎急了："我只是个担担客，听讲了好奇，证实下，不曾认得。"说话间不自然地取搭在肩上的洋绒帕，抹脸和脖子上的汗珠珠。

"你若晓得他有熟人，快去报信。人着孔方把总押到营盘上关着，打得不成样子了。"年轻杨岩匠比画着又同情又有点幸灾乐祸。正是：

> 高低不平事，蒿行出枭雄。
> 吏治虽无及，太后口谕明。

第二十回　剿盗培新茶

到了晚上，薄云裹月银宵暗，疏风初过丛林，罗江流波也潺潺，远山但听鸟鸣。营盘山屯兵早早熄灯就宿，岩墙外树林中，十多条人蹿进蹿出，一会聚首比画，一会悄然散开，早让营盘里屯兵养的一条狗发现，沿岩墙吠着警戒。

岩墙内孔方把总看得清楚，一箭射去，随即听到树林中着鬼掐似的号叫。岩墙上一下竖起数盏灯笼。孔方骂道："牛杂碎的，这只是个教训，回去告诉你们老大，敢来古丈坪惹祸，就怕你们看不到明天的太阳。"

本来这就是警告，屯兵们岩墙内吆喝一阵，不知树林中的虚实，冲出营盘拼杀不合战事。捆在杂物间的那人，以为同伙得手了，不停叫唤："兄弟，我在这里，快来救我。"

树林中的人也是恼火，还没动手，中了一箭。几个人冲到大门边，吃错药一般，只管持斧劈门板。孔方指挥屯兵，从门缝中用长枪捅，几下捅中一人额头，那儿好似开了朵红艳山花，血流涂脸，颇显狰狞。

那伙人恼了，发恶劈门板，孔方大喝："把抬丧炮摆上来。有种的进来，吃老孔一炮。"孔方不算老，之所以自封"老孔"，仿佛底气就足些。

所谓抬丧炮，就是炮威力极大，开炮必有人死。其实就是个木枪膛上铁箍的土火炮。

门到底被劈烂了，屯兵看清楚，点了火索，"轰"的一声，炮口喷出无数红色铁砂火线。两个脸涂锅灰的花脸汉子，应声"啊呀"倒在门外，死活不知，反正同伴拖着逃走了。

逃走了就行。谁想那伙强盗得了暗信，晓得是刺鱼潭和大栏坳岩匠捉的人。大栏坳几家是湘军，村大族强，没人敢去惹事。那伙人趁着夜色，窜到刺鱼潭，把年轻杨岩匠的老娘捉了。刺鱼潭杨家与杨占鳌同姓，要给杨占鳌点颜色。

　　杨岩匠哭着跪求杨占鳌，求他搭救老娘："老娘有夜盲症，风湿病，怎么受得了那份罪。"杨占鳌让人劝走杨岩匠，写了帖子，让孔方把总找中间人，把捉的人放了，换回杨岩匠的老娘。孔方一放信，团结一下来了三家富户，说是愿做保人。

　　放了偷盗人，三个保人回来，哭丧着脸讲："老大讲人不能放。他们死了两个弟兄，伤了三个人。让把总备齐一百两银子，三头牿牛，一口肥猪，还要两整套衣棺板木。一天不送，他们就送老媪的一根手指头。时间从明天算起。"

　　屯兵有不平的，争辩："那他们前次打死我们一个兄弟怎么算？"

　　"我们争了。他们不管，说除非杨大人上门磕头赔礼道歉。"

　　"没事，你三个辛苦了。"孔把总不再说什么，让三个人回去了。

　　杨岩匠以为杨占鳌不肯救他老娘了，放声大哭。杨占鳌吩咐戴偻全把杨岩匠扶走，附耳孔方如此。孔方称是，只管去准备猪牛和衣棺板木，作赎人的架势。杨占鳌又让黄氏封一百两银子。谢氏欲言又止，黄氏推搡着谢氏说："姐姐无忧，就几个宵小蟊贼。你小看我家老爷的手段。"

　　准备停当，杨占鳌骑马，孔方和屯兵便衣随行。杨三同还请五人打锣钹开路去赎人。

　　姓宋的保人看那阵仗，怕了，推说往来路上受风寒走不了。另两个穿着绸子布衣，戴镶玛瑙帽子，屁颠跑去引路。到了岩石山下，把寨喽啰要先把货交讫。杨岩匠声嘶叫喊："若你几个见财起了贪心，让我白忙活一场。钱财都是借的，不能这样送给你们，要先看到我娘。"

　　戴偻全眼珠转了一圈，说："这么多东西，不让我们上山当面交送老大。转交你们送上山，没人守寨门，不怕我们后边来人一下冲上山寨？"

　　两保人赔着笑说："这次杨大人是真心诚意赎人来的。你们看，除了杨大人，其他人都空不出手来。这棺木不抬上山，你们自个抬么？"

　　众人进了寨，三头牛放在坎边吃草，猪被捆在竹架上呻吟。棺木抬到大厅，银两和衣物用盘子盛着，两保人又作揖又说误会。杨铁匠老娘让人推搡出来，蓬头垢面，本来就瘦，这两日折磨得更瘦了。杨岩匠抱着老娘只管哭，被捉的喽啰一脚把杨岩匠踢开，说是货物交讫，才能放人。孔方忍不住一把掐了那人脖子："交钱，我要你交命。"只听咔喀一下，那人就倒了。其他人反应过来，屯兵早掀开棺盖，取了撑手家伙，动手了。

山大王长得结实，短颈脖，倒眉毛，霍地一只脚踏在坐椅上，从容呔了碗酒，半口喷在砍刀上，分明是祭刀，有胜券在握之势。杨占鳌今天穿件长绸外套，一双平底布鞋，坐在那儿一直没说话，左右站两个包包后生护着，一个姓杨，唤着杨祖贵，上河老鱼塘人，手脚利索，在抚民衙门行走，从族公杨占鳌那儿学得三招打火上阵棍。另一人是水甜溪何老五，不知怎么，特别佩服杨占鳌。倒霉的许佑劇，在古丈坪汤粉店呷汤圆，诬说杨占鳌无情无义，不巧遇到何老五，两人干了一架，打得许佑劇卧床吃了好几天草药。

山大王也是没脑窠髓，认为同知衙门和屯营奈何不了他，古丈坪厅竟是他说了算。更可笑的是山大王头脑发热，认为怂过杨占鳌，古丈坪、溪州和辰州，酉水沅江就是他的天下了。

杨占鳌从容不失轻慢地端起青花细瓷杯，呷了口茶，啜着枚茶叶梗，咀嚼两下，"呸"地吐向立在山大王脚前的大黑狗，那畜生惨叫一声跑开了。杨占鳌放下茶杯，说："多讲无益，你和你的喽啰们自断一掌，表示向善，饶尔鼠辈。若不悔改，我也没有他法。"

还能怎样，大厅里二十几个喽啰，不是被打趴没气了，出气的也在屯兵刀下唱好话歌了。

光杆山大王想没了一只手，活着窝囊，不如扬刀拼一拼。突然，寨门前天空响起五色烟花号炮，田光早和张仕祥两老哥让家佣扶着进来，见局面控制，佯嗔杨占鳌这么大的好事不叫上他俩。杨占鳌笑说："还有个大家伙，送二位老哥哥做下酒菜，我下山打发几个守寨的去。"

田光早急了，跺脚叫嚷："山下的还不够我俩快活手，早解决了，让人押着呢。"

那山大王定要横竖给自己一个机会，舞刀上来，孔方把总扬起朴刀相迎。山大王有几下子，一蹦三尺高，一下挑开把总的朴刀，踢得孔方踉跄后退，险些撞到柱子。说时迟，杨祖贵急使打火上阵棍的前程万里招式，杵退山大王。何老五花铃枪劈头打下，山大王让得急，虽是趔趄退步，左脚罡步，右脚踢开花铃枪。面对三人，山大王一把刀舞得风声凄骨，几下子兔起鹘落，众人皆惊。孔方，杨祖贵和何老五三人没有捞得丁点便宜。

杨占鳌笑说："两老哥子，机会难得，要不你俩试试？"

田光早没有取胜把握，张仕祥自找台阶说："我俩一身病，要是早些年不用大人发话，我一人就让那厮趴下了。还是有劳大人露几手。"

杨占鳌还是笑，示意孔方三人退下："我来就我来，看看三招之内能不能打发他。"

三人退下喘气，杨占鳌从杨祖贵手中拈过齐眉棍，说："孙孙看好，这才叫前程万里招式。"山大王领教过这招，贼脑窠一闪，想不出化解的良法，只得转身避开。山大王急呀，对方人多车轮战，得寻个法子脱身，只管罡步舞刀。杨占鳌持棍错步让开，借棍发力双脚长短踢，长踢虚，山大王错判让开，短踢转为用膝盖顶撞个结实，趔趄倒地，早让屯兵押了。

杨祖贵拍手说："叔公这招围魏救赵式精彩。不是说用三招吗？"

杨占鳌对田光早和张仕祥说："这小子硬是教不乖。三人不传法，这么多人看着，我露那么多做甚？"

杨祖贵吓得咂舌，赶快道歉："叔公教诲得是，孙儿记下了。"

杨岩匠和老娘跪下磕头，感谢搭救之恩。老媪抹泪说，后院岩坎脚里还绑有人："是个年轻媳妇，让山大王那厮夜夜糟蹋。大人快喊人救啊。"

孔方吩咐几个屯兵去救。屯兵回来说那妇人羞于见家人，已是自缢了。

山大王听得清楚，趁看押屯兵不注意，挣脱就跑。杨占鳌踢起地上山大王的刀。山大王终是了在自己的刀下。

孔方照先前杨占鳌的话，押来喽啰，按在木桩上，手起刀落，砍了两人各一只手掌，痛得两人地上打滚，其他喽啰见了，吓得跪地磕头如葱。其中有个脑窠好使的，说都是山大王那厮逼他们干的。又说本来是良民，天旱逃出来，没有活路才落草，家中还有老小待哺。

经过那人一提醒，其他匪徒急急附和，说是当地人牵线，才做出天地难容龌龊事。并告发两个穿绸子衣戴玛瑙帽子的保人："就是他两个从中与大王联系，捉鬼放鬼让我们勒人钱财。"

两个保人知道坏事了，吓得脸如死人脸，怕砍脑窠和砍手板，只管磕响头赎罪。

杨占鳌吩咐孔方："就给尔辈个机会。押着充军湘军。若积军功，也是他们的造化。"又唤跪地上打抖的两个保人：医治砍了手掌的两喽啰。罚出田地，抵还被强盗抢犯勒索的人户。两人磕头不敢说不。

参与擒拿山大王的屯兵，回去传说杨占鳌贼擒，功夫神乎其神。峥嵘诈露，卓尔不群，直到杨占鳌年迈伤病拖累，也没有草莽宵小敢在古丈坪厅域明目撒野横行，换得一时太平。正是：

归来求安逸，载酒几空坛。

建桥逞歹人，卅年桑梓安。

修了桥后，往来三道河的行人，没有人不颂及杨占鳌的功德。抚民同知赵惟鋆根据民意，特地让人制彩锦，请了一坛锣钹，吹吹打打上杨府表德。

寒暄过后，杨占鳌在前院客厅留赵惟鋆品茶。赵同知说："杨大人回到桑梓，抚军属，惩蟊贼，建石桥，做的是千古功德，让我佩服得五体投地。让我给你当仆从都愿意。"

杨占鳌歉然："退隐之人不涉官事，只做些力所能及的，犯不着如此张扬。往后呢，你整饬地方的事很多。不必事事都到我这儿来禀呈，更不要张扬奉谀我。"

经过太多战事，皇上赏穿皇马褂，可谓荣辱不惊，何况为地方做点公益善事。赵同知起身揖首，口称："是是，下官考虑欠妥。不过义学还望大人多多辅佐才是。"

杨占鳌在甘肃为官时，认为民风剽悍，与读书尊儒有关，进行办学促进王化，多次肯请左宗棠设立甘肃举院，以怜甘省寒士就近赴试，所以回乡极是关心教学。古丈坪尚无义学，若建之，众多伢崽跨进学馆，不能及第，也慰弦歌泪泪，始比齐民兴盛。

杨家私塾，只够本家十多个孩子就读。其他富家私塾，没有场地，在堂屋或吊脚楼上摆三五张桌子，请个先生坐馆，教七八个学生，先生还得兼做东家的账房伙计。杨占鳌走遍村邻，劝田光早和张仕祥等回籍湘军倡导办学。两人随军征新疆，归金顺指挥，杨占鳌归家后第三年才回来。张仕祥慢条不失有序地说："办学当然是好事，只是这年头国朝招兵重，苛税繁多，穷困人家瓜菜半年粮，伢儿们要守牛捡柴，只能读半大书，识得几个狗屎字会写名字画押就辍学，生源没有保障，无钱无米，拿什么供先生。想搞大，除非抚民衙门出面官办，建学生免费读书的义学。"

田光早剥个花生米，含在嘴里附和："盘得起孩子读书人家，多是富户家族联合，自立学馆请先生。你捐学田办学是好事，可是伢儿家好动，干起仗火，诱引家长护短，闹大了保不准发生家族间械斗。"

杨占鳌迟疑："不会吧？"

张仕祥找理由："所以还是衙门官办妥当，请先生也容易。我们捐点钱粮，出了岔子，从旁维持公道，解决起来顺当得多。大人你说呢？"把问题又抛给杨占鳌。

看来办学不能剃头挑子一头热。抚民同知府，差役的薪俸都保证不了，哪有资金办学。就这样，杨占鳌怏怏回到家中，坐在木椅上，接过丫头张香端上来的莲子粥。这个张香是杨占鳌回到古丈坪，为了服侍有孕的黄氏，从苗寨领来的。因为父母生病过世，欠了些债，家族找到杨占鳌告贫，自愿来杨府为婢。杨占鳌喝粥时看着张香开始挺起的胸脯，就有点怦然爷们起来，一发想到答应老娘要取三四房亲，轮流给伊捶背。这时，后院琅琅读书声起，杨占鳌示意张香，两人悄悄挨到学堂窗口下，听先生唱读一句，学生跟着唱读一句。

杨家的五位公子，大公子、二公子和三公子成家了，四公子和五公子负笈辰州官校求学去了，现在学馆里除了大公子杨圭璜的小儿子杨锡田，多是本家和杨大姐的孙子就读。今天，竹贤先生教的是韩昌黎的《进学解》："国子先生，晨入太学。"忽听杨锡衍问："先生先生，'国子先生'是不是姓'国子'？"竹贤先生摇头说："非也，教皇子的先生称作'国子先生'。"杨锡衍是杨占鳌族兄杨七斤孙子，时常流鼻涕，是个捣蛋有趣角色，听了先生解释后，饶有启发地说："晓得了，譬如先生你给我们杨家子弟当先生，就叫杨子先生。"

杨锡衍刚换个乳牙，缺齿说话走音，听起来像是"羊崽先生"。

"好你个杨锡衍。"竹贤先生气得一摔书本，提神叱骂，"汝鲫小子，可恨——"杨占鳌听得清楚，掩嘴抿笑走开。

> 学馆琅琅读书声，弦歌汩汩到前庭。
> 修得文章精神好，居家创业乐安平。

杨占鳌从洞庭方堃家购来的茶籽，种植在汪家坪茶叶地，经过精心培育，已成五分多地的茶园。开桃花时节，茶园嫩绒绒地长了一层新芽。杨占鳌选个晴天，扶着老夫人，并同学堂十多个杨家子弟，丫鬟张香端个竹簸箕，簸箕里放几碗饭菜，还有三个盛茶水的竹盏，过了古阳河跳岩板，一家人聚在篱笆门边开茶园。杨占鳌曾在庙里侍佛，还记得些抄读过的经文，知道茶神陆鸿渐。杨占鳌吩咐张香斟三竹盏茶，又让兄长杨大同拈香，杨三同

171

烧冥纸，自个口中念起经来，到底多年没复习，记不大清楚，竹贤先生立着聆听。杨占鳌加快语速，哩哩啰啰诵得家人听不明，慑于他的威严，李老夫人也是虔诚俯首。末了，杨占鳌严肃地蘸了三盏茶，把竹篱笆门打开，大家鱼贯进入。杨占鳌自然是胸前挂个竹篓，开始采茶。竹贤先生笑说："大人没忘劳动本色，干过大事的，荣辱淡然。此乃茶有大义啊。"说着吟曰："春花成阵草莺飞，汪家坪里茶成行。漫说种茶无居士，巨擘古丈杨大人。"

杨占鳌笑了笑："过誉了。还有任提督，马提督，张高礼军门哩。"

"任少爷虽是正一品官，可只是总兵加提督衔。马提督没赏穿黄马褂，不像大人你是正一品实职。"竹贤先生急了。

丫鬟张香端的竹簸箕就放在茶园门边，人离开后，几个停在桃树花丛的细麻雀，呼朋引伴，飞到簸箕里吃撒落的米饭。

杨占鳌吩咐大家："采嫩点，散叶的莫要，最多一芽两叶。谢夫人和张香几个丫鬟采洞庭来的小茶树上茶叶，其他人跟我采老茶树。鲜叶莫混合，回去是要分开炒的。"

杨大同疑怀："往年我们采两三匹叶子，你要采那么细搞什么？再说新种的洞庭茶才得三年，不会采萎了？"

杨占鳌蛮有信心："今年试试新法子，好茶在春季，采细点品质高些。冬天施肥足，茶树如韭菜，越采越发，新茶不怕采，不采反而不发。"

采了约有半个时辰，太阳炽热起来。杨占鳌伸下懒腰，看到李老夫人蹲坐在茶树边，忙过去扶起老娘，递碗茶水说："就让您来看哈子，吹吹风，活动下筋骨，哪个要您当老夫人的掐茶。"

"嫌我老，手脚慢不是？我眼睛好着来，比那帮捣蛋小子掐的茶匀细多了。"李氏接过茶碗不服老。

"晓得，不是怕累了您老不是？"杨占鳌顺着老娘说。

喝过茶水，李氏笑着说："二同呀，这块地原先分给你大哥。种的红薯让人偷去大半，你大嫂恼得哭了大半夜。唉，你大嫂是个好人哩。还记得你到古丈坪巡城团练当差，嫂子看到你跟不上伴，连夜缝衣么？"

"晓得。哥好不如嫂子好，嫂子好才是真好。建了院子，所以把哥弟两家都喊进来住。子女们大排行，家和万事兴。只是嫂子没福享受。"杨占鳌想起嫂子，有点伤感起来。黄氏耐不住寂静，跟到茶园玩耍，笑问娘俩说什么呢，如此开心。

李氏笑说："说你俩好缘分，从那么远的地方，早早认识。你又那么旺夫，有你娘家的帮衬，才有二同今天的富贵。"

茶叶地不到三亩，二十多人，大半天采完。茶叶地下坎果木树丛，杨大同成家建的一栋三间穿排榫屋没拆，让雇户守着，方便管理田地时歇阴避风遮雨。先一天，杨大同让雇家打扫干净，杨占鳌让张香铺张干净晒簟，洞庭茶叶放在一边，本地的茶叶放在另一处。几个学生采的，老嫩不一，一下看得清明。都是杨家子弟，竹贤先生作声不得。恰好厨房挑来饭菜，杨占鳌让先生领学生吃饭，吃完散学回家。

学生个个如饿牢才放出一般，挤在一起吃得筷子打架，吃了三四碗才放手。李氏老夫人看得哈哈欢笑：杨家孙辈个个狠，吃得做得，长大准有出息。老夫人拍着杨锡衍吃得冒汗的脑窠："攒劲吃，好长得又高又大，学你爷爷干大事。"

杨锡衍满口含饭，点头："嗯，太婆婆。是学我亲爷爷扛得起柱子，还是学二爷爷娶两个老婆。"

杨占鳌听了忍不住笑。李氏老夫人摇头说："七斤家这孙子，真一活宝来。"

学生走后，李氏老夫人说不累，要看杨占鳌的新式炒茶法子。杨大同让厨子晚饭准备充足些，那些学生吃多了，他没吃饱，何况张香和几个家佣多的只添下碗，少的就一碗。厨子答应着，挑着空箩筐唱着小调回去了。

杨占鳌坐镇指挥，雇户捡块瓦片磨锅，水洗，再用老丝瓜瓢擦洗一遍，把两口锅洗得光亮。就是茶叶有的老嫩不匀。先前，地中李老夫人提醒学生采的没她采得细，杨占鳌后悔当时没去检查。现在，只好大家动手，帮助捡掉老叶，病虫叶，长梗，红梗，鳞片和杂渣。

雇户烧火，杨占鳌捋袖操帚准备杀青。杨三同抢过竹帚，说："还是让我来吧，二哥你指导就行。锅温太高，你那双撑过帅印的手炒茶没我熟。等下搓条提毫你把关。"

杨占鳌心下惧锅温烫手，明里不服："好唠，你炒就你炒。这是上好的春茶，着股正经炒。没炒出道来，我是要骂人的。"

"骂人。再你骂，我还是你亲三弟。"杨三同脱了上衣，把头发辫挽到劲脖上。杨三同妻相帮，把他的头发辫盘到头上，用纱帕扎牵，说是挽到劲脖上发热出不得气。夫妻俩一唱一和，雇户作弄，加把柴，锅底烧红了。茶叶

入锅，哔啵乱响，杨三同翻炒三两下，烫得受不了，拿起竹帚把翻炒。茶叶多了点，抖起来时，两片茶叶调皮地粘到手背，烫得杨三同哆嗦了一下。汗水从额头流下来。翻炒两下，出锅。借抹汗走开。

张香和两丫鬟准备揉茶，杨占鳌说要先簸一下，散热去掉焦渣再揉，揉热茶会沤黄，成色不好看。

谢氏夫人挽袖，接着杀青一锅。谢氏夫人炒的出锅，簸箕中初揉，比较成色，与杨三同的不分伯仲。

"怎么样，大哥也炒一锅?"杨占鳌不让家佣炒，嫌他们手粗，炒坏了扫兴。

杨大同犹豫，岁数大了，眼睛差，怕手板杵到锅子上。杨占鳌就亲自动手，剩下鲜叶分两锅炒。最后一锅炒洞庭茶叶时，还把锅洗了一道，炒时特别上心，因为有前一锅的经验，所以杀青手感强些，出锅后成色较前锅好看。

杨三同在第二口锅中炒二青，锅温不要那么高了，边干活边说笑。

杨占鳌炒三青，锅温要小于二锅，吩咐几次，雇户就是烧不好火。黄氏抢了铁钳，当起烧火师傅。只因灶中火炭积多了，黄氏也是无策。谢氏看到，用铁铲盖了火炭，锅温一下调到位。杨占鳌一边炒茶，一边介绍："没揉好的，就看现在锅中手脚了，要边揉，边解块，还要翻抖，叶粗的，这个时候就要小心：没揉成条，散叶先干就会焦，碎渣就多，泡茶水浊。所以要紧条不要松条，条索一致，干的速度就一样快，颜片也就耐看，香气同等。"

出了锅，杨占鳌把簸箕轻轻一筛，茶条排序，根根圆直，颗颗露出白毫。李老夫人啧啧称赞："二同果然好窍门，先前我们采两三匹叶子，哪炒得出这么好看的茶。"

杨占鳌让谢氏取出才从官庄和洞庭买来的样茶，放在手板中比较：自家炒的茶的板栗嫩香味明显，外形略逊样茶。"没揉到位。你们看，有些还是个瘪肚子。味道达到火候了。"杨占鳌最后得出结论。正是：

三春雨小不成丝，晏坐闲舍观景迟，
乳燕出巢秧上长，正是乡间炒茶时。

第二十一回　携茶故地游

　　杨占鳌认为古丈茶比皖江的还要好，为验证实力，让杨大同到团近收些鲜叶，坐镇汪家坪，指挥家人精心炒制百十斤干茶，带着张香丫鬟和大公子杨圭璜，杨祖贵和何老五做伙计，搭船到下河去探市。本来黄氏出门是把好帮手，就是身子骨没恢复，杨占鳌虑伊受不了舟车劳顿。

　　当日到五车，瞿三哥家向氏，领着流鼻涕的大宝，手腕上抱着二宝给杨占鳌道万福，说瞿三哥承头的马帮才出门三天。"说是到德山，筹备齐货就去西北。大约端阳节前回来。"向氏最后说。

　　向明伦在河边摆渡，这是他家的家传手艺。因为渡船触岸背脚佬掉河里，卖船赔钱，没有生计，向明伦才随杨占鳌从军。回村没多久，向明伦修造新船摆起渡来。村里公议：摆渡人家种一斗谷种的摆渡集捐水田。向明伦摆渡，无人时放钓放网，河边搭个桫树皮棚子，晴日少不了村邻年长者携小，趋往渡头，与他摆龙门阵，他取些鲜鱼煮豆腐与人吃酒。火锅正酣时，过往客人要过渡，少不得放下酒碗上船做事，若是遇上熟人，干脆拉着吃喝，尽兴后再上船送之。因人和善，过往熟悉和不认得他的过客，唤向明伦叫作向老板。

　　这日，向老板喝得高了，春阳懒懒，倒在棚子里稻草铺睡着了，何氏领着三岁大的外孙，就是养女向秋月的大儿子，外孙喊两声"外公"。没反应，何氏踢了一脚，他跳起来，揉着惺忪眼皮问："哪个要过渡？可惜担耽一场好梦。"

　　"又偷吃马尿了。好梦，好你个脑窠髓。杨大人来了。"何氏嗔骂道。

　　向明伦呼地翻身下床，也不管头发上粘着节稻草，领着杨占鳌回家，在堂屋高谈阔论，尽是些从过渡客人那儿收集到的龙门阵。张香协助何氏灶房张罗办饭菜。未了，向明伦看了杨占鳌的茶，说："卖什么哟，我三斗米斟你一斤茶。"

杨占鳌笑说："这次带着一担多茶，就怕你没那么多米斛。"

向明伦伸了下舌头，急分辩道："我是说三斗米斛你一斤茶，试下味。哪个盘你那么多茶当饭吃。听瞿老三讲，左大人新疆那边要的是红茶和黑茶，他搞得些茶引，说是上等绿茶五十斤可换一匹好马。"

"这个我晓得，茶马互市朝廷有条律。然不知变了没有，前次石玉行来信，说甘陕和新疆要茶叶量大，左大人定四十包为一引，招湖南商户承办，只要到边，归官销售。"杨占鳌来五车，主要是打听下瞿三哥茶叶备够了没有。再就是弄清是上等茶合算，还是次等茶盈利。

向明伦来劲了，叫嚷不如雇他驾船去下河，说不定到德山许能碰上马帮。杨占鳌看天色适宜出远门，许之。向明伦屁颠着找村里本家人替换他摆渡若干天。

吃了饭，杨占鳌反悔了，推诿说银两不够。向明伦看了浑家何氏一眼，何氏进房秤一百两葱头银。杨占鳌推不了了，着杨圭璜开了收据，唤来五车代管三担谷种水田的庄户，从庄场照单兑谷。

春风陌上出新茶，五车村落话桑麻。
一担茶芽探互市，西北路远有人家。

杨占鳌出行，一路走看下新老商户，为长远盘活古丈特产计，大宗如茶叶、桐油、五倍子、土硝和中草药材的销路，铁器、布匹和食盐诸种必备物的购入作点调查。湘沅各地，多有子弟投戎湘军，远征中原，走看相惺，广增人脉。当日到辰州，住油行瞿老板家。瞿老板过世了，油行由儿子瞿福和媳妇邓氏经营，加上瞿三哥本家原因，上代人的关系一直延续着。瞿福四十挂零，人情世故做得妥帖，邓氏也是贤惠，油行做得比老瞿老板在世时还大。

杨占鳌吩咐杨祖贵和何老五照看行礼，邀向明伦去妙龙寺，向明伦说摇桨累了。杨占鳌只好领着大公子杨圭璜和张香上山。等杨占鳌走后，向明伦对杨祖贵和何老五说："山上清汤寡水，我才不去。"怀中拿出干荷叶包的扣肉，打一角酒，邀两人吃起来快活。

妙龙寺住着酉缘，独臂酉灵，还有还俗又出家的渡空。杨占鳌给三位师叔请安，便有沙弥端来香茶，于是，他们的话题便从茶叶开始。独臂酉灵说悟性六根不净，又好动，随瞿三哥马帮做镖师去了。酉缘说文殊菩萨出家前流浪三十年，常游千万里，悟性外游，也是修结慧根。杨占鳌又问了独臂酉灵师叔和发妻佚事。黄老大病死了，酉灵曾化斋从拖迁滩岩坎经过，让发妻也就是黄老大的老婆一阵数落，睨见一言不发的酉灵少了条胳膊，揪着又打又骂，最后抓着袖管一直哭。杨占鳌打诨："师叔高人，红尘之事和沙门功课两不误。"

酉灵表情复杂，愧说："罪过，罪过。"

聊得入港，门扉外忽地一男两女跪着哭喊："阿爹随我兄妹回家吧。阿娘终日以泪洗面，村邻还以为我们忤逆不孝，忘恩负义。回去吧，我们当亲老子供您还不成么？"

渡空听了，表情甚是复杂。酉缘持佛珠说："出家在家，在家出家。当初还俗，在六家与那陈施主渡灾荒，还生了个女儿，现在子娶女嫁，师兄红尘恩缘了了么？"

渡空回言："文殊菩萨有云：吾身虽俗，因俗证真，真俗圆融，洞然无二，无二之性，即是佛性。"

酉缘劝之不为所动。酉灵见其坚决，说偈曰："面上无嗔真供养，口里无嗔吐妙香，心里无嗔有珍宝，无染无垢是真常。师兄发菩提心，明是不必相见矣。"遂起身，禅掉袈裟上的尘埃，出门扶起三兄妹，虔诚劝慰，"三位施主回去把，渡空师兄出家还俗，还俗又出家，说明对汝等心愿已了。你们好生服待萱堂，安稳过日即可。"

兄妹仨啼哭一阵，知渡空再无作其父之意，让酉灵师傅转交一双布鞋，二两银子，两斗米，一瓶香油。兄妹复对禅房拜了两拜，抹泪相携凄凄下山回去。渡空站在山门前檀木树下，看着三兄妹远去背影，数着佛珠，心下默默祝愿，泪珠就从眼眶里流出来了。正是：

> 身如菩提树，心似明镜台。
> 本来无一物，何处惹尘埃。

杨占鳌随三位师叔，菩萨座前蒲团上虔心打坐做工课。大公子杨圭璜吃不习惯整日素菜，和张香嘀咕起来，杨占鳌也有点受不了。第二日做完工课，杨占鳌便告辞下山。

向明伦领杨祖贵，街市上筹备些菜果米油，大家坐船从沅江顺流而下。向明伦驾船娴熟，不惧波涛，一路上唱着号子，大家应和，过清浪滩，进德山城，借宿左三公子货店。杨占鳌离开货铺快三十年了，当年的三少奶奶，现在儿孙满堂，成了货铺内掌柜。杨占鳌一到，自是相邀招待，左三公夫妻陪着说话。三奶奶说当年杨占鳌背三斗谷碾米事，三人回忆起来，平常而又温暖。只是苏瘦杆子和范老七两老伙计去世了。

瞿三哥通过关系，把左家货铺当着一个发铺，进西北前，就让伙伴拿着货单到左家货铺筹货。左三奶奶说："瞿三才走四天，说是岳州取货。这里过两天才发货，你们就随货船出发，长江涨桃花水，正是行船时节。现在要两天，让左三陪你到西山寺玩玩。"

一提哑师在西山寺，杨占鳌当然是要拜访的，杨圭璜不想去，但不敢反对。一提八旬有余，虽说不出话，表情表明很得意收留杨占鳌为徒，脸上的皱纹欢喜得扮成菊花瓣。杨占鳌行弟子礼，又让大公子杨圭璜跪拜。酉通和悟道也是宽慰，说一提师傅精神矍铄，日三饮茶，抄写五笈经文。一提哑师比画问杨占鳌炒茶否。杨占鳌让丫鬟张香取一包所茶呈上，老和尚闻了又闻，从床边几桌抽柜中取包茶对比，酉通会意，让悟道烧水，各取三碗泡之。左三公是买卖商家，对茶略识一二，看到杨占鳌的茶汤绿，水汽洋溢着似有似无的嫩栗香味，讨了茶叶和碗，迫不及待地自个冲了一碗。喝起来称好。

一提哑师看了又看，闻了又闻，"啊啊"直嚷。酉通师叔喝了一碗，说："一提师兄说你的茶好，唯品种有点杂，稍炒嫩了点，出锅前若加把火，香味比得上我们西山寺的茶了。"

杨占鳌不得不敬佩师傅和师叔。茶叶的确不是一家和一块地上采的，有些是从下河大栏坳王福山家斠换来的，炒的法子是借鉴桐城小花和君山毛尖，以及一提师傅在酉岩山寺炒茶时教的法子。

杨占鳌激一提师傅，定要他传授西山寺炒茶法子。一提哑师高兴，悟道师兄取了几个竹篓，主客一起到寺外茶园采茶。茶叶地是一香客还愿赠送的，约有两分多地，茶树半人高，修剪稀疏。悟道师兄对杨占鳌说："茶叶管理上有技巧，茶树侧根多，露出土表发蘖，五六年后要除密留稀，就主杆剪细枝。"一提哑师采一嫩芽给杨占鳌和左三公比画。左三公说："要炒好茶，果然采茶叶有讲究。"

一提师傅和西通师叔年纪大了，不能锅中比画，专一把守灶门。一提师傅"啊"了一声，悟道师兄便投叶锅中操作起来。杨占鳌不但自己看，还让杨圭璜和张香注意观察细节。杨占鳌特别佩服师傅和师兄三人的默契，茶没出锅，一提师傅就逐步取出火柴减弱火势，锅温控制恰到好处。

初揉、洗锅、复炒、搓条、再洗锅、提毫。茶叶放于簸箕中，悟道师兄亦轻轻一筛，根根茶芽排列，煞是风景。左三公说："今日搭帮杨大人开了眼界，这茶换得到三斗白米了。"

西通师叔取了碗，一一泡之。杨占鳌注意到师叔每碗投放的茶叶并不多，就数十枚，壶嘴扬了半尺高，水注入碗中，茶叶快活地随水翻滚，郁香便四散开来。一提哑师笑着推碗让杨占鳌和左三公视之，汤色清清，茶条似浮似沉。好茶还要知己尝，成就感就在其中。只见三个和尚持碗吸之，仿若茶进身体每一处肌肤，每个毛孔享受着惬意，快乐得脸皱如花。正是：

三十年后复从师，授予炒技传功夫。
一杯清汤禅门内，几度江湖慕煞人。

向明伦的船，随左家货船到岳州与瞿三哥马帮会合。瞿三哥告诉众人："有杨大人掠阵，这趟去西北的买卖，不想发财都难了。"

杨占鳌正色说："我申明，只是随马队玩耍。你少打我旗号招摇。"

"属下谨遵号令。不到关键时刻，绝不亮出你这块招牌，就是左公子来了也一样。"瞿三哥揖手打科称是。

向明伦把船换成货，入了马帮份子。马帮边走边经营，一月后到了兰州，杨占鳌坐在湘商会馆，便不肯西行，说是熟地遇到熟人，难免感怀。瞿三哥却打起杨占鳌那担茶叶的主意。杨占鳌分了一半，让杨祖贵和何老五照看杨圭璜，随马帮西去萧州甘州凉州，嘱其多对市场需求了解。

马帮西去之后，杨占鳌在兰州好玩，马市、茶市、脚行、货行走了个遍。累了，就在路边简棚，与张香吃羊肉泡饭。大路上来了一支湘军马队，马匹较多，扬起尘土。杨占鳌用胳膊挡尘埃，低头呷泡饭，坐相吃相显得猥琐，简棚老板不放心起来，挡了湘军马队说有歹人。旗牌官下马进简棚，张香苗乡姑娘，没见过大场面，站起来失了嗫。杨占鳌没留意，认为与自个无关，并不起身招呼，那军官见他目无威严，扬起马鞭劈头盖脸打下。张香吓

得一把护着主人的头，背上挨了一鞭，打得花容失色，哭喊起来。杨占鳌一惊，多年从军经验，本能地把张香推开，一手拽住再打来的马鞭，顺势稍一用力，旗牌官踉跄跌出棚外。

清军见之，几人下马趋助。杨占鳌一把推了前边一个，左脚踢桌，两个湘军又是抱桌倒下。一个戴染蓝铃的清军也不说话，凌空踢来，杨占鳌见力道甚强，站了马桩步，一手接了来脚，借力把那厮抛出棚外。那人也是硬角，并不倒地，对左右喝道："这老小子有点名堂。"

边上清军会意，一把抓了张香。杨占鳌只好就擒，那人骂骂咧咧，用劲抽了两马鞭。杨占鳌诘问："我犯了何罪？不问皂白，胡乱打人，这是哪家的王法？"

"吧嗨，长本事了，反倒问起来了。"说着又要动鞭。好汉不吃眼前亏，杨占鳌软了："你们听着，我一正经商贩，就是到你们长官那里，也不怕。你这三鞭是要还的。"

"要还不是。我再打两拳快活下手。"

于是，杨占鳌又获得两拳的好处，一拳打在左脸颊，那里便乌肿起来。

其后，清军押着杨占鳌主仆，推搡送到县衙。县知府审讯，张香想说话，让杨占鳌一瞪眼，说："我们没犯国朝律例，不信他们还敢杀人不成。"

那知府见杨占鳌气场凛然，有点吃不准来路，让衙差收查包袱，收出一百五十两杂色银子。知府眼珠一转："有了，你依仗拳脚行凶，又有此数目赃银，就定你个杀人抢贼。"

"你放屁。我家主人是——"张香急了。

"是什么我不管。"知府为他聪明的结论洋洋得意，背着双手踌躇，"先绑在衙门外示众，充做漏网回捻余孽，明天午时砍了。"说毕，高举惊堂木，重重拍下，文书提笔记之。几个衙役七手八脚，强行让杨占鳌主仆按上手印。

杨占鳌怄得哇哇大叫："反了反了，这种昏官，怎么能治理地方，还一方百姓福祉。"杨占鳌还想说点什么，衙差用布堵了他的嘴巴。主仆被五花大绑在衙门当街柱子上，一下招来路人驻足观看。

张香急得直流泪。杨占鳌不怕，自我安慰，就是砍头，刑前也得有餐断头饭吃，到时说来不迟，以眼色安慰张香不必担心。

一会儿夜色堆帏，街灯挂起，一队人马巡夜经过，见衙门两边柱子上各绑一人，边上有差役守着。一个中年军官挑灯，拔下杨占鳌嘴上布片。说："这不是杨占鳌提督么？怎么弄得如此狼狈？"

杨占鳌唤了口气："可把我堵坏了，还是玉昆兄台认得在下。"

那军官是从二品官马玉昆。马玉昆随金顺陕甘平捻剿回，杨占鳌曾协同其攻打金积堡。两人相见，甚是喜欢。马玉昆想是有误会，也不说话，击鼓催开衙门，扶着杨占鳌进堂坐下。知府见那阵势，赶紧赔礼，说是有眼不识泰山。杨占鳌喝了口水，说："我不是泰山，我是小人杨占鳌，过堂你打了我五板子。现在还你便是。"

说毕，自个动手，打得知府嗷嗷直讨饶，方解心头憋屈。

马玉昆骂道："你忒大胆，连任过朝廷的一品官都敢绑，明天。不，从现在开始别干了。"

知府叫屈："不关我事，是祈营官押来的，说是回捻余孽。"

马玉昆说："杨大人赏穿黄马褂，敢打他就是对大清不敬。还不谢杨大人不追究之恩？"

知府吓得不敢再言，讨了饶，耷拉着脑窠走开。

马玉昆唤人传祈营官来对质。祈营官原是提督宋庆部下，新疆平叛后，归马玉昆部屯垦留驻兰州，维持地方。马玉昆责问，祈营官前倨后恭，推说不认得是原来的甘肃提督。杨占鳌说："不认得不打紧。我先前说过，打的三马鞭两拳是要还的。现在还你两不相欠。"

马玉昆看到杨占鳌乌肿的左脸颊，知是吃了憋屈，不好明着阻拦。杨占鳌治军懂军纪军规，操起衙仆用的板子，翻腰打起来。狂妄的姓祈自认倒霉：马玉昆在关外，当天才到兰州，不想就碰上他做的这等好事，若深究，打赏穿黄马褂的人，可是杀头之祸。祈营官咬牙挨了五大板，杨占鳌见他还硬挺，翻腰再加。祈营官晓得麻烦了，痛得嗷叫求饶。求饶也没用，杨占鳌又打了两板子。马玉昆走下来，拉着杨占鳌，和颜拿开板子，说："想毕杨兄台还没吃饭，我们先吃饭。明天左大人要到兰州来，养好精神一起接见。"回头佯骂祈营官，示意左右把那厮扶走。

杨占鳌说："兄弟献丑了，我不是睚眦必报，只那厮太没有军纪王法了。若是平头百姓，不就白让他打了。就是左大人也不许这般让他逞威。"

马玉昆笑说："好了。我说兄台，不在家中享乐，怎么到兰州来了。脚伤好了么？"

"托兄台挂记，辞官后，接旨进京见皇上，老佛爷请洋医官医治，现在没事了。乡间闲坐些年，随马帮来故地玩玩而已。"杨占鳌避开不说是做茶叶生意。

马玉昆笑说："今日兰州受屈，全是兄弟我治军不严。这样，我这里有两个知县差缺，左大人那里，你不好开口，明天我当面报之。他点个头上报即可。"

次日辰时，左宗棠和金顺至，马玉昆让人到商馆请杨占鳌。杨占鳌不好推诿，让张香包了三份茶叶去相见。左宗棠见杨占鳌脸上还没消肿，哈哈大笑："马玉昆你小子带兵有方，打得杨提督脸都肿了。事情原委我晓得了。好了，你领两个知府差缺给侄子们，也是你多年为国朝效力所得。以后到兰州玩，先告姓名，免得又出差迟，我可再没差缺给你。"

杨占鳌名下原有个两个知县官职，一顿好打得了两个差缺，还能说什么呢，抱拳对左宗棠无奈地笑了笑。金顺拍下杨占鳌肩膀，也是笑了。正是：

一别甘肃几经年，兰州无人识得俺。

茶叶亨通终南路，受辱斟得两知县。

杨占鳌得到了两个官爵，一发想着给大哥和三弟家各一个，这样，兄弟就连理共庇了。殊不知，左宗棠率领湘军远征新疆，营务差强人意。为了供给和巩固后方，陕甘各地地方官缺，多任用信得过的湘军，或者是湘军后代，其实是份苦差事，很多官员任满，回乡盘缠罄无，只能就地安家生衍。

叙旧小酌后，杨占鳌辞别左宗棠、金顺和马玉昆三位大人，回到南商会馆，高兴得不啻当年跪接诰封提督赏穿黄马褂的圣旨，抱着张香欢喜。张香舍身护主人，杨占鳌很感动。

马帮从甘凉回来，瞿三哥见那情形，说是好事，定要杨占鳌请酒，杨祖贵和何老五争着祝贺要喜糖，大侄子杨圭璜揎手就呼三姨娘，杨占鳌被闹得烦恼地开心，摆了一桌酒席，马帮伙计放开肚子吃。高兴归高兴，杨占鳌担心回去两位夫人为难三房。杨圭璜诡诈，孝顺着说："长路漫漫，有的是时间，二叔有的是劲，把三姨娘肚子弄得大起来，珠胎已结，由不得大夫人二夫人了。只要阿婆老夫人一高兴，好事不成也是成了。"

杨占鳌想：也是，家中他说了算，谢、黄两夫人贤淑善良，不是母老虎，只是莫名怵之。于是，新婚厮磨，夜夜燕歌。借求取制茶经验，路上走走停停，洞庭、德山、辰沅玩个遍，在五车庄场住了十多天，又拜访住在五车不远清水坪的马承宗大人。

马承宗大人出生古丈坪散厅外功全保坨坪，曾任贵州提督，四十五岁时，思恋故土，急流勇退辞官回乡，买些田地养老，清廷重召他回贵州继任提督，他怵于官场和军队纪律约束，执意不肯上任。两位大人对脾胃，又都任过提督，无话不说，一连住了数日。直到张香确定两个月没来月事了，杨占鳌才起程回家。

谢、黄两位夫人当然是意外，没给杨占鳌好脸色，只李氏老夫人笑得脸上又多一道皱纹："老二硬扎，当年说从军光宗耀祖，办到了。说娶几房媳妇给我捶背，谢夫人黄夫人有诰封，不能给老身捶背，现在三房总可以给我捶背了吧。难怪连七斤家的杨锡衍都佩服得不得了。"

张香丫鬟出身，乖张善揣度，花枝芍芍跪地，插蜡烛一般给三位诰命夫人请安，又向大同和三同道万福。请了安后，张香给老夫人捶背。黄夫人还想找点撒气缘由，谢夫人说："妹妹莫恼了，当年他娶你，还不是没问过我。"

黄夫人说："我那是……"一看公婆高兴得皱纹如菊样子，仿佛当年她进门一样，便噤了声。

张香到底肚子有孕了，两位夫人再不甘心，事已如此，别扭着不便发作了。张香照司丫鬟之职，早晚给谢夫人黄夫人端洗脸洗脚水，不拿三房身份撒娇。两位夫人担心伤了胎气，反而处处照顾起伊来，后堂和谐，家事百顺。杨占鳌很是得意，晚上有事没事往谢夫人房中跑。谢夫人说："看你丑美的，多陪陪三房，怀孕人晚上胆小。只莫冷落黄家妹子，你的军功，她娘家是下了本钱的。"

杨占鳌乐颠颠地到黄夫人那儿，亲热过后，黄夫人捶了他一拳，说："还不走，不晓得孕妇晚上胆儿小。"

杨占鳌笑了："知我者两位夫人。我老杨前世修了德，今生做了善，这日子神仙了。"

黄夫人为张香怀了杨家的骨血高兴，不经意间自个也怀上孕了。好事成双，杨占鳌得知，心里乐开了花，心想积德结善，上天眷顾。李老夫人每日早早起来念经，下午作课，敲着木鱼再没睡着。

第二十二回　居家恪旧俗

通过调查西北茶马互市，得到左宗棠和金顺两位大人的鼓励，杨占鳌对种茶栽桑更有信心，说干就干，劝导家族和邻里发展垦荒栽植。抚民同知深信杨占鳌见多识广，为官一任，解决地方温饱，政绩自然显著，升迁有途，极是支持。听取杨占鳌的建议，因地制宜，发挥山区优势，调整单一的种田模式。冲正保山多田土少，种植杂粮果木之类，桑茶倍蜡之树，与水稻相辅而行；功全保水田亦多，发展水稻生产，植桐油树和油茶树，兼营畜牧养殖渔业；西英保采用桐茶生产和杂粮稻谷生产结合。厅域劝荒农耕种，初种小谷、苞谷、菽、粱，杂以桐油油茶，加大茶桑种植规模。

杨占鳌劝厅衙设立种植园，培植五倍子树、漆树、白蜡树、油桐树、油茶树、木油树、桃子树、李子树、梨子树、柑橘树、枣子树、石榴树、核桃树和板栗子树，栽桑树一千多株。五公子杨圭臣在长沙任职，联系湖桑户，让亲族学习栽桑和耕管技术。不出两年，古丈坪厅周边桑树成林，养蚕见效，厅城附近养蚕者十有七室，丝每斤价值一千五百文。大栏坳民间桑叶，以往任人采摘，后来出现以盐换桑叶。蚕丝和其他特产外销，酉水流域客商争相趋之。

> 种桑酉水边，三年望得采。
> 杖条始欲茂，丝价值千钱。

秋收时节，黄夫人和张香挺着个微微隆起的肚子，坐在院中懒懒地晒太阳。杨占鳌陪俩人闲坐一会儿，走到后院向李老夫人请安。老夫人在织布，陪着说了阵闲话，就转到学馆窗外看学生习字。守门老由告诉他，大门边来了三四个头坨寨夯几村人。他们是向杨大人诉苦来的。

原来秋分刚过，有人开始抢摘油茶，寒露刚过，有人偷摘油桐，头坨寨、夯几村，族弱人少，强壮村民少，桐茶让外村人偷摘不少。村里公议，成立联合看守队，一日果然捉住一男一女，一看是古丈坪杨家人，隔壁邻里，不好过硬，和悦好话说之，指望别再来偷摘。那夫妻二人不思悔改，反认为不合丢了他们的丑，愤生邪恨，白天睡觉，早晚偷摘不误。

杨占鳌寻思无风不起浪，这些人再横，没影的事不会找上门来，和颜说："捉偷见赃，捉奸拿双。你们没有真实凭据，莫污了好人。功夫忙忙的，先回去吧，等我调查调查，若真有这事。得从长计划。"

那些人作声不得，其中一个包帕老成人说："我们不是来结梁子闹事，只是想求大人出面，我们指望这点桐茶过冬。要是再偷摘去了，我们没法活。大人发话了，我们这就走。"主要是慑于杨大人的威望，那些人没奈何愤愤散了。杨占鳌没说惩罚偷摘桐茶的人，但话没讲死。捉偷见赃，他要调查才能给说法。

杨占鳌的确没护短，给谢夫人说了一声，领个仆人，装着不经意地村头巷尾走走，到了头坨寨指认的那家人院坝，门缝中一瞧，堂屋里堆满青桐油球。再走几家，院坝里阶沿边，也都堆着些青青的桐油球。杨占鳌嘴上不说，心里不悦：离采摘时节还欠二十多天，这样搞下去，丰产不丰收，榨不出多少油，太可惜了。

回到杨府，谢夫人见杨占鳌阴着个脸，皱眉间拧得出水来。得知真相后，谢夫人笑道："我当是什么天塌下来的事，人家穷得没法，才出此下策。不比你杨大人阔绰，老婆娶了一个又一个。"

杨占鳌好不愠色："一码归一码，怎么扯到我来了？"

谢夫人图得嘴巴快活："不都是偷么？他们贫困，偷摘桐油球，想多卖得几个铜钱补贴家用。不比你，只偷人。你不会去和村里人议一下，写个告示什么的，喊大伙莫乱摘，到采摘期再摘。"

杨占鳌听得在理，见两位夫人一直在笑他偷人，没好气地说："不和你争，我找大哥三同去和村里议一下。"

祠堂公议，几个年长蓄长胡须者云：道光年间，村人就定约并刊于碑石之上，只是日久损毁了。大家附议，由杨占鳌承头任首士，找到旧约刊写告示，偷摘和提前采摘桐茶现象，就能够得到落实。

杨三同唤来头坨寨和夯几村甲长，代为村族表达歉意，给两村各赔一担谷。两位甲长说算了，只要过后莫再乱摘，摘早了榨不出多少油水，又说有

些人偷摘把树砍了，断了次年收成。杨三同说："你们看到是古丈坪杨家人摘的，二哥说对不住你们，赔是一定要赔的。道光年间刊碑禁约，已经在同知府找到存牒，让文书誊写数份，盖上马蹄官印，六保张贴。若是杨家族人再犯，当是照规罚处。你们尽管放心。"

两个甲长谢了又谢，揖手好言杨大人正值，恩惠桑梓。

古丈坪厅同知府誊写后，让衙差分赴六保各要寨张贴，乱摘和早摘桐茶得到令行禁止。

杨占鳌见有效果，向黄氏讨了三两银子，交由厅同知府勒石，作长久告示。一月后碑成，立在南门外半坡路边，通高四尺五寸，宽二尺五寸，厚二寸。碑云：蓄禁桐茶碑序。吾乡之中，贫寒日甚，生产不繁，土地皆瘠，山广田少，非腴之地可比。所出之利，别无大宗，其五谷杂粮，不足以供地方之用，唯桐茶，此地方之一大利也。奈何游手好闲之流，惰农自安，不昏作劳，往往伐木不已，而伤其财源。是以一人有饥寒之忧，众乡焉有不同者乎？兹者公议，自今以始，当一体遵议款之条，共保地利：有私伐桐茶之木者，无论贫富，悉罚钱三串文；至于杂木果树有砍者，罚钱一千文，其所罚之钱充入公会，以修道路之崎岖；捡茶捡桐亦有定期，不准先后参差，若有暗行捡摘者，应罚钱二千文，与守桐茶杂木之人食用；故于桐茶将登之时，每派八人守之，一方二人，以锣击之，日夜严防盗窃；摘捡之期，必过寒露之后，乃准捡摘，盖取桐、茶子米内多油故也。

杨占鳌年作古后第二年，大清寿终正寝，石碑让偷摘桐茶受罚的人愤恨，毁坏了。厅域仅存江洋溪和干岩孔效法筹立的《万古不朽》乡规民约碑碣。正是：

> 退隐桑梓图惠发，未到节令偷桐茶。
> 找出旧例行禁止，传习孔礼延民法。

杨占鳌与人交流，认为厅民冥顽，除其贫困，是不习孔礼，专承陋俗所至，所以极是推行义学。天色好的时候，就到厅城各处私塾看看，特别欣赏西英保许光治家设的馆，两间教室设在枕头屋楼上，室大通明。十多个学生中，有个许家远亲袁仲谦，是邻县迁陵葫芦寨人，青衣素帽，窗下极是认真。后来，袁仲谦与许家子孙许炳元，赴溪州赶考，同中丁酉科拔贡。

时有罗依保罗崇泽，罗崇魁，卢春城录取儒学附生，陪忝文脉。古丈坪无疑是落了后了，杨占鳌邀约一些官绅，由同知府出面，整修义塾，捐了两斗谷种的田和两只牛角苞谷种的地作义塾学产，义塾成为全厅教学设施最好的学堂，最初计划招学生三十五名，学制三年，课程除了四书五经，还开设算术，附加种植和纺织课程。后来，杨占鳌又鼓励同知争取建立书院，便于古丈学子乡试集训。同知吕近阳，是个办实事的人，得到杨占鳌鼓励，上诉呈请：苗疆各厅都有书院，唯古丈坪散厅没有。倡议得到肯定，在义塾内建起书院，延开文脉风气。

次年，罗依保罗崇本和唐海瀛，录取为廪膳生。无疑，古丈坪又落了后，杨占鳌坐不住，协助吕近阳等地方官吏，设法延请名师助教。是时，钟英义塾师资甚厚，有教无类，教学相长，邻厅迁陵，乾城和溪州府学生闻之，也来负笈就读，多有生庠序，为古丈坪散厅培养人才。

杨占鳌还劝导钟英义塾接收女子入学，打开古丈坪女子不进学堂门的先例，其中有张凤莲、杨莲珍、刘锡珍等女生进学堂就读，教学质量颇有显效。据《古丈坪厅志》载：由于苗疆的屯租减亏，义学的经费紧缺，古丈坪厅同知吕近阳莅任，持己爱物，兹得在籍前署甘肃提督杨占鳌慷慨好义，自认捐钱三百千，以为义学延师之费。吕自己解囊二百缗，发商生息，重币聘贤，多方劝学，生员唐焕章等人受聘，自是弦歌之声，四境无间。

吕近阳是安徽阜阳县举人，任内勤理政务，尊师重教，每月邀杨占鳌到学校听老师讲课，检查学生读书情况，勉励学生刻苦学习。后来，杨占鳌发现师生怵于他听课，才慢慢地不去学堂了。同知吕近阳去职，后任汪明善，一些涉及民生之事，多征询杨占鳌等乡绅，投其民意，大胆提倡不许女孩缠足。只是地瘠民饥，农耕男性劳力为主，荒灾年月，逃荒饥民，少不了丢弃女婴，杨占鳌就认为越要加强厅民的衣食引导。民有食，何其弃女婴。

杨占鳌归隐赋闲，眼见贫饥，没法装聋作瞎。多少年来，古丈坪才出他这么一个狠角色，什么棘手事，杨占鳌一出面，没有调和不好的。由于经杨占鳌过问的事，处理得妥当，历任抚民同知不敢偷懒耍滑，更不敢鱼肉百姓。当然，抚民同知的政绩得到朝廷认可，就有机会升迁。于是，三天两头，抚民同知前来杨府求教，有了杨占鳌的相助，哪怕只是象征性的一句话，实施起来很是顺当，厅民逐年有衣有食，富裕人家渐渐多了起来。

杨占鳌劝导抚民同知进行各种抚民措施时，也善意地告诫抚民衙役，

千百里为官为了吃穿，但切莫乱民害民欺民扰民，做官要做父母官，莫道父母易做，要像父母施恩情。杨占鳌还劝导乡绅大户强族，善待雇户和村邻弱户，留住荒民，租地垦荒，少收租，多行义善积德。酉水边石家湖原是惹必湖石家的田地，经过杨占鳌的劝导，李姓和瞿姓荒民得已垦居，渐成一大村落。荒民初种粟、荞短快能救急的旱粮，再种苞谷、菽、粱，栽桑树、桐油树、白蜡树，造经济林。杨占鳌还让荒民和雇户，通过给他家劳动，斟换子畜和农具。杨府的山地，让荒民开荒，三年后才收租。

苛税世道，传统农耕，民蓄孱弱，一年到头，多数人家只落得瓮中存有点余粮，难免有好吃懒做、勒索无赖。每遇田地山场纠纷，少不得找出无凭无据说辞。其中，就有新寨向氏与南门宋氏争地契卖阳不卖阴。

牵涉到当地民俗，解决起来棘手，抚民同知汪明善找到杨府。杨占鳌在院中桌上请了文房四宝，正收腹缓气，气沉丹田，蘸墨写一个横幅榜书"宁静致远"，准备装裱挂于前庭。听汪同知说了概况，寻思后说："既然斟换印契，还是阴随阳转为妥当。已为白事的，死者为大，不能刨坟，损者应罚之效尤。若欲再垒新坟，两边斟换印契时商量说好起来，亦可临时换契，莫搞卖阳不卖阴的诡辩。"

得到肯定，汪明善又争询其他乡绅，把此事作为案例示谕禁例。杨占鳌看后，说很好，最好像蓄禁桐茶序一样，刊石立于路边或水井边，便于过往厅民交流遵守。

汪明善说："大人想得周到，石碑一立，过往厅民无人不知，成了约定俗成，至少管得住一些年了。"

于是，厅衙边便立了块示谕碑禁，书丹：照得民间置受田山、房屋、地土，应以印契为凭，凡远年执照以及私谱，设遇争讼，不足为据。前据民人宋大松以向明训等骗争逼占等控，经移厅履勘讯明：宋大松进葬处所，直接山田两丘，原系其祖遗业，咸丰年间送与陈批承管，至光绪十年转卖张姓。传询各受主陈文兴、裴国太，检供相符，并呈出印契，载明四抵界限。此实为宋姓世守之业。质诸向姓人等，徒以卖阳不卖阴，空言狡辩，究诘词穷。断令宋大松仍以其子尸棺安葬，如向姓有人相阻，严拿办取，结立谳碟。覆查厅地方，恒有以远年执照谱据，谋占人业，争讼不休，扰累良民，其风甚为可恶。为此，示仰阖厅诸色人等知悉：嗣后尔等凡系已经绝卖之业田土、山场、房屋，总以东西南北四抵界限印契为凭；至于远年执照以及私谱均不为据，以杜凯觑，而免争执云云。

一碑立下，宵小之徒狡辩词穷。可惜，管得数年，在任十年的汪同知病故。地方有等奸民认为有机可乘，蠢动图谋，尔谕碑禁被损坏殆尽。厅民对于房舍和田地产契，卖阳不卖阴又抬头起来。

同知颜连源到任，屡禁不止，只得登杨府征询。杨占鳌年事已高，无有精力涉及，交由大公子杨圭璜和二公子多少爷协助配合。

颜同知翻阅卷宗，斟酌易稿，取石遵批禁藉业讹诈。其碑立于厅衙门外石狮旁。碑云：奉道宪庄批查，该地方有等奸民，往往巧立名目，藉端讹诈。或已卖而重敷洗业，或典当而找价勒加，并有业易数主而犹执远年执照、谱据向人讹诈者，一语不合，控案随之。如"卖阳不卖阴"，仅其一端也，总之欺吓乡愚而已。人心既坏，讼案愈纷。查例载，卖产立有绝卖文契，并未有"找贴"字样者，概不准贴赎。倘一经卖绝，契载确凿，复行告找、告赎及藉端掯勒者，俱照不应，重律治罪。又民人告争坟山，近年者以印契为凭，其有远年旧契及碑、谱等项，均不得执为凭据，即将滥控侵占之人照例治罪等语，例载甚明，并无卖阳不卖阴及各项名色，亟应申明例禁，以免讹诈，而免混争。仰即录批出示，泐石永禁。嗣后遇有控争田土、屋场案件，总以契载界限及近年印契为凭，其远年执照、碑、谱均照律不得作为凭据；更不准巧立名目，藉业讹诈，倘有藉端掯勒及造伪据滥控侵，即分别治罪。以应得之罪，毋稍宽贷等因，奉此泐禁云云。

民风总算随着时代，得到更新和纠正。所谓民风乃民心所向，久习成风气传承。不符合的歪风，当是摒弃或者纠正替换。正所谓是：

> 一碑立下可代言，狡辩词穷契为凭。
> 习俗合为时代裳，乡风岂可陋而承。

春分过后，天色大暖，春花成阵，草绿莺飞，黄夫人坐草生了一个女儿。杨占鳌中年得女，欢喜得不得了，李老夫人说三月春光好，孙女是掌上宝。因为杨大同有一女，杨三同亦有一女，此女就唤三小姐。正是：

> 三月花开俏，弄茶晗趣然。
> 勇退淡功名，居家得千金。

　　三小姐过了满月，全家庆贺，给黄夫人吃江米粥，娘俩养得白白胖胖的。三小姐额头生一小颗朱砂胎记，李老夫人说是仙女下凡。

　　三小姐会笑时，李老夫人拉着黄夫人说："三小姐伶俐乖巧，越看越爱人，哄得我天天做梦都在笑。不过说好的，不许给我的孙女缠足啊。"

　　黄夫人应允："就依老夫人说的，不缠足，让她当个女丈夫。"

　　随着年纪增大，杨占鳌战争中留下的创伤开始复发，体质也是欠了，天气变化，渐渐地过起进汤呷药的日子。其间，清朝也快走到尽头了。国运多灾多难，各处战乱，军功补用太多，捐官成律，官场险恶。杨府四位公子被补用，先后赴任，虽得杨占鳌教诲，终是正值不谙官场碾轧之艰险，硬扎背景又多退任不当权，有的年老故去。杨府公子们难于左右逢源，少不了受气。为官期满，三人回家侍奉高堂，专一发展种养，研植茶叶，其乐融融，带领村族发家致富，也是快乐逍遥的了。

　　大公子杨圭璜，杨大同子，为人坦诚，分省补用。到甘肃肃州上任知府三年，虽有杨占鳌同僚帮助，只西北严寒，不服水土，俸禄又不裕，生活困苦，得了胃病，不喜官场规矩。任满，拒了进升，携妻儿回来。

　　三公子杨圭璠，杨三同长子，长得俊郎机智，读书用功，深得杨占鳌喜欢。郎中道衔候选，谁知是个得罪人的差缺。等到上任，杨占鳌反复传授为官秘籍，终是不擅阿谀，做事认真秉公，触及同僚利益。任满负气不干，回家安心侍奉爹娘，种茶弄桑贻乐。

　　二公子杨圭廷，即杨圭斑，又称杨圭多，多少爷，杨占鳌长子，少年时读书贪玩，好声色犬马，难观孔孟之书。为此没少让谢夫人责训，李老夫人在世时，与杨占鳌和谢夫人合计，张罗娶妻黄氏管束，仍然没多少疗效。为了励志，杨占鳌把他送到四川上任，放荡惯了的杨圭廷，任上无政绩，专营人生在世吃穿二字，瞒着父母，养了外宅张氏。任满回来，杨占鳌叹息，抱着张氏生的小孙子妥协了："不当官也罢，两房媳妇，各生一孙。总算旺着香火，不负列祖列宗阴德。"

　　五公子杨圭臣，杨占鳌次子，与三公子杨圭璠一样，读书用功，孜孜不倦，性情随和，善结交朋友。杨占鳌把知县同知衔分省用留与他，李老夫人去世前赴长沙任职。杨圭臣娶妻陈敏莲，迁陵城"大同茶庄"陈云阁长女，也就是白河黄老板妻弟之女。杨圭臣后易名杨琢臣，民国时任过省咨局议员，与陈氏生一子两女。长女杨锡琼在湖南省立二师范读书时暗中加入共产党，是古丈坪最早的共产党员，惜早逝，此是后话不提。

如此，杨府官场延续，人丁兴旺，种茶养蚕，行商开店。在古丈坪，一时是最大家族和显赫门庭的了。

时光流转，岁月无痕，光绪丙戌年冬，杨府七十八岁的李老诰命夫人谢世，杨占鳌束草结环，与家人凄凄切切料理丧事。天气寒冷，坟地选择成了难题。杨占鳌对兄长杨大同和小弟杨三同说："遵老夫人生前愿，葬在罗江山坳下吧。"

李老诰命夫人生前十分疼爱杨大姐，杨大姐归宁，回去时，总要送到酉水河边，若一两个月杨大姐忘了归宁，老夫人就要去看女儿，沿途经过罗江边的一坝水田，田后边是一脉屏障似的山梁。老夫人曾告杨占鳌："老二，娘归寿后，你就把娘送到这里来。娘就可以看到你姐和子孙时常从河边归家，莫忘记从坟边过时喊我。"

杨大同领着地理先生勘测，罗盘往田上坎草坝坪一放，坐西朝东，庚山甲向甚合。

田是杨家的，但山林是近村田家人的。当地田家人是大族，说那风水好，若葬了老夫人，势必减弱村族的兴旺，田光早几个年老体弱退役湘军作声不得。得到杨家要在村邻葬人的可靠消息，村族不乐意了，群起持械阻制动土。

其实，症结在于杨占鳌回到古丈坪后，承头率领屯兵民丁，剿灭岩石山强盗，罚了两家牵线富户。现如今，认为找到杨占鳌的短处了，暗地里趁机拨弄是非泄愤，让杨家尴尬。

交涉多次无果，杨占鳌热孝在身，还是决定放下身段去说和。老夫人辛苦一辈子，没有过分要求。

孔方把总和大栏坳戴偻全跑腿，召集全村各户，汇集田后坎坪场，让地主田大友拿出地契查实地界。杨占鳌诚恳地说："老夫人生前就这么个愿望，我当儿的不能负之。大友兄弟也肯斟换。大家担心会坏了村里的风水，这个担心大可不必，我今天当大家伙的面，向山神土地许话，兴兴你们村，发发你们族。下坎这丘五升谷种的水田，送村里跳香殿缮用。这里，我替老夫人跪谢大家了。"

孔方把总和戴偻全一把架住准备下跪的杨占鳌。孔方把总明似劝杨占鳌，实际上是说给在场的村邻听："大人穿着黄马褂，怎么能给平头百姓磕

头，要是朝廷追究，不是害了大伙么？"

挑事的人有点怕了。村族中年长的几个老叟简单交换一下意见，和颜揖首，说："我们也没有别的意思，杨大人这样说了，大友家一小坨地，兑了一斗种谷的田，从此衣食不愁。又给跳香殿五升谷种的好水田。这是极大的好事，我们没意见了。你家安心做白事好了。"

田光早几个归隐在村中的老湘军，总算放了口舒心气。他们夹在中间，两边为难。

杨占鳌也不张扬，请了族人和罗江沿岸人作证，老夫人入殓，并无多珠奇宝随葬品。过了十一早，杨占鳌等子女一番恸哭，把老夫人体妥安葬。杨大同让人在墓室旁搭了打榫小木房，族人杨本友收养的义子杨煜义，自愿代为守墓，杨占鳌便让他家种坟前杨府的一斗三升谷种的稻田。正是：

> 北堂玉树发新枝，再无家慈倚闾时。
>
> 犹有苦怀偏忆母，堂阶不见萱草花。

送到青山才算孝子，杨占鳌少不得吃斋念佛，行束草三年孝子礼。

日子一如平静流淌，杨占鳌不饰华服。初一、十五，少不了到罗江山坳下给亡母送饭送亮，敲木鱼诵经一卷，再骑马回杨府。李氏坟址临水，后靠山梁，地势开阔，秋日天爽，杨占鳌领着一只黑头黑背嘴白腹白犬，到对边长着枫霜树的山坡找板栗和捡香菌，坡上有七八栋木房，一律盖杪树皮和茅草，这些人家租种杨府的田地。杨占鳌一到，他们就热情接待。日斜西山，杨占鳌下坡，远远地看罗江汇入酉水河，河面过往船儿移动，犁出秋浪粼粼，水波瑟瑟，难免不想起少年时在酉岩山寺侍佛，和谢夫人两小无差的光阴来。

守孝期间不能吃荤，杨占鳌受不了，作为一家之主，又不好违了周公旧礼，只好自己与自己过不去，那么痛苦而又莫名地遵守着，每日抄写两页《血盆经》。杨府其他人，背着他偷着到别处吃鱼吃肉。过分的是多少爷，时常下馆子，吃得嘴巴流油，杨占鳌吩咐他月初一、十五去给亡人送亮念经，推说喉咙焦痛不舒服，背后却说孝子不孝孙，不关他事。

第二十三回　茶销出西北

　　杨占鳌守墓闲得无聊，风雨天静坐门前，看着檐前水滴，自然想起与亡母生前相处的种种情形来。花开花落添一岁，难得年年赏花人。等到雨停日出，空气清新，杨占鳌拄着拐杖在田埂地头走动，拔草看作物的长势。三房张香携子，搭帮守墓的杨煜义，在坟地边坪场开了块菜地，种些时令菜蔬。浆瓜黄瓜熟了，杨占鳌摘起来直接送嘴口福。青菜白菜，萝卜韭菜，香椿竹笋，多得吃不完，腌制酸菜，做成干菜，只有大蒜籽和姜，放在那儿，不用担心贮放。百事除去，唯有酒与诗，杨占鳌也读闲书，偶尔写写字，中意的是把自做的腌菜和干菜拿回府，待客或与家人分享，若有赞誉，少不得自认是腌酸菜做干菜的行家，与人谈论起来，比起交流植茶制茶品茶，有过之而又无不及。

　　最开心的时候，是三位内子和家人陪他腌酸菜，做干菜。张氏生的六公子杨圭郅五岁，杨三小姐四岁半，哥妹俩十分乖巧。一看到幺儿小女，杨占鳌再心烦时，也就没了。多少爷看到机会，趁此向老子索求，当是依允。

　　李老夫人谢世后数年间，谢夫人、杨大姐和杨大同相继病逝。最亲的人故去了，杨占鳌十分伤感，把一切看得更淡了，出门日子越是渐稀，平常多在院中走动，打扫卫生，拔草，种花，或持炉读书，或窗前教习幺儿小女写字，陶情贻性，咸少涉足地方杂琐之事。杨府家务，无形中黄夫人成了主角。黄夫人随杨占鳌从军多年，辗转颠沛，得了冷湿病，胃肠不好，五十岁不到，得了干血症，少了夫妻之乐，化着夫妻之伴。张氏一旁协助，杨府一大家子，日子过得倒也平和而生气。

　　多少爷虽是四十多岁的人了，脑窠没想事，一味巴结黄夫人，得了钱，出去十天八天才空手回来，两房媳妇叫苦不迭。杨占鳌看着他那个样子，除了摇头，也是无可奈何："冬瓜葫芦跟种来，我好的地方没学到，差的地方全会了。唉，可能是剿长毛和抚回冤杀人的报应。"

随着大公子和三公子任满回来，植茶、制茶和品茶，成了杨府父子，婆媳，母女最相知的共同话题。茶，便在杨府有了存在展示的平台和空间。多少爷受到兄弟节制，提笼架鸟有了收敛，毕竟一屋妻妾儿女要饭吃。在父母和妻妾的督促下，多少爷果真在南门半坡苞谷地里，扎扎实实耕管出六分地的茶园圃。

只五公子杨圭臣带亲属在长沙任上，一年回来两三次，给父母请安。

六公子和三小姐一起在杨府学馆发蒙。杨圭郅背书不过，让先生打手板，打得鼻涕长流。三小姐却十分聪慧，当天先生朱笔圈点的，能背读，能默写。惹得张氏一旁怄气："明是一父所生，为何娘不同就聪明不同。"

妯娌杨三同妻笑说："当然了，三小姐的娘是诰命夫人，你不是呀。"

九岁多的杨三小姐，无书可看，听说义塾开纺织课，觉得新鲜好玩，吵着要去义塾学习，杨占鳌依允。义塾先生给杨三小姐取学名杨素卿，杨家人听之，名儿叫起来亲切，佩得上娇美的杨三小姐。杨素卿特别喜欢上算术、种植、纺织和唱歌。

杨素卿皮肤白嫩，性情乖巧，一双柳叶眉，万般明眸目，光光地看着，就让多少富家子弟掉了魂。伊是谁，是杨大人和一品诰命夫人的掌上明珠，是杨府的千金小姐。有诗赞曰：

> 杨家三小姐，婷婷纤媚峨。
>
> 欲请子之佩，门第不可思。

那时，瞿三哥的马帮也是做得红火，有十七匹驮马，五匹骑马，从沅江到新疆，沿路客栈都联络有合作发铺，可短鞦，可转贩，每年都做成两三笔大宗的绿茶和黑茶生意。湘茶中的黑茶，质优价廉，成为湘茶销往西北的货物主源。然湘西不产黑茶，瞿三哥结识沅江、益阳茶商，还雇请其他马帮短途协作，一级一级送到陕甘。

一次偶染风寒，瞿三哥不治病故。向明伦年纪大了，虽有军功，甘陕新疆等地上层湘军中人脉不熟，撑不起马帮掌柜之职。祈铁解本可以免为其职，但在河西走廊，马帮遇到刀客抢劫，拼杀中，右手胳膊被砍伤，筋络损坏，用不上劲。一次过巴川时，遇到一个讨饭饿得晕倒路边快不行的妇女，还抱着个发烧生病小女孩。祈铁解心生恻隐，出手搭救，那妇人梳洗过后，虽不是标致，然脸相善良，愿意跟右手不怎么得力的祈铁解过日子。回到五车，祈铁解撤了投马帮的股资，买两斗谷种水田，在酉水边拖纤滩岩坎下建房，村夫民妇相敬，携女躬耕安享光阴。

眼看做得正旺的马帮面临散伙，瞿三哥的族侄瞿二宝瞿延贵，割舍不下多年的马帮情结，穿着布鞋到古丈坪杨府找杨占鳌。在杨占鳌的支持下，大公子杨圭璜接过马帮，继续营运。

杨圭璜长得高大，得到杨占鳌的亲传，骑术和步行皆行，善使一杆花铃枪。在河西走廊，五个刀客围攻，让他打得满地找牙。杨圭璜在肃州任过三年地方官，多少有些半生不熟的朋友，加上杨占鳌任甘肃提督时的人脉，马帮得到些地方官吏和民间的帮衬，至少听说是曾经任过甘肃提督杨大人侄儿的马帮，人们多了几分亲切话题。特别是得到杨占鳌关照过的造反和没造反的回民，经过浩劫活下来，心怀恩德。

马帮姓杨后，杨圭璜经营起来颇为顺手，他看准近处贩运盐铁和溪货，流通互市，周转期短，见钱快。只淡季时节，向西北运输茶叶、布匹和大米等特产，成为湘西一隅茶行西运甘肃新疆等地的主角，最远处到伊犁，直接与俄国毛子斟兑。然杨圭璜在肃州任上时，不服水土，落下的胃病没有得到根治，杨大同过世后，辛苦操持家务，一心想种出好茶来，忙时经常辰时后才吃早饭，加重了胃病，偶遇冷热，便哮喘咳嗽。

马帮养活杨祖贵和何老五一帮二十多个伙计，是家中的脊梁，妻儿老小生计全靠他们，所以老伙计们做事很上心，相互间感情很深。为了稳定马帮，让古丈茶有个外销出路，杨占鳌有意培养四公子杨圭炤协助杨圭璜。

杨圭炤是杨三同的次子，长得不如哥哥三公子偶傥，出麻疹时喉咙烧坏了，说话带着点嘶哑破损腔，脸上落下些麻疹点儿。杨府公子哥中，只四公子没有入过仕，杨占鳌虑战场你死我活的厮杀，性命攸关，杨岳斌大人在湘西征招水师，兵发台湾时，亦不许杨圭炤从军。杨三同夫妻知道二哥的担忧，杨圭炤从辰州读书回来，到了弱冠，张罗娶铜鼓包伍氏为媳，成家立业。杨占鳌认为亏欠了四公子，所以极是关心，只要所索不苛刻，尽量满足，还亲授他打算盘。杨圭炤和伍氏相亲恩爱，婚后一年生长子杨锡伦，三年后生次子杨涵魁。正是：

夫妻年年诚相爱，养蚕炒茶蓄家业。

唯有门前古阳水，年年漾起浪花来。

新年过后，五公子杨圭臣和一双儿女，陪妻陈氏，到迁陵归宁，堂上向岳父母请安。岳父陈云阁，在县城边开间茶叶店，门楣上挂个横匾，书丹"大同茶庄"。大同茶庄也就是个招牌，实际上木房临街巷设成铺台，一间贮货间，院子西侧置三眼土灶作制茶间，不炒茶时，锅灶用来做豆腐。茶庄多半是经营自家出产的茶叶。陈云阁多年经商，从辰州专门购了牛皮糙纸，做的茶封朱红印茶号"大同茶庄"，茶叶出售，每包一斤，用干棕叶绑了十字形。陈云阁好茶，对茶叶经营和栽培自有一套经验，他吩咐家人，田埂地畦蓄的茶叶，留住叶大芽肥的，选饱满茶籽泡草木灰水浸种，早春择向阳干爽缓坡地播种。经过几年选种，陈家的茶叶芽头肥壮，叶厚色浓，炒出的茶优于邻里，在酉水河颇有声誉。

杨圭臣一家到来，陈家更加热闹，杨圭臣妻陈氏是家中长女，下边两弟两妹，都成了家，新年新时，老老少少二十多人聚在堂屋吃合家饭。杨圭臣的儿子杨锡纯最大，成了九个表弟表妹中的头，领着大家院墙里乱窜，寻找玩要目标，一会儿院中地面就画了一些方格。陈氏三姐妹，抠出父母屋里要洗衣物，下河清洗，把孩子们领到河滩上，任其抠沙子堆岩子玩。

清洗好了的衣物晾晒河滩上，小孩子追逐打闹，有人就冲过晾晒衣物。没跳过的，把衣物踩得零乱，陈氏三姐妹发现后喝骂，一边捡起重洗。

翁婿堂前喝茶，闲话少不得涉足茶叶。杨圭臣介绍说黑茶边销量大，益阳各处，多改绿茶制作为黑茶和红茶制作。

陈云阁明了五少爷话意，笑说："贤婿少爷，我们这里一直种峒茶，灶锅上炒茶，汤水成绿豆色为佳品。那红茶黑茶如何一下炒得好上等品质，何况没有评判经验。"陈云阁认为绿茶炒制和经营，都积累有经验，红茶和黑茶制作工艺不是一下就能够学到手的，上市论质定价没有把握。再说湘茶各产地从春到夏，先制红茶，后制黑茶，采割老梗，伤了茶树，养肥跟不上，次年春茶芽头孱弱，绿茶产量减少，质量必是骤降，长沙等地绿茶货量就会减少，价格就会上涨，若是上等品质，价格更有保证。最后，央杨圭臣多调查市场行情，说不定南边产茶区，受西北茶引之利，情形与湘茶茶行一个样。

杨圭臣见岳父分析得有道理，若市场调查，便可证明了。

坐了数天，杨圭臣随岳父走看姻亲和朋友，看他家茶园，翁婿交换种茶技术，甚是投缘。只是孩子们多，闹得只差上房揭瓦了，又没有多的换洗衣物，陈氏三姐妹便辞别双亲回家。临行前，陈云阁赠送杨圭臣三捆茶叶苗。

岳父家的茶叶苗，杨圭臣看中了的，特别那肥圆的芽头，上边白毫披露。

杨圭臣得了茶苗，吩咐杨煜义，在祖母坟地前荒坪整修烧畲，挖出三分多地栽上。杨占鳌给老母坟头送亮焚香后，到地头看杨煜义挖地栽茶。茶叶一行行地成垅，小树苗在风中冷颤颤地摇曳，有的叶面还沾着泥迹。杨占鳌称赞亲家的茶苗育得好，大小一致，经过一个冬天的孕育，芽头甚是饱满。想起从洞庭方家购来种植汪家坪的茶，先前质好，产量也高，过了十多年，现在叶小芽头也是短了，问过妙龙寺悟性。悟性师兄说是树龄大了，采茶又采过了头，养分供给不足，只有砍蔸，多施厩肥，春天发蘖长新枝。砍蔸发蘖长出新枝，采得三年，又没有先前的好了。从桃花源乌云界、辰州军介亭引来的茶叶种，也是一个样。

杨占鳌明白了一个道理，再好的茶树种，不培植选种，过了采势，就会颓废，所以育种是第一要务。杨占鳌时常留意自家园圃中几种茶叶的长势，有理想的茶树扎了草标，收集茶籽育种。多年来乐此不疲，果真悟出些培植的门道。现在，亲家又送来茶种苗，选种又多了一个样本，杨占鳌欢喜填词：

> 林间路小小，晨醒贪起早。不怨年华何惧老，茶园青青独好。

裕日好过，转眼就过了元宵节，杨圭璜备了花红彩礼，十字路口祭商圣陶朱公，领着马帮下辰沅，购西行货物。四公子杨圭焐，随堂兄做帮手。五公子也是别了父母伯娘和叔婶，随马帮一路去长沙任职。

新疆收复后，西北几无大战事，湘军裁撤，或就地屯边，驻守各地屯垦自给。湘商作为历史时期的产物，随着左宗棠离职新疆，军政方面扶持性销售湘茶减弱。然大量湘军驻守西北，俄国陆路通商，边茶销售并无递减。一些有实力的湘商，看到西北茶市大宗利润，抱团帮衬，长途贩运照样进行。不过炒青绿茶需求不及黑茶量大，黄夫人的娘家益阳，是湘茶之黑茶的主源地，杨府马帮尽得黄夫人娘家亲戚帮助。

马帮晓行夜宿，走走停停，所驮丝绸布匹大米和岩籽籽盐，沿路斛兑茶叶，后来除了马帮供给，全部斛成茶叶，黑茶、绿茶、红茶都有。二月初十，马帮到兰州，停留湘商会馆，大公子照例写出清单，去联系商家，四公子留下照看货物，查看黑砖茶长金花情形，等其他湘商一到，结伴再向西北贩运。商馆附近有个兰州小吃店，主人姓马，炒得一手涮羊肉火锅。杨家马帮伙计不时去那大饱口福。

北地春迟，二月天气，还是干冷风冽，太阳灰蒙蒙地挂在高天，只象征性地给人一点点春阳希望。四公子和几个镖师兼伙计查看了货物，给马添些草料，相邀去小吃店小酌。

店中选个干净桌椅，围着火锅说话，忽从檐角下飘来羌笛，如泣如诉。四公子略懂音律，寻音看到一中年汉子，戴镶翡翠布锦帽，穿掩胸棉长褂，知是汉人，便招呼之。那人原是湘军，姓何名立成，湘中人，平定新疆后归裁撤之例，走到兰州，盘缠告罄，只得就地开荒寄生。何立成说："幸得湘商扶携，当了镖师护货运输，几年后得点积蓄，娶本地女子为媳成家，慢慢试着贩运，日子有点活泛了，就是想回家去。可婆娘儿女一家盘缠费重，又虑及多年外出，家山苦寒，去了生计奈何？"

四公子宽慰："树高千尺，叶落归根，人之常情。然男儿四海为家，北地广阔，同样可以寄生。成家立业了，就那么回事，何处光阴不是一个道理。"

何立成得了安慰，抚笛苦笑。四公子邀约吃兰州火锅小酌。何立成说，像他这种情况的湘军很多，裁撤遣散，一些人还不如他，有的在当地从事苦力，累得病了无人照看，死了的不是什么稀奇事。四公子想，原来从军如此，真是苦了湖湘子弟，怎么说二伯死活不准他从军。他二伯幸运，立军功光宗耀祖。很多人从军，没想到到头来是一场空啊。

说了阵话，四公子问及茶行情，何立成说："绿茶、红茶都是好卖的货。只平常人家喝绿茶少，主要是买不起，多是以物易物，只有军队和官衙才有现钱。销量上，黑砖茶，新疆的供需量比甘陕各地还要大，若到伊犁，买送老毛子，价钱又高一层。"

何立成喝茶说："好茶，地道的湘茶。"感慨吟诗"湘茶迢迢道几难，西北谁识白毛尖，向来只说官茶暖，喝得湘军沁骨寒"。

傍晚，杨圭璜拖着疲惫之身回到会馆，二掌柜瞿延贵端盆热水，让他洗脸泡脚，四公子到厨房取出煨在锅中的饭菜。杨圭璜说他们来得较早，经过一个冬天的消耗，茶市存货已经不多了，价钱要比夏秋旺季高两成。只是兰州一般商户没有多余现钱，只能以物易物，有个湘商家中有急事，急处理手头茶叶。杨圭璜划算盘缠充足，谈妥买下那人的六担茶叶，若到伊犁，可纯赚两担茶叶的钱。另外，把红茶兑换成当地特产，贩运到伊犁，净赚盘缠还有多的。"只是——"。杨圭璜最后有点担忧地说。

"只是什么？难道怕钱多烫手板？"瞿延贵笑了。看来这次要发了，所以掩饰不住高兴劲儿。他在玉门红柳林村，曾经结识个相好，心里一发赞成马帮出关西行。

四公子不放心起来，问："大哥你讲出来，我们合计一下。是不是路上碍事？"

杨圭璜说："还是四弟老成。"

湘商们告诉杨圭璜，路过的高山，雪还没有融化，晴天日暖夜寒，若遇风雨天，茶叶防湿的牛皮不足。马匹不够用，若去还要穿过百里沙漠，得租几匹骆驼防沙暴，遇到狼群马帮没防范经验。"最担心的听说沙漠堡屯，新出现了盗匪。"杨圭璜喝了口茶，说出最棘手的难题。

雪山，冷雨，沙漠倒不怕，西北行商路上，也是经常遇到过的。难的是遇到狼群和盗匪。瞿延贵和大伙才升起的发财希望，让杨圭璜一盆水浇熄了。

四公子说："听何立成说，最近有军队运送粮草去新疆，可否打听一下。若搭伴军队，一切就好办了。"

杨圭璜说："我也听湘商说过，下午到兵备道问了一下。值事兵说近期有军队运送粮草，若想结伴，得让驻守备允许。"

最后，大伙商量，让何立成引荐，看可否成行。

次日，杨家两公子洗漱一新，备了赘礼，何立成陪着，与守备客客气气地说上了话。何立成只是认识守备，并无交往。守备听说是贩运湘茶，想捞点油水，答应若要同行，得给一担茶叶。

一担茶叶，分明是敲诈。杨家两公子相视一下，大公子迟疑着说："守备大人辛苦，我们也就十多匹马的买卖，没有多少利润。若军队要茶叶，我们可以平价出售一些。"

听大公子话语，是铁公鸡不准备拔一毛了。守备不悦："啊，是这样，

我还有点军务要处理。杨老板请自便。"

四公子急了，忙说："守备大人，我们出门在外，没备有什么贵重礼物，初次交往，这两块上好长金花黑砖茶，送给大人解渴。"

何立成帮腔说："守备大人，生意买卖是谈成的。反正都是去伊犁，人多路上好照应。几百里长路，多个朋友总是好的。"

看在两块上好长金花黑砖的份上，最后，守备答应马帮随粮队后面行动。但要相距一箭远的脚程。

回来路上，四公子问大公子，为何不肯给守备一担茶叶的保护费。大公子不屑："你看那守备，戴个素金无眼染蓝翎顶子，最多七品，还土地佬放屁一股神气，真把自个当神了。我家老爷子曾戴红宝石双眼花翎，补子是麒麟，麾下千军万马。送一担茶，他受得了么。不过你发话了，我不好说透。何兄台说得好，多个朋友总是好的。其实啊，等粮队出发，隔炷香时辰的脚程跟着，应该没事。再说大路朝天，各走半边，就是跟着，他也奈何不了。真遇上事，说不定谁帮谁呢。"

大公子见守备反复无常，怕只怕小人睚眦伎俩，暗通沙漠堡屯盗匪。

四公子道："不管怎么说，总算路上有照应。一客不劳二主，麻烦何兄台租两匹骆驼，我们便好西行。"

何立成正想西行做点食盐贩运，乐于与杨家马帮抱团同行。另有两家湘商，在杨圭璜的邀约下，愿意结伴同行。这样，湘商三十多人，个个精壮，对付小股响马足够。

清军运粮队有士兵两百多人，民夫三百，守备骑着高头大马，擎起列列旗子，沿路驿站歇息。出了嘉峪关，人烟不似关内，有的地方数十里没有人家，天尚干冷，太阳照不到的地方，还结着坚冰。行商可谓辛苦，麻烦的是水源稀欠，军队占了水源，补充够了，才让马帮。

旷野打尖歇脚，夜色下幔，时有狼声呜号。经过又冷又长的冬季，食物难找，狼瘦得皮包骨头，没有凶劲，只在马队附近徘徊，清军突然放箭，射杀数十匹瘦狼，剥皮剁碎，撒上盐花，烤狼肉吃酒。何老五看着口馋，待狼群靠近火堆，一花铃枪插过去，正中一狼肚子，满地号叫打滚，杨祖贵手疾眼快，没待狼站起来，一打火棍，那狼就伸腿了。大公子责问："谁让你俩动手的？虽是瘦包骨饿狼，但也是咬人吃最恶之时，若群起攻之，我们危也。"

四公子怀疑："难道湘军射狼，是守备想惹狼发恶，攻击马帮？"

守备对大公子杨圭璜不快，一发想找机会刁难。走进沙漠的第二天黄昏，遇到狂风移动流沙，守备吩咐军队，不许马帮进入红柳林，还射伤靠近树林的开道镖师。马帮眼看危险，幸好何立成知道附近有个泉塘，那儿也许背风，大公子杨圭璜便让马帮急急在沙暴中转移。一商户拽住马尾，包袱被吹掉了，包袱中除了玉石还有盘缠，商户回头去捡，一下跌进沙堆下坎，转眼沙陷到大腿，四公子情急抛了绳索搭救之。大伙协助，艰难地移到泉塘边，两匹骆驼蹲下挡风，躲过沙暴尘。早上风停，四公子检查货物，发现一匹马驮的炊具掉了。

"人没事。掉了锅碗勺盆，损耗不大。还有一套炊具，大伙将就用。"杨圭璜说。

杨氏兄弟俩交换意见。看来守备有意为难马帮，若再跟下去，真怕那厮暗通盗匪。四公子说："大不了到哈密，找些贩茶的茶商，看情形销了茶叶，不去伊犁和乌鲁木齐，听说那边很乱。"

能赚多少就赚多少，只求一个平安生财。大伙同意。

到了哈密，街上车龙水马，人来人往，间有卷毛红眼的毛子，人气稍逊兰州。杨圭璜也不告守备，为了方便打听茶叶行情，找到土屯里简陋客店住下。店家是个中年妇女，斜挽发髻，插一支灰白银钗，见客进屋，招呼店小二把马匹牵到侧院马厩，添足草粮。大伙洗漱过后，吃饭。瞿延贵和何老五当值，其他人倒头睡了。

第二十四回　遇马匪训子

　　睡到半夜，何立成起床小解，高天星稀，四下寂静，马厩里的马和骆驼发出嚼咀声音。忽然看到廊檐有人影晃动，何立成头皮一紧，凭借从军的经验，警觉有人打劫来了。也是有艺在身，不惧强敌，何立成不动声色，悄然尾随。那人越过院子，拐到右边厢房，听得"吱吁"关门声，进了店主房间。何立成蹲在窗下，听房内女店主娇嗔地说："怎么才来，让人家都等打瞌睡了。"听那男的说："我不是来了么。你店里是不是来了从兰州来的马帮？"

　　"你来找马帮还是找我？"

　　"不是的，听说屯里马胡子想打马帮的主意。"

　　接下来就听到床响，伴着低沉又激烈的喘气声，原来两人是做那半掩娇羞语声低颤之事。何立成放心了，回房时，没忘记看下马厩，值日的瞿延贵和何老五，两人和衣倦睡在草料边。

　　早上，杨圭璜和杨圭炤兄弟得知，吃惊不小。杨圭璜示意何立成不必声张，人多口杂，知道的人越少为妙，等茶叶脱手，回程便是。

　　吃了早饭，四公子杨圭炤和几个镖师照例守货，大公子杨圭璜领着两个伙计一路，何立成和杨祖贵一路，分头去打听茶市行情，两家湘商也是各自出门找客户。瞿延贵和何老五值夜，早饭不要，睡着没起床。

　　辰时，清军来人传话出发，四公子客气地说："军爷费心，昨天已来了客商，说是愿意盘下我们的茶叶，就不随你们去伊犁了。麻烦转告守备大人，多谢这些天的照顾。"

　　那清军又问另外两家湘商情况。四公子说："他们的生意也成交了，一起来的，当然是一起回去。"

　　清军前脚刚走，大公子杨圭璜后脚就来了，领了两个高大的新疆茶商，说是看货。看了长金花的黑茶，就不看了，说黑茶他们全要了。"红茶品质也是上乘的，可价高，我们新疆平头百姓喝不起。你们可以联系下军队和寺庙，他们喝红茶，出得起价。"

四公子杨圭焰嘶哑着声气问绿茶，对方说："绿茶只有上层人喝得起，不过毛子那边还是蛮有市场的。"

大公子杨圭璜与茶商论好价，四公子杨圭焰收下定金，吩咐伙计们装货，瞿延贵和何老五押送。茶商走后，四公子小声告诉大公子，清军传话去伊犁之事。大公子喝茶沉思一下，说："按说暂时还不会有危险。我再去驻军和寺庙转转，看能不能碰上旧宾主，把货脱手。"又附耳对四公子说如此。

女店主颇为热心，大着嗓门留下一担次等黑茶，除自购外，招来远近街坊五六家店家，一下分购完了。但街坊小店，客户多是过往江湖艺人，红茶和绿茶高档货需求不多。

下午，大公子、何立成和杨祖贵，两家湘商陆续领着客商回来，黑茶销完，红茶和绿茶只销一少部分。瞿延贵和何老五送货回来，说客户想买下绿茶，不过人手少，本钱周转不过来。若肯送货到乌鲁木齐去，那里半官性质的茶货榷照常营运着，俄国毛子喜欢上好的绿茶和红茶。

大公子征询大家意见，何立成想贩皮货。两家湘商愿意把茶批发给马帮，不去了。

杨祖贵豪气起来，说："干，无利不起早，既然到这里了，到手的钱财，凭什么不赚？"

四公子便领着三个伙计去购置供养，早早吃过晚饭，伙计们上床睡觉。到了戌时，四公子唤醒大家，出了土屯客店，趁着夜色，一行三十多人向西出发。正是：

> 灯火阑珊鸡茅店，商旅人迹板桥霜。
> 几度辛苦踏月路，枳花槲叶映驿墙。

听了犬吠，女店主慌乱穿了衣裳出来问情况，还认为怠慢了客人，得知后释然，祝大家发财。何立成笑说："也祝女老板发财。"

四公子微笑，女店主只管热情持灯笼，送大伙逶迤出去。

天明，东边天际粉红将军涂彩，马帮走到胡杨林，树上稀稀黄叶，地上晨霜一层银白，窃喜树林中有股泉眼。杨大公子见前无村舍后无宿店，再

走，已是人困马乏。便在泉眼边树林开阔地憩脚，镖师和伙计们从马背卸下茶货，给马喂了水和草料，各自取出毯子，围着火堆吃干粮小睡。四公子和两人造灶埋锅，烧一锅开水。看大伙还在睡，三人到底有点困，也披起毯子，背靠背睡下。

大伙睡得正香，忽听狗吠。马帮领着一对黑白狗，防范路途休息时受到袭扰。昨天连夜出发，马匪踩点扑了个空，得到消息，一路尾追到此。杨大公子和何立成有经验，马匪野外拦路，实力不会太弱。"到时大伙听我吩咐，只守不攻，不要恋战。圭焐和何五哥几个守货，各司其职，莫让马受惊乱跑。"大公子最后嘱咐说。

大公子杨圭璜捏杆花铃枪，前面护着货物，两只狗龇牙助威。来的有几十人，骑六匹伊犁骏马，中间一个彪形汉，长得甚是威风：头包汗绵帕，身穿素纱套马褂，脚踏一副半新马靴，手提两把光亮马刀。

何立成打躬问："莫道行人早，更有早行人。各位兄弟赶早自便，我们让着道。"

左边一披发虬须汉，用砍刀削了下指甲，"呸"地吐了口浓痰，说："让道，过路费不送，规矩让你们破了，害得爷们一夜好赶。钱货留下，人命不要。"

何立成照样笑着说："兄弟敢情是说笑吧，我们走马帮的，就这点汗水钱，送了你们，婆娘儿女不就挨饿了？"

对方听得恼怒，催马上来要砍何立成。何立成也是艺高胆大，徒步相迎，侧身让开马蹄，马匪一刀砍掉镶翡翠的锦帽。眼看主人有危险，何立成雇的镖师马化瑔张弓搭箭，一箭射中马匪坐骑，那人跌下马来，一翻滚跃起，赢得众匪喝彩。

提两把砍刀的彪形汉说："老三好手段。砍了那厮开市行，多领一份饷银。"

"好哩！"那人得到鼓励，刀挥得泼风砍浪似的。

只听何立成说："砍坏我的帽子，回家娃他娘要骂我的，你不赔还要玩，那老何就陪你玩玩。"只见两人相接，错开，一人站着，是何立成。一人跟跄几步，想说什么没说出。倒了。

"你道湘军爷爷好惹，没有几下子敢到西北行商。"何立成心平气和地说完，回头淡然捡起地上镶翡翠的锦帽，掸掉粘在帽上的草渣。

何立成放倒的那厮，是马匪中的硬角老三，功夫只在马匪大当家和二当家之下。众马匪们一片惊骇，忽听"好个湘商，还我三哥的命来"。马匪中冲出一匹黑白花斑的马来，马上坐着个裹白帕中年汉子，长得不算威武，晃动中骨架子还算紧凑，挂着张让风鞭裂的麻脸，以及干裂着的嘴巴皮，挺起杆花铃枪直取何立成。

何立成正要相迎，大公子杨圭璜操起花铃枪说："何兄台退下，让我会会这位沙漠中的好汉。"

徒步与马战，各占优劣。骑马速度快，居高临下，但马奔跑中难以停住和折返，若在树林中，徒步有利。大公子挥花铃枪只管扫那厮的马蹄，那马见过阵仗，惊得前足跃起，马上人一枪掼下，让马一颠，没刺到位置，大公子跌地滚开。那人勒起马绳欲要返回，早让大公子借枪杆地跃起，凌空踢中后背。那人"啊哎"跌下马背，一只脚让马鞍绊住，幸喜马熟人，把主人倒栽葱拖了一丈多远，便停止没跑动了，然而也让那厮足够地狼狈了。

大公子正要挥枪插死倒挂在马鞍上的那厮，忽然马匪队伍后边尘土飞扬，狼号之声渐近。后队马匪惊慌大叫："不好，有狼群。"马匪哄地散开争往土墩高处奔逃。

大公子招呼大家："冤有头债有主，莫怕。大家围着货物和牲口，张弓挂箭。狼怕火，靠拢边就用开水浇，用火柴头杵。"

话没说完，群狼眨眼间就到跟前，约有百多只，绿着眼睛饿喊着，让马帮的人捏了一把汗，马帮中年轻的新伙计，手不自然地打起抖来，脸吓得假白。马帮依托树林，"品"字形烧着三堆火，狼群迟疑不敢向前。马匪人数比马帮还多，只是没有找到理想的防狼地，慌乱跑动，犯了分散之忌，狼群找到可袭击的目标，趋往撕咬。马匪到底是沙漠中讨生计的角色，扑上前的饿狼悉数被砍倒。倒挂马鞍上的那厮，脚力不济，一跛一瘸落单了，三两下让狼咬中，发出绝望的求救声。马匪头目够义气，跳下马背，双刀挥舞，硬是从狼口中救出那厮，自个左胳膊让狼咬去一坨肉，痛得险些捏不住刀了。

一场人狼大战，让何立成打发的那具尸体被群狼吃了个干净。一个孱弱的马匪喽啰，脚力稍慢掉后点，被狼咬中脚拖下坡坎，活生生让狼吃了，连个渣也没留下，地上只有一摊血迹。骇得马帮中没见识过的三个新伙计，吓得哇哇叫唤，屎尿失禁从裤管里流出来。得口腹的狼群散了，其他狼吃了响马扔的牛肉和干粮，摇头抖毛，在头狼的"呜——"声中散去。马匪也是角

205

色，临时布防，砍死十多只狼，砍伤跑开的狼就更多。

马匪两人被狼吃了，被咬伤六七人，没有资本要马帮交保护费了。头包汗绵帕的马匪老大，一手捏两把马刀，接过喽啰递来的牛角，吹了两声，众匪摘下木铃，垂头丧气遁去。

马帮虚惊一场，到了乌鲁木齐，找店投宿，睡个囫囵觉。

次日，杨大公子领两伙计，拿着样茶到茶货站。

半个时辰，钱货交讫。大公子庆幸财求得了，人也没少，吩咐四公子列出账单明细，把伙计们的汗水钱分发了。只是受惊吓严重的两个伙计，好像骇落魂了，老是做噩梦，打抖出冷汗。大公子和四公子便购了香烛纸果，到定湘王祠祭奠一番。真是：

> 马帮西出嘉峪关，漠漠风沙路艰难。
>
> 斗罢响马群狼后，求财命悬吓破胆。

大伙休息半天，在塞外大漠的城邑中领略异域风光。巷子一侧，一个店老板模样的五旬人，听到马帮人讲湘话，饱皱着让冷风吹鞍的脸打招呼，自我介绍说："我是湘西乾城人，随杨岳斌总督到甘陕征战，杨总督罢官回乡，投到杨占鳌提督手下任都司，到西凉洲屯田。光绪元年，随金顺大人进疆，战事结束栽撤，没有盘缠，便在当地定居了。后悔陕甘平定后没有回湘，落得塞外思乡不得归途。"

那人说着就感喟起来，掩袖拭眼角。杨四公子不好说他就是杨占鳌的亲侄，一味劝慰说："我们是古丈坪厅的，见过杨大人，他告我们：见到在甘陕和塞外的湘军，要我们代他问安。"

那人十分激动，说起杨占鳌大人的好："大人脚跛，没有官架子，与下属和善，我们老湘军私下里唤他跛子哥，他听到后也不以为忤。在大漠见到湘商，就是见到家乡人了。"正说得亲热，檐下帘子挑起，一个包帕腰圆妇女很不客气地骂那人："半天了，还以为死了哩。不买不卖的，讲鬼讲菩萨讲王灵官，那么上心。"

那人两肩一耸，转身笑着随那妇人去了。收复新疆，湘军千古名功，可到头来，如眼前这老军士，那日子过得真是一个窘境。四公子杨圭炤就更加佩服他二伯了。

何立成购些当地货物。次日，太阳从雪山升出时，马帮们便结伴返回哈密。待在会馆的两家湘商，人手无几，筹足货不敢冒失回湘，掰着手指头数日子，坐等杨家马帮。相见寒暄，得知西行情形，看到两个骇落魂伙计，脸色蜡黄蜡黄的，其中一个湘商蛮有把握地说："光祭定湘王要不得，要到左公祠磕头上贡才算数。"

大公子疑惑："定湘王不就是左伯伯么？"

"啊呀，搞错了。定湘王是左公从湘中请来到异域的神祇，专作庇佑湘军。左公祠是当地人和驻地湘军，念及故去左宗棠大人而建的，供着左大人的塑像。"

杨四公子说："好办。这次发了点财，有惊有险。祭祭左老伯，应该的。老伯生前时时照顾我家老爷子，我们去上点香纸，让他那边递柬，保佑我们经商发财。"

镖师和伙计们难得放闲，一起到附近的左公祠上香，杨家两兄弟前排跪下叩首。口称："左伯伯大人在上，小侄这厢有礼了。此次行商路过，幸得庇佑。两伙计着骇，延请医治不见明效，求左伯伯施以援手，家中老少倚闾盼回。所备祭品不周，请老伯尚飨。"

许是精神上的安慰，两个伙计睡了一夜，次日饮食恢复正常，不出冷汗，也不打抖了。

从哈密回兰州，经玉门，照例到蔬勒河边看望杨占鳌结交的诰封刘恭人。随后，马帮照例是短途贩卖，随售随购，或给商户押镖，补充路资。

到了兰州，稍做休息，补充供给。与何立成难分难舍分手，杨家马帮结伴湘商，贩售押镖，借道鄂渝返乡。

半月后到了辰州，杨家两兄弟让五车的伙计及聘请的镖师们回家，等到栽秧上岸再行茶商。留下的伙计，采购些食盐布匹，由马队驮运，沿官道回古丈坪，贮于北门边的杨家茶号出售。

已然是清明时节，古阳河沿岸桃红柳润，李白梨素，一派春阳烟霞。半坡，汪家坪，青云山的茶园中，茶芽绿茸茸地露出，老少提篓采茶。有傩言腔唱得恣欢：

> 桃花夭夭细柳丝，雨声一夜催蕊迟。
> 晨来探得茶芽露，叩窗邀伴陌上时。

时值犁田春耕，家家带雨荷锄，春事张扬。栽秧上岸，农活劳累，马帮骇落魂的一人到底死了。端阳节后，另一人和妻子因小事争吵一下，动了火气，也是莫名地咯血死了。真是奇了怪了，四公子杨圭炤后悔："当时在左伯神像前，应多磕点头，说老要养小要育，求他老人家给两个伙计多给些流年才是。唉，当时怎么就没想到哩。"

大清疆防得到稳固，然海防没有名臣运筹，甲午年前后，成了列强争啖我泱泱华夏之捷径，庚子赔款，真金白银如流水哗哗般外流，国弱民贫。古丈坪散厅一隅，虽有杨占鳌等回籍湘军高官延护，治安稳定，厅民安居，然则苦寒之地，瘴气痫毒，医疗药品欠缺，人口不旺。厘税重压，老天也有意荼毒苍生，光绪十七年至二十七年，计十一年间，厅域连年凶灾，先旱灾，后水灾，接着蝗灾瘟灾，不时出现火灾，厅民嗷嗷待哺，路有饿莩。光绪十八年夏旱，罗依保，罗江以上古阳河沿岸，良田一半以上成旱地，桑叶干枯，又遇虫灾。十九年春旱，五月端阳节，才涨点水，到底把秧苗插下去了，又发稻瘟，人人一脸菜色，瘟疫恣肆，或云："春转暖，菜花黄，摆子天花上了床，田园荒芜无人管，多少人家断炊粮。"二十二年，虫灾严重，先是松毛虫满山，后是蝗虫稻苞虫钻心虫满田满地都是，苞谷，水稻，十成收得三成不到。二十三年，大旱，连续两个月未下雨，古阳河断流，厅城人至南门桥下两河交汇潭中舀水炊饮。二十四年秋旱，收成仅得二三成。到了二十五年，春雨匀尽，人们认为总算盼到一个顺交春，孰知四月间，雷公火闪，猛雨如盆浇一般，古阳河水势澎湃，陡涨一丈多高，校场坪并河边碾房屋宇皆淘洗而去，水涌至西门沿河一带，几成泽国，沿河田地水冲沙压，河道多处改道，陵谷变迁，失其旧形。二十六年，水旱连年，谷艰民困。

好在，古丈坪散厅遇上吕近阳和汪明善一些肯为民办事的抚民同知。吕近阳在任七年，勤理政务，光绪十六年接任溪州知府三个多月，还没离开古丈坪散厅就去世了，厅民闻之，一片哀声，如同失去亲人。汪明善为湖北江夏人，光绪十六年九月上任，关注厅署人们的吃饭穿衣，做了许多实惠厅民之事。十七年秋遇旱情，冬种不敷，人们讨米挖葛逃荒。汪明善在厅城捐建育婴局，收留丢弃的女婴，撰写条呈，六保张帖，禁示溺杀女婴，违者一经发现，处以牢刑。二十年，厅城失火，延烧城厢内外民居两百多栋，衙署并烬，又是天旱饥荒告急，汪明善恳求杨府出面，联系城内傅家、罗家和唐家等乡绅，捐钱和茶叶桐油等特产，到辰沅和常德采购谷米，平价出售，又在厅城四门设粥棚，救济饥民。二十一年冬，厅城再度失火，满城皆成焦土，仅有下街几家及城隍庙幸免于难，汪明善以工代赈，进行救济修衙署，抚恤收留难民。二十六年，汪明善病故任上。汪是古丈坪厅任期最久的抚民同知，也是厅民中口碑最好的抚民同知。

饥馑年程，杨家一直无微不至地协助抚民同知赈灾，想出各种短平快的生粮之路，种茶、养蚕、培植油桐和油茶，开荒种荞、麦、菽、粟和红薯南瓜。凡干旱年程，油茶杂果特别好，桐油茶油补贴生息。杨占鳌还动用关系，让自家马帮协助厅民，用茶油、桐油、白蜡和茶叶等土特产，从辰沅斟回谷米，以工赈灾荒，招集饥民，用工日或捐献的木料领取谷米整修河道，铺路架桥，完成东门至五里坡到梨子坳，南门一从半坡至蛤蟆溪，一从背岩山到排达牛到默戎，西门至西歧，北门沿河下至罗江，与驿道接通，均修缮一新。又修缮衙门，街道翻修。不想灾年得以基础建设完善。

杨占鳌还想出西北屯垦办法，实在无以度日的邻里宗亲，写了契约，领取谷米，若干年后偿还，或用工抵还。斗米贵达千余文，杨府让抚民同知衙门作证，赊米为八百文。正是：

> 十年凶灾彰人伦，厅民饥寒俟光阴。
>
> 料得庚子多赔款，乞粥人多舍粥稀。

杨占鳌出身贫寒，生活一直节俭，时常约束家人传承辛劳过日美德，节省才能攒家。灾旱年程，杨府逐年减少佣工，除了节庆吉喜，杨府一日两餐，不许大鱼大肉，更不许女眷多添金银首饰，不准用粮食酿酒，更不得酗酒，多余蔬菜腌制成干菜酸菜，分送给贫困亲友和义塾及庙堂，说是近邻不顾远亲不富，叫花子也要三门穷亲戚。为此，多少爷没少与老子对着干，指使家佣赶走门前乞讨，后来怂恿媳妇闹分家。两个媳妇慑于公爹的威严，多少爷给了许多鼓励，还是不敢提及，让多少爷发恼打了一顿。

杨占鳌快七十岁的人了，体质不如先前。当日，杨占鳌枪伤复发，喝那又苦又涩的草药，本就烦恼，听到哭声问张氏。张氏佯装不知。

杨占鳌挂着紫檀树制的油漆拐杖到偏院。四十五岁的多少爷，背对着门坐在那儿，扬着竹条只管娘长娘短地叱骂，大媳妇黄氏蓬头垢面，怵怵倦在

火床板上嘤嘤哭泣。杨占鳌跨进门，劈头一拐杖打下去，正好多少爷扬竹条打大媳妇，扬得高了，一下杵到老子的小腹。只听"啊呀"一声，老子跌倒在门槛上，拐杖脱手，又砸中了自个额头。多少爷回头一看，老子怎么跌倒了，不耐烦地责备道："爹，您老走路好生点。看，平地还摔倒了不是？"

气得脸青的杨占鳌，半天放出气来，叫嚷到："你个忤逆不孝的，还不过来扶下我？"

多少爷自然是不情愿去扶。只听"啪啪"几下。多少爷委屈着急喊："爹，您不好生看路，怎么打我？"

"打的就是你个不孝子。媳妇四十多岁，快当婆婆的人了，你还这样发神经待她。这个家要出岔箍子了，原来是你在作祟。"

多少爷扔了竹条，早跑出院子。杨占鳌听了儿媳哭诉，想着树大分权，人多分家。家迟早是要分的，杨占鳌招集家人说："我还在世，家暂时还不能分。不过灾荒年程，人家老认为我家有万贯。死水塘用一点就少一点，施舍多了也不是办法，全家六十多口还要吃喝。以后呢，对外只认三份科捐。劝施方面，大房认杨圭璜，三房认杨圭璠，杨圭炤跟点钱协助，俩兄弟遇事好商量，莫强出头，过得去就行了。杨圭廷和杨圭臣为一份，圭臣承头，圭廷添补。临时摊派赈济，黄氏主持，张氏出面，公子小姐们出份子。"

如此，名义上杨府是一分为三了。多少爷杨圭廷目的算是达到了，自个划算吃喝，杨占鳌不在家时，给黄夫人张氏萱堂请安也怠慢了，一味心思多找些钱去打牌玩乐子。厅城的傅家、罗家、刘家、唐家和伍家等乡绅得知，心下暗喜：巴不得多少爷再怂点，经商对手杨府走了下坡运，他们发财发势的机会来了。

杨府经营茶叶蚕丝桐油及木材，与其他商户并无竞争之嫌，再说杨府有权有势力，对厅城治安和贸易拓宽渠道，繁荣一哄之市是好事。可那些又贪又卑的小贩经营，看到杨府大宗生意，算盘珠珠打得响亮，再看自个的蝇营不畅，就是不舒服。于是，曾在甘肃克扣军粮的许佑劂，诬说杨占鳌就很有些市场。大伙生意经营，处处掣肘防着杨府。可惜实力悬殊，根本没法与杨府明面相抗。

受了蛊惑，多少爷头脑就发热。大公子、三公子和四公子凭什么与他一般享受老子的家业？老子不把家业让他管，他的才华得不到展示，更可气的是老了老了，还生个六弟分家产。

多少爷去辰州，给六弟杨圭郅送读书膳食费，暗自从五车庄场取粮换银子，跑到烟花院嫖，还把六弟的膳食费挪用大半。庶母张氏乖巧，让杨圭郅尽说二哥好话。有道是：

　　　　　同父分嫡庶，为兄岂自恃。
　　　　　明是连理枝，一树共枯荣。

第二十五回　劫灾粮打虎

春茶采过后，杨占鳌在黄氏和亭亭娇美的三小姐陪侍下，到辰州给幺儿杨圭郅送读书膳食费，少不了到妙龙寺与悟性师兄盘经。渡空，独臂酉灵，酉缘三位师叔都圆寂了，悟性师兄当寺住持，只不喜主事寺中日常琐碎事务，是个甩手住持。

三小姐及笄开脸，皮肤白皙，长得一个匀称身段，配着一头乌黑长发，说话声清脆甜美，古丈坪散厅没有人不夸伊的。惹得那些富家子弟，站在远处窥视，掉了魂似的自惭。

杨圭郅的书院同窗，皆是青葱少年。几个大地方富家子弟，性格也是张扬，想着法儿巴结杨圭郅，好方便与他妹妹三小姐玩耍。杨圭郅为此得了不少人气，拿着学砚们的好处说："不是不帮你们，别打我妹子的歪主意，黄夫人有意把三妹许配给益阳表哥黄迪英了。"

"只是有意，不是还没许配吗？你看我们，知书达理，人人皆是倜傥玉树，兴许你家高堂改变主意了呢？"有同学就笑嘻嘻地反驳。

杨圭郅认真地说："别臭美了，黄夫人可是一品诰命夫人。就是辰州府衙大人见了也得叩首，就怕你几个尖嘴猴腮，难入她的慧眼。我妹子眼睛高着呢，欢喜的人是英武俊彦。"

悟性师兄不在寺中，时常不见首尾，只在沅湘和苏皖各地云游。杨占鳌打算多住几日，为的是走访亲友和湘军往日袍泽，等见过师兄再回古丈。杨圭郅趁杨占鳌和黄氏会客时高兴，邀出三小姐与几个同学去逛街，在辰州水陆码头玩了一圈。三小姐得了同学送的好多冰糖葫芦。三小姐爱水，大家买些零食，租船划水。春光明媚，沅水清清，一任年轻人衣袂飘飘。易求无价宝，难寻有情郎。

黄昏，杨圭郅和三小姐回到父母住地，看到杨占鳌正在训多少爷，侄儿杨锡田也在那儿，黄夫人坐在一旁没有好脸色。杨圭郅不知出了什么事，向二老请了安，自是回书院去了。

前些天，多少爷领了古丈抚民同知差使，协同四公子杨圭焰到沅江易煮粥赈饥谷米。多少爷离开杨府，挣脱父母桎梏，到了辰沅，胆子就大了，吃喝玩乐，把个公干全抛到脑窠后面。杨圭焰找到烟馆，多少爷和个相好粉头正吃鸦片烟。杨圭焰没好气地数落二哥两句，多少爷一瞪眼："老四，这话就过了。你多做两手就表功劳了不得了，要不是我讨得这份差使，还有你赚吃赚喝的份？"

毕竟是叔伯兄弟，鸡蛋隔层皮。四公子忍气问："二哥，我不和你争吵，瞿福老板那儿二十担谷钱怎么回事？现在运粮船等着，瞿老板搪塞不肯发货。"

"他那里贵，不如用五车自家庄场的租谷周转一下。"

"说好了的怎么又变了，这生意还做得下去么？再说，我们家五车庄场有那么多谷？要是二伯晓得……"四公子听多少爷话里到扯飞火，急了。

两兄弟正争执，闯进三个不良，其中一个指着多少爷说是赌钱偷老千。

多少爷说对方偷了老千，让他破了财，正愁找不到，现在送上门了。

四公子哑着喉咙埋怨："二哥，看来你身上的钱是填天井眼了。二伯和黄夫人就在辰州，你自个跟他们讲去。"说完气冲冲地转身就走。

那三个索赔资人说不准走。要四公子赔钱。

秤肉问提手，怎么扯到他头上了。四公子正气头上，言不及理，当然是动手解决。几个泼皮，哪里是走南闯北的四公子对手。兄弟阋于墙，外御其侮，多少爷还加个花，一板凳掼下去，把一赌徒打趴下。出了事，多少爷从烟床上翻身跳窗跑了，四少爷慢了，冲出门外，遇到两个练家，两根抛火棍一上一下舞来。四公子避让不开，打倒在地。还好，泼皮搜出四公子身上四两银子，飞也似的跑开了。

公款多少爷随身带着，没个人影可寻。四公子受了皮肉伤，随身盘缠告罄，没有办法，好歹软语向瞿老板赊得一船谷，连同德山左家米行送来的两船谷，赶回古丈坪散厅交讫。

过拖纤滩，夜色堆幔，四公子让船队停泊岩坎下潭边露宿。上滩时喊了五个民夫拖纤，到领工钱时人多了三倍还不止，一些饿慌了的老弱褴褛，看到粮船，跪地鸹噪乞讨。四公子和伙计们总共才七个人，伙计拦不住，情形不对，四公子赶快吩咐移船别处。饥民中间夹杂地头泼皮，叫嚷着发急抢

船。

到底一船慢了，让饥民拽了缆绳拖到岸边。船头伙计扬篙阻拦不让饥民上船，一个泼皮跳下水游到船舷，一手拽了伙计脚，把人倒栽葱抛下水去，另一伙计慌忙跳下水救人。饥民人多，只管哄闹着上船扛粮。

四公子叱骂着掉过船头相救。岸上有人打了一火枪，四公子腰间一麻，一摸流血了，心想这下完了。人昏了过去。

掌柜伙计杨圭树，是杨府宗族，见四公子凶险，搭手拖上跳水救人的伙计，赶快荡桨开船。半夜到了铺伙头，过世谢夫人的侄儿谢水生晓得，扯喉咙唤来寨上的草郎中。得知众人还饿着肚皮，谢水生又吩咐儿子媳妇赶快生火煮饭。

幸好当时距离较远，四公子穿着两件家织布棉衣，外套皮短褂，腰间扎着长纱帕，铁砂没穿进腹腔，全镶到皮肉上。草医用剪刀拓出五颗铁砂，敷上药，说不碍事，休息一两天就好了。伙计们吃过饭，四公子说还有个伙计掉入水中生死不明，央求谢水生老表相帮，赶着开船回古丈坪散厅。后来，坊间厅民传句：

> 杨府多少爷，吃喝样样来。
>
> 携款辰州后，害苦四少爷。

杨圭焰被抬进杨府内室休息，自有家佣从南门外请来伍郎中疗伤。杨三同老两口，看着儿子失血而苍白的脸，嘤嘤哭了起来。哭了一会，杨三同喊大公子杨圭璜到抚民同知府报案情，三公子杨圭璠去大栏坳，着杨圭树雇人运回粮谷交讫。

伍郎中问了谢水生情况，再仔细看视伤情，把脉后对杨三同说："三老爷尽管放心，四少爷只是流血多了点，骇着的。我开个方子，静养两天没事。若不信，只管来折我的招牌。"

杨三同老两口才松了口气，心下宽慰，唤大公子杨圭璜和他儿子杨锡田，骑马去辰州给杨占鳌送信。杨三同怕二哥晓得发火，杨圭璜劝不住，杨锡田作为孙子，可以从旁缓解。

当日，杨占鳌称了块猪肉，说几餐没吃肉了，走路有点打闹脚。黄夫人笑他老了老了，还馋嘴。黄夫人说猪肉炖粉条，要去买点海带。杨占鳌说粉条海带都没有，不如煮东坡肉。于是，老两口"洗净铛，少着水，柴头罨烟焰不起，待他自熟莫催他，火候足时他自美"。东坡肉还在鼎罐里煮着唱歌，杨圭璜父子俩风急火急跨进大门来。

杨占鳌听罢，气得一拳砸烂茶几。

看着黄夫人和杨锡田，杨占鳌沉闷一会，缓口气，让大公子杨圭璜去拖纤滩找祈铁解交涉，相帮寻找掉入水中杨家伙计的下落。

大公子前脚出门，后脚窜进门来口袋玩通眼的多少爷。这栋四合院，是杨占鳌为了方便杨府人来往经商买的，一正两厢，附建着打榨的朝门。多少爷从照壁探出头来，看老子威严地坐在厅堂，想缩回去，眼尖的杨锡田看到了，不迭叫喊："二爷爷，二叔回来了。"

多少爷只好若无其事地进来请安。

杨占鳌耐着性子问："你和老四一起购赈粥粮，老四回古丈了，你怎么还在这里乱？"

多少爷怯怯地想词："我，我留下来，是答应胡家枭下隔年的一批桐油生意。"

黄夫人忍不住嗔嚷："还到和胡家做生意。不是二娘讲你，你和胡家做生意有几次得香瘾。人家巴不得你杨家……"

杨占鳌站起来，兀自一拐杖，打得多少爷跳起。多少爷揉着被打痛的脚杆，眨着眼睛莫名叫屈："爹，我就忍不住手痒摸几手，烧几个烟泡泡。你发哪门子气？怎么又打人？"

杨占鳌本想再来几拐杖泄愤，可多少爷跳得远远的打不到，看到三小姐和侄孙杨锡田，坐下唉息："嗯。你没错。错在我和你死去了的娘，不该生出你这个忤逆不孝的。我问你，从抚民同知衙门预支的购粮款到哪里？购粮的桐油和茶叶哪里去了？"

"不是都送老四了么？"

"你放屁。讲假话脸都不红一下，我还不晓得你。古人讲孝悌，和好兄弟家运贤，父母心中欢忻。你好个没脑窠髓的，处处听人家糊弄，平常往日我也就算了，这次拿着衙门的钱海吃山喝。老四从瞿老板家赊的船谷，到拖纤滩让人抢了，还打落个伙计，你晓得不。"

多少爷不服气，嘟嚷着说："老四就是肯擅作主张。不是让他到五车先用咱自家粮……不过话又讲回来，要是我去，也改变不了什么。"

"你——"杨占鳌沮丧地瘫坐在椅子上。

大公子杨圭璜回来，说是船泊在那儿，粮食给抢光了。几个承头泼皮吓得早逃了，追凶已无可能。再说伙计是掉水中淹死的，并非拖纤滩人打死，丧葬费只有杨家出了。"拖纤滩人穷得很，人人一脸菜色，几个八九岁的小孩，连裤子都没有穿的。逼得急了，抢得多点的一家答应卖女儿抵押。祈伯讨保，愿意出五担谷抵罪。我看祈伯断了一只胳膊，穿着一身补疤衣，祈伯娘头上连根钗子也没有，日子过得实在紧巴，就算了。"大公子无奈地说。

多少爷急了："怎么能算了，撵回来多少是多少。你嘴巴一张说算了，损耗的你来补？"

杨占鳌长叹了一口气，无奈地和大公子商量，把五车庄田和辰州的四合院卖了。用于开销死了的伙计丧葬费，瞿老板家赊的粮谷。还有，就是填补多少爷从抚民同知衙门预支的购粮款，以及斠粮的桐油茶叶。

购赈粮船路遇抢劫，折腾得杨府够呛的。四公子杨圭炤带伤回来时，船上受了冷风，枪伤医治好了，但留下病根，体质垮了。

为了节省开支，也是教诲子女，赈灾设粥棚、劈柴、洗锅、熬粥、分发，杨占鳌全让家人完成，公子小姐们，在家的都得参与操执。杨三小姐就那么亭亭玉立地站在粥棚前，成为乞粥饥民养眼的女菩萨。

杨三小姐相貌端庄，心地善良，女红做得是一个好，纺纱、织布、绣工，样样娴熟，搭配的五彩丝线是一个好看，绣的花鸟虫鱼，和真的一个样儿。伊常常拿着画笔，在一张张洞庭纸和汀贡纸上，描绘一些图样，剪下来，成了好看的窗花。三小姐特别喜欢跟着父母和兄嫂们学炒茶。杨占鳌说茶有灵性，什么人做出的茶就揉捏着那人的秉性。炒茶时，鲜茶叶杀青锅温高，家人怕烫着伊的手，只让伊揉捻做条和提毫。揉捻，做条和提毫，是制茶关于色、香、形的关键工序，可谓炒茶的经验技巧。经过指点和纠正，加上自己着磨进去了，把握出揉捻的轻重，三小姐揉出的初茶胚紧细一致，做的茶条耐看，白毫提得是一个好。工多艺熟，无形中，三小姐成了杨府制茶最理手的师傅，邻里赞曰：

闻说三姐炒茶好，根根白毫长精神。
水甜溪水汲汲泡，一碗清香满乾坤。

多少爷看着竹簸箕中的成茶，无奈地夸道："杀青巴得手板起泡，抵不上三妹做条提毫。"

三小姐害羞地说："二哥过誉了。若不是杀青杀得匀尽，哪里做得出这么好的茶。功劳是兄长的，我只是锦上添点花而已。"

杨占鳌俯下老腰，从簸箕中拿一小撮茶放在手板上，对着光亮左看右看，对家人说："茶好是多方面促成的，好的鲜叶，好的柴火，好的手法，等等，一样少不得。想要打开茶叶招牌，还有好多事要做，各个方面和环节忽略不得。比如，我家的上等好茶，老五在长沙两斤斟得一担大米，可是在辰州卖不到这个价。"

多年来，杨府种茶舍得下本钱，光绪三十二年，多少爷由西湖、龙井引进良种，在汪家坪开辟茶园，植茶叶万株，又从君山引进茶种，植于南门半坡。五子杨圭臣从岳父处引进茶籽，从沅湘引茶苗，植于半坡和青云山，生产青云银峰茶，又名白毛尖茶。

大公子和三公子也认同老爷子的观点，有时茶叶算好的了，就是卖不上理想的价。五公子在省城熟些人，茶价往往不含糊。杨占鳌想，若把客商请到古丈坪来，办个现炒现卖的交流，是好是差让茶商发话。好，好在哪里。差，到底差什么。什么样的古丈茶才能横行市场。然苦于岁数大了，相识的朋友又多故去，担心没人捧场子，做得四不像，让厅城人笑话。

杨占鳌把想法说出来，杨家兄弟几人都想发茶叶财养家，一拍即合。推举杨占鳌当首士，具体细枝末节由大公子和三公子去筹备。场地设在倩云山庙坪场，那儿坪场大，杨家的大块茶叶地在那。何况倩云山岭边有杨府的一栋三间房子，还有两家佃户，场地宽敞，用水方便，工具和人手应有尽有。五少爷杨圭臣有远见，一下投了四两银子的股。

多少爷种的茶分成几块，南门半坡的最好，取名绿香园，本想把斗茶地点放到他家茶叶地，场地也好，风景不逊。然茶叶园圃只有六分地，不及倩云山一小半。

古丈坪散厅山多壑深，溪边田日照不足，阴山冷浸，高秆稻又肯倒伏，雨水稍多点，就连片稻瘟，又多发火蜢蝗虫和钻心虫，丰收年程，每亩最多也就收得到三百来斤，还不如种苞谷红薯。红薯和南瓜一样，不易保管，烂了长绿芽的吃了中毒。最好是种小谷和荞，耕管时间短，产量还算稳靠。可杂粮食口性差，大人还可以，老人小孩子经常吃营养不良，肯得缺素症，歪

脖子抽筋什么的。所以只有多种油茶，栽油菜，有了油，换着食材烹制食品花样。

对外商贸，除了桐油和木材，少量蚕丝，就是茶叶最值钱，一担茶叶下辰州，换回来就是一船白晶晶的大米。杨占鳌认为种茶能改变村族的贫困，坚持发展下去，一定会成为古丈坪的大宗经济产品。自从杨府引进沅湘和皖浙闽地茶种，综合各家炒茶方法后，古丈坪散厅的茶越来出名气了，茶价钱稳定，厅民受益匪浅。渐渐地，古阳河沿岸，田边地畦空坪隙处，便蓄起一茬一茬的茶叶树来。

杨家要办斗茶会，还要邀来辰沅和长沙汉口各地的茶商撑场子。古丈坪散厅的茶商听到特别来劲，他们相信杨府的实力。自从杨占鳌回来几十年，教育家人诚信，杨府从不颐指气使，秉诚乡里，信誉极好。

若是能够得参加杨府的斗茶，评出好名声，茶叶销售就活泛了。茶商们奔走相告，傅家、许家、宋家、伍家、唐家、刘家、游家、李家，有茶号的商户，一心想搭水洗船，把平时对杨府经商时的不屑和嫉妒收藏起来，有了无事的去杨府串门，还多少带点礼物，比如在汉口或辰沅买的小玩意，送黄夫人和张氏，或者贿赂三小姐传授炒茶秘诀。多少爷受了冷落，发起无名孽火，不准旁人看杨府炒茶。人往利边行，没有办法，谁让多少爷是杨占鳌的嫡长子。于是，茶户们就提点样茶，上门让多少爷品，谦虚请教多少爷指出不足。当然，样茶就留下来孝敬多少爷了。多少爷抹不过邻里往来的面子，终于开了笑脸，让他们准备样茶，他会多准备些席位，供他们参加活动。

搞活厅城茶叶生产和经营，繁荣厅城商贸，增加厘税，抚民同知董鸿勋极力赞成。董鸿勋是直隶开州人，才气横溢，曾中副榜，光绪三十二年六月到任，任内主要业绩是编纂了《古丈坪厅志》，关注办学、农事、开矿、疏河等政务。董鸿勋特地举荐崀城千总方学舟，专门负责与杨府接洽。方学舟是洞庭湖人氏，长得白面长身，风流倜傥，能文能武，可谓一表人才：郎本洞庭人，痴情古丈坪。一叶佳树传知音，莫道茶多情。

方学舟与杨府的渊源，源于三十年前，杨占鳌从甘肃任上辞官回乡，路过洞庭湖时，在君山避雨，曾在方家借宿一夜。那时方学舟还没出世，不知挂在哪片茶叶树上晾着，他父亲方堃，曾在衙门行过差，方母又贤淑，与杨占鳌和黄夫人说话投缘。后来，杨府种植茶叶，杨占鳌携黄夫人和六岁大的三小姐，复到洞庭方家，寻求茶种和毛尖茶制作技艺，方学舟与三小姐就是那时相识两小无猜的了。

　　方学舟到古丈坪谋职，经常到杨府办事，成了杨府的常客，一来二去，与三小姐无话不说，随着时常交往，郎才女貌，暗生倾慕情愫。方学舟从父母那里学得的一手炒茶绝活，派上了用场，诚意传授给了三小姐。正是：

　　　　一树茶芽三春景，陌上光阴醉诱人。
　　　　水光潋滟风景好，茶园结识杨素卿。

　　渐渐的，方学舟和三小姐就有了许多共同的话题，方学舟除了看杨家人采茶、炒茶，更多的是陪三小姐说洞庭君山佚闻。郎才女貌茶生辉，那阵子，春光荏苒，在茶园，在厅城石板小巷，在古阳河岔流水甜溪边，都能够看到他们的倩影，甜美的三小姐，洋溢着幸福的气色。恰如南北朝时鲍令晖的《丹阳孟珠歌》极好：阳春二三月，草与春同色，道逢游冶郎，恨不早相识。

　　黄夫人有点不放心起来。伊明确地告诉方学舟：三小姐已许配给益阳黄家的黄迪英。黄迪英是黄夫人同父异母的二哥黄佑燮小儿子，在长沙抚台供职，因家父过世，等守孝期满了才迎娶。黄夫人阅人无数，委婉表明后，又让六公子监督，防范方千总踏越雷池一步。

　　六公子杨圭郅，比三小姐长半岁多，兄妹俩最是要好。三小姐与方学舟约会，六公子母命难违，总是善意地敲方千总一点好处，才肯为两人幽会暗通消息搪塞家人。

　　厅城下三里许，古阳河岸高耸的倩云山，山坳上连着桐茶林，岔溪山巴枯溪边，绿树婆娑，有田数丘，环境幽静，就是山地连片树木森森，时有猛虎豺豹藏匿。有饥民挖葛逃荒到此，写了告荒帖，求杨府许他们在山岭坎下搭棚住下，佃种杨府的茶叶地，桐茶和稻田，兼看顾茶叶地边杨府用作耕管休息的木房。春种秋收，两家佃户本分，日子还算过得去。

　　为了炒参加斗茶活动的样茶，三小姐随五嫂陈氏和丫鬟到青云山采茶。佃妇和四个孩子，陪着相帮。陈氏告诉大伙，采一芽二叶初展，不要弯腰芽，也不要散叶芽和瘦芽。

　　三小姐看茶叶长势蛮好，芽头饱满，就让佃户和孩子们采一芽一叶，答应两斤鲜叶斟一升米。

佃妇胸前挂着茶篓，两手娴熟地在茶叶梢上移动，双眼没有移开茶叶嫩芽，问她家小男孩："是不是你乱屙屎了，好一股膻味。"

接着，所有采茶人都闻到了。奇怪，那股味不像是屎臭，是带老汗腥如烂蛇的膻味。陈氏闻了闻，蛮有把握地失色说："不好，怕是有老虎。快跑。"

大伙吓得掉了魂似的向茶叶地边木屋跑。去年冬天，老虎咬了佃户家的一头猪，佃户父子三爷拿着梭镖没阻止住。猪被老虎拖进树笼，佃户父子操家伙撵上去，连个渣也没看到。

此时，佃家的黑狗不叫了，夹着尾巴跟着主人跑。果真，茶叶地上坎露出一头吊眼白额虎的脑窠来。老虎长啸一声，连地皮都颤动了，悚得地边桃树梨树李子树上的花儿纷纷掉落。苏木未觉花惊落，树梢应颤人行瘫，三小姐骇得移不动脚，佃妇看到，不要命地跑回来搀扶。可那佃妇瘦弱，又吓得没几分气力，根本扶不动兀自悚在那儿的三小姐。

眼看老虎下坎，冲着三小姐和佃妇而来。说时迟，只听一声惊雷似的大吼，方学舟操起屋檐下的挖锄冲上去，一把护住三小姐。方学舟到杨府办事，得知三小姐采茶去了，便寻到地头找伊好玩，恰好派上用场。到底是行武之人，一锄在手，一声大喝，把个凶兽唬住了。佃户十三岁大的男孩醒悟过来，娘还在茶叶地，捏着长把畬刀跑过去助气势。

陈氏和丫鬟惊魂之际，听到方千总的怒吼，回头看到三小姐没跟来。若是伊出了事，回府怎么交代，两人连滚带爬跑回去搀扶三小姐，手里拿着茶篓和背篓当武器，全身筛糠似的打抖。

那大虫迟疑一下，轻轻一爪，佃户男孩手里的长把畬刀就被打掉到老远。佃妇用身子护着三小姐和男孩，老虎伸舌一舔，佃妇头帕和一只耳朵连那儿的肉皮就扯掉了。丫鬟拼命撑起背篓，老虎挥来的一爪才没伤着人。方学舟翻腰一挖锄，锄刃挖中老虎劲脖，疼得老虎跳开，掉过头来与众人对峙。

方学舟鼓励大家："一齐喊，气势压过那厮。"

大伙便一齐喊叫，那是歇斯底里，为了活命的绝望嘶喊。屋檐下的三个小孩也在无助地拍打木板哭喊。老虎见人多，无奈地摇了下头，终究悻悻离去。

第二十六回　斗茶夜私奔

　　方学舟可谓虎口救下三小姐，杨府自是感激。三小姐特别感动，觉得只有方千总，才能让伊有安全感。三小姐是彻底爱上方千总了，只是担心父母嫌弃，不敢把心事告诉家人。

　　杨占鳌看在眼里，心下忐忑：黄迪英长得俊俏一表人才。方千总家贫，职位又低。

　　　　陌上相逢茶叶新，春意盎然最动情。
　　　　虎前仗锄救佳人，此时风华正和鸣。

　　三小姐在茶叶地被老虎骇着，黄夫人打发下布尺杨梯玛到出事地头设坛喊魂。杨梯玛悚于杨府，又怕人笑话，麻着胆子，月光地里烧一堆火，喊两个包包后生侄儿和外甥作帮手，懔懔惊惊念经，磕头敬鬼敬土地菩萨和王灵官。一有风吹草动，就放麻盏头炮仗壮胆。

　　次夜，杨梯玛的侄儿和外甥也是有点怕了，借得根火铳和一副三眼铁炮，筑了火药，只管朝地坎上树林里燃放。

　　接连做了三夜高坡鬼，杨梯玛发阴兵射白虎，喊得声音有点嘶了。最后一夜，邀了佃家三个男丁帮衬，在茶叶地坎烧三堆火，扎了数个桃树弓箭，说是白虎不坐堂，主家旺千年。一边燃放麻盏头炮仗，放三眼铁炮。法事做到戌时，锣两槌，鼓三通，向树林中打了两火铳。想毕那老虎挨了方千总一挖锄，经过杨梯玛的三夜折腾，已是移尊驾别处养伤去了。

　　清明后十天，天气晴朗，草木恣碧，花妍成阵，倩云山庙坪场热闹起来，上山的路整修一新，菩萨上彩，披红，庙前一亩多的坪地杂渣除尽，黄土铺底，中间扎了幡台，搭案桌，两边设棚幔。此庙原是飞山庙，杨占鳌修三道河桥时许了愿，买下旁边土地作茶园，划出一坨捐送作庙产。光绪六

221

年，抚民同知易念祖，发了菩萨愿扩建正殿，添建藏殿。殿内两边厨格和台案上，放满佛教经典菩萨佛像，大者四五尺高，小者不过数寸，千姿百态，形状各异，栩栩如生，造型生动美观，工艺精巧细腻。斗茶会前，杨府捐银子，让人加修扩建，各尊菩萨披了红黄丝布缛。大雄宝殿门边挂联"弃绝红尘僧客在""广修乐士佛门远"。

寺庙唤作二龙庵，是古丈坪厅城人向神投诉庇佑的一个廊场，香火与城边的关帝庙，灵官庙，文庙一般红火，并有过之而又无不及。二龙庵原来是由三个田姓尼姑师姑服侍香火，时不时就有三五光棍，想占点女尼便宜。杨府主持斗茶会，杨占鳌做首士，自然是没有人敢挑事。就是想峁事，也只能暗中进行，过分了，让抚民同知衙知道，怕是没好日子过。

辰时，精神矍铄的戴偻全老人，乐呵呵地协助戏班子就位，锣鼓家什响起。先两天，团近跟随杨占鳌从军健在的湘军老人就拢来了，吵着要杨府唱戏，要不然杨占鳌就要陪着打包十副纸牌。黄夫人看杨占鳌不反对，马上喊谢水生请惹必湖戏班子来，院中就学馆搭台唱古丈阳戏。先一夜唱《三看亲》《掐菜苔》，第二夜演《平贵回窑》，看得老人们回味感喟。

又有古丈坪上河下河的喜事草台班，人人腰系红绸，站在进场两边，排了十多丈远，吹的吹，打的打。多少爷好那一口唢呐，吹得腮帮鼓起，口角流涎。下布尺杨梯玛和两个包包徒弟献上土溜子《喜鹊含梅》，老鱼塘杨祖贵领着族兄弟，献土溜子《八哥洗澡》。何老五唤得苗乡人赶来两坛狮子灯，在场中间玩起狮舞来。

锣鼓停罢，杨府邀请的溪州、辰州、迁陵官员，官服鲜鲜，顶子明明，在古丈坪厅抚民同知董鸿勋引领下进场，一一与杨占鳌和黄夫人打拱叩首。各地茶商，戴些镶绿玉毡帽，随杨府四位任过官的公子爷，一并坐在台前。台下摆着二十个用门板支起的平台，每个平台上放着一个土陶火炉，铜壶嘴冒着水汽。参加斗茶的样茶，除了杨府的六份，厅城的茶户有七家，酉水已故谢夫人的侄儿谢水生，溪州杨大姐孙家，迁陵陈氏茶庄，也各供一份样茶。评茶的嘉宾，除了沅湘各地与杨府交往甚密的茶商，还有杨大姐夫家的一位葛藤亲彭施涤，是省咨议局议员，据说留洋日本，入了同盟会，因友人秋竞雄先年秋罹难，心情不爽，回籍短驻。杨占鳌特地请来妙龙寺悟性和西山寺悟道师兄，两位师兄都是炒茶品茶的行家。出家人不打妄语，评茶当是看茶不看人。

主客坐毕，六十有二岁的大公子杨圭璜站到主场中间，清了嗓门，替杨占鳌致辞，欢迎各位莅临。随后，五公子捧素绸上场，读祭茶颂词："时维大清光绪三十四年仲春之望，古丈坪散厅杨占鳌和诰封一品黄夫人及家人，诚邀溪州辰州府衙，迁陵和古丈坪散厅抚民同知及亲朋好友，品茶评秀。谨以俎豆醴酒鲜花雅乐，敬献茶祖，致祭茶神，申达悃诚（焚香燃纸，茶三杯）。今逢乱世，百业待兴。山披翠绿，水蕴华精。古丈坪厅，民风厚淳，和谐兴旺，衢通八方。茶祖茶神，造福地方，古丈之茶，源流远长，载于西汉，贡于李唐。孕此嘉木，佑我安康，形如针线、色如玉霜。春暖茶萌，遍布山岗，春风化雨，丰年在望，佑茶高产，名茶名扬。大礼告成，醇酒滔滔，敬献神祇，伏惟尚飨（焚香燃纸斟茶，三叩首）。"

杨梯玛便扬尘起舞，祭五方五位，山神土地，地脉龙神。旁边锣鼓家什，轻吹细打起来，两个田姓一个张姓尼姑，穿着干净素服，持佛珠拂尘列位，引荐杨占鳌和黄夫人上香。其后，其他人鱼贯上香，与尼姑喝诺。

作为父母官的抚民同知董鸿勋，站在台地前，向官吏佳客茶商和众茶农现身说法："古丈坪厅之茶，种于山者甚少，皆人家园圃所产，及以园为业者所种。清明谷雨前采摘，清香馥郁，有洞庭君山之胜，夫介亭之品。方圆百余里内，茶为沅陵出产之大宗，其始固亦一二人之栽植，而后遂成为风气，若其无涩苦味，则古厅之独胜也。去年履任首讲种植，民间颇受鼓舞，本城杨府乐于植茶，绅士杨圭璜兄弟五家，乃于汪家坪种茶万株，将来亦一大利源也，茶品之盛兆矣。希冀借此斗茶小聚，古丈茶能拓广大市。"

杨占鳌年纪大了，本不想讲话，但拗不过众人推荐，何况是本次活动首士。五少爷搀扶着，移步站在主位，声未出，威先发，全场一下失了噪，只听得台案上土陶火炉架的铜壶"吐吐"冒水汽声。千百年来，古丈坪散厅才出这么一个大角色，回来几十年，做的公益惠民事项，一件件，一桩桩，没有不让厅民称颂的。杨占鳌环视四边，揖手颤颤地说："列位厅城父老，列位官绅，列位远客和袍泽，占鳌这厢有礼了。厅城山多水少，五谷不丰，稼穑困顿，奈何果腹。我虽南征江海，西北平回，无策惠泽乡民富贵，回乡培茶植桐，愿乡亲有吃有穿矣。苦于西北官办茶榷已停多年，往年关系多老故去，油市尚可，茶行不畅，办斗茶聚会，唯交流尔。今有沅湘茶商莅临，兼有油商应邀，既是斗茶，亦有优劣评判，让远来茶商搓拟，谨希参评茶家，没有评出好彩头不必恼火。只要允许，我杨府明年愿再承头操办，把茶行办

得红火起来。最后，借鸿勋同知吉言：'此斗茶小会，能为古丈茶拓广大市。建他日茶品之盛前兆。'"

杨占鳌退场，杨锡衍和杨圭树，看到多少爷一挥手，便点起百子鞭爆竹。随后，大少爷吆喝一声，静候在庵门坪场外三丈多远，杨府茶叶地边木屋偏甩棚内的两个佣工，从用于炒茶的三眼土灶上舀出一桶沸水，给坐在厢棚内的嘉宾和观茶客商泡茶。

六位茶商和悟性悟道师傅，经过看茶形，闻茶香，观汤色，品茶味，最后评出前十名。杨三小姐制的"绿香园"独占鳌头，杨府的另两个样茶也获得名次，只是谢水生和杨大姐孙家送的样茶，多少爷制的样茶落选。样茶评得名次的另外七家茶号，接过赏钱和盖有抚民同知府马蹄朱砂红印的凭证，便有族人放起炮仗贺喜，进庵上香。没评上品的样茶，在杨府的热情推荐下，也由商家现场认购了，茶农们数着铜钱高高兴兴散去。

县都司胡千，家资稍次杨府，在古丈坪是第二富家了，历来暗中不屑杨府，联合本家胡万，胡其佐和胡其佑，在柑子坪建楠竹园，又在后街火药局屋上坎建古丈坪蚕桑园，专门从浙江省购来湖桑三百株，为了扩大名声，竖政绩，捐钱两百千文，亲自监工修建西城外石桥。此次放下身段，托多少爷关系，选出样茶参会，不料斗茶会上意外落榜。胡千坐在那儿，老脸挂不住，族侄胡彦认为杨府故意为之，但又不好叫嚷，因为评茶人没一个是杨府的人，何况茶封是抚民同知董鸿勋等人存档，再说是他杨府私筹斗茶会。

古丈茶叶数毛尖，汲得水甜溪边泉。

入口栗香绵着禅，杯中有枪直冲天。

评茶过后，宾客陆续散去。吃过晚饭，杨占鳌与五少爷杨圭臣闲话，问及彭施涤情形。杨占鳌说："为父不是怕事，大丈夫立功立德立言，无愧于天地。尔的基础优于厅境其他子弟，当是可干一番大事。现在，各地势力群起，暗流涌动，新思想让年轻人过激，谁的观点有益苍生，并无佐证。尔要有分辨，一时不谨，会殃及家人。我承祖上种茶，教尔为官，协助家人经商，是想繁荣厅境，让邻里贫苦多做点事养家，不求他人和后人念及，但能让全家平安。我杨府虽有今天，然经不起大风大浪。"

五少爷说："爹爹教训得是。彭施涤接受新思想，教育救国，与爹爹种茶发家，平安一方是一个理儿。我是想从他那里多了解些当前形势，现在国势不明，难得分辨长远。"

杨占鳌认为很有必要对当前形势作些分析，让黄夫人遂唤来各房，祖孙三代。杨占鳌语重心长地说："自祖上迁到古丈坪，一直清贫度日，虽无贮粮，倒也平安。我逢乱世，从军二十年，经历大小战三百余回，身中伤口十一处，左腿炮子击穿，寄命不辱，全身而退，挣得这份家业。现在，南方各地乱党突起，国朝内部不和，世道究竟发展何去何从，大家低调为好。我只有一个祈愿：什么党，什么帮，莫绞进是非，为官的司职本职，经商的诚心交易，读书的攒劲研习，他日谋得功名做前程世界。凡田庄租息，是我杨府生息之本，经历多年天灾人祸，家运还算盛昌，收租收粮，不可太逼，佃家雇户，也是半个亲邻。莫管改朝换代，我们自计划过好安平，能周济贫苦总是不会错的。圭廷你听到了没有？斗茶时董同知才夸你，莫搞到一边去。"

多少爷杨圭廷盘算去和胡彦家斟半坡那块桐油山，五少爷说那是红心土，种茶好。没听进去老子啰里吧嗦讲些什么，甚至是一斗二升黄豆从头上倒下来，一个也没接住。老子点名了才回过神来，赔着笑说："您老放心，我是浪子回头。保一做好榜样，等夏茶过后，和老五讲好了的，到浙江去访茶。只种茶，不参与那些摸不着天的事。"

多少爷收心了，种的茶比其他兄弟的都多，而且舍得下本钱，从外地寻得几个好茶种。就是染了个抽大烟和赌钱没戒掉。杨占鳌还算放心。

过了重阳节，黄迪英丁忧期满，除去孝服，尊萱堂之意，写了信笺，封三两雪花银，托官驿邮差代为递送。不到半月，杨府便是收到信札。黄夫人折启，只见写着："姑父大人并姑妈黄夫人在上，家严三年孝满，家慈有意，择定冬月之望，迎娶素卿表妹过门，结秦晋之好，修朱陈之美，男女成立，亲上加亲。侍期在即，家慈并伯母亲兄筹备，只等佑咏关雎，行奠雁之礼。侄儿迪英叩首　宣统元年仲秋之晦。"

杨占鳌随湘军驻扎益阳，黄家把黄夫人许配给他，还资助了木船木料作湘军三板船。两家通姻，是前些年就定下了的。看到喜函，杨占鳌黄夫人两老自是喜欢，黄迪英俊秀，在仕有为。杨府其他人得知，也为三小姐嫁得好婆家高兴。只是六公子杨圭郅闷闷不乐，他收了方千总贿赂，为两人约会提供不少便利。

方千总得知后，也是呆了，和三小姐相依流泪。

到了十月，方千总任期将满，准备回籍。临行前央求六公子，让他与三小姐单独辞别。杨圭郅到底拗不过三小姐，选个晴日下午，陪妹子去下河钟灵山寺上香。寺中，杨圭郅支开丫鬟，让三小姐与早已藏在禅房的方千总约会，两人难分难离，最后决定私奔。

于是，在秋天的一个月明星稀的晚上，在杨圭郅的帮助下，方千总领着翻墙而出的三小姐私奔了。

> 为了情人约黄昏，月上柳梢头发昏。
>
> 割舍恩情守爱意，突破世俗双私奔。

次日清早，给杨府扫地挑水的老由打开大门，掮水桶去挑水，碰到口快的宋三佬蹲在岩墙上，神秘兮兮地喊他："老由老由，他杨府昨天夜头没少点什么？"

老由见宋三佬话里有话，停下来怔怔地打量他。宋三佬得意地说："你不晓得吧。告诉你也不要紧，不过别讲是我说的。"

老由更狐疑了。宋三佬王顾左右无人，小声说："昨夜三更，我从双幺叔家打牌转来，看到方千总把杨家一个人从墙角边接下来。"

老由忙说："老三，饭可以乱吃，话可不要乱讲。方千总怎会偷杨家的东西，你白日讲鬼话，可不是闹着玩的。我可没听到你讲些什么。"

巷子一头来了许佑劂，披着衣裳，一手牵着牛绳准备去地里做早工，听了兴奋起来，接着问："你讲杨府出了什么事？"

老由不再说话，径直绕墙去杨府后边东泉水井挑水去了。宋三佬幸灾乐祸地说："没什么。你看到，杨府这下有好戏看了。"

许佑劂扯了下披着的上衣，兴致就高了。杨占鳌肃州治他短秤军粮之事，他一直惦记着。

吃早饭时，丫鬟才发现三小姐不在房中，找遍整个杨府，不见踪影。黄夫人进房看视，衣服首饰值钱东西少了很多，联系近日伊的言行举止，心下担心跟人私奔。因为房中没有异样，只后院墙角搭着木梯，分明是从那儿出去的。

在小小的古丈坪厅城人看来，这是大逆不道的天大丑事，不到一个多时辰，街坊邻里当成奇闻怪事一下子传开。清吉场上，后山一个姓刘的读

226

书人，考了多少年没上榜的落魄光棍，马上来了灵感，出口做出一副对子："千总拐千金，千古奇事；百货种百客，百事可为。"

县都司胡千得知，去年斗茶败了兴，正好找杨府的晦气。所以，胡都司杀气腾腾地冲到杨府，堂而皇之颐指气使，喝责杨占鳌教女无方。杨占鳌羞愧无地自容，气得一口痰涌上来，半晌说不出话。二公子多少爷跺脚骂道："天，还是大清朝管吧。狗奴才，杨府之事，还轮不到你撒野。若是我家妹子犯了国朝律例，自有府衙层层上报，与你有甚相干？"

胡千讨了没趣，留下狠话说："我是管不了。让抚民同知李千禄来处理好了，此等伤风败俗，不能就这么算了，总要给厅城百姓一个说法。"

给厅城百姓一个什么说法呢。黄夫人见过大场面，外柔内刚平和地说："别吵了，圭廷，快让人把伍郎中喊来，替老爷就诊。事情还没有弄清，胡都司别瞪鼻子上脸，搞得自个没有退路，那样有什么好呢。"

伍郎中给病人扎了几针，杨占鳌苏醒过后，喝了黄夫人递上来的人参莲子汤，总算舒畅了点。招呼二少爷圭廷说："你哥几个亲自去找，那方千总是洞庭人，向下河去辰州的可能性极大。若是我儿素卿铁了心不肯回来，你们把这副手镯送给她，算是认可了这门亲事。洞庭方家与我有旧交，千万不可为难方千总。"

兄弟几人面面相觑。大公子六十三岁，骑马不便，四公子有病，三公子经商未回，只有二公子六公子和三小姐是亲兄妹。庶母张氏乖巧，说去下河辰州，水旱两条路，兄弟俩不如分头去追。

领了父母之命，二公子多少爷喊来侄儿杨锡田，骑马沿驿道去追。酒肉朋友胡彦，受了堂叔胡千指使，骑着马不怀好意地不请自随。

话说六公子杨圭郅骑马到大栏坳，租船沿酉水而下，站在船舷上，心情很是复杂，一发想着到底是追上去，还是莫追上。当初帮妹子与方千总幽会，是做对了还是做错了。

三小姐是大家闺秀，没走过长路，急急乎如漏网之鱼，弓鞋又小，担惊受怕地骑着马。方千总牵马步行，沿着驿道，月光下高一脚低一脚地翻山过岭，一夜走了四十多里山路，脚打起泡来。白天又走走停停，终于到了离古丈坪厅外百十多里的五车，在渡头等船过渡。

向明伦把渡船手艺传与四子。向四佬看到三小姐和方千总一脸疲倦，好意请他俩去家中憩脚吃中饭。八十有二的向明伦，人老话多，一茬又一茬问

些不着边际的话，三小姐心慌，吃饭时不得不停下来应付，说是家里人让方千总陪伊去辰州妙龙寺还愿。

渡船人一家没在意异常，两人吃喝过后，打过招呼，随向四佬去渡口。走过田坎，转弯到渡口码头，多少爷杨圭廷，杨锡田，胡彦三人三匹马站在那儿。三小姐心慌欲退回避之已来不及了，因为胡彦夸张地尖叫起来："那不是三小姐和方千总么？"

杨圭廷和杨锡田叔侄手足无措，原先认为追不上的，心里没个准备，可胡彦一路上催着加快速度。方千总没了打虎时的霸气，三小姐心里直打鼓。兄妹、姑侄，就那么尴尬地看着。胡彦佯装关心地说："三小姐，这么好的事，怎么悄悄地就走了。现在古丈坪炸开锅了，说你给全厅的姑娘开了好头，风头赛过杨大人。"

三小姐平素最恨胡彦了。不知怎么的，那姓胡的与多少爷合得来，时不时跟在多少爷后边跑腿，看到三小姐，自是不怀好意，癞蛤蟆也想好事。胡彦仗着胡家捐官发迹，经商丝绸，有时说话不顾场面，现在分明是让杨府人难堪。多少爷听了不是个滋味，想抢白几句胡彦，苦于一时找不到上劲的词句，没好气地对方学舟说："都是你干的好事。明明晓得三妹和黄迪英老表有婚约，还蛮干。"旋对三小姐和颜悦色说，"三妹，天塌不下来。就是塌下来，二哥替你撑着。跟我到向四佬家里去，我把米时阿爹讲的话告诉你。"

向四佬看出名堂来，推搡着三小姐说："是的，二哥讲得在理，这里人多口杂，先到家里去听下老叔捎的话。"

三小姐担心胡彦对方学舟不利，犟着不动。多少爷见看热闹的人越是多了，心下烦躁，厉声呵斥起来，三小姐越觉得阿爹捎的话不是好话，失声哭了起来。方学舟上前安慰，让多少爷一把扯了个趔趄。这下麻烦了，胡彦借机按住方学舟，三小姐急了，哭着喝骂："好个胡彦，我和方学舟好，关你什么事？方学舟你既然爱我，就要保护我，怕他作甚？"

方学舟回过神来，只一下，挣脱胡彦，眼中分明着怒气。对方自然不敢再逞能，方学舟可是敢打老虎的千总。

多少爷把三小姐哄到田角无人处，耐着性子说："三妹你太任性了，来时爹爹交代，方千总若真心待你，你是铁了心要嫁给他。这副手镯就送给你俩，黄迪英老表那里，他老人家自会赔礼道歉，让四妹素雅替你出嫁。"

杨素雅是杨三同之女，小三小姐一岁，三老爷老来得女，也是溺爱，会针线女红，也会书画琴棋。三小姐听了破涕而笑，拿着哥哥递过来的一对银手镯。心想天下还是阿爹好，早知如此，就不必做这般下策之举了。

伊满心欢喜跑过去，想把这个好消息告诉心上人，远远地看到一些看热闹的人围在那儿。也许是老天嫉妒，不能让相爱的人相伴一生。

多少爷和三小姐走后，胡彦看过渡人驻足，又有田畦间劳作的农户过来看稀罕，喜形于色地指着方学舟说事。众人便给以支持，就有人朝方学舟扔泥巴和烂草鞋。胡彦更加来劲了，指着杨锡田给大伙说是被拐人家侄子。杨锡田平素对方学舟印象不大好，一时怨气周天，突地给方学舟一拳，劲使大了，没打中对方自个却跌倒，鼻子杵到田后坎。流血了。

"咇呵，偷人家的姑娘还敢还手。"胡彦叫喊起来帮倒忙，个中就有几个鸣不平的精壮汉子，气愤地替杨锡田出气。

方学舟行伍出身人，虽是脚打起了水泡，方才吃饭，气力不减，胡彦吃了大亏。几个多管闲事的人也是没捞到多少便宜，只是方学舟身上包袱被扯脱了，三小姐带的金银细软全撒落出来，三小姐看后，怔怔地木了。多少爷看到杨锡田蹲在那里手捏鼻子，怒了，气冲冲地找方学舟算账。方学舟拐人家妹子理亏，边解释边避让拳脚，三两下让多少爷打趴在地，杨锡田拦也拦不了。只听三小姐撕心裂肺地哭嚎："都给我住手。再不住手，我就跳河了。"

方学舟衣裳被扯破，一脸泥污爬到三小姐前，心痛地安慰伊。其他人见了无趣，各自散了。

三小姐扶着方学舟说："你看，这是阿爹给我们的手镯。老人家是许我跟你走的。我们擅作主张，闹出天大的笑话来，现在我只有回家给老人家赔不是了。你先回去，等到来年春三月，抬红花轿子来接我。"

不论方学舟如何哭求，三小姐认为这样跟他去，于父母和家人都不好。爱就是这样，两情相悦，天崩地裂拆不开，若一方不喜，如何也解变不了，所以夫妻也叫冤家。众人面前不好多说缠绵，三小姐剪下一绺长发明誓，方学舟沮丧地一步一回头上了渡船，心中自是十分悲痛。云层万里，烟霞千山，虽说来年春三月迎娶，可是谁能保证不会夜长梦多呢。

> 老天妒忌皆成恨，有缘无分不可追。
> 等到来年春三月，等郎花桥来娶迎。

等方学舟上渡船远去，多少爷让向四佬雇了轿子和轿夫，把三小姐抬回家，一路上大家很少说话。多少爷心中自责处理不当，听了杨锡田说了缘由，越是自责不该动手打方学舟。只要妹子高兴，做哥哥的为什么要打伊心爱的人呢。

三小姐就那么被追回家来了，邻里传扬伊与千总方学舟私奔"丑事"没有消停，一拨一拨的闲人，有事无事从杨府门前经过，探头探脑地对杨府大门指指点点，几家生意上嫉妒杨府的人，暗地里唆人用鸡蛋砸门，守门的老由怄着气，扫了一遍又一遍。老鱼塘油房杨圭树看不下去了，仗螃蟹气喊来族侄杨锡衍几个人，持刃守在门边，娘翻娘天骂着："敢到杨府门边撒野，打死打伤算我的。"

第二十七回　茶缘不了情

　　话说杨占鳌受了县都司胡千仙侮，又恼又恨，气火攻心，卧床不起，过了几日，茶饭少进，脸色暗肿起来。杨家人日夜围着病人转，五少爷杨圭臣得知，从长沙回来，好言劝慰病人。可是杨占鳌自责没有处理好三小姐的婚姻大事，也愧对益阳黄家当年的提携，过了些日子，病情加重，百药罔效，群医束手。到底一口痰涌上来，病故了，享年七十八岁。

　　将星归位，此去西方不回头，为儿为女今日了。家人哀伤，遵其嘱咐，把杨占鳌葬于罗江边的大路上坎，意为杨大姐归宁，先接伊，姐弟再去请安先姹李夫人。

　　清光绪三十三年《古丈坪厅志》载：占鳌之功多矣，尤以保全凉州，接济兰州省城，收复肃州，遏回焰于方张，遂成后来关陇肃清、西邮底定之局。伟矣哉！恩赏稠叠，以光我古丈坪厅之人物，此固修志者之光矣。赞曰：楚军水师，杨于此起。长江肃清，驰马陇坻。节钺专征，乌鸟知止。我相此邦，谁其以嗣。

　　可惜的是六十四年后，建化肥厂，以墓碣索道为由，推碑捶墓，抠坟取物，文物古迹毁灭殆尽，此是后话不提。

　　　　他年仗剑走东西，百战南北思余生。
　　　　归来植茶惠乡梓，半是风月一襟情。

　　提督老爷走了，所有的名节和威望化为乌有，如撒在古丈坪石板街岩板上的晨露，随着太阳出来，一点点地化为水汽消散。只有他做过的那些故事，以不同版本形式流传下来。

　　杨府落了，厅城一干劣绅兴奋起来，加紧做文章贬损杨府，仿佛他们受到杨府的压制，终于咸鱼翻了身了。诬说杨大人回籍，慈禧太后的赐赏，是

喊他回乡架桥修路，而杨大人倒好，修三道河桥，还赚了一笔捐资。那些横行乡里，受到杨大人惩罚的人，跳起脚板来，说杨占鳌建房置田逍遥过日，好多钱是冒领阵亡将士的抚恤钱，真是天大的笑话，若是杨大人归来一毛不拔，遇事不闻不问，反没有人说事。世间人心就是这样，悠悠众口，何人能堵得住呢。大清已是行将末日，哪里管得了偏远之地鸡毛蒜皮。所以无的讲出有的来，很是有些市场，乌云总有掩着太阳的时候。虽说揭露那些毁谤不是难事，但墙倒众人推，破鼓众人槌，凭什么与他们一般穷得叮当响的杨家，就能出提督，出诰命一品夫人，儿孙个个当知县当知府当郎中。不把杨家贬下去，邻里心态不平衡呀。

又有绿林江湖人士，打自杨占鳌一八七四年秋冬回来，在古丈坪地面，就没得露脸施展豪气。压抑三十多年了，现在终于可以在古丈坪开山立柜，放开手脚大干起来。

抚民同知李千禄，受厅城劣绅联名，大言不惭为振旧礼，正儿八经到杨府，作为有伤风化案情处理。杨府正在悲伤中，事事以死者为大，忍让为上。多少爷出面，应允一斗谷种的田作为城隍庙庙产，下河两块茶叶地作青云庵庙产，一斗谷种的田作义学校产，两斗谷种的田作抚民知府官田，碾二十担谷米，设粥厂赈济旱灾饥民。

李千禄满载回衙。劣绅们认为杨府的财产好得，都司胡千承头，几家人联合想策，定要夺取杨府的两处油坊和半坡茶叶地。

时任陆军速成学堂总办的田凤丹路过古丈坪。其父田兴恕，因青岩教案，杀了不法洋教徒，流放新疆，得到左宗棠庇护，与杨占鳌相识交好。田兴恕作古早，田应全和田凤丹兄弟，时不时还往来古丈坪过路时，抽出时间看望杨家。田凤丹在杨占鳌灵前上香，又拜了黄夫人和张氏，堂前与杨氏兄弟姐妹好言叙话。田凤丹留学日本，接受过新思想，言到后来，委婉批评了黄夫人和多少爷不该把三小姐撵回来，这样是毁了伊一生的幸福。"礼俗是人定的，只要快乐，就没有绝对的对或者是错。既然老提督放话了，两人又有约定，那就等来年春三月佳期好了。"

正说得如巷，同知李千禄和胡千领着一干人找上门来挑事。火爆的田凤丹喝骂道："今天我把话撂在这儿。再欺我杨家婶娘和兄弟妹妹，我让尔辈肖小吃不了兜着走。"

田凤丹秉承田兴恕天不怕地不怕的侠义情怀，老子敢杀洋教徒，儿子敢打洋教官。李千禄和胡千胆子再大，哪个肯犯着惹那尊活阎罗。

陆续有归隐的湘军，得知杨大人作古，邀约来杨府看望。辰沅、溪州、迁陵、乾城等地官场旧交，也有上门慰问冷热。省咨议局谭廷闿议长得知，专门与五少爷杨圭臣照了张相，让人送到古丈坪，官吏们看了，到底有些怕了。瘦死的骆驼比马大，杨府还是有些根基的，毕竟还是大清朝。古丈坪簸箕大个地方搬狠的劣绅们，没个硬扎靠山，想欺杨府，迟早要惹出祸的。

胡氏仗着在古丈坪是大姓大族，人丁兴旺，家族抱团，经营桐油，在汉口设了代销点。胡千、胡万、胡其佐和胡其佑四家，茶行中专一与杨府对着干，时称"四胡欺一杨"。不但如此，其他行业，胡氏也有经营，自认为是古丈商界的大佬。辰沅道尹黄本璞看慰杨府后，发火了，以胡千"交通官府，武断乡曲"为由，一索子捆到衙门亲提严讯，虽然没作出实质性判词，但打压了胡千的势头，胡家花了不少钱财上下疏通。黄本璞还愤愤然不松手，到底把胡千交地方官管束才作罢。

胡氏萎了。

当然，心中孤凄痛苦的是三小姐了。不能与相爱的人在一起，父亲又因此受辱故去，还有些亲人受世俗感染，对伊不理解，认为真的是伤风败俗，落得伊终日寡欢。心里想着快到春三月，方千总领着红花轿子来接伊。

千总方学舟呢，一个人回洞庭湖家中，心中十分悲痛，路上又受风寒，咯出血来。方父谢世，萱堂健在，好一顿数落，一边延请郎中医治。无奈湖中潮湿，病情时好时坏。俗话说，好心情是最好的医治良药，方学舟想着三小姐，病不能断根，可谓相思成疾。

方学舟病没治好，体质垮了，没法去长沙谋职，惹得邻里笑话。方学舟久卧家中，日日看那湖水山光，想那湘妃斑竹故事，夜夜长叹皎皎银河，揣人间天上虚幻。兀自梦游跌下床榻，脸撞出寸口，没痊愈吃了湖鱼，破了相。已然是春三月了，湖中水雾笼罩，点点桃李花开，方学舟咳嗽着，如何娶得了那娇美的心上人。拖着病体，园中采得半篓茶叶，认真炒制，只得四两不足，取出三小姐赠的头发一小半，又从自个头上剪一小绺，打了双心结，放在茶叶中，托茶商代送到古丈坪杨府。子若思我，千山万水不甚其远，濑渡寒淇。孤灯竹屋清霜夜，梦到茶乡即是君。

往事欢悦犹可追，两处相思皆有泪。

梦里与君常相许，光阴催老心上人。

风情千万的杨三小姐，在温温的春天里，拿着心上人的茶叶和信物久久惆怅，没想到等来的不是八抬红花轿子。忧伤失望的三小姐，终日以泪洗面，矢志此生非方学舟不复另嫁。于是，一日又一日，一月复一月，在思念的日子里，伊拿出茶叶看一看，再泡上一杯，看着杯中的清汤绿叶，漾起的一缕一丝香气，久久凝思，想从那滋味深长的茶味水味中，品啜出一种欲哭无泪的相思。真是一念一心境，洞然山花开。易求无价宝，难得心上人。

方家不富裕，改朝换代，时局动乱，日渐贫困。方母过世后，家中琐事，全都压在方学舟肩上了。至于迎娶三小姐，阴差阳错，就一年又一年地拖下去了。

岁月没有因此停滞不前，一九一一年深秋，大清走到了尽头，革命者登上历史舞台。民国立宪，兵戈匝地，苦贫惜命，黎庶有涂炭之哭，百姓有倒悬之苦。古丈坪一地，杨府失去往日的显赫，县衙很少有人到杨府请教为官之策了，杨府除了四十担谷种的水田，就是茶叶地和一处油行。

渐渐的，随着第三代第四代成家立业，大房和三房迁出杨府。兄弟异爨，一年中只在四大节，红白喜庆时聚首府中，小辈给长辈磕头请安，在家先牌位前上香唱喏。偌大的杨府，只剩下三小姐，二公子多少爷杨圭廷和五公子杨圭臣一家。六公子杨圭郅，在甘肃石嘴山谋得份差事，并在那里成了家。

杨圭郅对于妹子杨素卿很是负愧，帮了伊与方学舟幽会多少次，不曾想关键时刻出现纰漏。自责领父母之命追妹子时，若坚持与二哥交换路线，先一步见到妹子，也许不会是这种状况。杨圭郅接生母张氏去甘肃定居，看着妹子以泪洗面过日，很想带伊离开伤心地。三小姐最后流着泪拒绝了。伊要等方学舟的红花轿子来迎娶，哪怕是等到地老天荒。

杨占鳌故后，虽然黄迪英和杨素雅完婚，然而受到打击的黄夫人，一病不起。复六年后，黄夫人没有看到三小姐成婚，在抑郁中怅惘故去。勇于争取自由婚配的一品夫人，最终没能够帮助到女儿，走进像自己那样自择的幸福婚姻殿堂。

黄夫人去世，多少爷杨圭廷，彻底结束了大树底下纳凉日子，成了杨府的长辈，越是想起自个没有多听撷父母之诲。茶行是杨府最后的招牌，杨

234

圭廷无论如何也不肯丢下，还动员本家兄弟，定要把茶种出名堂来。杨府茶行，没有被古丈坪的同行挤垮，反而越做越大，到民国九年，茶园扩大到十多亩。三小姐梦里乾坤大，思念日月长，百无依托中，唯有茶事。阳春三月，每采茶制茶，就不由自主地想起方学舟来，回想两人陌上采茶，看山光水色，灶边论茶欢恋，那是何等的男欢女爱。情到真时花无语，唯见窗外一树茶，杨三小姐是一个有主见的人，从不轻易在人前诉说忧伤。伊炒茶，用心去做，把情，把爱，把思念揉搓进茶中，做出的茶，自然是古丈绿茶中的无上妙品。

为了制出好茶，也为了抚平三小姐受伤害的心，二少爷和五少爷由着伊，每年新茶开采，邀约远近亲朋好友，让三小姐主持，开办斗茶会，听撷商家和饮君子们的建议，杨家人经过远途跋涉，多次到浙江杭州、绍兴，省内介亭，引进茶叶良种，学习栽培和加工技术。

在沅湘及江南各地，杨府的外销茶号"绿香园"和"青云银峰"最是响亮，一市斤茶叶可卖到三块光洋，斟得到一百斤上好大米。在长沙、上海、南京等地饮者以美味相传。五少爷杨圭臣因官场便利，还在长沙和上海办了代销点，称自销茶"古丈毛尖"。仅从茶封之名，就可知杨府人家对古丈茶文化的执着了。

杨圭臣长女杨锡琼，长得白面柳腰，在桃源省二女师就读，校长彭施涤，是位倡导女权运动的楷模，乃与杨圭臣同为省咨议员。彭施涤回溪州省亲，逗留杨府时，极是称赞三小姐，看伊制茶，评茶，茶逢知己，诗文慧人，作了美文《茶序》，发表在《大公报》上，杨府茶叶愈加供不应求。正是：

> 涤公数语白毛尖，长在古丈青云山。
> 杨家娇女初炒成，湘茗江南一半天。

古丈坪的乡绅，十有九家开设茶行，除了杨府，较有影响和名气的，还有伍氏茶庄、傅氏茶庄、正味茶庄、龙潭茶庄、许氏茶庄、李记茶庄。为了广开销路，各想计策，各精制法，同行竞秀，素负盛名，但是没有一家赶超出杨府的茶叶。受彭氏《茶序》称赞杨府茶叶启发，古丈坪的茶商们争与效仿，在茶封上大做文字。

县知事许介明，丁酉科拔贡，通中医，别出心裁，自诩他家茶叶乃古丈正宗，黄皮纸茶封小楷"古丈有正味细茶"，招牌"正味茶园"，贴上红方纸推销语："古丈茶味微苦而甘，性微寒。因其制造出自天然，故能入五脏，去浮热；又能明目清心，生津止渴，消食下气，和胃醒脾，除内烦，安心神，去痰火，醒昏睡，善解酒食油腻烧炙诸毒，更治偶然痰厥气冲；头痛如破，如服药味不效者，煮此茶恣意频饮，吐出肝汁即愈；若以蓄储令陈，同生姜等分浓煎饮之，可治赤白痢。"

"古丈有正味细茶"还真抵用，饮君们看后，包装养目，单包量足半斤，拓展茶叶医用价值，零售行情见好，外地茶商争与订货，竞得市场先机。

大栏坳刘忠海，清末监生，经过父子两代打拼，有资本一万五千多块光洋，在辰州、上河等地开设分油行，年购桐油量二万五千多担。刘家在大栏坳团近有茶园数亩，所产茶叶也是很有名气，在龙潭坪设庄，茶封"龙潭茶庄"，友人罗幼年监生写了宝塔茶诗作茶封。其文："泡。佳妙！新饮料。良时客到，品前夸制造，谷雨前雀舌噪，石鼎松风诸佛笑。一吸神清万方鸣好。谓伪劣次品牌名休冒，龙潭茶庄特制商标为号。"

罗监生夫子所作宝塔诗，对龙潭茶庄的特点以及品茗的风雅，一抒淋漓。如此别具一格，把诗艺，茶艺，茶品，巧妙地结合为一体，算得上是成功的推销语了。

时有凤凰人陈统领，镇守湘西，励精图治，定要办湘西二十多个县自治。陈统领喜附雅，推崇出旧翻新，湘西特产，湘西文化，当是他向外显摆的佐资，行署八个大楠木柜，放满古今珍玩。民国十八年二月，国民政府发布不期将在西湖举办的国际博览会，陈统领认为是宣传湘西文化的绝好机遇。招集幕僚商议后，颁发条文发至各县：选出上好土特产和工艺珍玩，派员去参会。

古丈县县长胡锦心，感到时间急，可供参选对象不多，最后定在精而不在多，专选茶叶。他认为茶叶重量轻，易携带，何况古丈茶叶在江南各地茶行中很有名气。

选谁家的茶好呢，胡家的肯定不行。因为三年前陈统领筹措军费，胡千代头抗缴借款，陈得知，指令查明严办。若是选胡家茶叶，陈统领一旦不悦，胡县长悉知官场规则。

胡锦心走遍县城茶行，各家茶叶都尝了一下。最后，认为杨府的"绿香园"品佳。不论茶的成色，条索，白毫显露程度，汤色，香气，茶味水味，都恰到好处。

其时，杨府虽是体大家殷，"锡"字辈出了几个读书出仕的人。然而"圭"字辈的，只剩下二少爷和三小姐了。特别是岁数不算大的五少爷故去，多少爷年老有病，三小姐责无旁贷主持局面。外人窃笑杨府是牝鸡司晨。

三小姐指导侄子辈如何管理茶园，留意对比不同茶种炒出茶叶的品质，累积丰富的经验。四十多岁的杨三小姐，鬓边青丝已长出白发，炒茶的技术可谓一绝，鲜叶是自家园中采的，伊择掉长梗杂渣硬颖壳，锅灶是专用炒茶的锅灶，家人洗好锅，备置家什，只有二少爷杨圭廷烧火，陪伊炒茶。一锅投叶两斤半，先焖后抖，出锅，初揉，炒二青……炒好后，竹筛中铺上草纸，把茶放进去，轻轻一筛，根根茶叶均匀排列。三小姐对着茶久久凝视，心中自是感喟，此情此景，却少了最亲的人来欣赏和品尝。疼爱伊的父母，溺爱伊的哥哥们，在哪里呢？还有远隔山水，多年不通音讯的心上人，还在温温地想着伊么？看着妹妹失神落魄的样子，二少爷也是一旁难受凄然。

沉凝良久，三小姐轻轻地用筷子择掉硬壳，黄焦碎渣，没揉紧的瘪、偏、散形茶，秤了两份，用皮纸包了，贴上二少爷写的小楷"绿香园"红纸商标，再轻轻绑上十字活结。又另备一份小样茶，专供陈统领等人品鉴。

　　　一树佳叶四时新，杯中日月品竖横。
　　　春来秋去茶未老，长在古丈伴佳人。

四月上旬，陈统领收集齐样品，请来他的实力后台田凤丹，一起观察选样。田凤丹看到茶封"绿香园"，拿着笑说："不用看，这是古丈杨家三妹炒的。"陈统领问之何以见得。田凤丹说："绿香园是古丈杨府茶叶字号，香味绵长，虽是皮纸包着，也能透出香味。在杨府，也只有三妹能炒出如此好茶。还有，杨府三妹，可是个性情中人，她那凄婉的爱情经历，不逊你的'尤野尘梦'。你的西原回不来了，她可一直在等心上人用红花轿子来迎娶。我看绿香园参会一定有戏，烦汝作个推荐词子。"

陈统领一听，泡饮一杯，直夸一个好字了得，提笔写一行"清香扑鼻　异人传法"行楷。拍板由田凤丹出马，替他去西湖参会，往返一切盘缠用由他佐资。田凤丹说："就冲杨家三妹的茶，我自掏腰包，也没有什么不

可以的了。"

田凤丹到了浙江，找到关系，湘西参会物件，悉数顺利进入评选主委会，"绿香园"获国际博览会优质奖。

陈统领把证书捧在怀里，笑得合不拢嘴。田凤丹笑说："主委会关系户告诉我：这里只是个分会场。虽说打国际博览会招牌，然而参会的除了我国以外，多半是我国周边国家。若想出大名，可以参加在法国巴黎或德国莱比锡举办的国际博览会。"

"参加，凭什么不参加。"陈统领高兴起来。说不定，古丈的绿香园，能让世界人晓得中国的湘西。

于是，绿香园在田凤丹和陈统领等人的支持下，旋又参加在法国巴黎举办的国际博览会，获评国际名茶奖。

胡锦心得知，让衙差从衙门到南门桥，洒扫一新，黄土铺路，沐浴熏香，等候陈统领和田凤丹大驾古丈坪。茶乡人们奔走相告，聚集南门桥恭候。桥头还设了香案，香炉插起三炷高香。

陈统领和田凤丹一行人缓缓出现在众人视线中时，杨府族人便放起爆竹来。走近，胡锦心领着官绅与陈统领和田凤丹揖手，寒暄。陈统领让随从呈上铺着红绸缎的红漆木盘，盘中放着证书和证物。胡锦心接过盘子，让县丞端着。为了让在场所有人看到，胡锦心把那绿色底面，写着洋文的证书，虔诚地举起来，并打开展示给大家，里面是张白色洋纸，上边也是洋文，右下角有一方红印章。人们欢腾起来，长鼻子的洋人也信服古丈茶了。接着，胡锦心揭开裹证物的绸缎，证物是个一尺多长，上大，中直，下有底座的琉璃工艺品，上面镶刻些洋文，仿佛金镶玉一般，在阳光下熠熠发光。

陈统领便发表演说："古丈坪茶好，杨府三小姐炒茶技术高，到外国斗得这么个好名头，这就是实力。往后呢，大家攒劲种茶，炒出好茶，不愁没销路，不愁卖不出好价钱。种茶不误农时，日子才过得好。"人们洋溢着幸福笑容，原来茶叶能让古丈坪争足面子。爆竹便放起来，锣鼓点子打起来，龙灯狮灯舞起来。

随后，胡锦心一班县衙，陪着陈统领和田凤丹。热热闹闹地把洋证书和证物送往杨府。

杨府家人穿戴一新，从大门边一直排列到堂屋，三小姐脸上露出久违的笑靥。多病体弱，卧床久时的二少爷杨圭廷，颤巍巍地和家人一起迎接圣物进门，虔诚地把证物放在神龛前，焚香点烛，全家人三鞠躬：告慰祖宗八代。

杨三小姐一双纤纤玉手炒制出的茶叶，终于让杨家赢得至高荣誉。世人对伊刮目相看。

> 溪州自古贡茶芽，古丈毛尖香万家。
> 肯让国际评名誉，愿与情谊逐菁华。

宾客散去，夜深灯阑，二少爷杨圭廷坐在堂前，看着烛光摇曳，没有一点睡意。家人催了几次，他说再看看那无上的荣耀。旋让侄女杨锡莲，把三小姐唤来。

杨三小姐白天接见客人，看到人们对她投下钦佩羡慕之色，一发想着如此荣誉，没了心上人分享，心情悒悒，免不了惊喜中带着点儿怅惘和失落。

杨圭廷愧疚地说："三妹啊，为兄差不多是草上的露珠，瓦上的晨霜，时日不多了。放心不下的是，当年不该拆散妹子和方学舟，这个结不了，为哥的过意不去。听到洞庭学炒茶回来的杨锡衍讲，他见过方学舟。你若愿意，不妨去走一趟。他若还在等你，趁年轻，成个家吧，别再误了终身。当然，我只是建议，把握还得你自己定。"

杨三小姐怔怔地，好一会儿，看了杨圭廷一眼，替他披上滑落的外衣，说："夜深了，哥哥身体不好。还是回房歇着，免得着凉。"

五少爷的长女杨锡琼，最是佩服三姑杨素卿，从桃源省二女师读书回来，告诉伊学校里的新思想。杨锡琼给伊梳头，说："三姑您真了不起，炒出那么好的茶，报纸上讲：现在一市斤上好的古丈茶叶，在长沙、上海、南京等地可卖到四块银元，或者籴一百六十斤大米，饮者推为茶类之冠。同学们向我证实，您猜我怎么告他们的？"

两次国际博览会得奖后，古丈茶行情看涨，胡锦心县长一心想扩大古丈茶叶种植面积，杨府声誉得到提高，这些三小姐当然知道。伊在侄女额头轻轻杵了下："我怎么晓得。一定是有人瞎显摆唠。"

"什么瞎显摆？没那么好，能拿到国际博览会评得的名茶奖。我告诉他们，那茶就是我三姑炒的。我三姑杨素卿美若天仙，还是一位此心安处便是吾乡的性情中人，羞煞多少鸳鸯蝴蝶派写的名作。"杨锡琼聪明活泼，在学

校秘密地加入了共产党，宣传活动是当仁不让，深得老师和同学喜欢。

杨锡琼鼓励伊，与其负气枯守，不如洞庭一行。说不定桃李同心，得比翼齐飞，到时举案齐眉，白头永和。

三小姐到底有些动心了，在杨锡琼的陪伴下，前往洞庭。那是一个陌上花开的季节，杨氏姑侄俩坐在小船上，欣赏洞庭湖吹着的和风，水波不兴，苇叶摇曳。面向湖水，幸福情人。下船，上岸，轻轻走来，三小姐就静静地有了几许志忑。这条路，年少的伊，曾随父母访茶到过两次，记忆起来，模糊而又温暖。

走近方家院落，一切并无多少改变，檐下照例挂着捞鱼兜，一个采茶用的竹篓。家中一个二十多岁的男子，得知来意，说："方学舟是在下的幺叔，他看到报纸，得知三小姐炒茶出了名，很是高兴，写有君山毛尖和古丈毛尖炒制比较心得。说是要送与三小姐，许能对您炒茶有所裨益。"

说毕进房取出手稿送与三小姐。杨锡琼问道："那你幺叔呢？"

那人迟疑一下，说："幺叔到茶园去了。"

杨锡琼拉着三小姐说："三姑，我们到茶园去看他。"

那人告之，从院门走过去，约百十步。"就在地上坎，很好找的。"

姑侄俩兴冲冲地去茶园，这一天三小姐等了多少年了，心头小鹿欢跳。可是找遍茶园，并无人迹，只有一个新砌的坟茔，坟头石碑书丹："方千总学舟之墓。"

原来，方学舟已于一月前染时疫亡故了。陌上花已开，款款归人谁识得。子不思我，当路如陌人，岂能认人漫漫，爱恨惆怅。

过了许久，木木的三小姐终于哭出声来。二十一年来的守望，最终见到是一抔黄土，哪里有什么岁月静好。可谓是造化弄人，徒有思念泪两行。

年年如梦似幻影，茶若有情煮成泪。
来世化作有缘人，与郎相逢陌上行。

后　记

2016 年的秋天，我独自一人坐在茶乡小城广播站的三楼办公室里，整理全县非物质文化遗产保护资料。忽然感觉到作为茶乡文化部门的工作人员，第一要务当是发掘保护和宣传好茶乡的茶叶文化遗产，不论非物质文化遗产，还是物质遗产和自然遗产。而这个方面，的确要认真务实地去做，才有可能做出看点。古丈茶文化，在湘茶中虽有其地位，但文化底蕴上不够出众。作为本土民俗工作者，我多次参与项目申报和保护并专述写作意图，把写作《一世茶缘》作为工作之外的主要任务。

那个时期，我搜集了许多清朝甘肃提督杨占鳌的资料和地方文献。接下来的好几个月时间里，直到次年春暖花开，茶乡到处是采茶炒茶卖茶的景象。杨占鳌及其家人对古丈毛尖茶的贡献，不断回绕在我的脑海里。喜欢的事就去干吧，我这样鼓励自己，全凭自个的喜好，有乐趣又喜欢做，是促发我写《一世茶缘》的动力。

于是，一年过后，我完成了以清朝甘肃提督杨占鳌一家三代人潜心种茶为主线的《一世茶缘》小说初稿。小说介绍近百年中，杨母李氏相夫教子，杨占鳌从军征战，辞官回乡后，鼓励子女及亲族种茶立家致富，拓展古丈茶叶销路。1929 年，杨三小姐制作的古丈茶叶，获国际名茶奖……我企盼记录古丈茶叶之佚事，解读古丈毛尖茶制作技艺，为保护发展古丈茶俗提供可能。

现在，《一世茶缘》故事中的人人事事，离我们已经近百年了，古丈茶叶已列为中国地理标志产品，"古丈毛尖茶制作技艺""古丈茶俗"列入湖南省省级非物质文化遗产保护项目名录。我自 2008 年参与古丈县的非物质文化遗产保护工作以来，在热爱的领域耕耘，让我的视野更开阔，人生观和性

格都在无形中产生变化。我在古丈县小旮旯笔耕其事自得其乐，有些惬意夫复何求之感。

我不敢说是我"发现"了杨占鳌及其家人种茶时揉捏进的快意恩仇故事。《清实录》《古丈坪厅志》中已作了文史记载了的。不过，如果《一世茶缘》这本书能够让人对古丈茶叶在清末民国年间的发展，对杨占鳌和及其家人的茶缘佚事感兴趣，我的一切努力便有了意义。

2022 年 12 月谨识